DER TRAUM DER BÄRIN

SHIFTERS UNBOUND 12

JENNIFER ASHLEY

Übersetzt von

JULIA BECKER

JA/ AG PUBLISHING

Originaltitel: Iron Master © 2020 Jennifer Ashley

Copyright für die deutsche Übersetzung: © 2021 Julia Becker

Lektorat: Ute-Christine Geiler, Birte Lilienthal, Agentur Libelli

Korrektorat: Sonja Glück

Deutsche Erstausgabe

Cover: Kim Killion

KAPITEL EINS

„Stuart."

Nur sie sprach ihn mit diesem Namen an. Alle anderen Shifter und die beiden Menschen, für die er arbeitete, nannten ihn Reid, mit Ausnahme von Graham, dem Lupid-Clanoberhaupt, für den er nur „der abgefuckte, seltsame Dunkelelfdreckskerl" war.

Peigi hatte immer Stuart zu ihm gesagt, seit dem Tag, an dem er geholfen hatte, sie aus der Gewalt eines Paria-Anführers in Mexiko zu befreien, der sie zusammen mit anderen Frauen und Jungen in einem Keller unter einer alten Fabrik gefangen gehalten hatte, und mit ihr in die Shiftertown von Las Vegas gereist war. Sie war nach wie vor die einzige Shifterin, die nicht sofort ein paar Schritte zurückwich, wenn sie den Hauch von Fee an ihm roch.

Peigi näherte sich ihm von hinten, während er reglos in der Dunkelheit am Rande der Shiftertown stand und in die mondbeschienene Wüste starrte.

„Was ist los?", flüsterte sie.

Stuarts Geruchssinn war nicht so ausgeprägt wie der der Shifter, mit denen er zusammenlebte, aber er erkannte sie sofort an der Mischung aus Orange und Zimt, nach der

Peigis Haut immer duftete und die ihn an Wintertee erinnerte. Sie hatte ihm gegenüber zwar mal behauptet, das sei lediglich ihr Duschgel, doch für Reid war das unverkennbar *ihr* Geruch.

„Ich weiß nicht." Reid betrachtete den scheinbar endlosen Himmel, der selbst hier draußen von den Lichtern der Stadt noch leicht erhellt wurde.

Er hätte wissen müssen, dass er sich nicht unbemerkt mitten in der Nacht aus dem Haus stehlen konnte. Als Shifterin hatte Peigi scharfe Ohren, zudem kümmerte sie sich um sechs Waisenjunge. Ihr entging nichts.

„Irgendetwas muss dich dazu bewegt haben, um drei Uhr morgens durch die Gegend zu wandern", stellte sie nüchtern fest. „Du würdest niemals freiwillig so früh aufstehen."

„Ich dachte, ich hätte etwas … gehört." Reid verstummte abrupt, als das Geflüster wieder einsetzte, das bis in seine Träume gedrungen war.

Komm zu mir …

Es klang wie Musik, ein längst vergessenes und doch vertrautes Lied. Ein Lockruf, eine Aufforderung, ein Appell.

„Verdammt", sagte er.

„Was? Was siehst du?"

„Es geht nicht darum, was ich sehe, sondern was ich höre."

Peigi spähte an ihm vorbei in die Dunkelheit. „Was denn?"

Offenbar konnte sie den hellen, betörenden Klang nicht wahrnehmen. *Komm …*

„Da ist jemand aus meinem Volk. Er ruft mich."

„Aus deinem Volk …" Sie klang besorgt.

Stuart nickte grimmig. „Ein *dokk alfar,* ja."

„Wie kann das sein?" Peigi ließ den Blick über die leeren Baugrundstücke schweifen, die unmittelbar an die Shiftertown grenzten. Niemand hatte sie gekauft, weil nur wenige Menschen so nah bei den Shiftern leben wollten. In dieser Januarnacht fegten beißend kalte Böen durch das verdorrte Gras. Selbst in Las Vegas wurde es im Winter empfindlich kühl, und manchmal fielen die Temperaturen nachts sogar unter den Gefrierpunkt.

„Ich habe keine Ahnung, wie das sein kann.“ Stuart hörte die Schärfe in seinen Worten und bemühte sich Peigi zuliebe um einen sanfteren Ton. „Sie sollten eigentlich gar nicht zu mir durchdringen dürfen.“

Schließlich war er ein Ausgestoßener. Er war im Exil, abgeschnitten von seiner Heimat, von den wenigen seines Volkes, die seines Wissens nach noch am Leben waren, selbst von seinen alten Feinden. Die Hochelfen hatten ihn vor einer halben Ewigkeit in die Welt der Menschen verbannt. Seither war er nur ein einziges Mal zurückgekehrt, um eine Shifterin und ihren menschlichen Gefährten zu retten, die aus ihm unerfindlichen Gründen an ihn geglaubt hatten.

Danach hatten sich die Tore für immer geschlossen, und jetzt saß Stuart in dieser Welt fest. Allerdings gefiel es ihm mittlerweile im Exil gar nicht mal so schlecht, was vor allem an der Frau lag, die gerade hinter ihm stand und ihm auf Shifterart Nähe spendete. Einzig ihre Wärme und ihr Atem, den er an seinem Hals spürte, sorgten gerade dafür, dass er vor Wut und Panik nicht durchdrehte.

„Geh wieder ins Bett“, riet er ihr.

Er spürte Peigis Schnauben in seinem Haar. „Na klar. Ich lasse dich ganz bestimmt allein, während irgendeine Fee nach dir ruft. Was sollte da schon groß passieren?“

„Sie müssen die Ley-Linie benutzt haben.“

„Die ist doch versiegelt. Dafür haben Graham und Eric gesorgt.“

Reid wollte sich zu ihr umdrehen, sie betrachten, ihre Schönheit bewundern, die seine Haltung Shiftern gegenüber grundlegend verändert hatte. Stattdessen starrte er weiter in die Dunkelheit, um den Moment nicht zu verpassen, in dem sich etwas daraus materialisierte, wie beispielsweise tausend zornige Hochelfen mit glänzenden Schwertern. Peigi hatte recht: Kontakte mit Feen nahmen niemals ein gutes Ende.

„Graham und Eric sind keine Feen", erwiderte Stuart schließlich. „Sie haben das Loch verschlossen, das bedeutet aber noch lange nicht, dass die Ley-Linie nicht mehr benutzt werden kann."

Er konnte den Magiestrom unter den Häusern noch immer spüren, die für Grahams beinahe zu Parias gewordene Wölfe erbaut worden waren, als sie nach der Schließung ihrer Shiftertown aus dem Norden Nevadas hierher umgesiedelt worden waren.

„Wir können sie fragen", schlug Peigi vor. „Morgen."

Reid schaute sich um. Das Flüstern war nicht mehr zu hören, und auch das Kribbeln unter seiner Haut, das in der kalten Nacht allgegenwärtig gewesen war, war verschwunden.

Hatte wirklich ein *dokk alfar* nach ihm gerufen? Oder hatten ihm seine Sinne im Traum lediglich einen Streich gespielt? Er konnte es nicht mit Sicherheit sagen, doch die Stimme war nicht mehr zu hören.

Reid spähte ein letztes Mal in die fast vollkommene Schwärze vor ihm. Hier war die Stadt zu Ende, und nur die Berge zeichneten sich gegen den wolkenlosen Himmel ab. „Ja." Er atmete tief aus. „Lass uns zurückgehen."

Er spürte, wie Peigi sich hinter ihm entspannte, und drehte sich endlich zu ihr um.

Wie immer raubte sie ihm den Atem. Sie war fast so groß wie er, als Bärenshifterin von Natur aus auch in Menschengestalt hochgewachsen. Ihr fast schwarzes Haar umspielte ihr Gesicht mit den faszinierenden tiefblauen Augen.

Er hätte sich nicht zu einer Shifterin hingezogen fühlen dürfen. Mitleid wäre eher angebracht gewesen, schließlich waren die Shifter als Sklaven der Feen gezüchtet und von diesen ebenso schlecht behandelt worden wie Reids eigenes Volk. Er hätte sie als Verbündete betrachten sollen, die seinen Respekt verdienten, weil sie sich selbst befreit hatten.

Bei Peigi war das anders. Sie besaß eine innere Stärke, die er noch bei keinem anderem Shifter gesehen hatte, doch ohne dabei hart oder unnahbar zu wirken. Stattdessen war sie verständnisvoll, fürsorglich und wunderschön.

Reid wollte sie küssen. Er wollte ihren Körper an seinem spüren, ihre Lippen schmecken, ihre Wärme in sich aufnehmen. Meistens schlief er in ihrem Haus, aber nicht in ihrem Zimmer, sondern am anderen Ende des Flurs, getrennt durch mehrere Wände.

Es kostete ihn Mühe, sein Verlangen zu zügeln. Wenn Reid sich dazu hätte hinreißen lassen, Peigi zu küssen, hätte er nie wieder aufhören wollen.

Eine Dunkle Fee und eine Shifterin. Konnte das gut gehen?

Reid kämpfte dagegen an, nicht weil eine Verbindung zwischen einer Shifterin und einer Fee undenkbar gewesen wäre, sondern weil er eines Tages vielleicht nach Hause zurückkehren würde. Er gehörte in seine eigene Welt und nicht in diese verrückte, in der die Menschen das Sagen hatten, Shifter in Shiftertowns leben mussten und die Leute in Scharen in eine taghell erleuchtete, glitzernde Stadt mitten in der Wüste strömten, um beim Glücksspiel ihr Geld zu verprassen.

Reids Welt hingegen, voller Hochelfen, die sämtliche *dokk alfar* vernichten und die Shifter wieder versklaven wollten, war kein Ort für Peigi und die Jungen. Deswegen kämpfte er gegen sein Verlangen an, was ihn langsam, aber sicher um den Verstand brachte.

Peigi musterte ihn eindringlich, als wüsste sie genau, was sich in seinem Kopf abspielte. Sie strahlte solche Ruhe aus, dass man niemals vermutet hätte, dass sie jahrelang von einem verrückten Bärenshifter gefangen gehalten worden war, der sie gezwungen hatte, seine Gefährtin zu sein.

Den Schmerz des Erlittenen und noch vieles andere hielt sie tief in sich verborgen, an der Oberfläche wirkte sie immer ruhig und aufmerksam. Reid fragte sich manchmal, was wohl passieren würde, wenn sie diese Kontrolle je aufgab.

„Geht es dir gut?“, fragte sie.

Nein. Und das würde sich auch nie ändern. „Natürlich“, antwortete er. „Na komm. Wir wollen doch nicht, dass die Jungen aufwachen.“

Sie wusste, worauf er anspielte, und lächelte. Die Jungen waren ziemlich laut, und wenn sie zu früh wach wurden, würden sich sämtliche Shifter auf ihrer Seite der Stadt tagelang darüber beschweren.

Sie drehten sich um und kehrten gemeinsam zum Haus zurück. Sie waren sich ganz nah, ohne sich ein einziges Mal zu berühren, sosehr Reid sich auch danach sehnte.

PEIGI VERSCHLIEF AM NÄCHSTEN MORGEN, ÖFFNETE DIE Augen und blinzelte im hellen Tageslicht.

Sie erinnerte sich an das seltsame Gefühl, dass etwas nicht stimmte, das sie in der Nacht aus dem Haus gelockt und zu Stuart am Rande der Shiftertown geführt hatte. Heute schien alles normal zu sein. Ihr winziges Zimmer war das kleinste im ganzen Haus, ihre Sachen hingen ordentlich im offenen Kleiderschrank, wie es sich gehörte, und ihre Schuhe standen fein säuberlich aufgereiht auf dem Boden. Alles war offenbar in bester Ordnung, denn keiner ihrer Shiftersinne gab ihr Grund, daran zu zweifeln.

Das Stimmengewirr am anderen Ende des Flurs verriet ihr, dass die Jungen bereits auf den Beinen waren. Der Klang von Stuarts tiefer Stimme, während er mit ihnen sprach, ließ Peigi erleichtert aufatmen.

In letzter Zeit hatte er immer häufiger hier übernachtet, damit die Alphabären der Shiftertown, Nell und Cormac, bei denen er ursprünglich untergekommen war, mehr ungestörte Zeit miteinander hatten, nachdem sie Gefährten geworden waren. Mittlerweile hatte Peigi sich daran gewöhnt, dass

Stuart morgens in seinem DX-Security-Shirt Kaffee aufsetzte und das Frühstück machte.

Sein Zimmer war am weitesten von Peigis entfernt, als wolle er ihr damit versichern, dass er ihr nie uneingeladen zu nahe kommen würde, und als wolle er der Außenwelt demonstrieren, dass nichts zwischen ihnen lief.

Wer hätte gedacht, dass eine Fee schüchtern sein konnte? Ein *dokk alfar*, wie Stuart stets sofort betonte, wenn das Thema angesprochen wurde.

Peigi war willens, einsam und hatte es satt, dass alle sie für komplett gebrochen hielten. Sie war nur halb gebrochen. Es war klug von Eric, dem Anführer der Shiftertown, gewesen, die Jungen in ihre Obhut zu geben, weil diese Aufgabe ihr schließlich neuen Lebensmut gegeben hatte.

Stuart war der andere Grund, warum es ihr besser ging.

Peigi schlug die Decke zurück und stand auf. Sie schlief immer in Trägerhemd und Shorts, denn für die Rüschennachthemden, die Menschenfrauen trugen, war sie zu groß – Bären waren eben eher massig. Doch sie machte sich nichts daraus. Trägerhemd und Shorts waren ohnehin viel bequemer. Außerdem konnte man darin viel leichter die Gestalt wandeln, rennen, kämpfen und übermütigen Jungen hinterherjagen.

Gegen die Kälte zog sie sich eine warme Jogginghose an, schlüpfte in Sneakers und verließ ihr Schlafzimmer, um sich in der Küche zu den anderen zu gesellen. Die Türen der ersten beiden Zimmer, an denen sie vorbeikam, standen sperrangelweit offen, und die je drei Mädchen und drei Jungen, die darin schliefen, waren bereits aufgestanden. Alle Betten waren gemacht, außer Noelles, weil die Kleine für gewöhnlich jede Minute Schlaf auskostete und dann den anderen hinterherlaufen musste.

Am Ende des Flurs, gleich neben der Küche, lag Stuarts kleines Schlafzimmer, dessen Tür stets geschlossen war.

Sie fand ihn in der Küche, wo er einen Riesenberg Speck briet, während die sechs Jungen gerade Teller auf den Tisch stellten. Donny, der mit seinen acht Jahren der Älteste war, beaufsichtigte die anderen, und Kevin, der Kleinste, der bei der Rettungsaktion noch ein Baby gewesen war, hatte die Aufgabe erhalten, den Stapel Papierservietten zu tragen. Donny beobachtete ihn dabei mit der Intensität eines Alphas, der sein Rudel beschützte.

Peigi nahm sich einen Moment Zeit, um Stuart eingehend zu mustern, wie sie es bei jeder sich bietenden Gelegenheit tat. Im Gegensatz zu den eher bulligen Shiftern wirkte er schmal, und trotzdem zeichneten sich unter seinem schwarzen T-Shirt deutliche Muskeln ab, und auch sein Hintern war kein schlechter Anblick. Das dunkle Haar trug er eher kurz geschnitten, es reichte ihm hinten knapp bis in den Nacken und betonte seine markanten Züge. Er sah nicht im herkömmlichen Sinne gut aus, aber seine mitternachtsschwarzen Augen und seine enorme innere Stärke brachten eine Saite in ihr zum Klingen.

Sie wollte ihn gerade fragen, ob bei ihm alles in Ordnung sei, doch die Jungen verhinderten das.

„Guten Morgen, Peigi!", riefen sie alle durcheinander und füllten die Küche mit ihren hellen Stimmen.

Drei der Jungen waren Bären, Hannah, das jüngste Mädchen, und Patrick, der mittlere Junge, waren Wölfe mit grauen Augen. Kevin hatte sich noch nie verwandelt, bei ihm konnten sie also nur spekulieren. Seine Mutter, eine Menschenfrau, war bei seiner Geburt gestorben, und Peigi wusste nicht, welcher Paria ihn gezeugt hatte.

„Du hast verschlafen!", krähte das Grizzlymädchen Noelle triumphierend. „Sogar ich war vor dir wach."

„Ja, Süße, das stimmt." Peigi ging an der Meute vorbei auf Stuart zu, der am Herd stand. Die Eier in der Schüssel neben ihm warteten darauf, aufgeschlagen und verquirlt zu werden.

„Hast du schon mit Eric gesprochen?", fragte sie ihn leise.

Stuart schüttelte den Kopf. „Graham. Er ist auf dem Weg hierher."

Peigis Augen weiteten sich entrüstet. „Und das erfahre ich auf leeren Magen."

Stuart grinste. „Dann isst du wohl mal lieber was."

Peigi schnitt eine Grimasse und schnappte sich einen Streifen Schinkenspeck von dem Haufen, der bereits auf einem Stück Küchenpapier lag. Sie mochte Schweinefleisch nicht immer, als Bärin war ihr Fisch deutlich lieber, aber weil Lachs ziemlich teuer war, würde der Speck genügen müssen.

Peigi half den Jungen die restlichen Zutaten für das Frühstück auf den Tisch zu stellen: Beeren aus dem Gefrierschrank, einen Stapel Toastbrot frisch aus dem 8-Schlitz-Toaster, den Schinkenspeck und Unmengen Butter und Marmelade. Stuart bereitete unterdessen Rührei zu.

Die Jungen hatten gelernt zu warten, bis alles auf dem Tisch stand und jeder seine Portion vor sich hatte. Unmittelbar nach ihrem Einzug waren die Mahlzeiten jedes Mal in ein riesiges Gerangel ausgeartet, und die Jungen hatten um jeden Krümel gekämpft. Die Frauen, die mit Peigi eingesperrt gewesen waren, waren nicht viel besser gewesen, obgleich sie ihr als Alpha immer den Vortritt gelassen hatten. In dem Keller unter der alten Fabrik hatten sie wie Tiere gehaust, und die Jungen waren Gefahr gelaufen, genauso als Paria zu enden wie die Shifter, die sie dort gefangen gehalten hatten.

Peigi verteilte Toast und Speck und ließ die Jungen ausnahmsweise schon mit dem Frühstück anfangen. Es freute sie, dass sie einander höflich die Schüsseln reichten und sich jeder nur seinen fairen Anteil nahm. Donny und Noelle sorgten dafür, dass die Jüngeren genug zu essen hatten, ehe sie sich Nachschlag auftaten. Sie verspürte Stolz darauf, wie sehr sie sich verändert hatten.

Der Geruch von Kaffee – köstlichem Kaffee – drang Peigi in die Nase, deshalb drehte sie sich um, um sich eine Tasse einzugießen.

Stuart war verschwunden. Die Eier brutzelten kurz vor

dem Anbrennen mitsamt dem Pfannenwender auf dem Herd, aber Stuart war wie vom Erdboden verschluckt.

„Er ist teleportiert", verkündete Noelle, als sie Peigis überraschtes Gesicht bemerkte. „Ich hab's gesehen."

Lucinda und Hannah nickten. Sie starrten Peigi ängstlich an und warteten darauf, dass sie ihnen versicherte, alles sei in Ordnung.

Sie hätte nichts lieber getan. Stuart konnte sich an jeden beliebigen Ort teleportieren, den er schon einmal selbst gesehen hatte. Er nutzte diese Fähigkeit jedoch kaum, da er es vorzog zu laufen, zu joggen oder schlicht zu fahren. Außerdem verschwand er nie, ohne ihr Bescheid zu sagen. Er konnte überall sein, aus den unterschiedlichsten Gründen, und die seltsamen Geschehnisse der vergangenen Nacht ließen Peigi nichts Gutes ahnen.

Ehe sie sich etwas einfallen lassen konnte, was sie den Jungen erzählen konnte, verdunkelte sich die verglaste Hintertür, und ein Hüne von einem Mann erschien auf der Veranda. Hinter ihm stand jemand, der sogar noch größer war. Ein Lupid und ein Bär.

„He!", rief der Lupid und hämmerte gegen die Tür. „Mach auf. Es ist schweinekalt hier draußen."

KAPITEL ZWEI

Graham McNeil, der Anführer der Lupide der Shiftertown, schirmte seine Augen ab, um durch die Tür zu spähen.

Jetzt wusste Peigi, dass hier etwas faul war. Stuart hatte ihr erzählt, dass er Graham angerufen hatte, aber warum war er dann kurz vor seinem Eintreffen einfach verschwunden?

Sie trat an die Schiebetür. Die Jungen blieben mit großen Augen am Tisch sitzen, was ein gutes Zeichen war, denn noch vor einem Jahr wären sie in einer Situation wie dieser völlig verängstigt in ihre Verstecke geflüchtet. Sie waren stärker, mutiger und fröhlicher geworden.

Sie entspannten sich auf der Stelle, als sie den Bärenshifter sahen, der Graham begleitete.

„Onkel Shane!“, riefen sie im Chor, woraufhin Shane ihnen ein breites Grizzlylächeln schenkte.

„He, meine Kleinen.“ Shane, der wie ein Riese hinter Graham aufragte, winkte den Jungen. „Lass uns rein, Pegs. Graham hat völlig recht, was die Kälte angeht.“

„Oh, bitte. Das ist doch nicht kalt.“ Als Peigi ihnen die Tür öffnete, schlug ihr ein eisiger Luftschwall entgegen.

Die beiden Männer wären niemals ohne ihre Erlaubnis

hereingekommen, weil das Haus Peigis Revier war. Diesen Umstand respektierten Shifter gemeinhin, auch wenn die Bärin nicht annähernd so dominant war wie Graham oder Shane. Das lag nicht nur an der Unantastbarkeit ihrer Reviere, sondern war auch der Tatsache geschuldet, dass Peigi unter dem Schutz von Eric stand, dem Anführer der Shiftertown, und mit dem legte sich niemand an.

Außerdem war allgemein bekannt, dass Stuart Peigi beschützte. Selbst wenn er nicht über die körperliche Stärke von Shiftern verfügte – zumindest soweit sie das wussten –, hatten sie ein bisschen Angst vor ihm. Alle, außer Peigi und den Jungen.

„Stuart ist nicht hier", informierte die Bärin die Neuankömmlinge, während Graham den Blick durch die Küche schweifen ließ, als könnte sich Stuart in einer Ecke verstecken.

Graham wandte sich mit einem harten Ausdruck in seinen grauen Augen zu ihr herum. „Was soll das heißen? Er hat mich angerufen und gebeten zu kommen."

„Er ist teleportiert", warf Noelle ein.

„Ich dachte, er wäre zu dir gegangen", sagte Peigi zu dem Wolf.

„Das ist offensichtlich nicht der Fall. Was soll das Theater? Er bittet mich, bei Tagesanbruch zu ihm zu kommen, und dann ist er verschwunden? Was macht er denn, teleportiert er sich zum Spaß durch die Gegend?"

Einige der Jungen kicherten, während Donny und Noelle das Geschehen mit leichter Sorge verfolgten.

„Graham." Shanes tiefe Stimme klang so gutmütig wie immer, als er sich neben den Lupid stellte. „Warum unterhaltet du und Peigi euch nicht mal in Ruhe, während ich mich um die Jungen kümmere? Hier riecht es nach etwas zu gut angebratenen Eiern."

„Oh, Mist." Peigi eilte zurück zum Herd, rettete die Pfanne und füllte das Rührei auf einen Teller, wobei sie die angebrannten Teile gleich beiseite tat.

Shane nahm den Teller mit seiner großen Hand entgegen. „Geh schon."

Der Blick seiner lohfarbenen Augen verriet ihr, dass er merkte, dass etwas ganz und gar nicht stimmte, die Jungen damit aber nicht beunruhigen wollte.

Peigi wusste, dass Shane nicht mitgekommen war, um Graham unter Kontrolle zu halten – das konnte ohnehin nur dessen Gefährtin –, sondern um Peigi und den Jungen eine Stütze zu sein. Shane war der Stellvertreter der Alphabärin der Shiftertown, seiner Mutter Nell. Graham war das Oberhaupt seiner Wölfe, und Eric Warden war der Anführer von … allen.

Die Hierarchie unter den Shiftern war vielschichtiger und komplexer als die Menschen begriffen, doch ein Shifter wusste instinktiv, wer wo stand und mit wem man sich besser nicht anlegte.

Auch Shanes Mutter hatte ein Auge auf Peigi. Nell hätte sie sogar vor Eric beschützt und sorgte stets dafür, dass einer ihrer Söhne zugegen war, wenn Peigi es mit anderen Shiftern, insbesondere griesgrämigen Anführern wie Graham, zu tun bekam.

Peigi nickte Shane dankbar zu. Sie ging an Graham vorbei, schnappte sich ihren Mantel und trat durch die Hintertür ins Freie, wobei sie seinen stechenden Blick sorgsam mied. Es war tatsächlich kalt, aber in ihren Jogginghosen und dem Mantel ließ es sich gut aushalten. Das Haus kam für dieses Gespräch nicht infrage, weil die Jungen sie dort überall gehört hätten, und Peigi wollte ihnen keine Angst einjagen, vor allem bevor sie selbst nicht wusste, was hier gespielt wurde.

Graham verstand das, begleitete sie jedoch trotzdem eher widerwillig auf die Mitte der Rasenfläche, die hinter den Häusern auf dieser Straße lag.

„Na gut, lass uns reden. Beeil dich. Mir frieren die Eier ab."

„So kalt ist es gar nicht." Peigi wandte sich ihm zu, hob

ihren Blick allerdings nur bis zu seinen Wangenknochen. Wenn sie Graham direkt in die Augen sähe, hätte dieser das durchaus als Provokation auffassen können. „In Alaska ist es kalt. In der Arktis ist es kalt. Wir sind hier in der Mojave-Wüste."

„Ja, aber du bist eine Bärin mit dickem Fell. Ich bin ein empfindlicher kleiner Wolf."

„Na klar." Peigi gestattete sich ein Grinsen. „Ich wette, in Elko war es auch ziemlich frisch."

„Verdammt frisch." Graham verschränkte die muskulösen Arme vor der Brust. „Das Wetter wäre damit hinreichend besprochen. Was willst du? Und wo ist Reid?"

Peigi hatte bereits herausgefunden, dass man Graham am besten einfach auf seine Fragen antwortete und seine Schroffheit ignorierte. Er hatte eine ruppige Art und war lediglich zu seiner Gefährtin und seinen Jungen netter, doch Peigi verstand, dass er nur so eine ganze Shiftertown voller halb wilder Shifter mitten im Nichts in Nevada im Zaum halten konnte.

„Ich habe keine Ahnung, wo er ist. Am besten erzähle ich dir, was gestern passiert ist."

Peigi schilderte ihr mitternächtliches Treffen mit Stuart am Rande der Shiftertown und erzählte ihm von ihrem Vorschlag, Graham und Eric wegen der Ley-Linie zu befragen.

„Wir haben sie verschüttet", sagte Graham rasch und mit einem Anflug von Unbehagen in den grauen Augen. „Wir haben den Keller zum Einsturz gebracht und das Ding unter den Trümmern vergraben, damit die Feen nicht mehr einfach so reinplatzen können, wenn sie mal wieder Lust darauf haben, uns zu versklaven."

„Das weiß ich. Aber Stuart hat behauptet, die Linie wäre noch aktiv. Wer auch immer letzte Nacht versucht hat, mit ihm Kontakt aufzunehmen, muss sie benutzt haben, oder nicht? Stuart könnte jetzt bei diesem jemand sein, oder irgendwo auf der Linie, oder …"

„Oder auf dem Gipfel des Mount Charleston." Graham machte ein mürrisches Gesicht. „Der Mann könnte überall sein. Vielleicht ist er in Hawaii. Da ist es zu dieser Jahreszeit ganz schön."

Peigi ballte die Fäuste. „Bitte, kannst du nicht …"

„Die Ley-Linie ausbuddeln?" Graham schauderte. „Auf keinen Fall, Pegs."

„Dann tu irgendetwas anderes. Stuart könnte in Schwierigkeiten stecken. Ich hatte letzte Nacht wirklich ein ungutes Gefühl, als wäre selbst die Luft uns gegenüber feindlich gesinnt."

Wenigstens tat Graham ihre Bedenken nicht sofort ab. Shifter verfügten über hervorragende Sinne, und das beschränkte sich nicht auf die fünf, die sie mit den Menschen gemein hatten. Sie wussten instinktiv, wenn etwas faul war, und Peigis Gefahrensinn war aufgrund ihrer traumatischen Erfahrungen messerscharf.

„Ich verstehe dich." Grahams Stimme klang jetzt freundlicher. „Aber ich kann nicht die ganze Shiftertown umgraben, bloß weil Reid weggeploppt ist, um mehr Speck aus dem nächsten Supermarkt zu besorgen. Und mal ehrlich, ich kann meine Shifter wegen ihm ohnehin nicht behelligen, denn …", er hustete und hatte den Anstand, rot zu werden, „er ist schließlich kein Shifter."

„Ist das dein Ernst?" Zorn flammte in Peigi auf, der von ihrer Sorge noch geschürt wurde. „Nach allem, was er für dich getan hat?"

„*Ich* weiß das. Aber meine Wölfe, Peigi …" Graham schüttelte den Kopf. „Das sind sture, misstrauische Vollpfosten. Sie mögen keine Feen, egal welche, auch keine gutherzigen *dokk alfar*, die die Hochelfen genauso hassen wie wir. Mir sind die Hände gebunden, bis ich Beweise dafür habe, dass er wirklich in Schwierigkeiten steckt."

Peigi brauchte keine Beweise. Sie wusste, dass es so war.

Also blieb ihr nur eins übrig. „Na schön", sagte sie.

Graham blinzelte überrascht, dass sie so schnell aufgegeben hatte. „Nun, dann, in Ordnung“, erwiderte er unsicher.

„Dann muss ich mich an die nächsthöhere Stelle wenden.“

Er zog verärgert die Stirn in Falten. „Das denke ich nicht. Die Linie liegt auf meinem Zuständigkeitsbereich und betrifft daher meine Wölfe. Eric hat damit nichts zu tun. Das wird er dir auch bestätigen.“

„Ich spreche nicht von Eric.“ Peigi sah Graham für einen kurzen Moment direkt in die Augen. „Ich rede von Misty.“

Graham erstarrte, und sein Gesichtsausdruck war unbezahlbar. Wenn Peigi in diesem Moment eine Kamera gehabt hätte, wäre sein Foto definitiv im Shifternetzwerk gelandet. *#grahammachtsichindiehose.*

Er wurde noch tiefer rot. „Das ist wirklich ein schmutziger Trick.“

Misty war Grahams Gefährtin, und die süße, freundliche Menschenfrau hatte ihn komplett um den Finger gewickelt. Der große böse Wolf hatte tief in seinem Inneren ein weiches Herz, und Misty wusste genau, wie sie zu ihm durchdrang.

„Ich mache mir Sorgen um Stuart“, beharrte Peigi. „Er wäre niemals einfach so verschwunden. Was, wenn ihn jemand entführt hat?“

„Ihn gegen seinen Willen rausteleportiert, meinst du? Ist das überhaupt möglich?“

„Woher soll ich das wissen?“, fragte Peigi mit einem Anflug von Verzweiflung. „Doch gestern hat er die Ley-Linie erwähnt, als wäre sie der Schlüssel. Deshalb müssen wir sie freilegen.“

Graham entfuhr ein langes Seufzen. „Na schön, na schön.“ Er hob resigniert die Hände. „Wir müssen mit Eric darüber sprechen, und mit meinen Shiftern. Anders geht es nicht. Aber um der Göttin willen, renn bitte nicht zu Misty und erzähl ihr alles brühwarm. Sonst hab ich sie am Hacken, und die Frau kann mir echt die Hölle heißmachen.“

Stuart mochte Dunkelheit nicht. Die Shifter glaubten zwar das Gegenteil, schließlich war er eine „dunkle" Fee, wobei diese wörtliche Übersetzung der eigentlichen Bedeutung von *dokk alfar* nicht gerecht wurde. Jedenfalls mochte Stuart diese Art der Dunkelheit nicht, die einem selbst die Erinnerung an Licht aussaugte. Eine schöne Höhle zu erkunden war eine Sache, aber in dieser war es stockfinster und stank. Hier schien sich der Muff von Jahrhunderten gesammelt zu haben.

„Hätten wir uns nicht in einem netten Café unterhalten können?", rief er. „Es gibt ein paar gute in Las Vegas. Dann könnte ich jetzt einen dreifachen Espresso genießen, statt hier in der Dunkelheit zu warten."

Wir brauchen dich.

Die geisterhafte Stimme war das Unheimlichste an der ganzen Geschichte. Reid wusste, dass es schwierig war, über Welten hinweg zu kommunizieren, und dass Schallwellen oder Gedankenwellen oder was auch immer verzerrt wurden. Die Ley-Linien markierten die Schwachstellen zwischen den Welten, doch sie waren – der Göttin sei Dank – nicht mit Toren zu vergleichen, durch die man jederzeit in eine andere Realität wechseln konnte. Dafür brauchte man schon einen Talisman oder einen Zauber oder ein Ritual, zu dem häufig Blut und Gewalt gehörten.

„Wofür braucht ihr mich?", fragte Reid barsch. „Ich habe genug davon, euch den Arsch zu retten. Dafür wurde ich ins Exil geschickt, wo ich zu einer schlechten Person verkommen bin. Jetzt, da ich endlich meinen Hintern hochgekriegt und die Chance habe, glücklich zu werden, wollt ihr, dass ich zurückkehre? Habt ihr sie noch alle?"

Sie werden uns alle vernichten.

„Die *hoch alfar*? Natürlich. Was erwartest du? Dass sie eine Party für uns schmeißen? Sie versuchen andauernd, die *dokk alfar* auszurotten. Das ist mittlerweile so etwas wie ihr Lebenszweck."

Stille. Reid hatte keinen Schimmer, welcher *dokk alfar* am anderen Ende der Leitung saß, und dass es sich um ein Mitglied seines Volkes handeln musste, schloss er einzig aus der Tatsache, dass die Stimme seine Sprache verwendete. Keine Hochelfe hätte ihre Zunge damit beschmutzt.

Stuart wusste nicht, wo er war. Gerade hatte er noch Rührei für die Jungen und Peigi gemacht, dann hatte ihn der unbändige Drang überkommen zu teleportieren. Hierher.

Da es ihm nicht möglich war, an einen Ort zu springen, den er nicht kannte, musste er wohl schon mal hier gewesen sein. Er musste sich vorstellen können, wohin er wollte, sonst funktionierte es nicht. Eine vage Idee von seinem Ziel reichte nicht aus, wie etwa „Auf nach Tahiti!" Dafür musste er schon ein Flugticket kaufen und den Ort zunächst einmal auskundschaften, was bedeutete, dass er mit seiner Fähigkeit keinerlei Kosten sparen konnte. Außerdem war die Reichweite begrenzt. Tahiti beispielsweise lag viel zu weit von Las Vegas entfernt, als dass eine einzelne Teleportation genügt hätte.

Das Flüstern setzte wieder ein, der so typische Singsang der *dokk alfar*. *Wir brauchen den Eisenmeister. Sie haben den* Karmsyern *gestohlen.*

Reid erstarrte. *Karmsyern* war der Begriff der *dokk alfar* für etwas, das sich ungefähr als „Eiserner Wächter" übersetzen ließ. Es handelte sich um einen Talisman, ein Amulett, ganz aus Eisen geschmiedet, das am Eingang zum Land der *dokk alfar* hing. Die *hoch alfar* hassten Eisen, weil es sie vergiftete, und das allein hielt sie von einer Invasion ab.

Zumindest in der Theorie. In Wirklichkeit überfielen, belästigten und töteten die Hochelfen jeden *dokk alfar*, dessen sie habhaft wurden. Allerdings hielt der Talisman sie tatsächlich davon ab, zu weit in das Territorium der dunklen Feen vorzudringen. Das lag sicher auch an den mächtigen, uralten und bereits halbvergessenen Zaubern, die in das Stück Eisen gewoben waren, das also keineswegs nur völlig harmlos an einem Ast baumelte.

„Wie haben sie ihn gestohlen, wo sie doch gar nicht in seine Nähe können?“, wollte Reid wissen.

Wieder war es still, diesmal noch ein bisschen länger. *Sie haben Sklaven. Vielleicht waren es die Kampfbestien, die sie zurückgeholt haben, damit sie ihnen helfen.*

Reid holte scharf Luft. In den vergangenen Jahren waren einige Shifter dumm genug gewesen, ins Feenreich zurückzukehren und dort ausgerechnet zu Handlangern der Feen zu werden. Diese Shifter glaubten, dass die Feen ihnen helfen würden, ihre Freiheit zu erlangen und die Welt der Menschen zu überrennen, um sie sich untertan zu machen.

Manche Idioten glaubten auch einfach alles.

Wenn Shifter den *Karmsyern* gestohlen und zu den *hoch alfar* gebracht hatten, war die Kacke tatsächlich so richtig am Dampfen.

„Bist du sicher?“, fragte er noch einmal nach.

Das Flüstern klang jetzt zornig. *Zumindest so sicher, dass ein paar von uns es auf sich genommen haben, Kontakt zu dir herzustellen. Ich hoffe, dass es die Schmerzen wert ist.*

„Ich weiß nicht einmal, wer du bist.“

Diesmal dauerte die Stille so lange an, dass Reid nicht mehr auf eine Antwort hoffte. Schließlich sagte die Stimme: *Sprich mit dem roten Wolf.*

Dann verstummte sie. Reid wartete. Nichts. Er rief ein paarmal, ohne Erfolg. Entweder hatte der Typ am anderen Ende der Leitung ihm nichts mehr zu sagen, oder der Riss in der Ley-Linie hatte sich wieder geschlossen.

Reid blieb mit seinen quälenden Gedanken allein in der Dunkelheit zurück, was sich wirklich nicht gut anfühlte. Er rief sich die sonnenhelle Küche mit den gut gelaunten, lärmenden Jungen und Peigis wunderschönem Lächeln ins Gedächtnis. Er nutzte die Kraft seines Willens, um dorthin zu gelangen, und machte sich auf den Ruck des Teleports gefasst.

Nichts geschah.

Reid versuchte es wieder und wieder. Doch statt des seltsamen Gefühls, wie ein Gummiband in die Länge gezogen zu werden und an zwei Orten gleichzeitig zu sein, geschah rein gar nichts.

Er steckte irgendwo unter der Erde fest, in absoluter Dunkelheit, ohne den Hauch einer Ahnung, wo er war oder wie er hier rauskommen sollte.

„Dort", sagte Eric und zeigte auf den Boden.

Während Peigi und Graham Eric auf dem Weg zu den neu errichteten Häusern durch die Shiftertown gefolgt waren, hatten sich ihnen einige Shifter angeschlossen.

Graham hatte Peigi zunächst zu Eric gebracht und ihm von ihren Theorien über die Ley-Linie berichtet. Eric war sofort willens gewesen, die Shiftertown umzugraben, bis sie die Linie gefunden hatten, was Graham ganz und gar nicht gefallen hatte, weil es um seinen Teil der Siedlung ging. Sie hatten eine Weile diskutiert, wobei der Wolf einige knurrige Flüche ausgestoßen hatte, bis Eric sich schließlich über ihn hinweggesetzt hatte.

Eric wirkte wie ein ruhiger, lockerer Typ, der gern mit seiner Gefährtin und seinem Jungen in der Sonne saß, aber wenn er einen Befehl erteilte, hielten selbst Graham und seine Wölfe die Klappe.

Der Anführer der Shiftertown hatte die Expedition sofort gestartet. Seine beiden Stellvertreter, Erics Schwester Cassidy und Shanes Bruder Brody, hatten sich ihnen angeschlossen. Shane war in Peigis Haus geblieben, um auf die Jungen aufzupassen. Iona, Erics Gefährtin, war mit ihnen unterwegs, genau wie Diego Escobar, Reids Boss und der Gefährte von Cassidy, der gerade bei Eric zum Frühstück eingeladen gewesen war. Die Jungen in Erics Haus waren zu klein, um allein zu bleiben, weshalb Cassidy und Iona sie mitgenommen hatten.

Nell kam aus ihrem Haus, als sie daran vorbeigingen, und

verlangte zu wissen, was los sei. Als Peigis Clanoberhaupt ließ sie es sich nicht nehmen, sich ihnen anzuschließen, und sie wartete nur darauf, dass Graham versuchte, sie wieder loszuwerden. Die einzigen Bewohner der Shiftertown, gegen die Graham nicht ankam – mal abgesehen von Misty –, waren Eric und Nell, und deshalb sparte sich der Wolf die Mühe.

Nells Gefährte, ein Bär namens Cormac, war an ihrer Seite. Sie holten unterwegs einige von Grahams Wölfen ab, darunter Dougal, seinen Neffen und Stellvertreter, und einige andere. Die übrigen Bewohner der Shiftertown, die ihre Neugier unter keinen Umständen hatten im Zaum halten können, traten aus ihren Häusern, erkundigten sich lauthals, wohin Eric und Graham unterwegs waren, und trotteten dann hinter ihnen her.

Als die Gruppe einen Block weiter vor dem kleinen Vorgarten eines Hauses anhielt, das an derselben Straße wie Peigis lag, zählte sie rund dreißig Mitglieder.

Der Lupid, der dort wohnte, kam ins Freie gestürmt. „Was ist denn hier los?"

Die Shifter und die paar Menschen hatten keinen Fuß auf den Rasen des Lupids gesetzt. Selbst Alphas, Clanoberhäupter und Anführer von Shiftertowns hatten die Reviergrenzen von Shiftern zu achten. Auf diesem kleinen Flecken Erde hatte einzig der halb wache Lupid, der in Muskelshirt und Jeans vor ihnen stand und sie über den Rand seiner Kaffeetasse misstrauisch beäugte, das Sagen.

„Wir müssen die Ley-Linie ausbuddeln", verkündete Graham. „Wär schön, wenn du uns die Erlaubnis dazu gibst, aber wenn nicht, reißen wir die Straße auf und graben einen Tunnel. Ich hoffe, dein Haus steht auf einem festen Fundament."

Der Lupid mit dem zerzausten braunen Haar und dem dunklen Bartschatten starrte Graham ungläubig an. „Warum um alles in der Welt wollt ihr das machen?"

„Wir wollen herausfinden, was mit der dunklen Fee passiert ist.“

Der Mann starrte ihn noch immer ungläubig an. „Moment mal. Ihr wollt meinen Rasen aufhacken und einen Tunnel unter mein Haus graben, nur um diesen unheimlichen Feenmistkerl zu finden? Oh, tut mir leid, Peigi. Ich hab dich gar nicht gesehen.“

Er wurde rot und nippte schnell an seinem Kaffee, als wolle er seine Worte hinunterschlucken. Selbst ein noch so streitlustiger Wolf wagte es selten, über den Gefährten einer Bärin herzuziehen.

Natürlich waren Stuart und Peigi nicht im eigentlichen Sinne Gefährten, aber in der Shiftertown galten sie längst als solche. Zumindest bei allen Bewohnern außer Stuart und Peigi. Den Beziehungsstatus „Es ist kompliziert“ gab es bei Shiftern nicht.

„Na schön“, knurrte Graham den Lupid an. „Diego, kannst du uns einen Bagger besorgen?“

Diego hob die Brauen. „Klar, ich hab für Notfälle natürlich immer einen einstecken. Wo zum Teufel soll ich denn bitte an einem Mittwoch um sieben Uhr morgens einen Bagger herbekommen?“

Graham sah ihn in gespielter Überraschung an. „Du hast doch sonst immer im Handumdrehen alle möglichen Gerätschaften parat. Ich dachte, du kennst da bestimmt jemanden.“

„Ja, aber das dauert alles. Ich muss rumtelefonieren, und …“

„Dann warten wir so lange.“

„Meinst du wirklich?“, warf Brody, eine kleinere Version von Shane, ein und rieb sich die Hände. „Wir sind doch genug Leute. Wenn sich jeder von uns eine Schaufel schnappt, sollten wir in kürzester Zeit einen Graben ausheben können.“

Cormac stand neben ihm und studierte den Boden. „Für die Straße bräuchten wir wahrscheinlich einen Presslufthammer. Glaubst du, die Menschen rasten aus, wenn wir die Straße aufreißen?"

„Wahrscheinlich schon", antwortete Eric auf seine ruhige Art und Weise. „Es wäre einfacher, im weichen Erdboden anzufangen, aber wir können Kurt nicht zwingen, seinen Garten aufzugeben."

Wie die meisten Häuser in Las Vegas besaß auch dieses einen kleinen Flecken Rasen, der stetig bewässert werden musste. Rundum wuchsen Büsche, hier waren es Oleander, Feuerdorn und Wandelröschen, und eine Reihe saftig leuchtenden Immergrüns säumte den Gehweg.

Graham beäugte Kurt, der zornig die Tasse gesenkt hatte. „Ach, komm schon. Meine Gefährtin hat die gerade erst gepflanzt." Er machte mit der Kaffeetasse eine ausladende Geste, die den Büschen galt. „Bring sie nicht auf die Palme, Graham."

Graham musterte ihn stumm. Eric hätte Kurts Einwände mit Leichtigkeit übergehen können, aber er hielt sich zurück und ließ Graham die Situation regeln. Niemand war angespannt oder gar wütend, doch Peigi hatte lange genug in gemischten Gruppen von Shiftern gelebt, um zu wissen, dass diese morgendliche Begegnung im Handumdrehen in eine wüste Prügelei ausarten konnte.

„Unter normalen Umständen würde ich sagen ‚Vergiss es' und alle nach Hause schicken", setzte Graham an. „Aber Reid ist wichtig. Sein Wissen über die Feen ist einzigartig, und ich habe selbst gesehen, wie mühelos er gegen sie kämpft. Außerdem kann er dieses Teleportationsding. Wir brauchen ihn, also müssen wir ihn finden. Zum Wohle der Shiftertown. Peigi sorgt sich um ihn, und ich nehme das ernst. Eric auch."

Eric zuckte nur mit den Achseln, um zu zeigen, dass er nichts einzuwenden hatte, daraus aber auch keine große Sache machen würde, solange das nicht nötig war.

Kurt musterte die Menge, die sich auf dem Gehweg vor ihm aufgebaut hatte, prüfend und nahm noch einen Schluck

Kaffee. Peigi sah Silhouetten hinter den Vorhängen an den Fenstern, zweifellos seine Gefährtin und seine Jungen. Sie waren neugierig, würden aber nicht rauskommen, bis Kurt ihnen signalisierte, dass alles in Ordnung war.

Kurt hob den Blick zum Himmel und seufzte dann laut.

„Ihr müsst den Garten nicht aufbuddeln“, teilte er ihnen resigniert mit. „Oder die Straße aufreißen. Ich lasse euch in den Keller. Allerdings nicht alle.“ Den letzten Satz schob er rasch nach, als sich der Pulk Shifter geschlossen in Bewegung setzte. „Nur Graham und Peigi. Wenn es unbedingt sein muss auch Diego, aber sonst niemanden.“

KAPITEL DREI

„Ihr habt ihn gehört“, rief Graham seinen Shiftern auf der Straße zu, während Kurt zurück in sein Haus stapfte. „Haltet euch von seinem Territorium fern. Komm mit, Peigi.“

„Wenn ihr schweres Grabungsgerät braucht, ruft mich an“, sagte Diego. „Bis dahin steh ich euch lieber nicht im Weg.“

Peigi nickte ihm dankbar zu. Er war zwar ein Mensch, aber er wusste, wie heilig einem Shifter sein Revier war und wie schwer Kurt die ganze Sache fallen musste.

Shifter bewahrten ihre wertvollsten Besitztümer in ihren Kellern auf. Sie lebten wesentlich länger als Menschen und hatten im Laufe der Jahrhunderte Schätze aus dieser Welt gesammelt, die ihnen beim Überleben helfen konnten. Die Erstausgabe eines Romans aus dem achtzehnten Jahrhundert oder ein Objekt aus der Kunstsammlung Katharinas der Großen war wertbeständiger als Papierwährungen oder Aktien, zumindest wenn man gut darauf achtete. Wobei Shifter von Zeit zu Zeit durchaus in Aktien investierten, vorausgesetzt sie fanden menschliche Mittelsmänner, die ihre Klappe halten konnten.

Der Hort eines Shifters wurde über Generationen innerhalb der Familie, des Rudels oder Clans weitergegeben, und kein Außenstehender durfte wissen oder sehen, was er umfasste. Aus diesem Grund führte Kurt sie sehr zögerlich zu einer verborgenen Tür am Ende des Flurs und schloss sie auf. Seine Gefährtin hielt sich in der Nähe und beobachtete sie mit wachsamen Wolfsaugen, ohne jedoch einen Streit vom Zaun zu brechen.

Peigi besaß keinen Schatz. Den Kontakt zu ihrem Clan hatte sie vor langer Zeit verloren, sogar noch bevor sie alle eingefangen und in Shiftertowns gepfercht worden waren. Sie hatte den Großteil der vergangenen fünfundzwanzig Jahre mit einer Gruppe Parias verbracht, die ein Bärenshifter anführte, der sich Miguel nannte. So hieß er nicht wirklich, denn er passte seinen Namen, wenn möglich, an ihren jeweiligen Aufenthaltsort an, um als Einheimischer durchzugehen.

Dass Peigi so töricht gewesen war, an ihn zu glauben, hatte sie clan- und beinahe auch obdachlos gemacht. Dieser Tage hatte sie zumindest eine Bleibe, aber sie hatte ganz von vorn anfangen müssen, weshalb es in ihrem Keller keinerlei Reichtümer zu finden gab. Stuart bestand darauf, Miete für das Zimmer zu bezahlen, das sie ihm überlassen hatte, und investierte den Großteil seines Gehalts bei DX Security in Essen für die Jungen.

Peigi stand tief in seiner Schuld.

Kurt führte sie dicht gefolgt von Graham eine Treppe hinunter, Peigi bildete das Schlusslicht. Der Flur, in den die Treppe mündete, war unauffällig und leer, die Türen auf beiden Seiten waren geschlossen. Kurts Familiengeheimnisse waren vor ihren Augen sicher, und trotzdem roch Peigi seine Nervosität.

Der Hausherr blieb am Ende des Flurs vor einer Tür stehen, die fast genauso aussah wie die anderen, nur dass sie durch ein Metallband mit Vorhängeschloss gesichert war. Kurt zog seinen Schlüsselbund aus der Tasche und öffnete sie.

„Jungen haben vor ein paar Monaten hier gespielt und dabei die Ley-Linie entdeckt", erklärte Kurt. „Meine Gefährtin und ich haben sie versiegelt und diese Tür davor gebaut. Seither haben wir nichts mehr gespürt, also sind wir davon aus ausgegangen, dass die Linie nicht mehr aktiv ist."

Vielleicht war sie das auch nicht mehr. Nichts zeugte davon, dass Stuart hinter der Tür wartete oder dass sie herausfinden würden, wem die Stimme gehörte, die nach ihm gerufen hatte.

Kurt öffnete die Tür. Er musste sie förmlich aufreißen, weil die Scharniere wie eingerostet waren.

Dahinter kam ein Raum zum Vorschein, der in der Mitte zugemauert war. Allerdings klaffte in der Mauer ein Loch, das aussah wie der Eingang zu einer Höhle. Backsteine lagen über den Boden des kleinen Raums und im Durchgang verteilt.

„Was zum Teufel ist denn hier los?" Kurt trat mit kehligem Knurren hastig einen Schritt zurück. „Wir hatten das doch versiegelt."

Graham knurrte ebenfalls, und Peigi musste gegen den überwältigenden Drang ankämpfen, sofort die Flucht zu ergreifen.

„Offenbar hat jemand es wieder aufgerissen", fasste Graham das Offensichtliche zusammen. „Deine Jungen vielleicht?"

„Auf gar keinen Fall. Die wissen, dass sie hier nichts zu suchen haben. Sie trauen sich nicht mal, den Gang so weit zu gehen."

Kurt war aschfahl und schweißgebadet. Peigi blieb stumm, konnte ihm seine Reaktion aber nicht verdenken. Sie wollte einfach nur wegrennen. Die Schwingungen, die sie aus der Öffnung empfing, waren höchst beunruhigend – Angst und Verwesungsgeruch kombiniert mit einer magischen Komponente, die sie gar nicht erst näher erkunden wollte.

Doch wenn Stuart dort drinnen war …

„Wir sollten das mal genauer untersuchen", hörte sie sich selbst sagen.

Kurt sah hundsmiserabel aus. Graham warf Peigi einen

finsteren Blick zu, richtete sich aber gleichzeitig zu seiner vollen Größe auf. „Kurt, halte hier Wache. Wenn irgendetwas schiefläuft, hol so schnell wie möglich Eric und Diego."

Kurt machte erleichtert und verärgert zugleich einen weiteren Schritt zurück. Er hatte schreckliche Angst, doch es beschämte ihn, dass Peigi sich freiwillig vorwagte, während er zurückblieb. Kurt war allerdings nicht besonders dominant, und Graham würde ihn als guter Anführer nicht in eine Situation zwingen, die offensichtlich zu viel für ihn war.

Peigi setzte sich in Bewegung. Graham gab einen verärgerten Laut von sich und überholte sie. Er war hier der Anführer, also würde er verdammt noch mal vorangehen.

So sehr sie auch für Stuart fürchtete, alles an Peigi sträubte sich dagegen, durch das Loch zu treten. Seit sie im Keller einer alten Fabrik gefangen gehalten worden war, war sie kein besonders großer Fan von feuchten Untergeschossen. In dem gut beleuchteten, trockenen Flur, der sich überall im Haus hätte befinden können, war es ihr noch gut gegangen, aber dieser Tunnel war etwas ganz anderes. Er war beklemmend und stickig, es gab keinen Fluchtweg.

„Ich hoffe, Stuart weiß das zu schätzen", murmelte sie, während sie hinter Graham geduckt durch die Öffnung stieg.

Der Lupid lachte. „Dafür werde ich sorgen."

Das magische Kribbeln unter ihrer Haut wurde stärker, und Peigi sträubten sich die Nackenhaare. Die Bärin in ihr knurrte und fluchte. Ihre Art war Höhlen normalerweise durchaus zugetan, und auch Peigi hatte sie früher gemocht. Noch etwas, das Miguel ihr genommen hatte.

Weiße, feuchte Nebelschwaden wogten um sie und schienen sich um sie zu legen. Es roch nach beißendem Rauch mit einem Hauch Minze.

„Ich hasse Feen", schimpfte Graham. „Hasse, hasse, hasse sie."

Peigi war da ganz seiner Meinung.

Sie ging zwei, drei Schritte weiter, bis der Nebel sie völlig eingehüllt hatte.

„Wir müssen hier raus", erklärte Graham, und genau in diesem Augenblick entdeckte Peigi einen dunklen Schemen inmitten des Nebels.

„Stuart!"

Sie stürzte zu ihm. Graham packte sie, um sie zurückzuziehen, doch Peigi riss sich los und hielt stur auf den großgewachsenen, reglosen Mann zu.

Stuart starrte mit hängenden Armen ziellos in den Nebel und rührte sich nicht. Er nahm Peigi nicht wahr und drehte sich nicht zu ihr um, als sie näher kam.

„Stuart!"

„Was ist mit ihm los?" Graham schälte sich aus dem undurchdringlichen Weiß. „Weck ihn auf. Mach schon, wir müssen hier weg."

Peigi legte Stuart eine Hand auf die Schulter und spürte, dass er unter dem T-Shirt ganz kalt war. „Ich bin's. Alles in Ordnung?"

Stuart rührte sich nicht. Er hatte die dunklen Augen weit aufgerissen und schien etwas zu fixieren, das ihrem Blick verborgen blieb. Er atmete und war offensichtlich am Leben, aber seine Starre war äußerst beunruhigend. Überwältigende Angst erfasste Peigi. Sie konnte ihn nicht verlieren. Das durfte einfach nicht geschehen.

„Scheiß drauf", fluchte Graham. „Ich trage ihn raus."

„Nein, lass mich das machen." Peigi zog sich rasch das Oberteil aus, trat sich die Schuhe von den Füßen und war bereit, Bärengestalt anzunehmen.

Aus reiner Gewohnheit faltete sie ihre Kleidung, wie sie es auch den Jungen beigebracht hatte, die sonst immer alles in der Gegend rumliegen ließen, wenn sie sich verwandelten.

Peigi reichte ihren fein säuberlich zusammengelegten Stapel Kleidung an den sichtlich verblüfften Graham.

„Hat dir schon mal jemand gesagt, dass du einen

Ordnungsfimmel hast?", wollte er wissen, während er die Sachen entgegennahm.

„Jap." Peigi wandte sich von ihm ab und wandelte sich.

Es fühlte sich gut an, wieder Bärin zu sein, und sie hatte sich schon den ganzen Morgen danach gesehnt. Sie streckte ihre langen Gliedmaßen, schüttelte ihr Fell und knurrte aus voller Kehle.

In dieser Gestalt war Peigis Geruchssinn deutlich besser. Graham roch nach Wolf und Nervosität, ihm behagte die Situation genauso wenig wie ihr. Doch das hätte er niemals zugegeben. Nicht Graham, der unbändige Alphawolf.

Stuarts Duft hatte sich mit dem des Nebels vermischt. Als Fee roch auch er immer ein bisschen nach Rauch, allerdings nicht so beißend wie die Hochelfen. Bei ihm waren es eher Sandelholz und eine schwere Würze, Stärke und Stille.

Sein Körper blieb reglos, sein Blick leer. Stuart war gefangen, wie wusste Peigi nicht, und es spielte auch keine Rolle. Sie wollte ihn einfach nur dort rausbringen.

Peigi ging um ihn herum, holte tief Luft und warf sich dann gegen ihn.

Stuart war groß und fiel um wie ein Baum. Er hatte sämtliche Körperspannung verloren, und Graham fing ihn gerade noch rechtzeitig auf und legte ihn Peigi über den Rücken. Stuart wachte selbst jetzt nicht auf. Graham hielt ihn fest, während Peigi den Rückweg in Richtung Loch in der Mauer antrat.

Zumindest hoffte sie, dass es der richtige Weg war. Die Nebelschwaden erschwerten ihr die Orientierung, und es gab keine Geräusche, die ihr hätten helfen können. Sie musste ihrem Geruchssinn folgen, doch selbst das war in Anbetracht des beißenden Gestanks der Ley-Linie nicht so leicht, also musste sie abschätzen, wo Kurts Keller lag.

Grahams wölfischem Knurren nach zu urteilen, wusste er auch nicht, wo sie hinmussten. „Reid muss aufwachen und uns nach Hause bringen. Ich hasse es wirklich, wenn er das mit mir macht." Graham schauderte. „Aber verdammte Axt, es ist echt nützlich."

Peigi knurrte warnend in seine Richtung. Graham durfte Stuart nicht behelligen, er konnte schließlich verletzt sein oder sogar im Sterben liegen. Sie wussten rein gar nichts über den Zauber, der ihn befallen hatte.

Graham gab nach. Er wollte sich lieber nicht mit Peigi anlegen, wenn sich ihr Beschützerinstinkt für Stuart derart ausdrucksvoll zu Wort meldete.

Sie gingen ungefähr fünf Minuten weiter, doch noch immer konnte Peigi nur den dicken Nebel ausmachen. Von Kurts Kellertür fehlte jede Spur.

„Verdammter Mist", murmelte Graham. „Ich will nicht im Feenland festsitzen. Beim letzten Mal gab's dafür auch schon nicht mal ein lausiges T-Shirt."

Peigi hatte darauf ebenfalls wenig Lust. Eine Bärenshifterin und ein Alphawolf verkörperten großartige Trophäen für einen Feenkrieger, der sie entweder versklaven oder zu Kaminvorlegern verarbeiten würde. Graham war ein guter Kämpfer und Peigi als Bärin sehr stark, aber zu zweit und mit einem erstarrten *dokk alfar* im Schlepptau stellten sie leichte Beute für eine Gruppe Feen dar.

Die Hochelfen würden Stuart in Stücke reißen, wahrscheinlich nachdem sie ihn eine Ewigkeit gefoltert hatten. Das würde Peigi nicht zulassen.

„Ich glaube, wir haben leider keine Wahl", verkündete Graham nach weiteren zehn Minuten. „Wir müssen ihn irgendwie aufwecken, Peigi. Er ist der Einzige, der uns …"

„Onkel Graham!"

Zwei kleine Jungen kamen aus dem dichten Nebel gesaust und prallten gegen Grahams Beine. Sie verwandelten sich sofort und wurden zu Wolfsjungen mit riesigen Pfoten und zu großen Ohren.

„Was zum Teufel macht ihr denn hier?", überbrüllte Graham ihr lautes Gejaule. „Warum seid ihr nicht bei Misty?"

Einer der kleinen Wölfe, Kyle, vielleicht auch Matt – bei eineiigen Zwillingen war das schwer zu sagen –, nahm wieder die Gestalt eines etwa siebenjährigen Jungen an. „Wir wollen euch retten. Kommt mit!"

Er verwandelte sich zurück in einen kleinen Wolf, und die beiden Jungen jagten mit wie wild wedelnden Schwänzen in seitlichem Galopp los.

Graham folgte ihnen und schimpfte dabei die ganze Zeit über ungezogene Jungen, die lernen mussten, sich an Absprachen zu halten. Peigi folgte ihnen mit Stuart auf dem Rücken.

Während die Jungen durch die Nebelschwaden rasten, wurde die Sicht besser. Kühlere Luft umgab Peigi, und wenige Minuten später sah sie das künstliche gelbe Licht, das durch die Öffnung von Kurts Kellertür fiel.

Die Jungen rannten hindurch, dicht gefolgt von Graham. Peigi wurde noch schneller und hechtete hinter ihnen durch die Öffnung. Als sie den gefliesten Boden unter ihren Tatzen spürte, seufzte sie vor Erleichterung auf.

Kurt, der völlig verängstigt auf sie gewartet hatte, schloss rasch die Tür hinter ihnen und verriegelte sie. „Geht es ihm gut?", fragte er besorgt.

Peigi duckte sich auf den Bauch, und Graham und Kurt zogen Stuart sanft von ihrem Rücken. Er wachte nicht auf, sondern blieb mit geschlossenen Augen und nebelfeuchtem Haar reglos auf dem Boden liegen.

Peigi stupste ihn mit der Schnauze an. *Wach auf. Bitte. Ich schaff das nicht ohne dich.*

Die Jungen kamen wieder auf sie zugestürmt. Graham lehnte sich keuchend an die Wand. „Könnt ihr zwei euch endlich mal beruhigen?"

Bei seinem Gebrüll erstarrten Matt und Kyle kurz. Doch statt vor Graham zu kuschen, trotteten sie zu Stuart und fingen an, ihm das Gesicht zu lecken.

Peigi blieb in Bärengestalt, weil sie sich nicht vor Kurt zurückverwandeln wollte, während Graham ihre Kleidung in den geballten Fäusten hielt. Er würde ihr T-Shirt total zerknittern.

Die Jungen wedelten und leckten Stuart weiter über das Gesicht, bis der sich endlich zu regen begann. Sie ließen auch dann nicht von ihm ab, als er verwirrt die Augen öffnete.

Peigi sah, wie seine schwarzen Augen wieder klar wurden und ihm nach einem kurzen Moment dämmerte, dass zwei Wolfsjunge ihm gerade unablässig ihre Zungen übers Gesicht zogen.

„Ich bin wach, Leute. Ihr könnt aufhören.“ Stuart drückte die zappelnden Wolfskörper sanft von sich weg, setzte sich auf und wischte sich die Wangen. „Hat jemand ein Handtuch?“

REID BESCHLOSS, GRAHAM ZU BEWEISEN, DASS ER VÖLLIG IN Ordnung war, indem er Matt und Kyle nach Hause teleportierte. Er landete auf Grahams vorderer Veranda und übergab die Jungen an Misty, die bei seinem plötzlichen Erscheinen die Tür aufgerissen hatte.

„Geht es dir gut?“, fragte Misty voller Sorge. Sie war total liebenswert, und es war ihr gelungen, Graham von einem streitlustigen Dreckskerl in einen halbwegs vernünftigen Shifter zu verwandeln, der sich mit erstaunlicher Hingabe um sein neugeborenes Junges, seinen Neffen und Matt und Kyle kümmerte.

„Ich denke schon.“ Reid wusste nicht genau, wie er in dem Nebel stecken geblieben oder wie Peigi zu ihm gelangt war, doch dass er lebte, reichte ihm fürs Erste. „Dank deines Rettungsteams.“

Die beiden Jungen hingen noch immer in Wolfsgestalt in Mistys Armen und wedelten mit den Schwänzen. Matt leckte ihr sogar übers Kinn.

„Ich habe sie auf die Suche nach euch geschickt“, erklärte ihm Misty, „weil ich mich daran erinnert habe, dass sie

‚Wachen' genannt werden, oder zumindest von diesen abstammen. Als Dougal hergekommen ist und mir erzählt hat, dass er befürchtet, Graham könne im Feenland festsitzen, habe ich ihm die Jungen mitgegeben, weil ich gehofft habe, sie könnten vielleicht eure Fährte finden."

„Gut mitgedacht." Reid kraulte beide Junge hinter den Ohren, und sein ohnehin schon beachtlicher Respekt vor Misty wuchs noch weiter.

Man hatte ihnen gesagt, dass die beiden Jungen als „Wachen" bezeichnet wurden, Shifter, die von den Feen als größere, stärkere, schnellere, klügere und so weiter Exemplare ihrer Art gezüchtet worden waren. Sie hatten einst die Generäle und Anführer der Feen beschützt, bis die meisten von ihnen im erbitterten Kampf der Shifter um ihre Freiheit gefallen waren. Wie die weißen Tiger, die zur Unterhaltung der Feenprinzen gezüchtet worden waren, hatten sich auch die Wachen gegen die Feen gewandt und den Shiftern bei ihrer Flucht in die Welt der Menschen geholfen.

Matt und Kyle waren mit ihren gerade sieben Jahren die beiden einzigen noch lebenden Exemplare dieser Art – zumindest soweit man wusste.

„Danke, dass du sie nach Hause gebracht hast", meinte Misty.

„Ihnen gebührt der Dank für meine Rettung. Spendiere ihnen heute Abend eine Extraportion Eis. Auf meine Kosten."

Die Jungen rasteten vor Glück förmlich aus. Sie liebten Eis.

Misty lächelte. „Ich bin froh, dass es dir gut geht."

Reid nickte bloß knapp, weil es ihm peinlich war, dass er überhaupt hatte gerettet werden müssen. Er war auch nicht gerade glücklich darüber, dass er festgesessen hatte und nicht in der Lage gewesen war, sich in Sicherheit zu teleportieren. Diese Fähigkeit ging normalerweise nur im Feenland verloren, dabei war er lediglich in einer Falte zwischen den Welten gewesen, oder? Bedeutete das, dass er in diesem Zwischenraum auch keine Macht über Eisen hatte? Der Gedanke erfüllte ihn mit Unbehagen.

Stuart verabschiedete sich von Misty und den quirligen Jungen, ehe er den Heimweg antrat. Natürlich hätte er dorthin teleportieren können, aber es fühlte sich gut an, an diesem Wintermorgen die Kälte auf der Haut zu spüren.

Die Krise war gemeistert, also zerstreuten sich die Shifter wieder. Brody klatschte mit Stuart ab, als er mit Cormac an ihm vorbeikam. „Gut, dich an einem Stück zu sehen, Reid."

Stuart hatte nie verstanden, was es mit dem Abklatschen oder Faustchecks oder all den Abwandlungen davon auf sich hatte, die er im Laufe der Jahre in der Menschenwelt beobachtet hatte. Allerdings erwiderte er die Geste mittlerweile, weil sie für Freundschaft und Akzeptanz stand, Dinge, die Stuart ironischerweise erst kennengelernt hatte, nachdem er in die Shiftertown gezogen war.

„Alles in Ordnung?" Cormac musterte ihn aufmerksam und teilnahmsvoll.

„Sicher." Reid merkte, wie unhöflich und ruppig er geklungen hatte, und setzte deshalb hinzu: „Ja, alles gut. Danke der Nachfrage."

Cormac legte Reid die riesige Hand auf die Schulter. „Dir ist schon klar, dass sich keiner von uns eine Rettungsmission entgehen lassen kann, oder? Schließlich müssen wir hinterher damit angeben, dass wir eine zentrale Rolle dabei gespielt haben."

„Anders ausgedrückt sind Shifter einfach nicht dafür gemacht, sich aus irgendwelchen Angelegenheiten rauszuhalten." Brody grinste breit, winkte Reid zu und lief weiter.

„Wenn du irgendetwas brauchst, melde dich." Cormac betrachtete ihn mit ernstem Blick. Nells Gefährte war selbst relativ neu in der Shiftertown und kannte das Gefühl, ein Außenseiter zu sein.

„Danke", wiederholte Stuart. „Geht es Peigi gut?"

Cormac nickte ihm zu. „Sie wird schon wieder. Sie hat sich

furchtbar Sorgen um dich gemacht, aber sie ist eine starke Lady."

„Ich weiß."

Cormacs Gesichtszüge wurden weicher. „Und was für eine. Pass gut auf dich auf."

Er klopfte Reid noch einmal auf die Schulter, ehe er Brody zurief, dass er auf ihn warten sollte.

Andere Shifter winkten Reid ebenfalls, wünschten ihm alles Gute oder zogen wortlos ab. Obwohl er schon einige Jahre in der Shiftertown lebte, fühlten sich nicht alle Shifter in seiner Gegenwart wohl. Eric hatte ihm offiziell gestattet, sich dort niederzulassen, und sowohl Nell als auch Graham bürgten für ihn, doch das änderte nichts an der Situation. Reid hatte den Eindruck, dass so mancher Shifter durchaus versuchen würde, ihn aus der Stadt zu werfen oder gar zu töten, wenn die drei dominanten Shifter ihm irgendwann ihre Fürsprache entziehen würden.

Für den Moment herrschte allerdings Waffenruhe. Reid hatte sich als nützlich erwiesen, deshalb duldeten ihn die Shifter, selbst wenn die Mehrheit ihn noch immer kritisch beäugte.

Als Stuart Peigis kleines Haus am Ende der Straße erreichte, war die Angelegenheit für die anderen Shifter bereits wieder gegessen. Auch Eric und Graham hatten sich anderen Dingen zugewandt. Sie hatten nie Feierabend.

Reid wurde das Herz leichter, während er das kleine rechteckige Haus betrachtete, in dem er die meisten Nächte verbrachte. Der Gestank, der ihm seit seinem unfreiwilligen Aufenthalt im Feenreich in der Nase hing, und die Verunsicherung, die die Worte des *dokk alfar* in ihm ausgelöst hatten, waren verflogen, als er sich dem Haus näherte und die Hand nach dem Türknauf ausstreckte.

Dann wurde die Tür von innen aufgerissen, und Peigi kam dahinter zum Vorschein. Noch ehe Reid ein Wort sagen konnte, zog sie ihn ins Haus und umarmte ihn, so fest sie nur konnte.

KAPITEL VIER

Stuart hatte nie verstanden, warum Shifter Berührungen als heilsam empfanden, bis er Peigi kennengelernt hatte. Als sie sich an seine Schulter schmiegte, erfüllte ihn Zufriedenheit.

Er zog sie enger an sich und atmete den Zimtgeruch ihres warmen Haars ein, genoss es, ihren Körper in seinen Armen zu spüren. Shifterinnen waren allgemein groß gewachsen, Bärinnen sogar noch größer, und Peigi konnte ihren Kopf bequem auf seine Schulter legen.

Zitternd presste sie sich enger an ihn. Reid strich ihr über den Rücken, wollte sie beruhigen und gleichzeitig ihre Stärke in sich aufnehmen.

Dann fühlte es sich plötzlich so an, als prallten Kanonenkugeln gegen seine Beine, und weitere Arme wurden stürmisch um ihn geschlungen, als die Jungen sich auf ihn stürzten. Donny tapste als kleiner Bär um sie alle herum und stupste Reid an, wann immer er eine Lücke für seine Nase fand.

Peigi hob den Kopf und wischte sich die Wangen ab. „Sie hatten furchtbare Angst, dass du nicht zurückkommst."

Stuart sah ihr tief in die von pechschwarzen Wimpern gerahmten blauen Augen. Er strich ihr eine Locke des dunklen

Haars hinters Ohr. „Du weißt, dass ich immer zurückkommen werde."

Das war die deutlichste Zuneigungsbekundung, die er ihr gegenüber in all der Zeit, die sie sich mittlerweile kannten, ausgesprochen hatte. Stuart und Peigi redeten nie darüber, was zwischen ihnen war, als fürchteten sie, die Seifenblase würde dann ein für alle Mal platzen.

Ihr Mund war seinem so nah, dass ihr Atem seine Lippen streifte. Stuart hätte sich nur ein winziges Stückchen vorbeugen müssen, um sie zu küssen. Er nahm wahr, wie sich ihre Brust mit jedem Atemzug hob und senkte, wie das Verlangen in ihren Augen brannte. Auch sie sehnte sich nach dem Kuss, der das besiegeln würde, was längst zwischen ihnen entfacht war, und vielleicht sogar noch mehr verhieß.

Stuart hatte sein Exil einzig wegen dieser Frau lieben gelernt. Peigi war so schön, und sie war in gewisser Weise ebenfalls eine Ausgestoßene, allein, jemand, der die aufnahm, die sonst niemand haben wollte.

Stuart war an diesem Morgen aus einer anderen Welt gerufen worden, von jemandem, der seine Hilfe brauchte und ihm von einer großen Gefahr berichtet hatte. Womöglich war er ein egoistischer Drecksack, aber in diesem Augenblick, in Peigis Armen, ihr so nah wie nie zuvor, wollte er am liebsten für immer genau hier bleiben.

Zwei kleine Fäuste hämmerten gegen seine Oberschenkel. „Ich habe Hunger!", rief Kevin, der nur selten das Wort ergriff. „Wir mussten so lange auf dich und Peigi warten. Kriegen wir dafür jetzt Pfannkuchen?"

„WILLST DU MIR DAVON ERZÄHLEN?"

Nachdem die Jungen ihr zweites Frühstück verputzt hatten – Shane hatte ihnen beim ersten noch das gerettete Rührei vorgesetzt –, saß Peigi auf der hinteren Veranda auf dem hölzernen Liegestuhl und genoss die warmen Sonnenstrahlen. Wie so oft in Las Vegas war der eiskalte Morgen einem mit gut zwanzig Grad sehr angenehmen Tag gewichen, der eine nette Abwechslung zum brutal heißen Sommer darstellte. In diesen Breitengraden freuten sich immer alle auf den Winter.

Trotz seines Abenteuers am Morgen hatte Stuart bei der Zubereitung der Pfannkuchen geholfen und danach den Abwasch beaufsichtigt. Die Jungen hatten ihre täglich anfallenden Aufgaben im Haushalt ohne großes Murren hinter sich gebracht und waren anschließend mit anderen Jungen auf den Freiflächen zwischen den Häusern spielen gegangen. Die erwachsenen Shifter sonnten sich unterdessen auf ihren Veranden und behielten die Kleinen im Auge.

„Ich weiß gar nicht, was es da zu erzählen gibt." Stuart saß entspannt auf der einzigen Stufe ihrer Veranda und hatte seine langen Beine ausgestreckt. „Es war seltsam. Ich bin nicht einmal ganz sicher, was eigentlich passiert ist."

„Du hast erzählt, dass du nicht rausteleportieren konntest", erinnerte ihn Peigi. Zumindest das hatte sie bereits aus ihm rausbekommen. „Weshalb ich durch dieses gruselige Loch steigen und dich da raustragen musste."

„Was ich wirklich zu schätzen weiß." Stuart schenkte Peigi ein Lächeln, bei dem ihr warm ums Herz wurde. „Ich möchte dir etwas schenken, um meine Dankbarkeit auszudrücken. Der Juwelier, dem Diego und ich letzten Monat bei seinem Problem mit den Diebstählen geholfen haben, verkauft ein paar sehr schöne Stücke. Möchtest du dir in seinem Laden etwas aussuchen?"

„Was soll ich denn mit einer Diamanthalskette?", fragte Peigi mit großen Augen. „Sie beim Abschlussball tragen?"

Stuarts Lächeln wurde noch breiter. „Was immer dir passend erscheint. Es spielt keine Rolle. Ich besorge dir definitiv etwas. Vielleicht neue Verandamöbel."

Peigi lehnte sich in ihrem Holzstuhl zurück. „Es gäbe

sicherlich bequemere Möbel, doch die würden die Jungen nur kaputtmachen. Alte, massive sind besser."

„Es ist echt nicht leicht, dir eine Freude zu bereiten."

Peigi zuckte die Achseln und tat, als erfüllten seine Stimme, sein Lächeln und seine schiere Anwesenheit sie nicht mit einem tiefen Glücksgefühl. „Ich bin schon froh, dass es dir gut geht. Die Jungen sind ganz schön anstrengend."

„Sie haben das Herz am richtigen Fleck." Er warf einen Blick auf ihre sechs Schutzbefohlenen, die mit anderen Jungen der Shiftertown kreischend durch die Gegend rannten.

Das Grizzly-Junge Noelle würde wahrscheinlich ein Alpha werden, wenn es die Chance dazu bekam. Sie konnte schon jetzt die kleineren Jungen der Shiftertown um sich versammeln und sich gegen die älteren behaupten. Donny wirkte ziemlich unbeschwert und längst nicht mehr so ängstlich wie früher. Er mochte nicht zum Anführer geboren sein, aber auch er würde eines Tages einen hohen Rang in der Hierarchie der Shifter innehaben. Die beiden jüngsten, Hannah und Kevin, die ihren Platz in der Welt noch nicht gefunden zu haben schienen, bereiteten Peigi etwas Sorgen.

„Sie wollen, dass ich zurückkomme", sagte Stuart.

Peigi sah ihm in die Augen. „Sie? Wer ist sie?"

„Die *dokk alfar*." Ehe sie fragen konnte, was das genau bedeutete, erzählte er ihr die ganze Geschichte und was die Stimme der dunklen Fee im realitätsleeren Raum zu ihm gesagt hatte.

Als Peigi nach und nach verstand, was das alles bedeutete, erschauderte sie. „Sie haben Angst vor einer Invasion?"

„Die Hochelfen haben schon lange keinen Feldzug mehr ins Reich der *dokk alfar* unternommen, doch sie suchen ständig nach neuen Mitteln und Wegen, um mein Volk auszumerzen und endlich das Eisen loszuwerden, das sie schwächt. Das Metall ist der einzige Grund, warum es ihnen bisher nicht gelungen ist, uns auszurotten, aber wenn ihnen die Shifter jetzt helfen …"

„Bist du sicher, dass er von Shiftern gesprochen hat?“, fragte Peigi ungläubig.

„Er hat *horkalan* gesagt, was in unserer Sprache Shifter bedeutet. Wörtlich übersetzt heißt es ‚Kampfbestie‘, wie die hohen Feen euch immer bezeichnet haben.“

Eine Wolke schob sich vor die Sonne, und es wurde schlagartig kühl. „Ich habe Gerüchte über Shifter gehört, die sich den Feen anschließen, aber …“

„Du willst sie nicht glauben?“, fragte Stuart. „Eric weiht mich nicht in alles ein, was er erfährt, aber ich kriege doch so einiges mit. Ein Shifter in New Orleans hat Leute rekrutiert, die wieder für die Feen arbeiten wollten. Er hat sie davon überzeugt, dass die Feen bessere Verbündete darstellen als die Menschen und dass sie mit ihnen größere Chancen hätten, irgendwann wirklich frei zu sein.“

„Das ist doch verrückt.“ Peigi zog die Füße an den Körper und legte die Arme um ihre Knie. „Welche Shifter sind denn so dumm, dass sie das glauben?“

„Leider ziemlich viele. Die Stimme hat gesagt, ich solle mit dem ‚roten Wolf‘ sprechen. Damit muss Dimitri Kashnikov gemeint sein, der geholfen hat, die Sekte in New Orleans zu zerschlagen. Dimitri war im Feenland und hat mit eigenen Augen gesehen, was dort vor sich geht.“

„Heißt das, du fährst nach New Orleans?“ Peigi versuchte, möglichst unbeteiligt zu klingen, aber es gelang ihr nicht ganz.

„Vielleicht. Ich telefoniere erst mal herum und finde heraus, ob Dimitri zu mir kommen kann.“

Peigi bemühte sich, Ruhe zu bewahren. „Shifter gehen ein großes Risiko ein, wenn sie unerlaubt reisen. Du solltest zu ihm fahren.“

„Das würde ich nur machen, wenn …“ Stuart beendete seinen Satz nicht, sondern schaute zu den wild herumtollenden Jungen.

„Wenn was?“, hakte Peigi nach. „Wenn du nicht für Diego den neuesten Juwelenraub aufdecken musst?“

„Wenn du mitkommen würdest.“ Seine Stimme war bei diesen Worten kaum mehr als ein Flüstern, doch Peigi verstand sie sehr gut. „Leider hast du völlig recht. Es ist für eine Shifterin viel zu riskant zu reisen …“

„Ja“, fiel Peigi ihm ins Wort.

Stuart schaute sie über seine Schulter an. „Ja?“

„Ja, ich komme mit.“

Stuart drehte sich zu ihr um und betrachtete sie eindringlich mit seinen abgrundtiefen Augen.

Peigi hatte keine Ahnung, warum sie sich ausgerechnet zu einer Fee hingezogen fühlte. Zunächst hatte sie vermutet, dass sie derart traumatisiert von männlichen Shiftern war, dass sie schlicht über jeden froh gewesen wäre, der einer anderen Spezies angehörte. Diese Hypothese hatte sich allerdings schnell als falsch herausgestellt.

Stuart hatte eine ganz besondere Art, sie anzusehen – *sie* zu sehen –, nicht das mitleiderregende Opfer, das alle andere mit Samthandschuhen anfassten, weil sie Angst hatten, dass Peigi völlig ausflippte, wenn sie in ihrer Gegenwart laute Geräusche machten. Er behandelte sie wie eine echte Person, nicht wie einen Fall für die Psychiatrie.

Na gut, außerdem war Stuart Reid auch einfach unheimlich heiß. Sein Körper schien nur aus Muskeln zu bestehen, und seine tiefschwarzen Augen bargen unzählige Geheimnisse, die Peigi alle ergründen wollte.

„Was ist mit den Jungen?“, fragte Stuart nach einer langen Pause.

Die Jungen allein zu lassen, die sich auf sie verließen, seit Cassidy sie aus dem Keller gerettet hatte, war alles andere als ideal. Bei dem Gedanken, eine Weile nicht bei ihnen zu sein, verspürte Peigi Leere, andererseits wollte sie aber auch nicht, dass Stuart ohne sie loszog und am Ende sein Leben verlor.

Er würde Dimitri in Kendricks Enklave aufsuchen müssen, wo sich Shifter ohne Halsbänder und unter Missachtung der Auflagen der Menschen versteckt hielten. Dort verabscheute man alles, was irgendwie mit den Feen zusammenhing, und es ließ sich nicht vorhersagen, wie die Bewohner auf Stuart reagieren würden. Zweifellos standen seine Chancen besser, wenn Peigi bei ihm war.

„Ich werde Nell bitten, sich um sie zu kümmern. Sie und Cormac lieben die Jungen. Shane und Brody sind auch ganz tolle Babysitter. Solange Nells Familie sie versorgt, haben sie nichts zu befürchten."

„Da werde ich nicht widersprechen." Stuart beobachtete wieder die Kleinen. „Aber sie brauchen dich."

„Dich auch." Peigi blickte ihm direkt in die Augen, als Stuart sich überrascht umdrehte. „Schau mich nicht so an. Sie hängen an uns beiden. Ich werde daher einen Teufel tun und dich allein in Marlos Flugzeug in eine Enklave von Shiftern ohne Halsbänder schicken, die alle völlig paranoid sind, wenn es um Feen geht. Schließlich will ich, dass du in einem Stück zurückkommst."

Stuart besaß die Unverfrorenheit, amüsiert die Lippen zu verziehen. „Soll das heißen, du willst mein Bodyguard sein?"

„Ganz genau. Niemand legt sich ungestraft mit einer Bärin an."

Jetzt lächelte er wirklich, nein, er grinste. „Da hast du völlig recht." Sie standen beide auf, und er trat näher zu ihr, was sie sofort im ganzen Körper spürte. Dann verblasste sein wunderschönes Lächeln, und er wurde ernst. „Ich spreche das mit Eric ab."

Peigi ging davon aus, dass er noch mehr sagen würde, doch Stuart starrte sie einfach nur mit seinen unergründlichen Augen an. Wie sehr sie sich wünschte, er würde einmal nachts zu ihr kommen und sie mit genau dieser Intensität ansehen, während er auf ihr lag.

Sie kämpfte den Drang nieder, sich ihm an den Hals zu werfen, ihn mit beiden Händen zu packen und ihn hinter sich her ins Schlafzimmer zu ziehen. Stuart betrachtete sie noch ein paar Augenblicke, bevor er sich ohne ein weiteres Wort abwandte.

Es war immer dasselbe Spiel, sie kamen beinahe an den Punkt, an dem es kein Zurück mehr gab, und dann entzog sich jedes Mal einer von ihnen der Situation. Das *kurz davor* wurde nie zu einem *jetzt*.

Eines Tages, dachte Peigi, während sie zuschaute, wie er sich mit großen Schritten und erhobenen Hauptes durch die Gärten entfernte, *wird der Moment kommen. Und dann werde ich ihn nie mehr gehen lassen.*

REID FÜHLTE SICH IN MARLOS FLUGZEUGEN NIE BESONDERS wohl, ganz egal, wie oft er schon mit dem Mann unterwegs gewesen war.

Diesmal saßen sie in einer neuen Maschine, weil die alte abgestürzt war, allerdings – der Göttin sei Dank – ohne dass sich Marlo oder sein einziger Passagier dabei allzu schwer verletzt hätten.

Nachdem er sich erholt hatte, hatte der scheinbar ewig junge, dürre Marlo sich sofort ein gebrauchtes Flugzeug gekauft, es repariert und in Betrieb genommen. Er war ein begnadeter Pilot, aber völlig verrückt.

Vor ein paar Jahren hatte Marlo Peigi von ihrem Kerker in die Shiftertown von Las Vegas geflogen. Auch Reid war damals da gewesen und hatte mitansehen müssen, wie heftig Peigi litt.

Die meisten Shifterinnen, die der Paria-Bärenshifter Miguel entführt hatte, waren zu ihren Familien zurückgekehrt – Eric hatte sie für sie ausfindig gemacht –, doch Peigi hatte niemanden gehabt, zu dem sie hätte gehen können. Als Anführer der Shiftertown hatte er damals einen Kniff angewandt und sämtliche Weibchen als Gefährtinnen beansprucht, um sie auf diese Weise unter seinen Schutz zu stellen. Sobald sie in Sicherheit gewesen waren, hatte er den Gefährtenantrag zurückgenommen.

Peigi hatte darum gebeten, in der Shiftertown von Las Vegas bleiben zu dürfen. Nell, die Anführerin der Bären, hatte ihre Bitte unterstützt. Die verwaisten Jungen waren Peigis Obhut anvertraut worden, weil sie bereits in der Gefangenschaft eine Beziehung zu ihnen aufgebaut hatte.

Reid erinnerte sich noch gut daran, wie verängstigt und gleichermaßen erleichtert Peigi auf dem Flug Richtung Las Vegas gewesen war. Sie hatte nicht so recht gewusst, was sie mit ihrer Freiheit anfangen sollte, und sich anfangs so verhalten, als verdiene sie sie gar nicht.

Reid, der einst ein Gefangener der Feen gewesen und dann von ihnen ins Exil geschickt worden war, konnte das gut nachempfinden. Er hatte gewusst, dass es Peigi nicht helfen würde, darüber zu sprechen. Sie würde sich erst erholen, wenn sie das Gefühl hatte, in Sicherheit zu sein und irgendwann wieder glücklich werden zu können.

Peigi hatte auf dem Sitz des Co-Piloten Platz genommen und starrte jetzt staunend aus dem Fenster auf die unter ihnen vorbeirauschende Wüste. Sie stellte Marlo interessiert Fragen über das Flugzeug und die Navigation und lachte über seine Witze.

Reid hatte sich hinter sie gesetzt und beobachtete wortlos, wie die Sonnenstrahlen auf Peigis Haar schimmerten, das sie für die Reise zu einem Pferdeschwanz gebunden hatte. Wenn sie lachte, strahlte ihr Gesicht förmlich, und ihre Augen funkelten.

Die traumatischen Erlebnisse ihrer Vergangenheit hatten sie nicht hart werden lassen, sich nicht als Falten oder eine permanent düstere Miene in ihr Gesicht gegraben. Peigi war stets neugierig auf die Welt, als wolle sie sie umarmen und alles auskosten, was sie bisher verpasst hatte.

Ganz gleich, was als Nächstes für ihn kommen würde, nichts auf der Welt wäre es wert, diese Frau für immer zu verlieren. Sie war unheimlich tough, viel mehr als sie sich selbst eingestand. Die Jungen liebten sie. Nell liebte sie. Brody … hatte eventuell sogar ein Auge auf Peigi geworfen, hielt sich Reid zuliebe aber zurück.

Wenn Stuart endgültig ins Feenland zurückkehrte, würde Brody Peigi mit hoher Wahrscheinlichkeit umwerben. Sie würde es gut mit ihm haben, schließlich war Brody einer von Erics Trackern und entstammte einem mächtigen Clan. Es war nur logisch, dass sich Peigi irgendwann auf ihn einlassen würde.

Reid hörte ein Knurren in seiner Kehle, das eines Shifters würdig gewesen wäre. Er wäre am liebsten augenblicklich zu dem liebenswerten Brody teleportiert, um ihm zu sagen, dass er sich verpissen sollte.

Peigi lachte über eine Bemerkung von Marlo, und der glockenhelle Klang ihrer Stimme übertönte das Röhren der Flugzeugmotoren. Stuart verfluchte die Feen dafür, dass sie ihn in dieser Welt ausgesetzt und sein Herz in Gefahr gebracht hatten. Damals, als er noch der General seines *dokk alfar*-Clans gewesen war, hatte er sich damit gerühmt, auf nichts anderes Wert zu legen als die Rolle des Anführers. Jetzt fuhren seine Gefühle Achterbahn, und es war nicht abzusehen, wann er sie wieder unter Kontrolle bekommen würde.

Marlo brachte das Flugzeug auf einer aufgegebenen Landebahn im südlichen Texas runter. Das Feld war flach und lag mitten im Nichts, in einigen Kilometern Entfernung konnte Reid vage eine Viehherde ausmachen.

Das Flugzeug setzte mit einem Ruck auf und rollte aus, ehe der Motor und das unsägliche Dröhnen endlich verstummten.

„Ich liebe diesen Teil des Landes“, verkündete Marlo zufrieden, während er sich abschnallte. „Unendliche Weite. So friedlich.“

Keinerlei Deckung, dachte Reid. Er war im Herzen immer noch Soldat und fühlte sich in diesem Flugzeug viel zu exponiert und schutzlos, ein leichtes Ziel. Ungeduldig wartete er, während Marlo die Elektronik abschaltete und mit dem Türriegel kämpfte. Nach einer gefühlten Ewigkeit gab die Tür nach und schlug krachend gegen den Rumpf des Flugzeugs.

„Die Treppe ist manchmal ein bisschen zickig." Marlo trat gegen die Halterung, doch nichts tat sich.

„Ist mir egal." Peigi schob sich an Reid vorbei, warf ihre Reisetasche auf das welke Gras und sprang geschmeidig hinterher. „Ein bisschen Bewegung ist nach dem langen Flug nicht verkehrt."

Marlo kletterte rasch aus dem Flugzeug und griff nach ihrem Arm, um ihr auf dem unebenen Boden Halt zu geben. Stuart versuchte, ihn nicht umzubringen, als er aus dem Flugzeug sprang und neben den beiden aufkam.

Peigi schirmte ihre Augen gegen die Sonne ab und spähte zum Horizont. „Ich hoffe, sie erwarten nicht, dass wir den ganzen Weg zu Fuß zurücklegen. Das wäre mir dann doch ein bisschen zu sportlich."

Marlo lachte in sich hinein. „Kendrick hat gesagt, dass er kommt, und er hält sich an sein Wort. Grüßt alle schön von mir."

„Heißt das, du verschwindest gleich wieder?" Der Anflug von Panik in Peigis Stimme war nicht zu überhören.

„Es wäre verdächtig, wenn das Flugzeug hier allzu lange in der Gegend rumsteht", erklärte Marlo. „Ruft mich an, wenn ihr eine Mitfahrgelegenheit braucht. Ich bleibe in der Nähe."

Reid trat näher an Peigi heran und schnappte sich seine kleine Reisetasche. „So läuft das immer ab. Kendrick oder einer seiner Leute wird uns hier abholen."

„Das sagst du so leicht", brummte Peigi. „Du kannst ja auch teleportieren."

„Verwende niemals die Worte ‚leicht' und ‚teleportieren' in einem Satz", erwiderte Reid. „Das zeugt nur davon, dass du keine Ahnung hast, wie anstrengend das ist. Pass auf, wenn Kendrick uns zu lange warten lässt, bringe ich dich in ein B&B ganz in der Nähe. Es wird dir gefallen."

„Na klar. Es wird bestimmt auch niemanden erschrecken, wenn wir einfach dort aufploppen."

„Ich suche uns eine Autovermietung, dann können wir das letzte Stück fahren."

Peigis Augen funkelten. „Dann müssen wir uns um den Angestellten dort Sorgen machen, der am Ende aus dem Stuhl kippt, wenn du plötzlich in seinem Büro erscheinst."

„Ich wollte ein bisschen unauffälliger vorgehen." Es freute Reid, dass sie sich ein wenig entspannte. Peigi hasste das Gefühl, in der Falle zu sitzen, und gestrandet zu sein kam gleich an zweiter Stelle. Stuart hätte ihr am liebsten gesagt, dass er sie vor beidem für den Rest seiner Tage beschützen würde.

„Ich glaube, das Problem hat sich erledigt." Marlo machte sie mit einem kurzen Nicken auf eine Staubfahne aufmerksam, die sich ein Stück entfernt in den blassblauen Himmel erhob. „Da kommt jemand."

Reid war sofort hellwach. Es handelte sich entweder um Kendrick oder um die Polizei. Peigi bemerkte seine Anspannung, beruhigte sich aber gleich wieder, als sie die Witterung aufnahm. „Shifter", verkündete sie.

KAPITEL FÜNF

Peigi war Dimitri und Jaycee schon bei Shiftertreffen begegnet, kannte sie allerdings nicht besonders gut. Die beiden hatten erst vor Kurzem ihren Gefährtenbund durch die offiziellen Zeremonien besiegelt, und Jaycee war mit ihrem ersten Jungen schwanger.

Sie betonte ihre natürlichen Kurven mit einer eng anliegenden Jacke und Lederhosen, dazu trug sie Motorradstiefel. Von ihrer Schwangerschaft war bisher nicht viel zu sehen, aber Peigi konnte die übrigen Hinweise sehr gut wahrnehmen. Jaycee roch anders als sonst, ihre Augen strahlten, und sie bewegte sich vorsichtiger, wenn auch noch immer mit leopardenhafter Leichtfüßigkeit.

Dimitri ging in Jeans und einem Pullover mit Bierlogo hinter ihr her. Er hatte rotes Haar, war auf sehr geschmeidige Art athletisch und grinste breit.

„Reid. Wie läuft's?“ Dimitri näherte sich Stuart mit offenen Armen, als wolle er ihn wie bei den Shiftern üblich zur Begrüßung an sich ziehen.

Stuart zögerte einen Moment, und Peigi erkannte an seiner Körperhaltung den Moment, in dem er entschied, die Umarmung zuzulassen. Dimitri ließ in der letzten Sekunde völlig unvermittelt die Arme sinken, lachte und streckte Stuart stattdessen die Hand hin.

„War nur ein Scherz.“ Dimitri und Stuart drückten einander die Unterarme, was eine weitere gängige Begrüßungsgeste unter Shiftern war. „Ich weiß doch, dass du nicht so auf Körperkontakt stehst.“

Dimitri ließ von Stuart ab und wandte sich Peigi zu. Der Wolf konnte fast so gut umarmen wie Bären, er hob Peigi hoch und wirbelte sie herum.

Dann ließ er sie los, aber ehe sie einmal tief durchatmen konnte, kam Jaycee auf sie zu und zog sie fest an sich. Jaycees warmer Körper schmiegte sich an ihren, sodass Peigi das Junge in ihr riechen konnte, das ungeborene Leben, das Jaycee und Dimitri erschaffen hatten.

Hinter ihnen rief Marlo etwas, gleichermaßen zum Abschied von seinen Passagieren wie zur Begrüßung der Neuankömmlinge, und ließ den Motor des Flugzeugs an. Das Dröhnen der Maschine machte es unmöglich, sich weiter zu unterhalten.

Dimitri bedeutete ihnen, in den Pick-up zu steigen, der auf dem trockenen Gras parkte, und öffnete ihnen die Türen. Wie bei Shiftern üblich stieg der Mann, in diesem Fall Stuart, zuerst ein, um dem Weibchen kurz darauf auf den Rücksitz zu helfen. Jaycee war mit einem Sprung auf dem Beifahrersitz, während Dimitri hinters Lenkrad glitt.

„Eine Bärin, eine Felidin, ein Lupid und eine Fee setzen sich in einen Pick-up.“ Dimitri ließ den Motor an und fuhr auf die holprige Staubpiste. „Wie dieser Witz wohl endet?“

„Sag du es mir“, erwiderte Stuart. „Ein *dokk alfar* hat mir aufgetragen, ich solle mit dir sprechen.“

„Ach ja?“ Dimitri kniff die Augen zu schmalen Schlitzen zusammen, während er Stuart im Rückspiegel musterte. „Das hat Kendrick gar nicht erwähnt. Er meinte nur, ihr beide bräuchtet meine und Jaycees Hilfe. Ich dachte, ihr hättet uns angefordert, weil wir so gut sind. Welcher *dokk alfar*?“

„Ich wurde vor Kurzem genötigt ins Feenreich zu kommen, weil Angehörige meines Volkes mit mir Kontakt aufnehmen wollten. Als ich den *dokk alfar* fragte, wer er sei, hat er mich an dich verwiesen", berichtete Stuart ruhig. Unangemessen ruhig, fand Peigi, wenn man bedachte, wie groß ihre Sorge um ihn gewesen war.

„Ah." Dimitri bremste ab, als die Schotterpiste in den Highway mündete, ließ ein paar Autos vorbeifahren und bog dann auf die asphaltierte Schnellstraße ab. „Ich frage mich, ob das wohl Cian war. Hm. Schön, wenn sich jemand an einen erinnert."

„Cian?" Stuart hob beide Augenbrauen. „Ich glaube nicht, dass ich den kenne."

„Wir waren zusammen im Gefängnis der Hochelfen eingesperrt", erklärte Dimitri locker, wobei Peigi der Schmerz in seinen Augen nicht entging. Es musste eine schlimme Erfahrung gewesen sein. Jaycee, die den Ausdruck ebenfalls bemerkt hatte, legte ihm eine Hand auf den Oberschenkel.

Um Dimitri eine Verschnaufpause zu verschaffen, fragte Peigi Stuart: „Wie kannst du dir so sicher sein, dass du diesen Cian nicht kennst? Bei all den Cians, die es dort geben muss."

„Weil die *dokk alfar* keinen Namen zweimal vergeben", klärte Stuart sie auf. „Jeder ist einzigartig. Ein Name kann durchaus von einer Generation zur nächsten weitergegeben werden, aber erst, wenn der ältere *dokk alfar* gestorben ist."

„Das sollten Menschen auch so machen", verkündete Jaycee. „Stellt euch mal vor, man versucht etwas über einen Typen namens John herauszufinden."

„Oder Thomas", pflichtete Dimitri ihr bei. „Selbst wir Shifter sollten mal überlegen, ob wir das so handhaben wollen. Es gibt extrem viele Dimitris."

„Ach, wirklich?", neckte ihn Jaycee. „So ein Mist. Dann muss sich die Welt ja mit mehreren von euch rumschlagen."

„James, der Name ist auch echt häufig", fuhr Dimitri unbeirrt fort, als hätte sie nichts gesagt. „William. Jack. Und die vielen Jasons erst."

„Ich habe gehört, dass Aiden mittlerweile einer der beliebtesten Namen ist", erwiderte Jaycee.

Der Verkehr wurde dichter, und Dimitri wechselte auf die Überholspur. „Ich weiß nicht. Wie steht es mit Trevor?"

„Willst du wissen, ob der Name beliebt ist, oder ist das ein Vorschlag, wie wir unser Junges nennen sollten?"

Dimitri zuckte grinsend die Achseln. Peigi räusperte sich. „Es gibt also nur einen einzigen Cian?", versuchte sie, das Gespräch wieder aufs Thema zurückzulenken. „Und nur einen Stuart Reid?"

„Stuart Reid ist nicht mein richtiger Name", antwortete die Fee. Peigi wusste längst, dass sein echter sehr lang war, was in seiner Kultur darauf hinwies, dass er einen hohen Rang in seinem Clan innehatte. „Er wird auch nicht nur Cian heißen, bloß von allen so genannt werden."

Dimitri nickte. „Stimmt, Cian hat einen furchtbar langen Namen, äh …"

„Cian Tadhg Cailean an Mac Diarmud", sprang Jaycee ein. Sie schenkte Dimitri ein liebreizendes Lächeln. „Das weiß ich von Lady Aisling."

„Weil ihr mittlerweile beste Freundinnen seid. Meine Gefährtin ist mit einer Tuil Erdannan befreundet, könnt ihr das fassen?", fragte Dimitri seine Mitfahrer auf der Rückbank. „Das heißt übersetzt: richtig furchterregende Frau, bei der sich sogar die Hochelfen in die Hose machen." Er schauderte. „Mich stört das hingegen gar nicht, ich seh das total entspannt."

„Wie auch immer", unternahm Peigi einen erneuten Versuch. „Erzähl uns von Cian."

„Ein netter Typ." Dimitri wandte sich mühelos wieder dem eigentlichen Thema zu. „Ich weiß nicht viel über ihn, weil ich seine Sprache nicht spreche und er weder Englisch noch Russisch kann. Ihn hatten sie jedenfalls auch erwischt und eingesperrt, und ich vermute, er ist ein Tracker wie ich. So eine Art Kundschafter, der wahrscheinlich herausfinden sollte, was die Feen da aushecken. Kam mir jedenfalls so vor. Er hat mir bei der Flucht geholfen, und ich habe mich revanchiert. Sobald wir frei waren, haben wir uns voneinander verabschiedet, und jeder hat sich weiter um seinen Kram gekümmert. Schön zu hören, dass er noch lebt und es ihm gut geht."

„Hm." Stuart zog nachdenklich die Brauen zusammen.

Jaycee, die genauso ungeduldig war wie Peigi, drehte sich um und sah Dimitri an. „Das hättest du Eric auch am Telefon sagen können, statt Peigi und Reid von Marlo über zweieinhalb Staaten herfliegen zu lassen."

Stuart setzte sich auf. „Das denke ich nicht. Cian scheint mir etwas Bestimmtes mitteilen zu wollen. Wenn du mir alles haargenau erzählst, Dimitri, die ganze Geschichte, jedes Detail, komme ich vielleicht darauf. Von Angesicht zu Angesicht funktioniert das definitiv besser als bei einem kurzen Telefonat."

„Du willst damit sagen, dass wir einfach mal die Füße hochlegen, das Bier rausholen und uns ordentlich einen hinter die Binde kippen sollen." Dimitri nickte. „Klingt gut."

Jaycee verdrehte die Augen. „Egal was, solange es nicht direkt was mit Arbeit zu tun hat."

„He, das ist doch Arbeit. Ich bin schließlich ein Tracker. Ich mache Tracker-Dinge. Das heißt ja noch lange nicht, dass ich mir nicht gleichzeitig ein Bier gönnen darf."

„Wenn du das brauchst, um nachts gut zu schlafen, Süßer."

Peigi verbiss sich ein Lächeln, während Dimitri sich bemühte, im dichten Verkehr schneller voranzukommen. Jaycee und Dimitri gingen so locker miteinander um wie gute Freunde, gleichzeitig war nicht zu übersehen, wie sehr sie einander liebten. Sie waren echte Partner.

Würden sie und Stuart das jemals sein? Oder war diese Reise bereits das Ende dessen, was zwischen ihnen war, wie auch immer man es nennen wollte?

Wenn Stuarts Volk wirklich Gefahr drohte, würde er es unter keinen Umständen im Stich lassen, das wusste Peigi, und sie würde ihn nicht aufhalten. Ganz gleich, wie sehr der möglicherweise bevorstehende Abschied schmerzen würde, sie würde ihn nicht zwingen, sich zwischen ihr und seinem Volk zu entscheiden.

Kendricks Ranch lag in einer Senke im weiten Gelände und war dadurch von keiner der in einiger Entfernung vorbeiführenden Straßen einsehbar. Dimitri bog durch ein weißes Tor direkt am Highway ab und fuhr langsam eine kleine Anhöhe hoch.

Von oben konnte Reid am Fuße eines Hügels ein lang gestrecktes einstöckiges Hauptgebäude erkennen, hinter dem versprengt weitere Häuser standen, bis hin zur Scheune auf dem nächstgelegenen Hügelkamm. Junge rannten in Menschen- und Tiergestalt zwischen dem großen und den kleineren Häusern hin und her, vor der Scheune graste unverzagt ein Pferd.

Idylle pur, dachte Reid.

Kendrick hatte für seine Shifter ohne Halsbänder einen friedlichen Ort geschaffen, an dem sie sicher waren und es ihnen augenscheinlich gut ging. Natürlich lebten sie im Verborgenen, mussten deshalb ihre Jungen zu Hause unterrichten und konnten sich nicht gefahrlos zu weit entfernen. Doch innerhalb der Reviergrenzen von Kendrick waren sie sicher, glücklich und verhältnismäßig frei.

Dimitri umrundete das Hauptgebäude und winkte auf dem Weg einigen Jungen zu. Er parkte den Pick-up vor einem dieser Tiny-Houses, von denen Stuart bereits gehört hatte – sehr kompakte, einfach geschnittene Häuschen. Das hier hatte eine Tür und ein Fenster unten und eins oben, das auf ein sehr niedriges zweites Stockwerk oder eine Empore schließen ließ.

Letzteres war der Fall, wie Reid feststellte, als er Dimitri und Jaycee folgend mit Peigi ins Haus trat. Der Innenraum war tatsächlich knapp bemessen, aber es gab mehrere bequeme Stühle, einen Tisch direkt unter dem Fenster und eine winzige Küchenzeile. Durch die offene Tür dahinter konnte man ein Badezimmer erahnen, das kaum größer sein konnte als in einem Puppenhaus. Eine Leitertreppe in der Ecke führte zur Empore, wo sich das Schlafzimmer befinden musste.

Die Wände waren in Cremeweiß gestrichen, wodurch alles geräumiger wirkte, Stühle und Kissen waren in hellen Farben gehalten, und die bunten Küchengeräte setzten weitere Akzente.

„Oh, wie schön", rief Peigi begeistert.

Jaycee errötete leicht, offenbar erfreut von dem Kompliment. „Irgendwie musste ich Dimitris Junggesellenbude ja aufhübschen. Als ich eingezogen bin, gab es nicht mal Bettdecken."

„Jetzt könnte man hier im Handumdrehen einen Dekoladen eröffnen", entgegnete Dimitri brummig, Reid sah allerdings, dass es ihn nicht wirklich störte.

„Wenn das Junge kommt, bauen wir an", sagte Jaycee bestimmt. „Das Häuschen ist wirklich niedlich, doch wir rennen jetzt schon ständig ineinander."

„Das ist a-aber gar nicht so schlecht." Dimitri zwinkerte ihr zu.

„Junge brauchen sehr viel Platz", erklärte Peigi. „Vertrau mir."

„Definitiv", pflichtete ihr Jaycee bei. „Dimitri und ich diskutieren ständig darüber. Er drückt sich wieder einmal vor der Arbeit."

Dimitri ließ sich auch davon nicht provozieren. „Rotwölfe wurden dafür geschaffen, sich in der Sonne zu entspannen. Apropos – lass uns das Bier holen und reden, Reid. Wir gehen raus, damit die Damen hier drinnen über uns lästern können."

Er lief zum Kühlschrank, nahm sich zwei Bierflaschen und

bedeutete Reid, ihm ins Freie zu folgen. Der warf einen kurzen Blick zu Peigi, die noch immer damit beschäftigt war, das kleine Haus zu bestaunen.

Vielleicht konnte Reid Eric davon überzeugen, ihn in Las Vegas ein Haus bauen zu lassen. Natürlich würde er dafür bezahlen. Er wusste, dass Peigi anders als die meisten Shifter keine Schätze in ihrem Keller hortete, aber DX Security lief gut, und Reid verdiente nicht schlecht. Es war nicht leicht, sich über die Vorschriften für Shifterhäuser hinwegzusetzen, doch Eric konnte das durchaus schaffen, schließlich gehörte der Familie seiner Gefährtin eine Baufirma.

Stuart ließ Peigi, die längst mit Jaycee ins Gespräch vertieft war und sich aus irgendeinem Grund ausgerechnet über Küchenhandtücher unterhielt, nur widerstrebend hier zurück. Peigi erwiderte Stuarts Blick und lächelte ihn an. Er genoss einen Moment das Gefühl, das das bei ihm auslöste, dann folgte er Dimitri ins Freie.

Es war ein warmer Nachmittag. Zwar waren Kälteeinbrüche auch im südlichen Texas nicht völlig unbekannt, aber gewöhnlich lag in dieser Gegend die Temperatur sogar im tiefsten Winter zwischen zwanzig und fünfundzwanzig Grad, außerdem war das Wetter praktisch immer freundlich. Dimitri führte Reid zu zwei Liegestühlen auf einem sonnigen Flecken im Gras, ließ sich in einen fallen und öffnete seine Bierflasche.

„Hier können uns nicht mal die Shifterohren meiner Nachbarn hören", verkündete er und reichte Reid die andere Flasche.

Reid nippte an dem Bier, das er im Laufe seiner Zeit bei den Menschen zu mögen gelernt hatte, und betrachtete die weite Landschaft. In der Shiftertown von Las Vegas standen die Häuser dicht gedrängt, und die Menschenstadt nebenan breitete sich jedes Jahr ein Stück weiter in die Wüste aus. Auf der Ranch hier gab es massig Platz zwischen den kleinen Häusern, genug Raum, dass Shifter nach Herzenslust herumrennen konnten.

„Schön hier." Reid trank noch einen Schluck. Das Bier der Menschen schmeckte ein bisschen wie das Ale der *dokk alfar*, deshalb wurde ihm ein wenig nostalgisch zumute.

„Es ist unser Zuhause." Dimitri, der sich offenbar überall entspannen konnte, streckte die Beine von sich.

„Jedenfalls solange die Shifterbehörde euch nicht findet."

„Stimmt." Dimitri hob sein Bier und prostete Stuart zu. „Trinken wir darauf, dass die Idioten von der Shifterbehörde über ihre eigenen Schnürsenkel stolpern."

Reid stieß mit Dimitri an. Eigentlich hätte Reid keinen Gedanken an die Shifterbehörde verschwenden müssen, weil die Menschen kaum etwas über Feen wussten und ihn für einen von ihnen hielten. Die Agenten behielten ihn nur deshalb im Auge, weil er so enge Verbindungen zu Peigi und der Shiftertown pflegte, ansonsten ließen sie ihn größtenteils in Ruhe.

„Erzähl mir alles über Cian, was du weißt", verlangte Reid von seinem Gastgeber, nachdem sie in freundschaftlichem Schweigen ein paar Schluck getrunken hatten.

„Das ist nicht besonders viel. Der Feengeneral, der mich gefangen hat, wollte, dass ich Cian töte, aber Cian und ich haben stattdessen beschlossen, uns zu verbünden und uns aus dem Verlies freizukämpfen. Das ist absolut in die Hose gegangen." Er verzog das Gesicht, als würde es sich noch deutlich an die Schmerzen erinnern. Dimitri hatte eine blasse Narbe am Hals, wo ihn ein Halsband versengt hatte.

Reid kannte bereits einen Teil der Geschichte. „Ihr wurdet in eine Zelle gesteckt und habt euch gegenseitig da rausgeholfen."

„Cian hat vor allem mir geholfen." Dimitri nahm einen weiteren Schluck von seinem Bier. „Er wusste, wie man gebrochene Rippen versorgt, deshalb habe ich mich gefragt, ob er vielleicht Arzt ist."

„Könnte schon sein. *Dokk alfar* sind hervorragende Heiler. Das müssen sie auch sein, um gegen die *hoch alfar* zu bestehen."

Dimitri nickte mitfühlend. „Und dann hat Cian etwas wirklich Seltsames gemacht, er hat einfach die Finger in den Fels gesteckt und das Gitter quasi aus dem Gestein gebrochen. Das war das Verrückteste, was ich je gesehen habe."

Reids Herz schlug schneller. Diesen Teil der Geschichte hatte er definitiv vorher noch nicht gehört. „Ein *ghandeltraum*", flüsterte er. „Heilige Scheiße."

Dimitri blinzelte überrascht. „Ein was?"

„Soweit ich weiß, lässt sich das nicht ins Englische übersetzen. Ein *ghandeltraum* kann sich durch festes Material bewegen – Gestein, Metall, alles Unbelebte."

„So ähnlich wie du teleportieren kannst?"

„Es ist eine andere Gabe, die gewisse Ähnlichkeit hat, ja. Im Feenland ist es mir nicht möglich zu teleportieren, dafür kann ich dort Eisen verformen."

„Ach ja? Das muss ganz schön praktisch sein, wenn man zum Beispiel ein Scharnier repariert."

„Ja. Außerdem jagt es den *hoch alfar* eine Heidenangst ein, was ein zutiefst befriedigendes Gefühl ist."

Dimitri grinste. „Das kann ich mir vorstellen. Ich nehme an diese *ghan*… also diese besonderen Wesen eben, sind selten?"

„Absolut", erwiderte Reid. „Ich bin bisher keinem begegnet. Sie sind noch seltener als Eisenmeister."

„Und so einer bist du."

„Richtig."

Einen Moment lang herrschte Stille. Das Gras wiegte sich im Wind, und die Blätter des großen Baumes, der Dimitris Häuschen in der drückenden Sommerhitze Schatten spendete, raschelten.

Ein *ghandeltraum.* Reid versuchte, diese Information zu verdauen. Cian musste mehr sein als bloß ein Tracker oder ein Kundschafter. Die Fähigkeiten eines *ghandeltraums* wurden innerhalb der ältesten großen Häuser weitergegeben. Stuarts Interesse an Cian wuchs weiter.

„Nun denn", sagte Dimitri nach einer Weile. „Ich schätze,

wir müssen Cian kontaktieren und herausfinden, ob wir ein paar *czul* in den Hintern treten können."

Reid nickte anerkennend. Dimitri nutzte das Wort der *dokk alfar* für die *hoch alfar*, das sich grob mit „Mistkerl" übersetzen ließ, aber wesentlich düstere und zornigere Untertöne hatte.

Lachen drang aus dem Haus. Peigi lehnte sich auf der Bank des offenen Fensters zurück, amüsiert von etwas, was Jaycee gesagt hatte. Dimitri, der noch etwas besser hören konnte als Reid, lauschte einen Moment, und seine Miene wurde weicher.

„Meine Gefährtin ist eine bemerkenswerte Frau", stellte er fest. „Sie scheut keine Mühen, um mir das Leben zur Hölle zu machen. Ich bin der glücklichste Shifter der Welt."

Reid studierte Peigis Rücken, auf dem ihr dunkler Pferdeschwanz jedes Mal wippte, wenn sie lachte. Gewöhnlich war sie ruhig, bedacht und zurückhaltend, doch bei Jaycee konnte sie offenbar mal ganz unbeschwert sein.

Dimitri hielt Reid mit einem wissenden Blitzen in den Augen die Bierflasche hin. „Du bist wirklich arm dran, mein Freund. Hör auf meinen Rat." Ein ansteckendes Grinsen machte sich auf seinem Gesicht breit. „Gib dich geschlagen. Kämpf nicht dagegen an. Das Ergebnis ist alles wert."

PEIGI GLITT VON DEM FENSTERBRETT, ALS JAYCEE IHR EIN Weinglas reichte. Die Felidin hatte sich wegen ihrer Schwangerschaft ein Glas Wasser genommen, Peigi aber Wein eingeschenkt, weil sie nach eigenem Bekunden sehen wollte, wie die Bärin ihn genoss. Peigi kannte sich mit Wein nicht aus. Als ihr die samtige Flüssigkeit über die Zunge rann, zweifelte sie jedoch nicht daran, dass Jaycee eine Expertin war.

„Lecker, oder?", fragte Jaycee und musterte Peigi prüfend. „Also, wie steht es mit dir und Reid? Treibt ihr es schon miteinander?"

Peigi hustete. Sie holte keuchend Luft und trank dann noch einen großen Schluck Wein. „Nein.“

„Höre ich da Bedauern in deiner Stimme? Was hindert ihn? Oder bist es eher du?“

Peigi seufzte. „Wahrscheinlich liegt es an mir. Vielleicht auch an ihm. Schwer zu sagen. Stuart ist sehr zurückhaltend. Und er lässt mir meinen Freiraum.“

„Er weiß, dass du ziemlich viel Scheiße mitgemacht hast. Richtig krasse Scheiße, über die man nicht mal eben so hinwegkommt. Aber du könntest doch einfach mal andeuten, dass es helfen würde, wenn ihr es ordentlich krachen …“

„Wir leben in einem Haus mit lauter Jungen.“ Peigi warf einen vielsagenden Blick auf Jaycees Bauch. „Die ausgerechnet immer dann völlig durchdrehen, wenn es zwischen den Erwachsenen intim zu werden droht. Darauf müsst ihr euch auch schon mal gefasst machen.“

„Stimmt schon, aber es sind Shifterjunge. Die wissen doch, was Erwachsene tun, um mehr Junge zu produzieren, und lassen einen das normalerweise machen. Für sie hat Sex nichts Schlimmes oder Unheimliches.“

„Mhm. Erinnere dich an diese Worte, wenn es zwischen dir und Dimitri mal richtig heiß hergeht und eure Jungen reinplatzen, um euch eine ganz wichtige Neuigkeit über Frösche zu berichten. Wobei sie natürlich einen mitgebracht haben, um das Gelernte zu demonstrieren.“

Jaycee starrte sie einen kurzen Moment an, dann prustete sie los. „Hat eins von euren …?“

„Ja, Noelle. Sie hat ein schreckliches Timing, oder vielleicht auch ein wahnsinnig gutes, weil sie so mehr Aufmerksamkeit bekommt. Aber nein, Stuart und ich haben es nicht, wie du sagen würdest, miteinander getrieben. Wir waren uns nur in diesem Moment sehr nah.“

„Dem Moment mit dem Frosch.“

Peigi erinnerte sich daran, wie glücklich Noelle gewesen war, als sie ihnen den frisch gefangenen Frosch gezeigt hatte, von denen es in der Wüste jede Menge gab. Peigi und Stuart hatten im Flur gestanden, und er hatte gerade zärtlich ihr Gesicht gestreichelt. Sie waren zufällig gleichzeitig aus ihren Zimmern getreten und stehen geblieben.

Während sie einander schweigend angestarrt hatten, war Peigi beinahe das Herz aus der Brust gesprungen. Sie hatte so gehofft, dass Stuart sie an der Hand nehmen und mit ihr zurück in ihr Schlafzimmer gehen würde.

Doch genau da war Noelle von draußen reingerannt gekommen und vor lauter Aufregung fast geplatzt. Donny und Kevin waren ihr auf dem Fuße gefolgt. Weil die Jungen immer Vorrang hatten, hatte Stuart seine Hand sinken lassen und den Kleinen erklärt, dass der Frosch es verdient hatte, in Freiheit zu leben, und sie ihn wieder dort aussetzen sollten, wo sie ihn gefunden hatten. Er hatte Noelle zu der Stelle begleitet, während Peigi aufgewühlt und frustriert im Haus geblieben war.

Jaycee hörte sich die Geschichte voller Mitgefühl an. „Ihr braucht dringend einen Babysitter, damit ihr euch mal ungestört zurückziehen könnt. Dimitri und ich passen ab und zu auf Addies und Kendricks Junge auf, damit die beiden ein bisschen Zeit für sich haben. Kendrick hat kaum eine ruhige Minute, und so wie es klingt, gilt das auch für dich und Stuart."

„Wir sind doch gar nicht zusammen", widersprach Peigi hastig. „Da kann ich Shane ja wohl kaum bitten, auf die Jungen aufzupassen, damit wir uns in irgendeiner Hütte verbarrikadieren können."

„Ihr seid nicht zusammen?" In Jaycees lohfarbenen Augen lag Verstehen.

„Nein. Wie schon gesagt." Peigi wollte das Glas absetzen, entscheid sich dann aber um und nahm noch einen Schluck von dem köstlichen Wein. „Er macht sich in erster Linie Sorgen um sein Volk, und genau so sollte es auch sein."

„Ich weiß. Es ist ganz schöner Mist, mit jemand Wichtigem

zusammen zu sein. Dimitri und ich gehören zu Kendricks besten Trackern, und das hat manchmal Vorrang, wenn wir eigentlich lieber unser Leben genießen würden. Trotzdem …" Sie senkte verschwörerisch die Stimme. „Sobald Reid herausgefunden hat, was Cian von ihm will, und ihr beide wieder in der Shiftertown seid, nimmst du ihn beiseite und erzählst ihm, dass du total scharf auf ihn bist. Oder du knöpfst ihn dir einfach gleich vor. Ich sehe doch, wie sehr du auf ihn stehst. Ruf mich an, wenn du jemanden brauchst, der sich so lange um die Jungen kümmert. Dimitri und ich passen gerne auf dein Haus und die Kleinen auf, wenn ihr beide euch mal ordentlich die Seele aus dem Leib … Du weißt, was ich meine."

„Falls Stuart nach der ganzen Sache überhaupt in die Shiftertown zurückkehrt." Peigis gute Laune war wie weggeblasen. „Er sitzt seit Jahrzehnten auf dieser Seite der Weltengrenze fest. Wenn er die Gelegenheit erhält, heimzukehren, um der zu werden, der er eigentlich ist, warum sollte er dann nicht im Reich der Feen bleiben wollen?"

Jaycee rümpfte die Nase. „Darüber würde ich mir nicht allzu viele Gedanken machen. Ich war schon im Feenland und in so manchen Shiftertowns, und ich würde jederzeit eine Shiftertown vorziehen, trotz aller Auflagen. Reid ist nicht mal ein Shifter, was wesentlich mehr Freiheiten mit sich bringt. Er kann gehen, wohin er will, und tun, wonach ihm der Sinn steht. Was Restaurants, Nachtclubs und gute Küchenstudios betrifft, sieht es im Feenland doch eher mau aus."

„Du bist eine Shifterin", hob Peigi hervor. „Genau wie ich. Stuart wird das Feenland anders betrachten als wir. Es ist schließlich sein Zuhause, der Ort, an dem er wirklich er selbst sein kann, umgeben von denen, die er liebt."

Jaycee schaute sie voller Mitgefühl an. „Ich denke, was die Leute, die er liebt, angeht, irrst du dich."

„Ich glaube nicht …"

Peigi verstummte abrupt, als das Vibrieren des Verandabodens Dimitris und Stuarts Rückkehr ankündete. Dimitri stemmte die Hände gegen den Rahmen des Fensters.

„Reid und ich haben b-beschlossen, dass wir nach New Orleans fahren und mal checken, ob wir das Portal im Geisterhaus finden. Wollt ihr mitkommen?"

KAPITEL SECHS

Reid wusste, dass Peigi von dem Ausflug nach New Orleans nicht begeistert war, doch statt sich deshalb mit ihm anzulegen, half sie Jaycee dabei, eine Tasche mit allem Nötigen für eine Übernachtung und Snacks für unterwegs zu packen.

Dimitri informierte die anderen darüber, dass er Kendrick den Plan unterbreiten und sein Einverständnis einholen musste, ehe er in Wolfsgeschwindigkeit zum Hauptgebäude raste. Während die beiden Frauen für einen Kurztrip ausgesprochen große Mengen Essen und sehr viel Kleidung zusammentrugen, fühlte sich Reid ein bisschen fehl am Platz.

Schließlich entfernte er sich ein Stück vom Haus und begann zu telefonieren. Zuerst unterrichtete er Eric, dann erklärte er Diego, dass er noch ein paar Tage länger Urlaub brauchte. Danach sprach er mit Nell, die ihn informierte, dass er sich nicht zu viele Sorgen machen sollte, denn sie und Cormac, unterstützt von Brody und Shane, hätten alles voll im Griff. Bei dem Gespräch hörte er die Jungen im Hintergrund einen Heidenlärm veranstalten, fragte aber nicht nach, was los war, weil er es gar nicht so genau wissen wollte.

Zuletzt wählte er die Nummer des Verwalters des Hauses

in New Orleans, erreichte jedoch nur seine Mailbox und hinterließ eine Nachricht.

Bis der letzte Anruf erledigt war, war Dimitri zurück. „Kendrick sagt, wir sollen dir auf jede erdenkliche Art und Weise helfen, wenn nötig auch Verstärkung anfordern.“ Er sah Reid voller Respekt an. „Das heißt, du musst ihn sehr beeindruckt haben.“

„Oder Dylan“, warf Peigi ein. „Dylan hält Stuart für eine Geheimwaffe, und auf sein Wort geben die meisten Shifteranführer viel.“

Es klang nicht so, als sei sie besonders begeistert von ihm. Reid wusste, es missfiel Peigi, dass er ständig alles stehen und liegen lassen musste, um Dylan, Dylans Söhnen, Eric oder sonst irgendeinem Anführer einer Shiftertown in irgendeinem Teil des Landes bei der Lösung von Problemen zu helfen.

Reid war dazu stets bereit, weil er in der Schuld der Shifter stand. Sie und Diego hatten ihm das Leben gerettet. Das war vor allem deshalb so was wie eine Ironie des Schicksals, weil er damals geglaubt hatte, dass der Tod eines Shifters notwendig sei, damit er zu seinem Volk zurückkonnte. Und es war damals ein Shifter zu Tode gekommen, wenn auch nicht durch Reids Hand, und er fühlte sich immer noch furchtbar deswegen. Eric zur Verfügung zu stehen, und auf sein Geheiß auch Dylan und anderen, war das Mindeste, was Stuart als Wiedergutmachung tun konnte.

„Darf ich eine vielleicht blöde Frage stellen?“, wollte Jaycee wissen. „Es gibt doch eine Ley-Linie in der Shiftertown von Austin, die von einer den Shiftern zugetanen Fee bewacht wird. Warum fahren wir nicht einfach dorthin?“

Sie meinte Fionn Cillian, einen Feenkrieger und der Vater von Sean Morrisseys Gefährtin Andrea, die halb Shifterin und halb Fee war. Fionn hatte unweit der Ley-Linie im Feenreich ein Lager errichtet, denn so konnte er Andrea und seinen Enkel besuchen, wann immer ihm danach war, und gleichzeitig andere Feen davon abhalten, in die Menschenwelt zu strömen und Shifter zu töten.

„Dimitri hat mich das auch schon gefragt“, antwortete Reid. „Ich habe Nein gesagt. Fionn mag den Shiftern sehr zugetan sein und ihnen helfen, *dokk alfar* sind jedoch etwas völlig anderes. Selbst wenn er der wohlgesinnteste, gütigste *hoch alfar* aller Zeiten wäre, kann ich ihm keine Geheimnisse der *dokk alfar* anvertrauen. Außerdem kann ich nicht dafür garantieren, dass Cian nicht bei ihrer ersten Begegnung sofort versuchen würde, ihn zu töten. Es ist für alle Beteiligten sicherer, wenn ich mich allein mit ihm treffe.“

Jaycee nickte. „Da hast du wohl recht.“

Reid bemerkte, wie die Anspannung von Peigi abfiel. Es war noch immer ein Problem für sie, von einer Gruppe fremder Shifter umgeben zu sein. Auch das sprach für die Entscheidung, nur mit Dimitri und Jaycee zu reisen.

Der Lupid musterte die beiden Shifterinnen in seinem Häuschen, Jaycee, die mit gepackten Taschen bereit zum Aufbruch war, und Peigi, die sich zwei Kühlboxen und ihre eigene Tasche umgehängt hatte.

„Glaubst du wirklich, dass wir genug dabeihaben?“, fragte Dimitri. „Möchtest du vielleicht auch den Herd oder die Spüle mitnehmen?“

Jaycee hob eine der Reisetaschen an. „In dem Moment, in dem du brüllst: ‚Warum zur Hölle habe ich nur eine Unterhose eingepackt?‘, wirst du mir dankbar sein.“

Dimitri wurde puterrot. „Das ist mir nur ein Mal passiert.“

„Ja, aber seitdem packe ich für dich mit. Kann's jetzt losgehen?“

Reid konnte Peigi ansehen, dass sie sich ein Grinsen verkneifen musste, und Dimitri scheuchte sie alle zur Haustür hinaus. Es bestand keine Notwendigkeit abzuschließen, weil kein Shifter unerlaubt in das Revier des Lupiden eingedrungen wäre, ganz egal, wie klein es auch sein mochte.

Dimitri führte sie an seinem Pick-up vorbei zur Scheune

und zu einer Zugmaschine, quasi die Kabine eines Sattelschleppers, die dahinter zum Vorschein kam.

Peigi näherte sich dem Fahrzeug mit gerunzelter Stirn. „Kannst du das fahren?", fragte sie Dimitri.

„Klar. Du nicht?"

„Ignorier ihn einfach", riet ihr Jaycee und öffnete die Beifahrertür. „Er ist unheimlich stolz darauf."

Sie und Dimitri warfen ihre Taschen in die Kabine und verstauten sie unter ihren Sitzen und im hinteren Teil des Trucks, der durch einen Vorhang abgetrennt war. Während Dimitri dort mit dem Gepäck zugange war, sah Reid, dass es sogar ein Bett gab.

Als alles verstaut war, kletterte Peigi auf die Rückbank und machte es sich bequem. Reid nahm ebenfalls dort Platz. Er hätte sich am liebsten ganz eng an sie geschmiegt, unterdrückte dieses Bedürfnis jedoch und sorgte stattdessen dafür, dass zwischen ihnen beiden eine Lücke blieb. Man musste das Schicksal ja nicht noch zusätzlich herausfordern.

„Wie schön", rief Dimitri, als er mit einem Sprung auf dem Fahrersitz landete und die Tür zuschlug. „Wir machen einen Road Trip!"

„Wir machen *ständig* Road Trips." Jaycee hatte bereits die Tür geschlossen und sich angeschnallt. „Anders kommen wir ja auch nirgendwohin."

„Punkt für dich." Dimitri ließ den Motor an. „Ich m-möchte ja auch nur meiner Freude darüber Ausdruck verleihen."

„Weiß ich doch, Süßer."

Dimitri schaute in den Rückspiegel und zwinkerte Peigi zu. „Sie liebt mich."

Peigi lächelte zurück, und Dimitri fuhr auf die Anhöhe zur Schotterpiste, auf der sie gekommen waren. Andere Shifter winkten ihnen zu, als sie sie passierten, und Kendricks Junge rannten hinter dem Truck her und verabschiedeten sie mit ohrenbetäubendem Kreischen.

Reid spürte Peigis Aufregung, als sie auf die asphaltierte Straße einbogen und Dimitri ordentlich aufs Gaspedal trat. Obwohl sich ihre Begeisterung über den Ausflug nach New Orleans spürbar in Grenzen hielt, brannte in ihr eine große Neugier auf die Welt, und sie schaute sich interessiert um.

„Es ist schön, mal rauszukommen“, sagte sie, als sie bemerkte, dass Reid sie beobachtete.

„Da draußen gibt es hauptsächlich n-nichts“, erklärte Dimitri leicht abfällig. „Trotzdem weiß ich, was du meinst. Ich hätte nicht übel Lust, den verrückten Wolf raushängen zu lassen und mal so richtig laut zu jaulen.“

Jaycee hielt sich die Ohren zu. „Bitte nicht.“

Dimitri schüttelte den Kopf. „Mann, es ist wirklich die Hölle, mit einer Felidin zusammenzuleben. Die sind so empfindlich.“

„Elegant und feingeistig“, konterte Jaycee und nahm die Hände runter. „Im Gegensatz zu vielen Lupiden.“

„Hey, ich hatte in meinem ganzen Leben noch nie die Krätze. *Du* rastest schon völlig aus, wenn du einen Knoten in deinem Pelz findest. Außerdem leckt sie sich ständig die Pfoten“, informierte er die Passagiere auf dem Rücksitz. „Stellt euch das mal vor, ich wache mitten in der Nacht auf, weil sich am Fußende meines Bettes eine Leopardin putzt. Schleck, schleck, schleck. Ich denke jedes Mal, dass irgendwo ein Wasserhahn tropft.“

„Ich versuche bloß, dein Geschnarche zu übertönen“, zahlte Jaycee es ihm mit zuckersüßer Stimme heim. „Im Übrigen sind Katzen nachtaktiv. Wir dösen am Tag und wachen über die Nacht. Lupide sind im Grunde dauermüde.“

Peigi lachte, und der musikalische Laut war so schön wie der Rest von ihr.

„Da bin ich ganz bei Dimitri“, sagte sie. „Bären können *immer* schlafen.“

Dennoch war Peigi stets zur Stelle, wenn eines der Jungen auch nur eine Miene verzog, um sie zu trösten, ihnen Sicherheit zu geben, sie lieb zu haben. Sie hatte ein riesiges Herz, trotz all dem, was der Mistkerl ihr angetan und sosehr er versucht hatte, sie zu brechen.

In den vergangenen Jahren war Stuart Zeuge von Peigis Heilungsprozess geworden, hatte mitverfolgen können, wie der Glanz in ihre Augen zurückkehrte. Dass sie sich so entschlossen der Jungen angenommen und sich um sie gekümmert hatte, war die Rettung aus der tiefen Verzweiflung gewesen, die sie zuvor so fest in ihren Krallen gehalten hatte. Anfangs hatte sie sich kaum dazu aufraffen können, das Bett zu verlassen, mittlerweile stand sie jeden Morgen voller Energie auf, fest entschlossen, sich allen Widrigkeiten des Tages zu stellen. Mochte die Göttin die Jungen dafür segnen.

Während Peigi über Dimitri und Jaycee lachte, freute sich Stuart an ihrer Schönheit und darüber, dass sie ins Leben zurückgefunden hatte.

Als die Sonne untergegangen war und Dimitri unbeirrt weiterfuhr, nickte Peigi immer wieder ein. Es war schön, sich einfach mal zu entspannen, die Augen zu schließen und jemand anderem die Verantwortung zu überlassen. Sie liebte die Jungen und genoss die Zeit mit ihnen, allerdings war sie fast nie für sich. Eines der Jungen verlangte eigentlich immer nach ihrer Aufmerksamkeit, sie waren nie alle gleichzeitig ruhig und friedlich.

Stuart starrte konzentriert aus dem Fenster, als könnte er in der pechschwarzen Nacht etwas erkennen. Er hatte seit ihrem Aufbruch kaum ein Wort gesprochen, und Peigi spürte, wie seine Anspannung zunahm.

Er wollte Antworten. Er brannte darauf, ins Feenland zurückzukehren und herauszufinden, was dort vor sich ging, das konnte Peigi mit all ihren Shiftersinnen deutlich spüren.

Stuart saß zu weit von ihr entfernt. Peigi fühlte zwar

trotzdem seine Wärme, aber sie sehnte sich nach seiner Berührung.

Jaycee hatte auf dem Sitz vor ihnen die Beine untergeschlagen und suchte im Radio nach einem rauschfreien Sender. Ab und an fand sie einen, lehnte sich zurück und summte oder sang sogar. Dann stimmte auch Dimitri mit ein, und es war jedes Mal schön zu beobachten, wie glücklich die beiden einander machten.

Peigi rutschte verstohlen enger an Stuart heran. Er schien es nicht zu bemerken, bis sie mit ihrem Oberschenkel gegen seinen stieß.

Stuart drehte abrupt den Kopf zur Seite und sah sie an, seine schwarzen Augen schimmerten in der Dunkelheit. Peigi hatte Stuart im Laufe der Zeit besser kennengelernt, doch vieles an ihm war für sie weiter rätselhaft. In dieser Nacht war seine Anspannung förmlich körperlich spürbar.

Peigi sagte nichts. Sie zog auch ihr Bein nicht zurück, sondern hob eine Hand und legte sie auf seine, die in seinem Schoß ruhte.

Stuart holte scharf Luft. Peigi sehnte sich danach, sein Gesicht zu berühren, die Finger an seine Wange zu legen und ihn auf die Lippen zu küssen.

Stattdessen drückte sie einfach nur seine Hand. Sie rechnete fest damit, dass er sich zurückziehen, wieder für Abstand sorgen und sie mit ihrem ungestillten Verlangen allein lassen würde. Aber Stuart verschränkte seine Finger mit ihren und streichelte mit dem Daumen ihren Handrücken.

Mit rasendem Herzen schmiegte sich Peigi noch etwas enger an ihn und lehnte in einem seltenen Akt der Kühnheit den Kopf an seine Schulter. Sie spürte, wie er überrascht ein- und dann langsam ausatmete, als wolle er sich mithilfe einer Meditationstechnik selbst beruhigen.

Peigi schloss die Augen. Der Truck lag ruhig auf der Straße, die Musik aus dem Radio drang leise an ihr Ohr, und eingehüllt in Stuarts wohlige Wärme glitt sie in einen ruhigen, erholsamen Schlaf.

Lange Zeit später schreckte sie hoch, als der Wagen plötzlich zum Stehen kam. Sie setzte sich jäh auf, war bereit, sich der Gefahr zu stellen, doch alles war ruhig, das Radio war abgestellt, und das Licht der Morgendämmerung drang bereits durch die Fenster.

„Wir haben's geschafft, Kinder", verkündete Dimitri.

Peigi strich sich mit der Hand das zerzauste Haar glatt, und ein seltsames Gefühl der Leere überkam sie, bis sie bemerkte, dass Stuart nicht mehr neben ihr saß. Er war bereits im Begriff auszusteigen, öffnete die hintere Tür des Trucks und stand vor einem wunderschönen Haus.

Rosenstöcke, die aufgrund der Jahreszeit im Moment kahl waren, hatten die Spaliere an der Hauswand erobert und über dem Vorbau ein Dach gebildet. Die vordere Veranda war weitläufig und lud mit ihren Stühlen und der Hängebank zum Verweilen an einem lauen Sommernachmittag ein. Vermutlich konnte man dort gewiss auch im Winter hervorragend entspannen und die Sonne genießen.

Peigi hatte schon von diesem Haus gehört. Es besaß ein Bewusstsein und war auf einer Ley-Linie errichtet worden, warum wusste niemand so genau. Möglicherweise war es zunächst auch nur ein ganz gewöhnliches Gebäude gewesen, das im Laufe der Jahre derart viel von der Magie abbekommen hatte, die unter ihm entlangströmte, dass es selbst magisch geworden war.

„Hallöchen." Dimitri ging auf die Verandatreppe zu. „Erinnerst du dich an uns?"

„Natürlich erinnert es sich an uns." Jaycee nahm die Stufen mit wenigen Sprüngen, tätschelte liebevoll das Geländer und klopfte schließlich an die massive Eingangstür. „Ist Ben hier?"

„Er hat mich noch nicht zurückgerufen", antwortete Stuart, dessen dunkle Stimme in starkem Kontrast zu Jaycees glockenheller stand. „Sein Motorrad habe ich auch nicht gesehen.“

Dimitri zuckte die Achseln. „Ben kommt und geht, wie es ihm gefällt. Solange er dafür gesorgt hat, dass der Kühlschrank …“

Völlig unvermittelt öffnete sich die Haustür mit einem Klicken. Es gab keine schaurigen Geräusche, die Tür schwang einfach nach innen auf, als hätte jemand den Riegel weggezogen.

„Die hat beim letzten Mal noch gequietscht wie in einem schlechten Horrorfilm“, sagte Dimitri. „Ich schätze, heute wollte es uns nicht erschrecken.“

Der Bärin in Peigi stellten sich die Nackenhaare auf, als sie die Aura des Hauses mit ihren Sinnen erfasste, doch Jaycee verschwand völlig angstfrei im Innern und begrüßte es lauthals. Dimitri knurrte und stürmte ihr hinterher. Eigentlich ließen weibliche Shifter ihre Gefährten neue Orte stets auskundschaften, für den Fall, dass dort Gefahren lauerten. Peigi hatte das Gefühl, dass Jaycee sich immer nur dann an Regeln hielt, wenn es ihr in den Kram passte.

Die Bärin blieb zunächst unentschlossen vor dem Haus stehen, auch Stuart trat nicht sofort ein. „Glaubst du, wir sind da drin sicher?“, murmelte sie.

„Nein.“ Stuart nahm das Haus argwöhnisch in Augenschein. „Wir wissen, dass es Shifter und Ben mag, aber wie steht es mit den *dokk alfar*?“

„Es gibt nur einen Weg, das herauszufinden.“

„Ich mag es, dass du so mutig bist“, versicherte ihr Stuart. „Immerhin bekommen wir so definitiv Antworten auf unsere Fragen.“ Peigi setzte sich in Bewegung, doch Stuart packte sie am Ellbogen und zog sie eng an sich heran. „Ich bin froh, dass du bei mir bist“, flüsterte er.

Peigi wurde ganz warm, als sein Atem ihre Ohrmuschel streifte, und ihr Herz schlug schneller. Sie versuchte, sich schnell eine schlagfertige Antwort einfallen zu lassen, begnügte sich aber schließlich mit: „Weil ich dich vor dem Haus beschützen kann?“

Stuarts leises Lachen kitzelte sie am Ohr. „Auch.“

Er war ihr noch einen Moment nah, öffnete den Mund und schien etwas sagen zu wollen, ehe er sie abrupt losließ und sie mit einer Geste aufforderte, einzutreten.

„Männer müssen vorgehen“, ermahnte Peigi ihn im Spaß.

„Ja, damit wir als Erstes gefressen werden, und die klügeren Weibchen noch genug Zeit haben, um wegzurennen.“

„So schaut's aus.“

Stuart nahm wieder ihren Arm. „Wie wäre es, wenn wir es gemeinsam tun?“

„Wenn die Tür groß genug ist“, gab Peigi zu bedenken. „Bären sind ganz schön breit.“

Stuart musterte sie mit seinen dunklen Augen eindringlich. „Ich finde, du bist genau richtig.“

Wenn er so weitermachte, würde Peigi sich bald nicht mal mehr auf den Füßen halten können, geschweige denn durch die Tür kommen. Sie hatte weiche Knie und lehnte sich an ihn, um nicht das Gleichgewicht zu verlieren. „Bringen wir es hinter uns.“

Die Tür stand noch immer einladend offen. Oder war sie vielleicht eher ein klaffendes Maul? Peigi holte tief Luft, wechselte einen letzten Blick mit Stuart und marschierte mit ihm ins Haus.

Sie passten mühelos nebeneinander durch die Türöffnung, immerhin war die vor Jahrhunderten für Damen in ausladenden Röcken gebaut worden.

Drinnen angekommen, ließ Stuart zu Peigis Enttäuschung ihren Arm los. Sie entfernte sich einen Schritt von ihm und betrachtete mit demonstrativer Gleichgültigkeit ihm gegenüber das Innere des Hauses, das weitläufige Foyer, die Holzvertäfelung und die Brücken, die spindelbeinigen Flurtische mit den silbernen Dekorationsgegenständen. Das Haus war geschmackvoll eingerichtet und wirkte nicht überladen.

Hinter ihnen schwang die Haustür langsam zu, bis sie mit einem leisen Klicken wieder ins Schloss fiel.

„Das ist wirklich kein bisschen gruselig", murmelte Stuart.

„Du bist eine Dunkle Fee", konterte Peigi im Versuch, ihre Nervosität zu überspielen. „Euch finden einige Leute auch ganz schön gruselig."

„Einige *Shifter* meinst du." Stuart ging an ihr vorbei und schaute die massive gewundene Treppe empor, die in der Mitte des Hauses lag. „Na schön, einige *hoch alfar* wahrscheinlich auch. Wir haben sehr viele Feinde."

Peigi gesellte sich zu ihm. Ein eiserner Kronleuchter hing von der Decke herab, fügte sich perfekt in die Wölbung der Treppe vom obersten Stockwerk ein. „Na ja, in der Dunkelheit der Nacht kannst du schon ziemlich Furcht einflößend sein."

Stuart bedachte sie mit einem übertrieben entsetzten Blick. „Ich hoffe doch, dass ich *immer* ziemlich Furcht einflößend bin. Was ist mit unseren Freunden passiert?"

„Hier oben", hörten sie Jaycees Stimme aus dem ersten Stock. „Wir sind in der Küche."

Die Lupidin hatte ihnen unterwegs erzählt, dass das Erdgeschoss des Hauses für die Touristen im Stil des 18. Jahrhunderts eingerichtet worden war, während die Wohnräume, einschließlich der modernen Küche, im Obergeschoss lagen.

„Ben hält hier Führungen ab", hatte sie berichtet. „Ich wette, mit ihm macht das echt Spaß."

Der geheimnisvolle Ben, der sich manchmal auch Gil nannte, war mehrere hundert Jahre alt und hatte höchstwahrscheinlich die ursprünglichen Erbauer des Hauses gekannt. Peigi hatte es auf der Fahrt nicht erwähnt, aber insgeheim hätte sie sich liebend gern mal von Ben herumführen lassen.

Er schien allerdings nicht vor Ort zu sein, und Peigi und Stuart bekamen ihn auch dann nicht zu Gesicht, als sie die Treppe hinaufstiegen und über den langen Flur in die sonnige Küche traten. Dimitri wühlte sich gerade durch die Vorräte in der Speisekammer, und die Tatsache, dass er beide Arme voll

Essen hatte, zeugte davon, dass er sehr zufrieden mit ihrem Inhalt war.

Er legte seine Beute auf den Küchentresen und machte sich daran, Eier aufzuschlagen. Stuart schaute ihm ungefähr zehn Sekunden lang zu, ehe er sich zu ihm gesellte, um Pfannkuchen zu backen.

„Lass ihn ruhig", sagte Peigi, als Jaycee es ihm auszureden versuchte, weil sie ja schließlich ihre Gäste waren. „Es ist absoluter Pfannkuchen-Experte. Stuart gibt sich nicht mit dem normalen Rezept zufrieden, er fügt immer irgendetwas Besonderes hinzu: Zitrone, Ricotta, Cookies, Banane und Walnüsse …"

Das schien Jaycee zu überzeugen. „Alles klar. Ich hätte gerne einen von jeder Sorte."

Stuart stibitzte Dimitri eine Handvoll Eier aus dem Karton, und die beiden widmeten sich emsig dem Kochen. Jaycee bereitete Kaffee und Toast zu und erklärte, dass Peigi ruhig auch mal nichts tun könnte.

Peigi beschloss daher, sich ein bisschen im Haus umzusehen. Nicht nur die Küche war hochmodern eingerichtet, sondern auch die übrigen Zimmer auf diesem Stockwerk, inklusive der teuer ausgestatteten Bäder mit ihren riesigen Badewannen, in denen man sich sicher hervorragend entspannen konnte.

Zudem standen in jedem Schlafzimmer Möbel aus einer anderen Epoche, und obgleich Peigi keine Expertin auf diesem Gebiet war, konnte sie durchaus die klaren Linien des Kolonialstils von den hochgradig verzierten, massiven Stücken des Viktorianischen Zeitalters unterscheiden.

Sie wollte auch das Erdgeschoss erkunden und strich auf dem Weg dorthin sachte über das polierte Treppengeländer. Dieser Teil des Hauses wirkte wie ein Bühnenbild oder Filmset voller wunderschöner Möbel, Gardinen und Gemälde, die nur darauf warteten, dass die einstigen Bewohner zurückkehrten, um Gäste zu empfangen, Galadinner abzuhalten oder einen Ball zu veranstalten.

Der Wohnbereich der Sklaven war ebenfalls in seinen ursprünglichen Zustand zurückversetzt worden, wie Jaycee Peigi berichtet hatte, denn sie waren genauso ein Teil der Geschichte des Hauses, wenn auch ein sehr düsterer. Peigi trat durch die sich von selbst öffnende Hintertür ins Freie, lief über die Veranda und die Stufen hinab zu einem Pfad, der zu einigen Nebengebäuden führte.

Die Sonne ging langsam auf, ein pinkfarbener Streifen erschien am Horizont. Es war ein wunderschöner Ort, an dem man sich hervorragend besinnen konnte. Peigi nahm einen tiefen reinigenden Atemzug. Daran könnte sie sich gewöhnen.

Vielleicht aber auch nicht. Sie vermisste den stetigen Hintergrundlärm der Jungen jetzt schon, genau wie ihre Energie. Sie sollte Nell anrufen und sich nach der Lage erkundigen, doch sie unterdrückte den Impuls fürs Erste, da es noch zu früh war, schließlich war es hier in Louisiana zwei Stunden später als in Nevada, wie ihr gerade noch rechtzeitig eingefallen war. Nell würde es sicherlich vorziehen, nicht mitten in der Nacht aus dem Bett geklingelt zu werden.

Peigi blieb neben einem dicken, knorrigen Baum ohne Blätter stehen. Er war bestimmt ziemlich alt, wirkte aber gesund. Er hatte einen gewissen Charme und markierte das eine Ende des Pfades, weshalb er wahrscheinlich vor langer Zeit nicht beschnitten worden war, sondern einfach hatte wachsen dürfen.

Peigi seufzte. Sie hatte ihren Frust die ganze Zeit unterdrücken können, doch mittlerweile drohte er überzukochen. Sie wünschte, die *dokk alfar* hätten Stuart verdammt noch mal in Ruhe gelassen. Dann hätten sie beide in ihrem kleinen Haus in Las Vegas aufwachen, den gemeinsamen Tag planen und sich beim Versuch, die sechs Jungen in Schach zu halten, die Haare raufen können.

Stuarts Ausführungen zufolge brauchte dieser Cian, vielleicht sogar sein ganzes Volk seine Hilfe. Es war richtig, dass er sie vor den Hochelfen beschützen wollte, das sah Peigi völlig ein. Doch ein Teil von ihr wünschte sich nichts mehr, als dass das Feenland für immer verschwand und Stuart sie niemals verließ.

„Ich bin so eine egoistische Mistkuh", sagte sie laut. „Mir ist völlig klar, dass er gehen muss, aber verdammt noch mal, *ich* brauche ihn auch. Genau wie die Jungen …"

Eine Windböe ließ die jüngeren Äste des Baums erzittern. Das Geräusch war tröstlich, es wirkte beinahe so, als wolle der Baum ihr sein Mitgefühl ausdrücken. Vielleicht tat er ja genau das. War es wirklich so unwahrscheinlich, dass ein Geisterbaum in der Nähe eines Geisterhauses stand?

„So fühlt sich wohl jede Ehefrau eines Soldaten", vertraute sie dem Baum an. „Sie ist stolz darauf, dass ihr Mann für das kämpft, woran er glaubt, und dass er anderen in ihrem Überlebenskampf hilft, doch gleichzeitig würde sie ihn am liebsten festhalten und darum beten, dass er nicht fortmuss."

Wieder raschelte es, dann flaute der Wind ab, und es war plötzlich still.

„Ich spreche mit einem Baum." Peigi schüttelte den Kopf. „Ich bin völlig übermüdet. Ich brauche unbedingt einen Kaffee."

Schnellen Schrittes eilte sie den Pfad zurück Richtung Haus und seufzte erleichtert, als sie der köstliche Duft frisch gebrühten Kaffees aus der Küche empfing.

Nach dem Frühstück, das aus drei verschiedenen Varianten Pfannkuchen, leckeren Omeletts à la Dimitri, einer von Jaycee zubereiteten Servierplatte voller Sandwiches und mehreren Tassen starken Kaffees bestanden hatte, fühlte sich Peigi viel besser. Shifter konnten grundsätzlich kein Essen verkommen lassen, weshalb die Vorratskammer nach dieser einen Mahlzeit komplett geplündert war.

Sie beseitigten noch gemeinsam das Schlachtfeld aus Abfällen und Resten, anschließend führte Dimitri sie in einen kleinen Raum im Erdgeschoss, in dem sich vor einer Weile der Durchgang ins Feenland befunden hatte. „Die Tür war genau hier."

Peigi starrte auf die hübsch vertäfelte und tapezierte Wand, ohne dort auch nur die leiseste Spur eines Durchgangs zu erkennen. Ein Luftzug ließ die Rosenbüsche auf der anderen Seite des offenen Fensters rascheln und ächzen.

Stuart strich mit den Fingern über die vermeintlichen Umrisse der verborgenen Tür. Dann legte er das Ohr auf die Holzvertäfelung und lauschte.

„Hörst du etwas?", fragte Dimitri.

„Bloß dich." Stuart schloss die Augen und drückte die Wange noch fester gegen das Holz. Vorsichtig berührte er die Wand.

Mit angehaltenem Atem beobachtete Peigi, wie Stuart geistesabwesend und völlig darauf konzentriert, was dahinter lag, über das Holz strich. Sie musste sich unweigerlich fragen, wie es sich wohl anfühlen würde, seine starken Finger auf ihrer Haut zu spüren, wenn ihn nichts anderes mehr interessierte als sie.

Wieder spürte sie den Windzug in den Rosenzweigen und erschauerte.

„Wer hat das Fenster aufgemacht?", flüsterte Peigi. „Es zieht."

Dimitri wechselte einen besorgten Blick mit Jaycee. Ihre Mimik verriet, dass beide bisher davon ausgegangen waren, dass die Bärin das Fenster geöffnet hatte.

Es konnte doch ganz schön unheimlich in einem Haus sein, das seinen eigenen Willen hatte, fand Peigi, obgleich sie sich eingestehen musste, dass die Ablenkung zumindest dafür gesorgt hatte, dass sie nicht länger über Stuart, und was er mit ihr anstellen könnte, nachdachte. Der knorrige Baum, der am Ende der Auffahrt über das Gelände wachte, war von diesem Zimmer aus sichtbar.

Stuart öffnete die Augen und richtete sich auf. „Vielleicht gefällt es dem Haus, seine Fenster nach Gutdünken zu öffnen und zu schließen. Vielleicht muss es manchmal einfach tief durchatmen."

„Es bereitet dir offensichtlich Spaß, den Gruselfaktor noch zu erhöhen", bemerkte Peigi. „Hast du schon herausgefunden, ob es hier eine Tür gibt? Oder ein Tor oder was auch immer?"

Stuart berührte erneut die Holzvertäfelung. „Wenn es hier je ein Tor gab, ist es verschwunden."

„Es hat sich geschlossen und ist verschwunden, nachdem eine Fee versucht hat, hier einzudringen und uns zu töten", erzählte Jaycee. „Möglicherweise hat Lady Aisling es auch dichtgemacht. Das kann ich nicht mit Sicherheit sagen."

„Darauf haben wir damals nicht geachtet." Dimitri legte den Arm um Jaycee und schenkte ihr einen wissenden Blick.

„Stimmt, du hattest ausschließlich Sex im Sinn." Jaycee schmiegte sich an ihn. „Na schön, ich gebe es zu: Bei mir war der Paarungwahn zu diesem Zeitpunkt ebenfalls schon ziemlich ausgeprägt." Sie lächelte zufrieden und kein bisschen verlegen. „Ich frage mich, ob Lady Aisling das Tor für Stuart wieder öffnen könnte? Wenn sie es verschlossen hat, kann sie es vielleicht auch wieder aufmachen. Es gibt auf der anderen Seite eine Sonnenuhr ..."

„Erinnerst du dich, dass Lady Aisling dir gesagt hat, du sollst sie nur im äußersten Notfall rufen?", fragte Dimitri. „Meinst du, das ist ein solcher Notfall?"

Stuart lehnte sich wieder an die Vertäfelung und berührte sie sanft mit den Fingern. „Für die Tuil Erdannan war der Krieg zwischen den Shiftern und den Feen bloß ein kurzes, bedeutungsloses Scharmützel, so ähnlich wie wenn man Ameisen dabei zusieht, wie sie sich wegen eines Blattes bekriegen. Ich bezweifle, dass Lady Aisling auch nur einen Finger krumm machen würde, um die *hoch alfar* von den *dokk alfar* fernzuhalten. Das hat ihre Art noch nie getan." Die Verbitterung, die Peigi in seiner Stimme hörte, rief ihr wieder ins Gedächtnis, dass die Hochelfen seinen Clan ausgerottet hatten, ohne dass ihnen irgendjemand zu Hilfe geeilt wäre.

„Ben hat behauptet, die Tuil Erdannan hätten die *dokk alfar* erschaffen", sagte Jaycee. „Zumindest erzählt man sich das wohl so. Stimmt das?"

Stuart zuckte die Achseln. „Ich weiß es nicht. Wir haben jedenfalls andere Schöpfungsgeschichten. Man muss allerdings wissen, dass wir das Feenland lange vor den *hoch alfar* bevölkert haben. Das ist historisch bewiesen."

„Wir sollten Ben zurate ziehen", schlug Jaycee vor. „Er lebt schon eine Weile in diesem Haus. Ich wette, er hat in der Zwischenzeit ein paar seiner Geheimnisse ergründet."

„Wo zum Teufel steckt er nur wieder?", knurrte Dimitri. „Ich habe schon mehrfach versucht, ihn anzurufen."

„Ich auch", sagte Stuart. „Es geht immer nur die Mailbox ran."

Peigi war während ihres Gesprächs ans Fenster getreten und genoss die Morgensonne. Der Wind wurde wieder stärker und brachte die trockenen Äste des alten Baumes derart zum Zittern, dass es so aussah, als wären sie lebendig.

Peigi blieb der Mund offen stehen. Der Baum bewegte sich tatsächlich. Sein Stamm bog sich, und zwei der Äste hoben und senkten sich, wie ein Mensch, der sich nach dem Aufstehen reckte und streckte.

Als Nächstes begann die Rinde vom Stamm zu bröckeln. Peigi beobachtete das Schauspiel staunend und war viel zu verblüfft, um die anderen zu sich zu rufen, die noch immer über die Tür, das Haus, die Tuil Erdannan und Ben diskutierten.

Die Äste des Baums wurden dicker, bis sie endgültig die Gestalt von Armen angenommen hatten, die von den breiten Schultern eines Mannes hingen. Die Wurzeln brachen aus dem

Boden hervor, und es schien, als zöge der Baum nacheinander die Knie an und spreizte die Zehen.

Als sich der Baum dann in Bewegung setzte, wichen die letzten Reste der Rinde einer dicken, ledrigen Haut. Der große runde Knoten auf dem Stamm wurde zu einem Gesicht, die wenigen Blätter und Zweige darüber ähnelten plötzlich Haaren.

Das Wesen erinnerte immer weniger an einen Baum, als es auf das Haus zukam, obwohl es noch immer sehr stämmig und kräftig wirkte. Als es die Stufen zur Veranda erreichte, konnte Peigi bereits Kleidung an ihm ausmachen, Jeans, Sweatshirt und Motorradstiefel. Der Knoten war unterdessen vollständig zu einem Gesicht mit einer hohen Stirn, einer breiten Nase und sehr dunklen Augen geworden, in denen die Weisheit von Jahrhunderten ruhte.

Der Mann sprang unmittelbar vor dem Zimmer auf die Veranda und klopfte ans Fenster.

„Hi", begrüßte er Peigi. „Kannst du mich reinlassen? Ich glaube, ich habe meinen Schlüssel verloren."

„Ben!", rief Jaycee aufgeregt hinter ihr. „Da bist du ja. Das wurde aber auch Zeit."

KAPITEL SIEBEN

Ben schlenderte an Peigi vorbei ins Haus und zwinkerte ihr zu, was Stuart furchtbar störte. Peigi starrte Ben weiter schockiert an.

„Tut mir leid, dass ich euch nicht willkommen heißen konnte", sagte Ben. „Ich hatte zu tun."

Peigi holte tief Luft, als hätte sie jede Menge Fragen, schloss dann jedoch den Mund wieder und betrachtete Ben nur stirnrunzelnd. Der grinste sie an, als hätten sie ein gemeinsames Geheimnis, was Stuarts Wut noch weiter anheizte.

Dimitri winkte Ben zu sich und klopfte gegen die Holzverkleidung. „Kannst du die Tür wieder entstehen lassen? Reid müsste sie benutzen."

„Das habe ich mitgekriegt." Ben zückte sein Handy und wischte mit dem Daumen über das Display. „In acht Nachrichten." Er schaltete das Handy aus und steckte es sich wieder in die Tasche. „Ich muss mich erneut entschuldigen – ich fürchte, ihr seid umsonst gekommen. Die Tür gehorcht mir nicht. Jazz hat gesagt, sie hätte sie noch nie gesehen, und seit ich hier eingezogen bin und mich um das Haus kümmere, ist sie auch nicht wieder aufgetaucht."

„Verdammt", flüsterte Jaycee. „Genau wie der Swimmingpool.“ Als Reid fragend die Brauen hob, ergänzte sie: „Der Swimmingpool ist erschienen, als ich eine Abkühlung gebraucht habe. Jazz hat später behauptet, es gäbe hier keinen.“

Peigi räusperte sich. „Vielleicht, wenn wir das Haus höflich bitten?“

Ben lachte schnaubend. „Vielleicht. Aber wenn das Haus der Auffassung ist, das sei zu gefährlich für uns, wird es uns den Gefallen nicht tun. Die Tür ist bisher nur ein Mal erschienen, um es Jaycee zu ermöglichen, Dimitri zu Hilfe zu eilen.“

Der Lupid nickte. Das entsprach den Tatsachen, und die Erwähnung seiner damaligen Notlage machte ihm nichts aus.

„Dann kannst du uns nicht helfen.“ Peigi funkelte Ben finster an, war aus irgendeinem Grund wütend auf ihn.

„Das habe ich nicht gesagt.“ Ben erwiderte ihren Blick ausdruckslos. „Dieses Haus steht auf einer Ley-Linie. Das könnte sich als nützlich erweisen.“

Jaycee musterte die glatte Wand. „Ben, ich habe gehört, du kannst irgendwelche Dimensionsnischen zwischen dieser Welt und dem Feenreich aufspüren. Das hat Bowman aus North Carolina bei einem Treffen mit Kendrick erzählt. Wie wäre es damit?“

„Das stimmt“, gab Ben zögernd zu. „Aber das hilft Reid möglicherweise nicht weiter. Am Ende sitzt er in dieser Nische fest oder kommt an einem Ort heraus, der weder das Feenreich noch diese Welt ist. Kennt ihr die Multiversumstheorie der Quantenphysik? Sie geht davon aus, dass es eine unendliche Anzahl von Welten gibt – und das meinen die Wissenschaftler ernst.“

Jaycee verzog das Gesicht. „Das ist eine beunruhigende Vorstellung.“

„Meist kriegen wir im Alltag davon gar nichts mit und scheren uns auch nicht darum“, fuhr Ben fort. „Aber dann und wann sammelt sich genug Energie in einer dieser Welten, und ein Tor öffnet sich. Üblicherweise auf einer Ley-Linie. Das

Feenreich hat eine so starke Verbindung zu unserer Welt, dass wir es am leichtesten erreichen, doch wir könnten aus Versehen auch ganz woanders landen."

„Wie gesagt, eine beunruhigende Vorstellung", wiederholte Jaycee.

Reid nickte. „Selbst wenn wir durch ein Tor ins Feenreich gelangen könnten, ließe sich nicht vorhersagen, wo ich landen würde. Es ist riesig."

„Ich weiß", bestätigte Jaycee düster. „Ich habe mal eine Karte davon gesehen. Deshalb habe ich auch Lady Aisling ins Spiel gebracht. Sie würde den Weg kennen und könnte den Transport arrangieren."

„Wenn die Sache sie interessiert", gab Reid mit wachsender Ungeduld zu bedenken.

„Moment mal", mischte sich Ben ein. „Ich habe Lady Aisling kennengelernt. Sie ist ganz schön furchterregend. Mit ihr möchtest du dich nicht anlegen. Du redest von ihr, als wärt ihr befreundet, Jaycee, aber sie ist eine Tuil Erdannan."

„Ben hat Angst vor ihr", erklärte Jaycee amüsiert.

„Weil ich bei klarem Verstand bin. Sie kann uns mit ihrem kleinen Finger töten."

„Ach, und ich dachte, sie mochte dich", zog ihn Jaycee auf. „Zumindest hat Zander das behauptet."

„Sie fand mich interessant", stellte Ben klar. „Genauer möchte ich das gar nicht wissen."

„Das hilft Stuart alles nicht." Peigi trat vor, und alle außer Stuart blinzelten überrascht, als hätten sie vergessen, dass sie überhaupt da war. Jaycee und Dimitri waren dominanter als sie, doch wenn Peigi etwas wichtig war, dann war ihr die Rangordnung egal. „Wenn Stuart nicht durch die Tür ins Feenreich gelangen kann, wie denn dann? Wir nutzen nicht die Ley-Linie in Austin. Da stimme ich ihm zu."

Ben rieb sich das Kinn. „Darüber muss ich nachdenken. Es gibt eine Ley-Linie in Las Vegas, wusstet ihr das? Sie verläuft direkt unter eurer Shiftertown."

„Ich habe erst vor Kurzem in ihr festgesessen", ergänzte Reid. „Ich glaube, sie ist nicht mehr richtig offen."

„Gibt es eine Karte der Ley-Linien?", erkundigte Peigi sich. „Mit Markierungen, welche Tore noch funktionieren?"

„Hm", meinte Ben. „Das wäre praktisch. Ich weiß, Andrea hat eine angefertigt, aber sie hat ihre gesamten Forschungsergebnisse Sean für die Wächter-Datenbank überlassen. Ich habe gehört, die Wächter bekommen mit ihrer Hilfe mit, wann sich ein Tor öffnet und schließt. Wir können einen von ihnen fragen."

„Einen, dem ich trauen kann?" Reid sah Ben zweifelnd an. „Die meisten Shifter-Oberhäupter wissen ganz gerne, wo ich mich aufhalte. Würden sie überhaupt gestatten, dass ein Wächter mir hilft? Und mir glauben, dass ich ins Feenland gehe und keinen Ärger mache? Und dann einfach zurückkehre?"

„Zanders Gefährtin Rae ist eine Wächterin", meinte Jaycee. „Wie wäre es, wenn wir mal mit ihr sprechen?"

„Sie ist allerdings erst seit recht kurzer Zeit im Amt", wandte Ben ein. „Sie muss sich noch in die Geheimnisse der Wächter und ihre Wissensdatenbank einarbeiten. Ich dachte eher an den Wächter der Shiftertown in North Carolina, einen Felid namens Pierce Daniels. Er ist klug und vertraut mir einigermaßen. Mit ihm könnten wir reden."

„Verdammt weite F-Fahrt", gab Dimitri zu bedenken. „Warum wendest du dich nicht an euren eigenen Wächter? Wie heißt er noch mal? Neal?"

Peigi warf ein: „Weil Eric es möglicherweise untersagen würde. Stuart ist ein Aktivposten." Das letzte Wort sprach sie missbilligend aus. Es passte ihr nicht, dass Eric Reid nach Belieben für seine Zwecke einsetzte.

„Deshalb hatte ich an Pierce gedacht", erklärte Ben. „Der Anführer seiner Shiftertown – Bowman – macht sein eigenes Ding. Es wäre ihm komplett egal, ob Eric Reid gehen lassen will oder nicht. Aber Pierce würde Bowman vielleicht nicht einmal mitteilen, dass er uns hilft. Die Shifter dort legen größten Wert auf ihre Unabhängigkeit. Ich schätze, das kommt davon, wenn man mitten im Wald lebt."

Reid dachte einen Moment über den Vorschlag nach. „Gut, nimm Kontakt zu ihm auf. Jede Information, die Pierce über das Finden von Toren hat, kann hilfreich sein. Das bedeutet zwar noch nicht, dass ich auch durchkann, doch ein Versuch kann nicht schaden."

„Braucht man dafür nicht ein Feenartefakt?", fragte Jaycee. „Oder einen Zauberspruch oder so? Dimitri wurde mithilfe von stinkendem Weihrauch und eines Zaubers auf die andere Seite gezerrt."

„Kommt darauf an." Ben klopfte die Fingerspitzen aneinander. „Ja, Menschen und Shifter brauchen bei der Öffnung von Toren magische Unterstützung. Bei Feen bin ich mir da nicht so sicher. Sie scheinen die Grenze nach Belieben überqueren zu können, in beide Richtungen."

„Ich habe schon Tore durchschritten", sagte Reid ungeduldig. „Aber Näheres finde ich erst heraus, wenn ich vor einem stehe. Wenn das Haus die Tür nicht öffnet ..." Er sah die Wand an, die unverändert blieb. „Jaycee, Dimitri, Ben, Peigi – tut mir leid, dass ich eure Zeit verschwendet habe."

„Du hast sie nicht v-verschwendet", widersprach Dimitri. „Ich musste dir doch von Cian berichten."

„Ich finde immer noch, ich sollte mit Lady Aisling reden", verkündete Jaycee. „Sie nach ihrer Meinung fragen und vielleicht um Hilfe bitten."

Ben hörte auf, die Fingerspitzen gegeneinander zu klopfen, und faltete die Hände. „Das klingt bei dir so, als könntest du sie einfach auf ein Schwätzchen anrufen, und das finde ich wirklich furchterregend. Sei vorsichtig, Jaycee. Zu beiläufig mit den Tuil Erdannan umzugehen ist, als spiele man mit einer Panzerabwehrrakete Fangen."

„Schön, dann weiß ja wohl jeder, was er zu tun hat." Peigis Stimme war ruhig, aber Reid bemerkte ihre Wut. „Warum macht ihr das nicht einfach, und Stuart und ich gehen heim und kümmern uns um unsere Jungen?"

Wieder verstummten die anderen und drehten sich überrascht zu ihr um. Peigi ließ die anderen gern diskutieren, doch wenn sie sprach, dann hörte man ihr zu.

Dimitri lächelte sie an. „Ja, wir reißen alle so ziemlich gar nichts. Aber im Augenblick bist du in diesem großen Haus, und der Rückweg ist weit. Ruh dich aus, entspann dich, und morgen früh brechen wir Richtung Heimat auf. Ben und ich telefonieren ein bisschen herum, Jaycee und ich streiten darüber, ob sie Kontakt mit Lady Aisling aufnimmt, und du und Stuart, ihr macht ein bisschen Urlaub. Es gibt jede Menge Essen, Bier, einen Fernseher, Internet – wonach auch immer euch der Sinn steht. Dies ist praktisch ein Ferienhaus für Shifter."

Peigi entspannte sich etwas. „Es könnte wahrscheinlich nicht schaden, wenn wir uns ein bisschen ausruhen."

„Wir könnten auch nach New Orleans f-feiern gehen", schlug Dimitri vor. „Wir kennen da einen Shifter-Club …"

„Wenn du den meinst, wo man mich von der Empore geworfen hat, dann nein danke", lehnte Ben kopfschüttelnd ab. „Ich bleibe lieber hier und grille Burger."

„Ich war noch nie in einem Shifter-Club", meinte Peigi.

Das trug ihr weitere überraschte Blicke ein. „Noch nie?", fragte Jaycee erstaunt. „Ich dachte, in Vegas gäbe es einen besonders tollen."

„Ja, aber da gehe ich nie hin." Peigi klang bedauernd. „Ich muss mich um die Jungen kümmern. Außerdem war mir in letzter Zeit nicht danach."

„Dann müssen wir unsere Pläne ändern." Dimitri legte einen Arm um Jaycee und zog mit dem anderen behutsam Peigi an sich. Es war keine sexuell aufgeladene Geste, nur eine freundliche. „Wir können herumtelefonieren, ein Nickerchen machen und heute Abend in den Club."

„Ist das auch wirklich ungefährlich?", erkundigte sich Peigi nervös. „Was ist, wenn jemand unsere Ausweise kontrolliert? Shifter dürfen ihren Heimatstaat nicht verlassen."

„Ich rufe den Türsteher an", beruhigte Dimitri sie. „Er ist ein Freund von mir. Niemand wird davon erfahren."

Dimitri sprach mit der Selbstsicherheit eines Mannes, der wusste, wie man mit allem durchkam, aber Reid gefiel dieser Plan ganz und gar nicht.

Er wollte gerade darauf beharren, dass sie das Haus nicht verlassen sollten, bis sie wieder aufbrachen, doch dann bemerkte er die Freude in Peigis Miene. Sie hatte bisher tatsächlich wenig Gelegenheit gehabt, die Sorte Spaß zu haben, die Shifter als ganz selbst verständlich ansahen. Langsam wagte sie sich aus ihrem Schneckenhaus, machte zögernd neue Erfahrungen, auch wenn die Jungen bei ihr weiter stets an erster Stelle kamen. Während die Shifter in Las Vegas sich ins Auto setzten, um ins Coolers, die Shifterbar, zu fahren, versorgte Peigi Junge mit Makkaroni mit Käse und las ihnen Gute-Nacht-Geschichten vor.

„Na schön", lenkte Reid ein. „Wir können ein paar Stunden Spaß in diesem Club haben. Aber mehr nicht. Ich darf die Mission nicht aus den Augen verlieren."

„Du kannst ja hier bei Ben bleiben", sagte Peigi rasch. „Ich weiß doch, dass es dir keinen Spaß macht, mit so vielen Shiftern abzuhängen."

„Wovon redest du?", fragte er mit gespieltem Erstaunen. „Ich hänge bei uns zu Hause jeden Tag mit jeder Menge Shiftern ab. Wenn ich mit unseren Jungen fertig werde, schaffe ich ja wohl auch einen Club voller betrunkener Shifter. Du gehst auf keinen Fall ohne mich aus."

Peigi strahlte ihn an, und bei ihrem Lächeln wurde ihm ganz warm ums Herz. Reid war so auf sie konzentriert, dass er erst bemerkte, dass die anderen drei sich über irgendetwas sehr amüsierten, als Dimitri Jaycee anstieß.

Ihm wurde klar, dass er, ohne groß nachzudenken, „bei uns zu Hause" und „unsere Jungen" gesagt hatte. Als seien Peigi und er, um einen Shifterausdruck zu benutzen, Gefährten, die zusammenlebten.

Nun, letztlich waren sie das auch. Reid erwiderte ruhig den Blick seiner Freunde und nahm kein Wort zurück. Was er gesagt hatte, hatte er gesagt, und in seinem Herzen wusste er, dass es stimmte.

Ben versuchte, Peigi zu entkommen, als sie nach einem ausgedehnten Nickerchen und einer Dusche die Treppe runterlief und ihn allein im Erdgeschoss anzutreffen drohte. Die Nacht war angebrochen, und Ben beschloss, in den Schatten am Ende des Flurs zu verschwinden.

Peigi, die schon vor langer Zeit gelernt hatte, Junge zu finden, die sich überall verstecken konnten, folgte ihm raschen Schritts. Ben schlüpfte zur Hintertür hinaus, aber auf der Veranda holte ihn Peigi ein. Er bemühte sich, mit der Dunkelheit zu verschmelzen, doch Peigi hatte in ihrem Leben schon zu oft wachsam sein müssen, um auf diesen Trick hereinzufallen.

Mit verschränkten Armen baute sie sich vor ihm auf, und Ben erwiderte ihren Blick leicht verlegen.

„War das deine wahre Gestalt, oder hast du nur gelauscht?“, verlangte Peigi zu wissen.

„Was heißt hier lauschen?“ Ben musste den Kopf in den Nacken legen, um ihr ins Gesicht zu schauen. „Du bist direkt auf mich zugekommen und hast angefangen zu reden.“

„Ja, und du wirst kein Wort von dem wiederholen, was ich gesagt habe.“ Sie sah ihn streng an. „Meine privaten Gedanken sollen auch privat bleiben, ist das klar?“

„He, keine Sorge. Ich kann ein Geheimnis bewahren. Am besten tue ich so, als wäre ich dein Beichtvater oder so.“

Peigi entspannte sich ein wenig. Sie kannte Ben nicht gut genug, um zu wissen, ob sie ihm trauen konnte oder nicht.

„Aber im Ernst, bist du ein Baum?“

„Was?“, fragte Ben erzürnt. „Nein. Ich bin ein Goblin. Wir können jede Gestalt annehmen, die wir wollen – na ja, innerhalb bestimmter Grenzen. Aber ich bin kein Baum. Ich betreibe keine Fotosynthese.“

Er war definitiv humanoid und hatte ausgeprägte Muskeln, Tattoos, schwarzes Haar und strahlende dunkle Augen. Ein wenig glich er dem Baumwesen, das sie gesehen hatte, doch vor allem in Größe und Kraft.

„Verstehe“, sagte Peigi. „So wie eine Stabheuschrecke einem Zweig ähnelt, aber nicht einmal annähernd dasselbe ist. Oder eine Gottesanbeterin einem Blatt. Richtig?“

Ben schnaubte beleidigt. „Ja, so ähnlich. Vermutlich. Wage es nicht, mich als Stabheuschrecke zu bezeichnen.“

„Hab ich doch gar nicht. Ich versuche nur, dich besser zu verstehen.“

Ben regte sich ab. „Nun ja, ich verstehe einen Haufen davon ja selbst nicht. Aber tu mir einen Gefallen, pass heute Nacht auf Jaycee auf. Sie vertraut auf ihre Freundschaft mit Lady Aisling, doch die Frau ist gefährlich. Ich bin ihr begegnet und war beeindruckt, allerdings bin ich mir über ihre Macht im Klaren. Für sie ist Jaycee bloß ein Staubkorn. Lady Aisling ist im Moment vielleicht an diesem Körnchen interessiert, aber sobald sie das nicht mehr ist …“ Ben machte mit Zeigefinger und Daumen eine schnippende Geste.

„Ich weiß.“ Peigis Stimme war voller Verständnis. „Die Mächtigen werden ihre Macht auch immer einsetzen. Sie können gar nicht anders.“

„Das mag ich an dir, Pegs. Du redest nicht viel, doch du bist ein kluges Köpfchen.“

„Auf diese Weise habe ich bisher überlebt. Ich höre gut zu, lerne und halte den Mund.“

„Soll das heißen, dass du mein Geheimnis bewahren wirst?“, fragte Ben.

„Wenn du dafür meine bewahrst.“

„Deal." Ben streckte ihr die Hand hin.

Peigi schlug ein. „Deal."

Bens Händedruck war fest, ein starker Mann mit einem stämmigen Körper. Impulsiv zog Peigi ihn an sich und umarmte ihn auf Shifterart.

„Oh, das tut gut." Bens Stimme wurde leiser, und er erwiderte die Umarmung kräftig.

Ein Windhauch streifte Peigi, und plötzlich stand Stuart neben ihnen. „Das reicht langsam", knurrte er Ben an.

Ben ließ die Arme sinken und wich hastig einen Schritt zurück. „Ich war nur freundlich. Auf Shifterart. Ich habe sie nicht befummelt oder so."

„Das stimmt, *ich* habe *ihn* umarmt", rechtfertigte sich Peigi. „Weil er so nett war."

„Nett. Ja, genau das bin ich. Der nette Typ von nebenan. Der jetzt wegmuss …"

Bens Stimme verklang, während er sich entfernte, und Peigi blieb mit Stuart allein zurück. „Ich habe mich wirklich bloß bei ihm bedankt."

Stuart nickte. Die Geste sollte wohl nonchalant wirken, aber Peigi witterte seine Anspannung. „Bist du sicher, dass du heute Nacht ausgehen möchtest?", fragte er.

„Ja. Ich hab nur so selten einen freien Abend." Peigi überlegte einen Augenblick. „Tatsächlich ist dies der freie Abend, an den ich mich erinnere."

Stuarts Haltung wurde lockerer. „Du hättest etwas sagen sollen. Ich kann Shane jederzeit als Babysitter organisieren und mit dir ausgehen. Wir können uns als Menschen ausgeben – in Las Vegas gibt es coole Clubs. Ich kenne mich da aus. Als ich noch bei der Polizei war, habe ich da immer Razzien durchgeführt."

Peigi lachte. „Das ist deine gesamte Erfahrung mit Clubs? Mit gezogenen Waffen die Tür einzutreten?"

„Wir haben keine Türen eingetreten. Wir haben den Geschäftsführer in die Ecke gedrängt und alle anderen weggeschickt. In den Hinterzimmern werden Drogen vertickt."

Peigi war noch immer amüsiert. „Na, wenn man da keine Lust kriegt, tanzen zu gehen, dann weiß ich auch nicht."

„Das habe ich nicht gemeint. Ich meine – wenn du willst, kenne ich ein paar gute Läden …"

Peigi legte ihm die Finger auf die Lippen. „Ich ziehe dich doch nur auf. So bin ich eben. Lass uns heute Abend ausgehen. Wir sind in New Orleans. Vielleicht komme ich hier nie wieder her, daher möchte ich nichts versäumen."

Stuart stand ganz still. Seine warmen, weichen Lippen unter ihren Fingern bewegten sich nicht.

Sie waren allein auf der Veranda, denn Ben hatte sich ins Haus zurückgezogen, und man konnte Dimitri und Jaycee oben über irgendetwas lachen hören.

Peigi nahm die Finger weg, und ehe sie sich eines Besseren besinnen konnte, beugte sie sich vor und küsste Stuart auf den Mund.

KAPITEL ACHT

Reid erstarrte, als Peigis Lippen seine berührten und ihr Atem alles Kalte in ihm wärmte.

Ihre Lippen waren weich und heiß. Sie kam näher, presste sich an ihn – sie war fast so groß wie er.

Die Welt blieb stehen. Reid setzte für einen Moment das Herz aus, und es war ihm völlig egal, ob es seine Arbeit wieder aufnahm. Er stöhnte unterdrückt auf und schlang die Arme fester um Peigi.

Er rechnete damit, dass sie sich ihm entziehen, sich verlegen abwenden und gehen würde. Stattdessen vertiefte sie den Kuss, schmiegte sich an ihn. Seine Hände fanden ihr glattes Haar, die seidige Haut ihres Nackens, den sanften Schwung ihrer Hüften.

Reid rieb seinen Mund über ihren, kostete sie, sein Körper entflammte unter dem Spiel ihrer Zungen. Sein Blut kochte, und viel zu lange unterdrücktes Begehren loderte empor.

Feen und Shifter waren angeblich völlig unterschiedlich, denn, wie Erstere prahlerisch behaupteten, die Shifter-Bestien würden niemals die Vollkommenheit des Schönen Volkes erreichen.

Was für ein Unsinn. Peigi war eine schöne Frau, Reid ein

Mann, und da spielten genetische Unterschiede keine Rolle. Sie passten zusammen, empfanden und brauchten genau dasselbe. Reid jedenfalls brauchte sie jetzt.

Sie war sein Ein und Alles, der Balsam für seine Seele. Zum ersten Mal seit Jahrzehnten versank er nicht in Schuldgefühlen, sondern war mit sich im Reinen, und zwar dank dieser Frau.

Peigi gab ein kehliges Geräusch von sich. Ihre Hände glitten über seinen Rücken, und er konnte keinen klaren Gedanken mehr fassen. Er fühlte nur noch – ihre Finger an seinem Hosenbund, ihren Busen an seiner Brust, ihren spektakulären Kuss, von dem er hoffte, er würde niemals enden …

Das Verlangen, das Begehren, das ihn nachts weckte, übermannte ihn. Dann lag er mit einer schmerzhaft harten Erektion im Bett, musste frustriert daran denken, dass sie ein Stück den Flur entlang friedlich schlief und ihre Haut nach Wintertee duftete. Im Schlaf machte sie leise Geräusche, als hätte sie schöne Träume.

Als Stuart sie jetzt küsste, atmete er diesen Duft ein …

„Ups." Dimitris fröhliche Stimme drang durch die Flammen. „Ich werde e-einfach … drinnen warten."

Reid hörte sich entfernende Schritte. Auch jetzt fuhr Peigi nicht zurück, wurde nicht verlegen. Sie trat lediglich einen Schritt zurück und schaute Reid mit strahlenden Augen an und strich ihm über die Wange.

„Ich schätze, wir gehen besser", flüsterte sie.

Verdammt. Zögernd ließ Reid sie los, und Peigi wandte sich ganz entspannt ab, als hätten sie nur geplaudert. Reid nahm ihre Hand, und Peigi sah ihn fragend an.

„Wir müssen reden." Reid räusperte sich und setzte mit heiserer Stimme hinzu: „Später."

„Natürlich." Sie lächelte ihn an. „Wir werden ein ausführliches Gespräch führen."

Er war nicht sicher, ob sie ihn aufzog oder es ernst meinte. Peigi überraschte ihn mit ihrem Humor, aber manchmal machte er Reid auch sprachlos. *Dokk alfar* verstanden es, wild zu feiern, doch Shifter taten alles mit einem neckenden Unterton, den er oft befremdlich fand.

Peigis Finger lösten sich aus seinen, und sie ging mit ihrem charakteristischen Hüftschwung ins Haus. Als die Tür sich schloss, drehte sich Reid zum Geländer um und stützte sich schwer darauf, atmete mehrfach tief durch. Er war steinhart, und das würde sich auch so bald nicht ändern.

„Verfluchte Scheiße", flüsterte er und knurrte frustriert.

Er hätte schwören können, dass die Klänge der Windspiele und das Rascheln der Rosenranken voller Mitgefühl waren.

PEIGI HATTE KEINE PARTYKLAMOTTEN DABEI. SIE BESAß auch gar keine, aber das schien in diesem Shifter-Club egal zu sein. Beim Eintreten sah sie, dass sie in ihren Jeans und ihrem Sweatshirt nicht unangenehm auffiel.

Die meisten Shifter waren sportlich gekleidet, einige der weiblichen trugen jedoch knappe Kleider oder hautenge Hosen. Wirklich aufgedonnert waren nur die Groupies, die viel Haut zeigten, falsche Ohren und aufgeschminkte Schnurrhaare hatten. Ein paar hatten sich auch falsche Schwänze umgebunden, die sie allerdings hochhalten mussten, wenn sie auf die voll besetzten Tanzflächen gingen.

Dimitri hatte sie alle in der Zugmaschine nach New Orleans kutschiert, die er dann mehrere Häuserblocks entfernt geparkt hatte. Nach einer kleinen Unterredung hatten die vier beschlossen, ganz in Ruhe zum Haus zurückzufahren, falls die Shifterbehörde oder die Polizei am Club herumlungerten, aber wenn nicht, gedachten die drei Shifter, auf ihre falschen Halsbänder zurückzugreifen und sich unter die Menge zu mischen.

Vor dem Club hingen keine offiziell aussehenden Typen herum, also legten sie die Halsbänder an. Andere Shifter würden sie problemlos als Artgenossen erkennen, weshalb es aufgefallen wäre, wenn sie keine getragen hätten. Peigi wollte an diesem Abend Spaß haben, nicht unnötig Aufmerksamkeit auf sich ziehen.

Ein großer Lupid bewachte die Tür. „Angus, alter Freund", rief Dimitri, als sie sich ihm näherten.

Angus, der die Stirn über den wolfsgrauen Augen gerunzelt hatte, entspannte sich ein wenig und begrüßte Dimitri und Jaycee mit einer Shifterumarmung. Auf dem Herweg hatte Jaycee Peigi und Reid erzählt, wie Angus ihr im Vorjahr geholfen hatte, Dimitri zu retten.

Angus hatte eine Gefährtin, hatte sie berichtet, eine Fuchsshifterin. Peigi hatte gar nicht gewusst, dass es überhaupt Fuchsshifter gab, doch offenbar war dem so, auch wenn sie überaus selten waren. Sie war an diesem Abend im Club, eine rothaarige junge Frau, die gerade aus der Dunkelheit hinter der Tür trat und Jaycee erfreut begrüßte.

Sie umarmten einander, wobei die kleinere Frau fast in Jaycees Umarmung verschwand. Sie tauchte aber unversehrt daraus wieder auf und drückte auch Dimitri an sich, bevor sie sich interessiert Peigi zuwandte.

„Angus hat mir verraten, dass ihr kommt", erklärte sie, während sie sie in den Club führte und Angus auf seinen Posten an der Tür zurückkehrte. „Nun ja, Angus hat etwa drei Worte darüber gesagt, mehr habe ich nicht aus ihm herausgekriegt. Ich bin übrigens Tamsin. Angus' Gefährtin."

Es hörte sich an, als wäre sie stolz darauf. Tamsin hatte ein spitzes Gesicht und lohfarbene Augen, deren Farbe denen von Jaycee glich. Sie grinste Peigi an, als könne sie deren Neugier verstehen.

„Wir haben beide eine Vorgeschichte", sagte sie und hakte sich bei Peigi unter. „Ich würde dich und deinen Freund, den *dokk alfar*, gerne näher kennenlernen, aber zuerst werden wir die Nacht durchtanzen."

Sie sprach *dokk alfar* genau richtig aus, was ihr einen überraschten Blick von Stuart eintrug. Tamsin schien gar nicht klar zu sein, dass sie etwas Außergewöhnliches getan hatte, sie schob die anderen einfach weiter Richtung Tanzfläche.

Der Club erstreckte sich über drei Stockwerke, wobei die oberen Etagen jeweils nur aus einer Galerie bestanden. Auf allen Ebenen drängten sich die Gäste zwischen den Tischen, und Kellnerinnen eilten mit Tabletts voller Getränke die Eisenstufen auf und ab.

Die menschlichen Groupies starrten Dimitri mit seinem roten Haar und den grauen Wolfsaugen interessiert an, genau wie Peigi, die sehr offensichtlich eine Bärin war. Die Männer schenken Jaycee sehr viel Beachtung, und alle musterten Stuart und versuchten herauszufinden, was er war. Er war der Einzige ohne Halsband, und Peigi vermutete, dass die Menschen daraus schlussfolgerten, er müsse ebenfalls ein Mensch sein.

Die Shifter hingegen witterten, dass er eine Fee war. Sie wurden aufmerksam, erhoben sich steifbeinig und mit bedrohlichen Blicken.

Tamsin hatte sich links bei Peigi und rechts bei Stuart eingehakt. „Keine Sorge", überschrie sie die Musik. „Du stehst unter Angus' Schutz."

Die Shifter hörten sie klar und deutlich und hielten sich zurück, wenn auch nicht gern. Angus musste hier großen Respekt genießen.

„Unter meinem auch." Ein großer Schwarzer löste sich aus der Menge, eine Flasche Bier in der Hand. „Ich bin Reg. Willkommen." Er nickte Peigi und Reid zu, ehe er zuerst Jaycee und dann Dimitri auf Shifterart umarmte.

„Seht ihr?", meinte Tamsin. „Reg ist Angus' bester Freund und stellvertretendes Oberhaupt seiner Shiftertown. Wir sind alle eine große, glückliche Familie. Na ja, hier ist sowieso neutraler Boden. Tanzt und habt Spaß."

Grinsend ließ sie sie stehen und entfernte sich mit Reg, wobei sie fröhlich auf ihn einredete.

„Sie ist interessant", sagte Peigi zu Stuart.

„Ja, und außerdem klug", bestätigte Stuart. „Ich habe beobachtet, wie sie die Position jedes einzelnen Shifters und seine Entfernung zu uns registriert hat, ehe sie verkündet hat, dass wir Freunde von Angus sind. Sie denkt strategisch." Er klang bewundernd.

„Wie wäre es, wenn wir jetzt tanzen?"

„Ah." Stuart sah zu Dimitri und Jaycee hinüber, die sich bereits auf der Tanzfläche befanden und sich dicht beieinander zu dem dröhnenden Rhythmus bewegten. „Ich tanze nicht."

„Niemals?" Peigi begann sich unwillkürlich im Takt der Musik zu wiegen. Sie spürte den Bass in ihrem ganzen Körper, er drängte sie, sich zu den anderen zu gesellen. „Ist das so ein *dokk alfar*-Ding?"

„Es ist ein Stuart-Reid-Ding. Wenn *dokk alfar* tanzen, dann für andere, nicht für sich, und dann geht es ziemlich ab. Manchmal sind wir dabei nackt."

Peigi lachte überrascht. „Das glaube ich erst, wenn ich es sehe."

Stuart schüttelte sofort den Kopf. „Ausgeschlossen."

„Im Ernst, das will ich unbedingt sehen."

„Nope. Nicht heute Nacht."

Peigi nahm seine Hände. „Ich versteh schon. Du bist schüchtern. Okay, keine verrückten Nackttänze. Wie wäre es, wenn ich tanze und du einfach dabeistehst? Tritt von einem Fuß auf den anderen, dann meinen die Leute, du groovst mit."

Stuarts Gesichtsausdruck verriet, dass er nicht sicher war, ob sie scherzte. Peigi liebte es, ihn auf den Arm zu nehmen – er provozierte ihren Sinn für Humor wie kein anderer.

Die Musik riss sie mit, und Peigi tanzte.

Es fühlte sich herrlich an. Peigis Körper erinnerte sich an lange vergessen geglaubte Bewegungen aus einer Zeit, als sie jung, glücklich und überzeugt gewesen war, dass ihr Leben gut verlaufen würde. Nach ihrem Übergang war sie mit Freunden in Clubs und auf Konzerten gewesen und hatte ausgelassen gefeiert. Das war noch vor der Entdeckung der Shifter gewesen, damals hatten sie Party bis zum Abwinken machen können.

Peigi schrie vor Freude auf, als alle Last, die Jahre voller Sorge, Selbstkontrolle und furchtbarer Angst von ihr abfielen. Sie hatte ständig fürchten müssen, dass einer von Miguels halsbandlosen Shiftern auf die Idee kam, eine der Frauen, die Jungen oder sie zu töten.

Sie erinnerte sich an den Tag ihrer Rettung, an Miguels Flucht und daran, wie die alte Fabrik, in der er sie gefangen gehalten hatte, in die Luft geflogen war. Reid hatte reglos dagestanden, als das Gebäude in Flammen aufging, sein starker Körper wie ein Schattenriss vor dem Inferno. Weil sie sich kaum hatte rühren können, hatte er sie zum Flugzeug gebracht und dann sichergestellt, dass niemand zurückgelassen wurde.

Wegen dieses Mannes konnte Peigi wieder ruhig schlafen und jetzt tanzen, als hätte sie keine Sorgen. Wegen einer Fee, die sie verstand.

Peigi trat ganz nah an Stuart heran und legte ihm die Hände auf die Hüften, rieb sich an ihm. Obwohl Stuart behauptet hatte, er könne nicht tanzen, wiegte auch er sich im Rhythmus, drehte sich mit Peigi in einem Kreis, der nur ihnen gehörte.

Er roch nach Erde und frischem Wind, was ihr Blut immer in Wallung brachte. Während andere Shifter eine Fee witterten, wenn er in ihre Nähe kam, roch Peigi nur *Stuart*. Bei dem Gedanken, andere Shifterinnen in dieser Bar könnten ihn begehrenswert finden, begann tief in ihrer Kehle ein Knurren.

Stuart bewegte sich geschmeidig, sein Körper verschmolz mit ihrem, die Musik ließ sie eins werden. Peigi legte den Kopf an seine Schulter und atmete aus, markierte ihn mit ihrem Duft.

Stuart zog sie eng an sich, ohne zu merken, was sie da tat. Peigi würde es ihm später erklären, doch die Shifter um sie herum würden wissen, dass er unter ihrem Schutz stand. *Meiner.*

Die anderen Shifter verstanden die Botschaft. Als das Lied ins nächste überging, warfen die Shifterinnen um sie herum ihm zwar weiter interessierte Blicke zu, hielten sich aber zurück.

Peigi hatte damit gerechnet, dass Stuart ein Lied würde Pause machen wollen, vielleicht um etwas zu trinken. Sie lächelte, als er sie wieder an sich zog und sie inmitten des Trubels ihren langsamen Tanz fortsetzten.

Als sie den Club schließlich verließen – Shifter brachen vor der Sperrstunde auf, damit sie rechtzeitig in ihren Shiftertowns zurück sein konnten –, sahen Dimitri und Jaycee Reid seltsam an.

Jaycee wollte etwas sagen, doch Peigi schüttelte kaum merklich den Kopf, und Jaycee schloss den Mund wieder. Dimitri schien Mühe zu haben, sich ein Lachen zu verkneifen.

Reid hatte keine Ahnung, was für Shifterangelegenheiten sie da rein über Körpersprache verhandelten, aber er würde Peigi später fragen, wenn sie allein waren. Vielleicht könnten sie auch einen nächtlichen Spaziergang unternehmen. Sie könnten reden, er könnte fragen, und sie könnten einander küssen und zu Ende führen, was Dimitri vorhin unterbrochen hatte.

„Wie wär's, wenn wir die ablegen und in einen anderen Club weiterziehen?" Dimitri berührte sein Halsband, als sie den Truck erreichten, der dunkel und allein in einer Seitenstraße stand. „Die Bars haben noch eine Weile offen."

Reid hatte nicht die Absicht, die kostbare Zeit mit Peigi mit dem Versuch zu verbringen, sich brüllend mit ihr zu unterhalten, während im Hintergrund ohrenbetäubend laute Musik lief und die Leute ringsum immer betrunkener wurden. Als Polizist hatte er gesehen, was Alkohol und lange Nächte mit Menschen anstellten, und er wollte Peigi dem nicht aussetzen.

„Was dagegen, wenn wir zu dem Haus zurückfahren?", fragte er. „Peigi und ich müssen morgen früh raus, weil wir ja zu den Jungen zurückwollen."

Dimitri zog einen Schlüsselbund aus seiner Jackentasche. „Kannst du eine Zugmaschine fahren?"

„Klar." Reid hatte einmal verdeckt in der Trucker-Szene ermittelt. Es hatte ihm so großen Spaß gemacht, dass er flüchtig mit der Idee gespielt hatte, den Polizeijob an den Nagel zu hängen und selbst Berufskraftfahrer zu werden. Leider hatte ihn seine Besessenheit von der Idee, einen Weg zurück ins Feenreich zu finden, davon abgehalten.

„Na schön." Dimitri warf ihm die Schlüssel zu. „Jase und ich suchen uns noch einen anderen Club. Sie kriegt vom Tanzen nicht genug."

„Ich habe nun mal so selten Gelegenheit dazu", sagte Jaycee und schmiegte sich an ihren Gefährten. „Wenn das Junge auf der Welt ist, werden wir die ganze Zeit zu Hause hocken."

„Ja, das wird übel." Dimitris zufriedener Gesichtsausdruck verriet, dass es ihn in Wahrheit gar nicht störte.

„Wie kommt ihr denn nach Hause, wenn wir den Truck nehmen?", erkundigte sich Peigi.

„Lass das mal unsere Sorge sein. Wir haben viele Freunde." Dimitri zog Jaycee an sich, sie entfernten sich, und Jaycee winkte ihnen zum Abschied. Ein leises Klirren verriet Reid, dass sie ihre Halsbänder ablegten.

Reid sah ihnen nach und fragte sich, wie es wohl wäre, einen Gang zurückzuschalten, Freunde und Familie zu haben, ein einfaches Leben zu führen. Zur Hölle mit Missionen, Besessenheit und *hoch alfar-czul*, die sein Leben ein ums andere Mal ruinierten.

Ohne lange nachzudenken, zog er Peigi an sich und küsste sie.

Sie schmiegte sich in seine Arme und stellte sich auf die Zehenspitzen, um seinen Kuss zu erwidern. Ihre Wärme umgab ihn, beruhigte ihn, erfüllte ihn mit ungekannter Zufriedenheit.

Reid teilte ihre Lippen, vertiefte den Kuss. Peigi legte ihm wortlos die Arme um den Hals und presste sich an ihn. Es war still auf der Straße in New Orleans, Jaycee und Dimitri waren schon lange fort, und die Touristen tummelten sich in anderen Stadtteilen. Peigi und Reid waren allein in der Nacht, ein Moment, der nur diesem Kuss gehörte, in dem sie einander berührten, erforschten und dem lange unterdrückten Verlangen nachgaben.

Peigis Mund wärmte ihn in der Nacht, und sie strich ihm über den Rücken. Reid ließ eine Hand seitlich an ihrem Körper emporwandern und umfing ihre Brust, knetete sie leicht durch ihre Jacke und ihr Sweatshirt. Peigi stieß einen kehligen Laut aus, und der Kuss wurde wilder.

Es war der Geruch, der Reid warnte. Plötzlich hüllte sie ein übler Gestank ein, und Reid löste sich rechtzeitig von Peigi, um zu sehen, wie sich ihr Blick mit Entsetzen füllte.

Shifter traten aus den Schatten und umzingelten sie, die meisten in Menschengestalt, aber einige auch als Tiere – Wölfe, ein Schatten, der durch die Nacht schlich und möglicherweise ein Leopard war, zwei Bären. Sie trugen alle keine Halsbänder.

Einer der Bären verwandelte sich in einen riesigen Mann mit strähnigem braunem Haar. Eine Seite seines Gesichts war mit alten Brandnarben überzogen, und Stuart erkannte ihn sofort.

Zwei Shifter ergriffen Reid, ehe der Bärenmensch Peigi am Haar packte und ihr den Kopf in den Nacken riss.

„He, Peigi“, knurrte er, und sein Lächeln entblößte spitze Zähne. „Erinnerst du dich noch an mich? Deinen alten Gefährten?“

KAPITEL NEUN

Reid setzte sich wütend zur Wehr, aber die Shifter waren stark und in der Überzahl. Außerdem stanken sie übel.

„Du bist nicht mein Gefährte", rief Peigi. Sie riss sich tränenüberströmt von dem Bären los. „Meine Freunde haben deine blöde Fabrik in die Luft gejagt. Das habe ich als Trennung verstanden."

„So läuft das nicht, Kleines."

Peigi ballte die Fäuste. „Wir hatten nie die Zeremonie unter der Sonne und dem Mond, Miguel." Sie unterstrich ihre nächsten Worte mit gezielten Boxhieben gegen den Bärenshifter. „Ich bin nicht deine Gefährtin."

Mit etwas Mühe wehrte er ihre Schläge ab. „Ich heiße nicht mehr Miguel. Mein Name ist jetzt Michael."

Sie hielt inne. „Richtig, du hattest ihn ja in Mexiko geändert, um weniger aufzufallen, wie du gesagt hast. Weil du ein Idiot bist."

Reid kämpfte weiter. Die Shifter waren stark, doch Stuart kannte einige schmutzige Tricks. Der Leopard segelte durch die Luft und prallte jaulend gegen eine Backsteinmauer. Reid verpasste dem Wolf einen Kick in den Magen und rammte den beiden Shiftern in Menschengestalt je einen Ellbogen in den

Leib. Manche waren bekleidet, andere nackt, aber Reid verschonte niemanden, nur weil ein Gegner nichts anhatte. Da mussten sie durch.

Miguel – oder Michael – hatte einen Arm um Peigis Hals geschlungen. Sie wehrte sich mit aller Kraft, trat und schlug nach ihm, und ihre heftige Gegenwehr überraschte Michael offenbar. Er musste die schwache, willige Gefährtin erwartet haben, als die er sie gekannt hatte, nicht eine gestandene Frau, die mit all ihrer Bärinnenkraft auf ihn eindrosch.

Reid kämpfte sich zu den beiden vor. Er würde Michael das Genick brechen, mit Peigi in die Zugmaschine springen und abhauen.

Kurz spielte er mit der Idee, sich mit Michael irgendwohin zu teleportieren und ihn dabei vielleicht sogar von einer Klippe zu stoßen, doch dann hätte Peigi sich allein gegen die anderen … zehn? … Shifter zur Wehr setzen müssen. Weder Dimitri noch Jaycee eilten ihnen zur Hilfe, was hieß, dass Michael gewartet haben musste, bis die beiden außer Hörweite waren.

Reid könnte auch Peigi in Sicherheit teleportieren, allerdings nur, wenn er sie berühren konnte. Dann mussten sie zwar Dimitris Truck zurücklassen, aber Peigi war weit wichtiger.

Reid trat und boxte, schlug nach hinten und trat erneut zu, immer im Versuch, die Horde loszuwerden und Peigi zu erreichen. Die schrie Michael weiter an und bedachte ihn mit jeder Menge Flüchen, während sie immer wieder auf ihn einhieb.

Aus dem Augenwinkel sah Reid einen großen schwarzen Wolf über die leere Straße auf sie zustürmen, gefolgt von einem helleren Fleck, der irgendein kleineres Tier sein musste. Nett, dass sie zu helfen versuchten.

Fast geschafft. Reid erwischte den Leoparden mit einem kräftigen Tritt und befreite sich dadurch aus dessen Klauen. Der Leopard wich durch einen Sprung nach hinten aus, wie es Raubkatzen oft taten, doch das war egal. Reid brauchte nur ein klein wenig Platz.

Er warf sich durch die Lücke, die ihm der Rückzug des Leoparden verschafft hatte. In Gedanken stellte er sich den ersten Ort vor, der ihm in den Sinn kam, legte die Arme um Peigi und wünschte sich, dort zu sein.

Gleichzeitig packten Michaels riesige Hände Reid bei den Schultern, und er spürte das Gewicht des Mannes durch die Ley-Linie und den Unraum hindurch bis zum Spukhaus.

———

PEIGI VERSUCHTE ZU SCHREIEN, ALS DIE DUNKELHEIT UND das Nichts auf sie einstürmten, doch sie bekam keine Luft. Sie fühlte Reids schützende Umarmung, gleichzeitig war da aber auch Miguel-Michaels Gestank, und sie wusste, dass sie ihn nicht losgeworden waren.

Das Spukhaus ragte vor ihnen auf. Ehe Peigi sich's versah, waren sie drinnen, flogen den Gang entlang bis zum Wohnzimmer, als seien sie körperlos und ritten auf einem Windstoß.

Das Haus erzitterte, die Läden schlugen zu, die Möbel hüpften auf und ab, die Ranken draußen raschelten so laut, dass es fast das Heulen des Windes im Gebälk übertönte.

Peigi hörte Michaels angsterfülltes „Was zur Hölle ...?“, dann erschien eine Tür in der holzvertäfelten Wand, bildete sich vor ihren Augen. Stuart, Michael und sie rasten nach wie vor körperlos wie die Geister, die in diesem Haus spukten, darauf zu, vorbei an einem verblüfften Ben. Die Tür flog auf, und dahinter lag eine Schwärze, die tiefer war als eine mondlose Nacht.

Stuarts Muskeln spannten sich an, als versuche er, ihren wilden Ritt zu bremsen, doch vergebens. Die drei segelten durch die Tür, und Eiseskälte drang Peigi bis ins Mark.

Sie landete auf etwas Hartem. Die völlige Finsternis verschwand, löste sich auf in graues Tageslicht und dichten Nebel. Sie stellte fest, dass sie auf einem mit Herbstlaub und

Tannennadeln bedeckten Boden lag, mehr oder weniger unter Stuart und Miguel begraben.

Die Tür hing hinter ihnen in der Luft und schloss sich mit einem lauten Knall. Ihr Umriss verschwamm, dann wurde sie ganz unsichtbar. Der Wind legte sich abrupt, und tiefe Stille herrschte.

Michael stemmte sich hoch. „Was um alles in der Welt …?"

Stuart rappelte sich langsam auf und streckte die Hand aus, um Peigi aufzuhelfen.

„Alles in Ordnung?", fragte er sie.

„Klar." Sie hatte ein paar blaue Flecken und stand, soweit sie das sagen konnte, unter so was wie einem Schock, war aber unversehrt. Vorsichtig bewegte sie ihre Arme und Finger, bückte sich, tastete ihre Beine ab und wackelte mit den Zehen. „Nichts gebrochen."

Michael sah sich hektisch um und funkelte dann Stuart an. „Was ist passiert? Wo sind wir hier? Was ist das für ein Ort …" Er verstummte und witterte. „Heilige Scheiße. Das ist das Feenreich. Oder? Du hast uns ins Feenreich gebracht, du mieser Drecksack."

Er stürzte sich auf Stuart, wollte ihm an die Kehle, und Krallen sprossen ihm aus den Fingern.

Peigi trat zwischen die beiden. Es war furchterregend, plötzlich vor Michael zu stehen, der verrückt war, doch klug genug, um diese Verrücktheit zu seinem Vorteil zu nutzen. Außerdem war er stark, kräftig und sehr dominant.

„Hör auf!", brüllte sie ihn an. „Sei nicht blöd. Er ist der Einzige, der uns hier wieder rausschaffen kann."

„Warum zum Teufel bin ich überhaupt hier?"

„Weil du mich nicht losgelassen hast." Peigi stellte sich ihm entgegen, was ihr als seiner Gefangenen nicht im Traum eingefallen wäre. Aber das war damals gewesen, und heute war alles anders, außerdem war sie wütend. „Du hast uns gepackt. Ich wette, das Haus hat gewusst, dass du wahnsinnig bist, weil es uns direkt weitergeleitet hat. Du bist uns in New Orleans gefolgt, oder? Dann ist es deine eigene Schuld, dass du hier bist, also halt die Klappe."

Michael starrte sie erstaunt an, ehe er zu ihrer Überraschung einen Schritt zurückwich und die Krallen einzog.

„Nein, ich kann dich nicht gehen lassen. Du bist meine Gefährtin, Peigi. Ich bin dich holen gekommen."

„Nicht mehr", widersprach Peigi entschieden. „Ich habe deinen Gefährtenantrag schon vor langer Zeit abgelehnt."

„Ach ja? Hm. Davon habe ich noch gar nichts gehört."

„Dann hörst du es jetzt." Peigi richtete sich zu ihrer vollen Größe auf. „Michael-Miguel mit den zwei Namen, vor Zeugen lehne ich deinen Gefährtenantrag ab!"

Ihre Worte hallten durch den Wald, und Laub der Bäume raschelte wie zur Antwort.

„Er ist kein Zeuge." Michael deutete abschätzig auf Stuart. „Er ist eine Fee – und außerdem einer der Schwachköpfe, die mein Zuhause in die Luft gesprengt haben. Ja, ich erinnere mich an dich."

Stuart, der sich während dieses Gesprächs umgesehen und Michael ignoriert hatte, wandte sich ihm plötzlich mit der ihm typischen Intensität zu.

„Du meinst wohl deine heruntergekommene Fabrik, in der du Frauen und Junge gefangen gehalten hast", entgegnete er. „Außerdem hast du dir meine Freunde gekrallt und ihnen wehgetan. Wenn ich könnte, würde ich die Bruchbude noch einmal in die Luft jagen. Ich bedaure nur, dass die Explosion dir nicht ebenfalls den Garaus gemacht hat."

Peigi freute sich zu sehen, dass Michael Stuart mit neuem Respekt betrachtete. Sie hatte einen Großteil des oberirdischen Kampfes verpasst, als Diego und Shane das Anwesen gestürmt hatten, aber sie hatte die Geschichte immer wieder gehört. Xavier, Diegos Bruder, erzählte sie besonders gerne. Stuart hatte Xavier das Leben gerettet und war dadurch zur Legende geworden.

„So ist das Leben", knurrte Michael und fixierte Stuart mit

einem durchdringenden Blick, als könnte er ihn damit einschüchtern. Dann riss er plötzlich die Augen auf. „Ach du heilige Scheiße. Du hast ihn markiert."

Stuart blinzelte überrascht, doch Peigi reckte das Kinn. „Ja. Und das bedeutet, er steht unter meinem Schutz."

Zu ihrer Verblüffung grinste Michael nur. „Das war ein Fehler, Süße. Denn du weißt, ich kann eine Herausforderung aussprechen."

„Nicht, wenn er mir keinen Gefährtenantrag gestellt hat", widersprach Peigi rasch. „Was er nicht hat. Ich habe ihn markiert, um ihn vor den Shiftern in New Orleans zu schützen."

„Ja, und um deine Ansprüche geltend zu machen", ergänzte Michael mit einem wissenden Funkeln in den Augen. „Verdammt, Peigi. Ich habe gar nicht gewusst, dass du auf Feen stehst." Er wandte sich wieder an Stuart. „Okay, du Feenmistkerl, schaff uns hier raus."

„Ich habe uns ja gar nicht hergebracht." Stuart schaute sich ruhig um. Er bewahrte selbst im Angesicht größter Gefahr die Ruhe und überlegte stets, was erforderlich war, ehe er handelte. Und das tat er dann üblicherweise entschieden, präzise und effektiv.

„Aber du bist eine Fee. Also öffne die Tür oder was auch immer du tun musst, damit wir hier wegkommen. Das ist das reinste Drecksloch."

Stuart hatte Angst, genau wie Michael. Es gelang ihm gut, es zu überspielen, doch Peigi witterte sein wachsendes Unbehagen.

„Ich bin ganz deiner Meinung", erklärte Stuart. „Aber die Tür war nicht von mir, deshalb weiß ich auch nicht, wo sie ist. Oder wo *wir* sind." Er musterte die Bäume ringsum, die sich hoch und gerade im Nebel erhoben, Reihen dunkler Stämme ohne große Zwischenräume.

„Jaycee hat etwas von einer Sonnenuhr erzählt", entsann sich Peigi. Sie schwankte zwischen Zorn und Furcht vor

Michael, aber sie musste beides ignorieren und sich darauf konzentrieren, Stuart und sich selbst in Sicherheit zu bringen.

„Sonnenuhr?" Michael sah sich rasch um. „Was hilft uns denn eine Sonnenuhr mitten im Wald?"

„Ich habe keine Ahnung." Peigi gefiel das alles nicht. „Sie hat gesagt, sie habe ihr den Weg gewiesen." Sie schloss den Mund, ehe sie die geheimnisvolle Lady Aisling erwähnen konnte, von der Jaycee ebenfalls gesprochen hatte. Michael musste nichts von mächtigen Tuil Erdannan wissen, die ihnen möglicherweise helfen würden. Oder eben nicht, wie Ben meinte.

Stuart atmete prüfend ein. Peigi tat es ihm nach, konnte jedoch nur Kälte und noch mehr Kälte wahrnehmen.

„Es wird bald schneien." Stuart deutete auf den grauen Himmel über den Bäumen.

„Du hast keinen Mantel an", stellte Peigi fest. Stuart trug eine Jacke, die auf die milden Temperaturen des Südwestens ausgelegt war, und Peigi war sich nicht sicher, ob ihn das dünne Kleidungsstück vor dem Erfrieren schützen würde.

Stuart grinste ganz leicht. „Ich werde es überleben. Aber du hast recht, wir müssen rausfinden, wo wir sind. Hat jemand eine Nadel?"

„Wofür denn, zum Teufel?", verlangte Michael zu wissen.

„Ich möchte einen Kompass bauen. Das wäre schon mal ein Anfang. Dafür brauche ich allerdings auch einen Magneten."

„Wahrscheinlich hast du doch eine App auf deinem Scheiß-Smartphone", knurrte Michael.

Stuart sah ihn geduldig an. „Ich bezweifle, dass die Feen in den letzten rund tausend Jahren in ein Funknetz oder Satelliten investiert haben."

Peigi registrierte ein Geräusch. Sie konzentrierte sich darauf, weil in Menschengestalt ihr Gehör nicht so scharf war. Wachsam hob Michael den Kopf.

„Da kommt jemand“, knurrte er. „Wahrscheinlich die Freunde dieser Fee.“

„Kannst du sagen, wie viele es sind?“ Stuart richtete seine Frage an Peigi.

„Ich muss mich kurz verwandeln.“ Peigi wandte sich ab, trat sich die Turnschuhe von den Füßen und schlüpfte aus ihrer Jacke. „Als Bärin sind meine Sinne viel schärfer.“

Michael zog sich bereits ohne jede Scham aus. Er war oft lange nackt unterwegs gewesen, weil er fand, Shifter sollten sich nicht mit Klamotten aufhalten. Natürlich hatten sie damals in einer warmen Gegend gelebt, trotzdem hatte Peigi auch immer das Gefühl gehabt, dass Michael einen Hang zum Exhibitionismus hätte.

Peigi trat hinter eine Gruppe dicht beieinanderstehender Bäume, weil sie nicht wollte, dass Michael sie angaffte, wenn sie sich auszog. Sie faltete ihre Sachen sorgsam und schob sie zusammen mit ihren Schuhen in ihre Jacke, bevor sie alles zu einem ordentlichen Paket verschnürte.

Erst jetzt ließ sie die Bärin in sich frei.

Sie konnte ihre Umgebung klarer sehen, und neue Sinneseindrücke drangen auf sie ein. Sie schüttelte sich, und während ihre Kraft zunahm, fiel alle Angst von ihr ab.

Langsam trottete sie zu Stuart zurück, das Klamottenbündel im Maul. Sie ließ es ihm vor die Füße fallen und erhob sich auf die Hinterbeine, um sich umzuschauen. Michael, jetzt ein riesiger Braunbär, tat das Gleiche.

Peigi ließ sich auf alle viere nieder und nahm ihre Hybridgestalt an, die mehr Bärin als Mensch war. Sie mochte es nicht, wenn Stuart sie so sah, aber auf diese Weise konnte sie wenigstens mit ihm reden.

„Kleine Gruppe. Ein Pferd, die anderen zu Fuß.“

„Was für Feen?“, fragte Stuart sie.

Peigi witterte erneut. „Weiß nicht, doch sie riechen nicht wie du.“ Sie rümpfte die Nase und knurrte plötzlich, und

Michael neben ihr fiel in das Geräusch ein. „Einer von ihnen ist ein Shifter."

Stuart hob die Brauen, schwieg aber. Michael knurrte weiter, sein Zorn stärker als seine Angst.

Peigi wandelte sich wieder ganz zur Bärin und umkreiste Stuart, um sich schützend vor ihn zu stellen. Um an ihn heranzukommen, würden jeder Shifter, jede Fee und jede Waffe durch sie hindurchmüssen.

Stuart streifte seine Jacke ab, und seine Augen schimmerten wild. „Hat jemand Eisen?"

Michael funkelte ihn an, seine dunklen Augen blickten so gemein wie eh und je. Er nahm seine Hybridgestalt an. „Deine Gürtelschnalle."

Stuart berührte sie. „Nickel, glaube ich."

Michael runzelte die Stirn, wodurch sein Bärengesicht furchterregend aussah. „Meine ist aus rostfreiem Stahl."

„Könnte klappen." Stuart trat unbesorgt zu Michaels Klamottenhaufen und zog den Gürtel aus den Jeans. Er musterte die Schnalle und riss sie dann mit einem plötzlichen Ruck vom Leder ab. „Das muss reichen."

Michael war von Stuarts Kraftakt sichtlich überrascht, versuchte sich das aber nicht anmerken zu lassen. „Was hast du damit vor? Willst du deinen Kompass basteln?"

Stuart machte sich nicht die Mühe zu antworten.

Peigi spürte, wie sich Stuart von einem Atemzug zum nächsten von der Dunklen Fee, die ein Anhängsel einer Shiftergemeinde war, die ihn eigentlich nicht wollte, zu einem Krieger wurde, der mächtiger war, als Michael je verstehen würde. Stuarts Aussehen veränderte sich nicht im Geringsten, doch alles an ihm wirkte jetzt kräftiger, wachsamer, bereit zum Kampf.

Das Blitzen seiner Augen, als er die Finger durch die Gürtelschnalle schob, ließ Michael ein paar Schritte zurückweichen.

Was auch immer sich da näherte, sagte Stuarts Gesichtsausdruck, er war bereit, so lange darauf einzuprügeln, bis es wimmernd aufgab.

Peigi versuchte, vor Reid zu bleiben, als sich das Unterholz zwischen den Bäumen teilte und eine Fee auf einem großen Pferd hindurchritt, flankiert von einem Löwen mit schwarzer Mähne. Michael versuchte, sich ebenfalls vor ihn zu schieben, aber weniger, um Reid zu beschützen, als um mit Peigi zusammen eine Kampfformation zu bilden.

Dem Pferd gefiel es eindeutig nicht, dass der Löwe an seiner Seite lief, und es scheute, um ein Stück von ihm wegzukommen. Der Löwe, ein Shifter, war sich ebenso eindeutig des Umstands bewusst, dass Reid, Peigi und Michael in sein Revier eingedrungen waren.

Hinter Pferd und Reiter folgten Männer zu Fuß in verschiedenen Rüstungen, von mit Silberringen beschlagenem Leder bis zu voller Kettenpanzerung aus Silber oder irgendeiner Legierung. Sie waren mit Bögen und Speeren bewaffnet und hatten Messer an ihren Gürteln hängen.

Der Reiter trug einen schimmernden Silberhelm und einen weißen Umhang, der im Nebel funkelte, weil das Gewebe das wenige Licht, das durch die Bäume fiel, auffing und reflektierte. Reid verzog angewidert den Mund.

Die Fee war ein Prinz oder ein niederer Lord – die Sorte, die nie gedient hatte, aber auf die Jagd ging, ohne sich zu tarnen. Ein echter Krieger hätte sich nicht bemerkbar gemacht, bis er dicht an Reid und den Bären dran gewesen wäre.

Die Fee umkreiste das Trio einmal und ließ sein Pferd dann steigen, um Eindruck zu schinden. „Hast du das gewittert?“, rief der Reiter zu dem Shifter hinunter. „Zwei räudige Bären und einen *dokk alfar*?“ Die Fee bedachte Reid mit einem höhnischen Grinsen, doch der sah die Sorge in den Augen unter dem

Silberhelm. Man wusste nie, wozu ein verrückter Dunkelelf imstande war.

Offenbar hielt er Reid für einen gewöhnlichen *dokk alfar*. Tja, dann war heute wohl einfach kein guter Tag, ein Feenprinz zu sein.

Peigi und Michael hatten sich nicht gerührt. Die Fee bediente sich der Gemeinsprache ihres Volkes, die die beiden nicht verstanden. Reid fand es interessant, dass der Löwenshifter sie beherrschte. Demnach war er schon eine Weile im Feenreich.

Reid rief zu dem Prinzen hinauf: „Wer ist denn dein Schoßkampfhündchen?"

Die Fee musterte Reid und Peigi hochmütig und ließ seinen Blick schließlich auf Michael verweilen. „Sieht aus, als hätte ich zwei weitere Kampfbestien gefunden. Dazu einen *dokk alfar*, den wir häuten und hängen werden."

„Da haben die Bären vielleicht auch noch ein Wörtchen mitzureden", erwiderte Reid ruhig.

Die Fee richtete sich in den Steigbügeln auf. „Nein. Ihr haltet die Klappe." Er machte eine herrische Geste in Richtung seiner Gefolgsleute. „Ergreift sie."

Die Männer, die ihn umstanden, waren Jäger, keine Soldaten, und nicht begeistert davon, dass ihr Herr von ihnen erwartete, zwei Shifter mit ihren Jagdmessern zu überwältigen. Wegen Reid schienen sie weniger besorgt, aber das war ihr Problem.

Die Jäger rückten gehorsam vor, wobei manche ihre unhandlichen Bögen fallen ließen, um Bronze- oder Obsidianmesser zu ziehen. Peigi und Michael traten dichter zusammen, nicht weil Peigi Michael mochte oder ihm vertraute, sondern weil die beiden eine unüberwindliche Mauer aus Bärenstärke bilden wollten. In Reids Hinterkopf meldete sich der Gedanke, dass die beiden offenbar nicht zum ersten Mal als Team arbeiteten.

Reids einzige Waffen waren eine Gürtelschnalle und seine Fäuste. Mehr brauchte er allerdings auch nicht.

Er sprang über Peigis Rücken und schlug der Fee, die das Pech hatte, ihn zuerst zu erreichen, die Schnalle gegen das Kinn. Der Mann schrie und stolperte rückwärts, wobei er die Hände vors Gesicht schlug, als habe Reid ihn verbrannt.

„Eisen", brüllte der dahinter entsetzt. „Er hat Eisen."

Reid rammte ihm den Ellbogen in den Leib. Reids Energie, die durch den Kampf gegen die Shifter in New Orleans und die unbeabsichtigte Teleportation zusammen mit Peigi und Michael ins Feenreich fast aufgebraucht gewesen war, kehrte plötzlich zurück, als hätte die eiskalte Luft ihn erfrischt. Er wirbelte herum und hieb dem nächsten die Gürtelschnalle ins Gesicht.

Weitere Schreie. Der Prinz rief genervt: „Tötet ihn, verdammt. Du." Er deutete auf seinen Shifter. „Kümmere dich um die Bären."

Der Löwe kauerte sich nieder, zögerte aber, wie es jeder Shifter angesichts zweier riesiger Bären getan hätte, zumal das Gesicht des einen entstellt war und beide wutentbrannt knurrten. Felide waren behände und flink, weswegen sie sich durchaus mit einem Bären messen konnten, doch gegen zwei standen seine Chancen nicht besonders gut. Reid überließ den Löwen seinem Schicksal und stürzte sich direkt auf den Prinzen.

Feenprinzen waren die Hochelfen, die die *dokk alfar* am meisten hassten. Ein General wie Fionn Cillian hatte klare Ziele, Fertigkeiten und Führungsqualitäten, die ihnen einen gewissen Respekt abrangen. Prinzen hingegen waren verhätschelte Wesen, Verwandte des Kaisers der *hoch alfar*. Ihr Lebensinhalt waren Jagden, Feste, Frauengeschichten und willkürliche Morde. Selbst andere Hochelfen mochten sie nicht.

Der Prinz sah Reid kommen. Er zog ein Kurzschwert und wendete gekonnt sein Pferd, um sich dem Angriff zu stellen.

Prinzen waren verwöhnt, widmeten sich aber in ihrer üppig bemessenen Freizeit auch durchaus viele Stunden dem Zweikampftraining.

Reid machte sich nicht die Mühe, das Schwert abzuwehren. Er schleuderte die Schnalle in die Luft und sprach ein einziges Wort.

Die Schnalle verbog und verformte sich, verwandelte sich in einen dünnen, spitzen Speer. Er raste auf den Prinzen zu, der ihn mit offenem Mund anstarrte. Im letzten Moment schrie der Prinz auf und warf sich aus dem Sattel, um dem Geschoss auszuweichen.

Reid bremste den Speer, ehe er das Pferd treffen konnte, das ein ganz normales Tier war. Wie jedes normale Tier ging auch dieses durch, als es den spitzen Gegenstand auf es zurasen sah.

Männer sprangen dem panischen Pferd aus dem Weg, das mit wehender burgunderroter Satteldecke in die Wälder stürmte. In diesem Augenblick griff der Löwe an.

Er entschied sich für Peigi. Ob der Löwe spürte, dass sie weniger dominant war als Michael, oder sie zufällig herausgepickt hatte, wusste Reid nicht. Peigi warf sich ihm ohne Zögern entgegen, und die beiden prallten knurrend aufeinander.

KAPITEL ZEHN

Der Felid kämpfte hart und dreckig. Er war nicht so gut wie Dylan oder seine Söhne, aber dennoch ein ausgewachsener Löwe mit einer dichten Mähne und erstaunlicher Wildheit in den goldenen Augen.

Er hatte sich auf Peigi gestürzt, weil sie als Weibchen, das merklich weniger dominant war als Michael, das schwächere Ziel bot. So erklärte Peigi es sich jedenfalls.

Der Felid konnte ja auch nicht ahnen, dass sie die letzten drei Jahre mit Nell trainiert hatte und die ältere Bärin so ziemlich alles über das Kämpfen wusste, was es zu wissen gab. Beinahe täglich mit einem Grizzly-Alpha zu üben, hatte Peigi ungeahnte Fähigkeiten verliehen, die sie jetzt zum Einsatz bringen konnte.

Sie holte mit ihren beiden riesigen Bärentatzen aus und schlug sie dem Löwen links und rechts um die Ohren. Der Felid fauchte und versuchte sich von ihr loszureißen, doch sie quetschte ihn zwischen ihren Pranken ein.

Michael wehrte unterdessen die Jäger ab, die sich in Scharen auf ihn gestürzt hatten, nachdem der Löwe sich mit Peigi angelegt hatte. Und Stuart?

Eine glänzende Waffe schimmerte in seiner Hand, und er

lachte aus vollem Hals. Im nächsten Moment schleuderte er das spitze Ding in die Luft und rief einen Befehl. Der Feenreiter, der bereits die Flucht ergriffen hatte, drehte sich just in dem Augenblick um, in dem der Speer Stuarts Hand verließ, und sah ihm mit vor Angst aufgerissenen Augen entgegen.

Peigi bekam nicht mit, was danach geschah, weil es dem Löwen schließlich doch gelang, sich aus ihrem Griff zu befreien und mit der für Felide so typischen Wendigkeit einen Hieb zu landen. Sie nutzte den Schwung seines Schlages, drehte sich in der Luft und versuchte dabei, den Löwen mit sich zu Fall zu bringen.

Nell hatte ihr erklärt, dass ihre Größe sich für Bären beim Kampf als Nachteil erweisen konnte, weil sie schwerfälliger waren als beispielsweise Felide, die blitzschnell herumwirbeln und von Neuem angreifen konnten. Andererseits war die Größe auch der entscheidende Vorteil eines Bären. *Ganz genau, zwei Seiten derselben Medaille. Also sieh zu, dass du sie richtig einsetzt.*

Peigi warf sich mit ihrem gesamten Gewicht auf den Felid, denn sie wusste, dass er ihr mit seinen scharfen Krallen den Bauch aufschlitzen würde, wenn sie ihn nicht fest genug zu Boden drückte. Ein Braunbär war nicht so groß wie ein Kodiak, aber immerhin mit ihm verwandt. Also beschwor Peigi ihren inneren Kodiak und begrub den Löwen unter sich.

Michael kämpfte allein gegen die übrigen Jäger. Einer von ihnen war bereits ausgeschaltet, er schrie noch immer wegen der Verletzung, die Stuart ihm zugefügt hatte. Der Rest setzte Michael mit wilder Entschlossenheit immer weiter zu.

Der Löwe unter Peigi erschlaffte. Sie traute ihm jedoch nicht, deshalb drehte sie ihn unsanft auf den Rücken und hielt ihn mit einer Tatze auf der Brust fest.

Rühr dich nicht. Da sie diese Anordnung in Bärengestalt geknurrt hatte, konnte sie nicht sicher sein, ob der Löwe sie verstanden hatte, doch das spielte auch keine Rolle. Als Shifter würde er die Geste sicher zu deuten wissen. Der Löwe keuchte schwer und verzog vor Schmerz das Gesicht. Ein

Beben lief durch seinen Körper, dann rührte er sich nicht mehr.

Peigi sprang auf und rannte Stuart hinterher, der sich an die Verfolgung des Feenanführers gemacht hatte.

Michael brüllte hinter ihr. Peigi blickte zurück und sah, dass die Jäger die Oberhand gewonnen hatten. Sie würden ihn töten.

Peigi erinnerte sich an all die Momente, in denen Michael ihr furchtbare Angst eingejagt hatte, und das war noch vor seiner Entscheidung gewesen, sie und die übrigen Frauen zusammen mit den Jungen einzusperren. *Zu ihrer eigenen Sicherheit,* hatte er behauptet. Es war zweifellos richtig gewesen, dass sie in ihrer Zelle besser vor den psychisch labilen Paria seiner bunt zusammengewürfelten Truppe geschützt gewesen waren, aber Peigi würde die entsetzlichen Tage und Nächte in dem modrigen Loch niemals vergessen.

Michael verdiente jeden Hieb, den er abbekam, doch das bedeutete noch lange nicht, dass Peigi den Tod eines Shifters durch die Bronzemesser von zehn Feen dulden konnte. Sie würden ihn entweder zu einem Bärenvorleger machen oder ihn wie den Löwen versklaven.

Zu schade, dass ich so nett bin.

Sie brüllte vor Frust und stürmte auf die Gruppe zu.

Die Jäger, die sie kommen sahen, hielten es für keine gute Idee, einem tonnenschweren Bären im Weg zu stehen, und suchten ihr Heil in der Flucht. Die übrigen hatten dazu keine Gelegenheit mehr und wurden beim Zusammenprall mit Peigi in die Luft geschleudert.

Der Löwe hielt dies für den passenden Moment, unvermutet aufzuspringen und sich diesmal auf Michael zu stürzen. Die beiden Shifter krachten mit wildem Gebrüll zusammen und schlugen ihre Zähne und Krallen in den Gegner. Der Löwe landete ein paar böse Treffer, ehe Peigi ihn am Kragen zu fassen bekam.

Die Mähne eines Löwen war eigentlich dazu gedacht, ihn

davor zu schützen, dass ihm ein anderes Männchen durch einen gezielten Biss das Genick brach. Vor einer zornigen Bärin, die viel zu gutmütig war und einem Riesenarschloch zu Hilfe eilte, bot sie wenig Schutz.

Der Löwe versuchte sich unter wütendem Brüllen zu wehren, aber Peigi schüttelte ihn so heftig, dass er schließlich völlig benommen über den Waldboden rollte, als sie ihn endlich losließ. Er prallte mit Wucht gegen einen Baum und brach bewusstlos zusammen.

Michael kam mühevoll wieder auf die Beine und warf Peigi mit seinen dunklen Augen einen triumphierenden Blick zu. Die Bärin schnaubte abfällig und wandte sich um, weil sie als Nächstes zu Stuart wollte.

Nein, knurrte Michael hinter ihr. *Lass die Fee. Er hat uns im Stich gelassen. Wir sind auf uns allein gestellt, Peigi. Nur du und ich, wie immer.*

Du kannst mich mal, antwortete Peigi laut und deutlich und setzte ihren Weg unbeirrt fort.

Sie war sich sicher, dass Stuart sie keineswegs im Stich gelassen hatte. Als sie im Galopp hinter ihm herrannte, schnellten Dutzende winzige Stahlkugeln auf dem Weg zu den verbleibenden Jägern an ihr vorbei.

Peigi warf einen Blick zurück und sah, wie die Kugeln die Feen trafen. Die Jäger schrien und schlugen wie wild um sich, als kämpften sie gegen eine einen ganzen Bienenschwarm. Schließlich gaben sie auf und flohen.

Die winzigen Kugeln erhoben sich und flogen folgsam wieder an Peigi vorbei in Stuarts Richtung. Sie steigerte ihr Tempo und entdeckte kurz darauf seinen Umriss, der sich klar vor dem Nebel abzeichnete.

Stuart hob die Hand. Die Kügelchen verschmolzen zu einem Klumpen Metall, den er mit seiner Faust umschloss.

Peigi richtete sich in ihre Zwischengestalt auf und rang nach Luft. „Wo ist die Fee?"

Stuart gestikulierte in Richtung der Bäume. „Verschwunden. Vielleicht schafft er es ja noch, sein Pferd einzuholen, bevor es zu Hause ist.“ Er zuckte die Achseln und lächelte. „Wahrscheinlich nicht.“

Peigi nahm Menschengestalt an und spürte sofort die beißende Kälte. „Was, wenn er Verstärkung holt?“

Stuart rieb sich die Schulter und lockerte sie. „Ich würde darauf wetten, dass er mittlerweile längst damit angibt, wie er sich im Alleingang mit zwei Shiftern und einer *dokk alfar* angelegt und überlebt hat. Selbst wenn er zurückkehrt, um den Shifter wieder einzufangen, werden wir dann längst über alle Berge sein.“

„Wie kannst du das so bestimmt sagen? Kennst du einen Weg zurück?“

Stuart ließ seine Schulter los und schüttelte den Wurfarm aus. „Nein.“

Er sah ihr nur ins Gesicht und vermied es aus Höflichkeit, ihren nackten Körper anzustarren. Wie die meisten Shifter schenkte Peigi der Tatsache, dass sie nach ihrer Verwandlung vom Tier zum Menschen nackt war, gewöhnlich keinerlei Beachtung. Doch Stuarts Nähe veränderte alles, insbesondere wenn er sie wie jetzt voller Liebe betrachtete.

„Du bist wirklich wunderschön, weißt du das?“, sagte er.

Peigi war gerade erst wieder zu Atem gekommen, kriegte aber schon wieder keine Luft mehr. „Ich habe gerade gekämpft. Ich muss furchtbar aussehen.“

„Du bist stark und mutiger als alle anderen, die ich kenne.“

Hitze wallte in ihr auf, was das Atmen nicht gerade leichter machte. Sie räusperte sich. „Wir sollten vielleicht mal überprüfen, ob sich der Felid so weit erholt hat, dass er es schon wieder mit Michael aufnehmen kann.“

Stuart legte ihr die warmen Finger auf den Arm. „Du schuldest Michael rein gar nichts. Er hat mal einen Killer auf Shane angesetzt, erinnerst du dich?“

„Er hat noch viele andere Dinge getan, die mindestens genauso schlimm waren.“ Peigi blickte Stuart direkt in die

Augen und war wieder einmal fasziniert davon, wie dunkel sie waren. Diese Dunkelheit hatte etwas sehr Tröstliches, wenn man zu lange grellem Licht ausgesetzt gewesen war. „Es geht mir mehr um den Felid. Er kennt vielleicht einen Weg hier raus."

Stuarts Lächeln machte wie immer alles besser. „Dann sollten wir wohl besser dafür sorgen, dass er am Leben bleibt."

Peigi nahm wieder Bärengestalt an und kehrte mit Stuart, der ihr die Hand auf den Rücken legte, zu Michael und dem Felid zurück.

Als der Löwe sie kommen sah, rappelte er sich mühsam auf, knurrte sie an und war augenscheinlich bereit, sich noch einmal auf sie zu stürzen. Peigi und Michael wappneten sich bereits, doch Stuart trat rasch vor sie. Der Stahl in seiner Hand nahm die Gestalt einer scharfen Klinge an, die er dem Felid an die Kehle hielt.

„Halt."

Stuart redete Englisch, und der Felid gab die Gegenwehr mit einem letzten Fauchen auf.

Er roch nach Kapitulation – äußerst missmutiger Kapitulation –, aber diesmal glaubte Peigi daran. Es war unklar, ob Michael die Zeichen zu deuten verstand, jedenfalls hob er eine riesige Pranke, um dem Löwen den Garaus zu machen.

Peigi wehrte ihn mit ihrer Tatze ab. *Nein. Wir brauchen ihn.*

Lass mich los. Gehorche mir! Michael sagte den Befehl nicht laut, sondern verlieh ihm mit seiner Körpersprache Ausdruck, woraufhin Peigi wieder den alten Drang zum Gehorsam, die Angst und den Zorn ihres jüngeren Selbst verspürte.

Sie hatte schnell herausgefunden, dass Michael ein Tyrann war, der andere nur benutzte und sie sich durch Gewalt und Schrecken gefügig machte, doch sie hatte damals auch befürchtet, ohne ihn nicht überleben zu können. Sie hatte vor der Wahl gestanden, bei ihm zu bleiben, egal wie sehr er sie missbrauchte und erniedrigte, oder ganz auf sich allein gestellt ihr Glück zu versuchen.

Wenn sie aus der Fabrik geflohen wäre, hätte sie jeden Tag ums Überleben kämpfen müssen und riskiert, von der Shifterbehörde eingefangen zu werden. Deren Agenten hätten sie im besten Fall in eine Shiftertown gesperrt und im schlimmsten dafür exekutiert, dass sie eine Shifterin ohne Halsband war, die frei durch die Gegend streifte.

Peigi hatte sich für Michael entschieden, weil ihr schlicht nichts anderes übrig geblieben war. Er war ein mächtiger Alpha gewesen.

Die drei Jahre ohne ihn, in denen ihr Nell alles Wichtige über das Leben als unabhängiges Weibchen beigebracht hatte, in denen ihr aber vor allem Stuart den Unterschied zwischen wahrer Stärke und tyrannischer Einschüchterung gezeigt hatte, untergruben Michaels Anziehungskraft, doch Peigi spürte sie noch immer.

Insgeheim hatte sie Angst davor, dass sie sich möglicherweise ein weiteres Mal dazu hinreißen lassen könnte, sich ihm anzuschließen. Nicht, weil sie ihn für einen guten Anführer hielt, sondern weil sie zu sehr in alten Gewohnheiten verhaftet war.

Sie riss sich zusammen und vermittelte ihm: *Ich habe die Schnauze voll von dir,* so wie Nell es ihr beigebracht hatte. *Er weiß womöglich, wie wir nach Hause kommen.*

Michael knurrte ein letztes Mal, ehe er Menschengestalt annahm. „Warum hast du das nicht gleich gesagt? He.“ Er verpasste dem Felid eine Ohrfeige. „Wandel dich gefälligst, und rede mit uns.“

Widerwillig nahm der Felid die Gestalt eines muskulösen Mannes mit dunklem Haar und blauen Augen an. Als er sich bis zu den Füßen verwandelt hatte, stellte Peigi verwundert fest, wie sehr er Dylan Morrissey ähnelte.

Michael musste dasselbe gedacht haben, denn er schreckte kurz zurück, ehe er den Mann genauer in Augenschein nahm.

Der Felid war nicht Dylan, so viel stand fest. Sein Haar und seine Augen hatten dieselben Farben, und auch er war ein

Löwe mit schwarzer Mähne, aber er war jünger, sein Gesicht nicht ganz so kantig. Allerdings schien er ebenso stur zu sein, eine Eigenschaft, die Dylan über die Jahre zu enormer Willensstärke geformt hatte.

Der Felid musterte Stuart, Michael und Peigi, die wieder Menschengestalt annahm und ihn ebenfalls stirnrunzelnd beäugte. „Wer zum Teufel bist du?"

„Wer bist *du*?", konterte Peigi.

„Das geht dich einen Scheißdreck an", fauchte der Felid.

Michael packte den Mann am Kragen und schüttelte ihn. „Verdammter Shifterverräter. Ich sollte dir die Eier abschneiden."

Stuart musterte die beiden mit seiner typischen Abgeklärtheit, die stählerne Klinge achtlos in seinen Händen. „Da hat er recht. Sag uns, wie du heißt, *horkalan*."

Der Felid verzog bei dem Feenwort das Gesicht. „Na schön, na schön. Ich heiße Crispin."

„Lass ihn los", wies Stuart Michael mit fester Stimme an. Als Michael ihn wütend anfunkelte, führte Stuart aus: „Er hat uns erzählt, was wir wissen wollten, also kriegt er eine Belohnung."

Michael knurrte, ließ den Felid aber widerwillig los.

„Von welchem Clan stammst du ab?", fragte Peigi.

„Das geht dich einen feuchten Dreck an", lautete Crispins gefauchte Antwort.

„Das Wächter-Netzwerk wird es wissen", sagte Stuart. „Kennst du den Weg zum nächstgelegenen Tor?" Er deutete auf die Bäume hinter ihnen, die für Peigi alle gleich aussahen. „Es liegt irgendwo dahinten. Warum hat dein Gebieter heute hier eine Jagd ausgerufen?"

Crispins Miene wurde noch finsterer. „Er ist nicht mein Gebieter."

„Ach nein? Er ist doch ein Feenprinz, oder etwa nicht? Oder ein Herzog, oder wie auch immer die sich nennen."

„Prinz. Er ist der Sohn von Walther le Madhug, der in direkter Erbfolge zum Kaiser steht."

„Ich bin sicher, seine Mutter ist stolz auf ihn", stellte Stuart trocken fest. „Sie lieben ihre *horkalan,* diese Feenprinzen. Früher waren das ausschließlich weiße Tiger. Ich schätze, da die Feen diese Art, genau genommen alle Tiger, faktisch ausgerottet haben, müssen sie sich jetzt eben mit Löwen begnügen."

„Da haben sie wohl richtig Pech gehabt." Crispin verschränkte trotzig die Arme vor der Brust, behielt Peigi und Michael allerdings wachsam im Auge.

„Das bedeutet, er ist dein Gebieter", fuhr Stuart fort. „Du bist immer an seiner Seite und gehorchst jedem seiner Befehle."

„Wie schon gesagt, es geht euch ein Scheißdreck an, was ich so mache. Er mag sich für meinen Gebieter halten, aber das ist sein Problem."

Michael riss der Geduldsfaden. „Wo ist das Tor?"

„Warum zum Teufel sollte ich dir das erzählen?"

„Weil der Typ mit dem Messer dir tatsächlich die Eier abschneidet, wenn du es nicht tust, und ich dich bis zur Ley-Linie zerre und dabei mit deinem Kopf Prellball spiele. Ich kann es kaum erwarten, dich zu den Shiftern auf der anderen Seite zurückzubringen und ihnen zu erklären, was für ein Verräter du bist."

Michaels Zorn war fast schon greifbar. Dass Dylan und seine Männer auf der anderen Seite mit der festen Absicht, ihn zu töten, nach ihm suchten, schien ihn im Augenblick nicht zu kümmern.

„Weißt du, wo das Tor ist, oder nicht?", fragte Peigi.

Stuart ließ das Messer geschickt durch seine Finger gleiten. „Vergiss nicht, dass dich dieses Wissen gerade am Leben hält", sagte er. „Der Bär hat schon recht. Wenn du dich weigerst, uns zu helfen, bist du wirklich ein Shifterverräter. Ich fürchte, deine Chancen stehen nicht gut gegen die beiden."

Crispin legte die Stirn in Falten, wirkte jedoch kein bisschen weniger streitlustig. „Du bist einer dieser *dokk alfar*, oder?“, fragte er. „Gemeingefährliche Mistkerle.“

„Völlig richtig“, erwiderte Stuart aalglatt. „Was bedeutet, selbst wenn die Bären beschließen, dich einigermaßen höflich zu behandeln …“

Er kam nicht mehr dazu, seinen Satz zu vollenden. Peigi bemerkte die Gefahr, einen Sekundenbruchteil bevor mindestens ein Dutzend Feenkrieger aus den Schatten traten und sie umstellten. Jeder von ihnen hielt ein fies aussehendes Schwert in den Händen, und sie alle, überwiegend Männer, aber auch einige Frauen, hatten pechschwarzes Haar und mitternachtfarbene Augen.

Es waren *dokk alfar*, doch statt Stuart wie einen lange verloren geglaubten Bruder herzlich zu begrüßen, rückten sie mit gezückten Klingen in einem immer enger werdenden Kreis aus scharfem Stahl auf die vier Gestalten in ihrer Mitte zu.

KAPITEL ELF

Reid wirbelte herum, die Klinge abwehrbereit gehoben, obwohl ihm völlig klar war, dass er nur wenig gegen diese *dokk alfar*-Krieger ausrichten konnte. Daran änderten auch die drei Shifter nichts, von denen zumindest eine an seiner Seite kämpfen würde.

Er erkannte keinen der Krieger wieder, aber er war auch schon sehr lange nicht mehr im Feenland gewesen. Die *dokk alfar* würden ihn nicht einfach mit offenen Armen willkommen heißen, nur weil er einer von ihnen war. Dafür hatte es unter ihnen schon immer zu viele Clankriege und Streitereien um Territorien gegeben, und sie konnten nicht wissen, wem seine Loyalität galt.

Natürlich hätte Reid von seinen Fähigkeiten als Eisenmeister Gebrauch machen und ihre Schwerter zu nutzlosen Metallklumpen einschmelzen können, doch was nutzte das schon, wenn sie als Nächstes ihre Obsidianmesser zogen und dann so richtig sauer waren. Krieger sahen es nicht besonders gern, wenn man keinen Respekt vor ihren Waffen zeigte.

Die Soldaten waren in Leder und Pelz gekleidet, außerdem hatten sie jede Menge Metall am Körper. In das Haar der Frauen, das sie eher kurz trugen, waren Perlen geflochten.

Wenn einer ihrer Gegner glaubte, weibliche *dokk alfar* wären die schwächeren Kämpfer und daher das beste Angriffsziel, täuschte er sich gewaltig.

Stuart tat das einzig Sinnvolle. Er hob die Hände und ließ die Spitze seiner neu entstandenen Waffe sinken.

„Friede“, sagte er in *dokk alfar*.

Eine der Frauen trat vor. „Bist du Stu Aire de Kennan de Reed?“

„Ja.“ Stuart hatte eine Ewigkeit niemanden mehr seinen vollen Namen aussprechen hören. Das weckte lange vergessene Erinnerungen. Seine formell korrekte Anrede war noch länger, aber die Frau hatte die für einen Fremden angemessene Variante gewählt. „Was willst du?“

Sie nahm das Schwert nicht runter. „Ich habe den Auftrag, einen *dokk alfar* zu finden, der die seltsamste Kleidung trägt, die ich mir vorstellen kann.“

„Wer hat dich geschickt?“

Die Antwort der Frau bestand aus einem schrillen Pfeifen. Der Nebel teilte sich ein weiteres Mal, und ein *dokk alfar* trat heraus.

Er hatte die für die *dokk alfar* typischen sehnigen und doch muskulösen Gliedmaßen, dunkles Haar, das ihm in langen geflochtenen Zöpfen über die Schultern hing, und pechschwarze Augen. Im Gegensatz zu den anderen in diesem Trupp, die überwiegend Lederwamse und beschlagene Lederrüstungen trugen, war er in ein Leinenhemd, eine Lederhose und einen langen Mantel gekleidet, der ihm bis zu den Stiefeln reichte. Er näherte sich Reid vorsichtig, aber mit dem Selbstvertrauen eines Mannes, der seine Führungsrolle ausfüllen konnte.

Er blickte rasch zu den drei nackten Shiftern, die in Menschengestalt vor ihm standen, sich allerdings jederzeit verwandeln konnten, wenn sie beschlossen anzugreifen.

Der *dokk alfar* blieb in gebührendem Abstand stehen, was auch bedeutete, dass Reid ihm mit seinem Messer nichts anhaben konnte. „Hast du mit dem Rotwolf gesprochen?“, fragte er.

„Bist du Cian Tadhg Cailean an Mac Diarmud?“, fragte Reid zurück.

Der Mann lächelte, was so gruselig aussah, dass man es nicht in einer dunklen Gasse erleben wollte. „Er hat sich an meinen vollen Namen erinnert?“

„Mehr oder weniger.“ Reid beschloss, vor den Soldaten weder Dimitris Gefährtin noch die Tuil Erdannan zu erwähnen. „Hast du durch die Ley-Linie mit mir gesprochen?“

Cian nickte. „Mithilfe eines alten, sehr mächtigen Zaubers.“

„Einer, den, wie ich vermute, nicht viele beherrschen.“

Wieder nickte er ohne falsche Bescheidenheit. „Es war notwendig.“

Reid rieb sich den Hinterkopf. Er hatte sich schon vor langer Zeit, nachdem er in der Menschenwelt gestrandet war, die Zöpfe abgeschnitten, und sich mittlerweile an kurzes Haar gewöhnt. Er war zu dem Entschluss gekommen, dass man so wesentlich besser kämpfen konnte, doch die Krieger, die sie umringt hatten, brachten die Erinnerung daran zurück, wie sich die Zöpfe auf seinen Armen, das kühle Leder auf der Haut und das Schwert in seiner Hand angefühlt hatten.

„Wollen wir das wirklich mitten im Wald diskutieren?“, fragte Stuart mit betonter Unbekümmertheit. „Im Jagdrevier eines Feenprinzen?“

„Dafür gibt es vermutlich einen besseren Ort.“ Cian schaute erneut in Richtung der Shifter, die kein Wort von dem verstanden, was hier gesprochen wurde.

„Schick meine Freunde zurück durch das Tor, dann komme ich mit euch“, sagte Reid.

Cian schüttelte den Kopf. Reid hatte nicht mit seiner Zustimmung gerechnet, es allerdings wenigstens versuchen wollen.

„Sie werden uns begleiten. Aber du musst mir dein Wort geben, dass sie nicht ihre Bestiengestalt annehmen."

„Und wenn doch?"

Reid ließ die Frage eine Weile unbeantwortet in der Luft hängen, obgleich er eine ziemlich genaue Vorstellung davon hatte, was dann passieren würde. Dass er sein Wort darauf geben sollte, bedeutete, dass sein Wohlergehen von nun an von ihrem Verhalten abhing. Wenn sich die Shifter verwandelten oder angriffen – oder beides –, würde Reid als Erster durch die Klinge eines *dokk alfar* den Tod finden.

Cian lächelte wieder. „Ich muss darauf bestehen, weil meine Leute mir sonst nicht folgen werden. Aber wir brauchen dich."

„Gib mir einen Moment, damit ich es ihnen erklären kann", bat Reid.

Cian legte die Stirn in Falten, als denke er darüber nach, aber Reid wusste, dass sämtliche Entscheidungen lange vor diesem Gespräch gefallen waren. „Nur zu." Er deutete auf Peigi und die beiden Männer. Wieder wirkte die Geste beiläufig, doch Reid begriff, dass dieser Mann immer zwanzig Schritte vorausplante.

Reid wandte sich an Peigi und wiederholte Cians Bedingungen. „Einverstanden?", fragte er.

Peigi verengte die Augen zu schmalen Schlitzen. „Sie töten uns, wenn wir uns verwandeln?"

„So läuft das hier."

Michael knurrte. „Warum sollten wir die Befehle einer blöden Fee befolgen?"

„Weil er die Hochelfen noch mehr hasst als du", erklärte Reid. „Glaub mir. Und weil er zwölf hervorragend ausgebildete Krieger mit sehr scharfen Klingen kommandiert, die ihm aufs Wort gehorchen."

Crispin starrte Reid mürrisch an. „Erwartest du von mir, dass ich die Leute verrate, für die ich arbeite?"

Reid erwiderte seinen Blick mit aller Härte. „Du arbeitest jetzt für mich."

„Ach wirklich? Wie kommst du denn darauf?"

„Weil du als Erster dran glauben wirst, wenn du dich weigerst. Wenn sie mir an den Kragen wollen, sorge ich dafür, dass du zuerst draufgehst."

Reid musste weder die Stimme erheben noch besonders aggressiv werden, um keinen Zweifel daran zu lassen, dass er es ernst meinte. Das Leben unter Shiftern hatte ihn so einiges über Dominanz gelehrt. Eric, der Anführer der Shiftertown, in der Reid lebte, wurde nur äußerst selten laut, und trotzdem spurten seine Shifter, sobald er den Mund aufmachte.

Reid konnte Crispin nur schwer im komplexen Machtgefüge der Shifter und ihren Hierarchien einordnen, vermutete jedoch, dass er unter Michael und möglicherweise sogar unter Peigi stand. Das bedeutete, dass es ihm schwerfallen würde, sich ihrer beider Willen zu widersetzen.

Michael lachte heiser. „Ich fange langsam an, dich zu mögen, Dunkle Fee."

„Wir werden uns nicht verwandeln", verkündete Peigi und sah dabei Michael und Crispin streng an. „Aber ich will meine Kleidung anziehen."

Dokk alfar kannten keine Anstandsregeln wie die Menschen, doch Reid konnte diesen Wunsch nachvollziehen, zumal es ziemlich kalt war. „Hol sie", befahl er Michael.

Der Lupid atmete scharf ein, als wolle er sich ihm widersetzen, entfernte sich dann aber überraschenderweise wortlos in Richtung der Kleidung, die sie vor dem Kampf mit dem Feenprinz und seinen Männern abgelegt hatten.

Crispin würde nackt bleiben müssen, was ihm seiner Miene nach zu urteilen, offenbar egal war. Reid fragte sich, wie lange der Felid wohl schon im Feenland weilte. Er schien noch nicht vollständig zum Paria geworden zu sein, doch viel fehlte dazu in Reids Augen nicht mehr.

Michael kehrte mit den Klamotten zurück und hielt Peigi ihr sorgsam geschnürtes Bündel hin. „Bitte schön, Baby."

Mit gerümpfter Nase nahm sie es ihm ab. „Du hast meine Sachen mit deinem Geruch markiert."

Michael griente sie hämisch an. Peigi fauchte leise und suchte hinter Reid Deckung, um sich die Kleidung überzustreifen.

Michael zog sich ohne Eile an. „Willst du ein T-Shirt?", fragte er Crispin.

„Ich komme schon klar", antwortete der.

Die *dokk alfar*-Soldaten interessierte es nicht, ob Crispin was anhatte oder nicht. Wie die *hoch alfar* betrachteten sie Shifter als Tiere. Sie legten zwar deutlich mehr Mitgefühl für diese Tiere an den Tag als die Hochelfen, aber nichtsdestoweniger waren Shifter für sie minderwertige Wesen. *Dokk alfar* waren eben genauso arrogant wie alle anderen Spezies.

Nachdem Peigi wieder Jeans, Oberteil und Turnschuhe trug, zog Reid sie näher zu sich. „Kannst du ein Auge auf die beiden haben?", fragte er dicht an ihrem Ohr.

„Ja." Das entschlossene Funkeln in ihren Augen verhieß nichts Gutes für Michael und Crispin.

„Ist wirklich alles in Ordnung?"

Peigi wusste, warum er nachhakte. „Vor ein paar Jahren hätte die Antwort nein gelautet. Wenn du mich jetzt fragst?" Sie warf Michael einen flüchtigen Blick zu. „Es geht mir hervorragend."

Reid hörte das leichte Zittern in ihrer Stimme, doch Peigi hielt sich wacker, und Reid lächelte ihr zu. Michael hatte ja keine Ahnung, mit wem er es zu tun hatte.

Die *dokk alfar* wurden langsam unruhig. Michael hatte es gerade so in seine Hose geschafft, die jetzt um eine Gürtelschnalle ärmer war, als Cian den Marschbefehl gab. Er trat an Reids Seite und blieb in seiner Nähe, während sich die Gruppe weiter in den Wald schlug.

Peigi achtete ganz genau darauf, welchen Weg sie durch den dichten Wald nahmen. Da sie sich am besten Gerüche merken konnte, prägte sie sie sich auf einer geistigen Landkarte ein. Sie sah, dass Crispin und Michael die Nase in die Luft hielten, weil sie offenbar das Gleiche taten.

Crispin war schwer zu durchschauen. Er musste während seiner Arbeit für den Feenprinzen gelernt haben, sich innerlich abzuschotten – wobei man richtigerweise sagen musste, dass er eher das Spielzeug eines Feenprinzen gewesen war.

Peigi fragte sich, warum ein Shifter freiwillig sein Leben aufgab und sich den Feen auslieferte, besonders ihrem Adel, der für seine Grausamkeit bekannt war. Die Geschichte des ersten Wächterschwertes war voll von den Gräueltaten aristokratischer Feen.

Peigi hatte durchaus Mitleid mit Crispin, allerdings nicht zu viel. Er hatte seine Wahl getroffen. Wäre er wirklich ein Gefangener des Feenprinzen gewesen, hätte er ihnen das nach seiner Befreiung erzählt, statt ihm weiter die Treue zu halten.

Auch aus Cian wurde sie nicht so richtig schlau. Sein Geruch verriet ihr, dass er Stuart gegenüber aufrichtig gewesen war, doch sie wünschte, ein paar mehr Brocken *dokk alfar* zu verstehen statt nur die absoluten Grundlagen. Sie konnte „hallo“ und „tschüss“, sowie „ja“ und „nein“ sagen, außerdem kannte sie ein paar Flüche, aber das war es auch schon. Sie konnte nicht einmal fragen, wo die Toiletten waren.

Cian ging wortlos und völlig unbekümmert wirkend neben Stuart, als unternähme er gerade einen nachmittäglichen Winterspaziergang. Einzig dem aufmerksamen Beobachter – oder einem Shifter – würde auffallen, wie angespannt er in Wahrheit war. Er trug Lederstiefel mit dünnen Sohlen, durch die er den Waldboden sicher deutlich spüren konnte, ohne sich dabei an Dornen oder Steinen zu verletzen.

Peigi war tief in Gedanken versunken und fragte sich, ob

die *dokk alfar* wohl Vieh züchteten oder woher sonst das Leder stammte, das sie trugen. Es roch seltsam, was sie geistig auf die Liste der Dinge setzte, die sich zu einem späteren Zeitpunkt möglicherweise noch als interessant oder nützlich erweisen könnten.

Sie liefen ungefähr eine Stunde weiter. In all der Zeit war keine einzige andere Fee zu sehen oder zu hören, lediglich die kleineren Waldbewohner brachten das Unterholz zum Rascheln, und von Zeit zu Zeit ließ sich ein Vogel zwischen den Baumkronen blicken.

Plötzlich blieb Cian stehen, und die übrigen *dokk alfar* hielten wie ein Mann an. Peigi beeilte sich, zu Reid aufzuschließen, und knurrte kehlig.

Vor ihnen schimmerte eine Wand aus Nebel. Peigi roch Schwefel und brennende Kohle – was ihr nicht gefiel. Michael und Crispin verharrten ebenfalls mit gerümpften Nasen.

Die *dokk alfar*-Soldatin, die als Erste mit Stuart gesprochen hatte, erteilte einen Befehl. Daraufhin formierten sich die Krieger hinter ihr, marschierten auf den schimmernden Nebel zu und verschwanden. Cian setzte sich wieder in Bewegung, bemerkte das Zögern der anderen und blickte Stuart auffordernd an.

„Ist schon in Ordnung“, versicherte Stuart Peigi, auch wenn er nicht wirklich überzeugt klang. „Es ist ein Portal in tieferes *dokk alfar*-Territorium und eine Barriere, die *hoch alfar* fernhalten soll. Ähnlich wie eine Duftmarke.“

Michael schnaubte. „Eine Magiemarke. Macht mich nicht unbedingt froh.“

„Es ist eher eine Art getarnte Falle“, erklärte Stuart. „Sie tut niemandem weh, der kein *hoch alfar*-Blut in sich trägt.“ Er schaute Michael und Crispin an. „Trifft das auf einen von euch zu?“

„Sehe ich aus wie ein Halbblut?“, höhnte Michael. Crispin verzog angewidert das Gesicht.

„Dann wäre das ja geklärt.“ Stuart nahm Peigis Hand.

„Wir gehen besser, bevor sie zurückkommen und uns durchzerren."

Die Wärme seiner Hand stieg hinauf bis in Peigis Herz. Seine Berührung machte etwas mit ihr. Sie ließ sie glauben, dass sie alles schaffen konnte. Dass alles gut werden würde, solange Stuart an ihrer Seite war.

Sie lächelte ihn an, schloss die Finger fest um seine und trat mit ihm durch die Barriere.

Der Nebel fühlte sich kalt an, aber das Kribbeln der Magie ebbte schnell wieder ab. Lärm, ein Wirrwarr aus Farben und eine Vielzahl von Gerüchen bestürmten Peigi, als sie sich plötzlich in einer geschäftigen Stadt wiederfand. Bei dem schnellen Wechsel von den stillen Wäldern zu dem bunten Treiben auf dem Marktplatz keuchte sie auf.

Es wimmelte hier nur so vor *dokk alfar* – Männer und Frauen, Kinder, Hunde, Pferde, Kutschen und Karren. Der Boden des Platzes bestand wie die Straßen, die davon in alle Richtungen abgingen, aus abgetretenem, rund geschliffenen Kopfsteinpflaster, das sicher mehrere hundert Jahre alt war. Außerdem war es plötzlich viel wärmer, als hätten sie die Klimazone gewechselt.

Läden säumten den Platz, allesamt mit offener Front, in den Auslagen handgefertigte Waren, Stoffe, Gewürze, Geschirr, Kerzen und allerhand anderes Zeug, sowie offenbar sogar Musikinstrumente. Ein Mann war emsig an einer Töpferscheibe zugange und formte mit seinen feuchten Händen den Ton darauf.

Viele trugen Wamse mit den gleichen Verzierungen aus Leder- und Metallnieten wie Cians Männer, einige wie er selbst Hose und Mantel, manch andere waren in lange Roben gekleidet, die sich in der Brise bewegten.

Cian setzte sich nicht an die Spitze des Trupps, sondern folgte seinen Begleitern zu einem größeren Gebäude mit Arkaden.

Peigi war in ihrem Leben schon in genug Bars gewesen,

um ihr Ziel als solche zu erkennen. Hinter dem Tresen im rückwärtigen Teil des Raumes befanden sich Regale mit lauter bunten Flaschen. Tische und Bänke standen dicht an dicht. Die Durchreiche in einen anderen Raum öffnete sich schwungvoll, und zwei Hände schoben ein Tablett mit dampfenden Tellern hindurch. Eine Kellnerin nahm das Tablett, balancierte es geschickt durch die Menge und stellte es auf den Tisch von vier *dokk alfar*, die sich sichtlich darüber freuten.

Auf der einen Seite des Raumes gab es eine etwa dreißig Zentimeter hohe Bühne. Drei Männer und zwei Frauen musizierten dort ausgelassen auf ihren Zungentrommeln und übertönten mit Leichtigkeit die Gespräche der Anwesenden. Sie waren fast so laut wie die Bands der Menschen in den Clubs, und das ganz ohne elektrische Verstärkung.

Niemand schien von Cian, seinen Kriegern und den Shiftern Notiz zu nehmen, als sie das Lokal betraten. Keiner der Gäste erschrak, starrte sie an, zog die Waffe oder hörte auf im Takt mitzutrommeln. Einige wenige warfen einen kurzen Blick auf den halb nackten Crispin, der sich unterwegs irgendwann davon hatte überzeugen lassen, sich den Mantel überzustreifen, den einer von Cians Männern ihm gegeben hatte, ansonsten ignorierte man die Shifter und Stuart geflissentlich.

Cian führte sie zu einem Tisch im hinteren Teil der Bar, der auf wundersame Weise trotz des Gedränges vorn frei geblieben war. Seine Mannschaft verteilte sich im Raum, manche Soldaten nahmen auf Barhockern Platz, andere begrüßten Bekannte. Nur die Dunkelelfenfrau, die Stuart zuerst angesprochen hatte, blieb bei ihnen.

Cian, Stuart, die Frau und die Shifter versammelten sich um den Tisch, und die Soldatin gab der Bedienung ein Zeichen, um die Bestellung aufzugeben. „*Gularain*“, sagte sie lediglich.

Peigi quetschte sich neben Stuart auf die Bank. Cian beanspruchte den Platz am Kopfende des Tisches für sich, und die beiden männlichen Shifter setzten sich auf die Stühle gegenüber von Peigi und Stuart.

Die Bedienung war sogleich mit sechs henkellosen Keramikbechern auf einem Tablett zurück an ihrem Tisch. Jeder nahm sich einen, und Peigi stellte fest, dass sie vorher gekühlt worden sein mussten. Das war nötig, denn dadurch wurde verhindert, dass die Flüssigkeit darin sich beim kleinsten Funken entzündete.

Stuart hatte einmal *dokk alfar*-Whisky bei ihnen zu Hause gebrannt und seine Shifternachbarn zur Verkostung eingeladen. Nach nur einem Schluck hatten die Gäste Stuart wüst beschimpft und ihm unterstellt, sie von innen verbrennen zu wollen. Stuart hatte sich halb totgelacht, was sonst nie vorkam.

Er hatte Peigi vorgewarnt und den Genuss des Getränks sorgsam mit ihr geübt, sodass sie nach ungefähr sechs Monaten in der Lage gewesen war, ein ganzes Glas davon zu trinken.

Cian beobachtete sie gespannt, als sie den Becher nahm und den Duft der Flüssigkeit tief inhalierte, als wäre es teurer Wein. Er kniff die Augen zu Schlitzen zusammen, als die Bärin einen Schluck trank, zufrieden nickte und den Becher wortlos wieder absetzte.

Cian sagte zwar nichts, aber Peigi bemerkte seine Belustigung. Er setzte seinen Becher an und leerte ihn in einem Zug. Stuart und die Frau taten es ihm nach.

Keiner der drei explodierte. Cian stöhnte zufrieden und klopfte mit der Faust auf den Tisch. Davon ermutigt nahmen Crispin und Michael nun ebenfalls ihre Becher.

„Ich an eurer Stelle würde es langsam angehen", warnte Peigi die beiden.

Ihr war schon vorher klar gewesen, dass zumindest Michael nicht auf sie hören würde, und sie sollte recht behalten. Crispin nippte vorsichtig an dem Gebräu, vermutlich war er durch seine Erfahrungen im Feenreich vorsichtig geworden, während Michael sich den gesamten Becherinhalt in den Mund kippte. Er schluckte.

Ein, zwei Sekunden lang wirkte er völlig normal. In der dritten riss er die Augen auf, und seine vernarbte Gesichtshälfte begann zu zucken. Er ließ den Becher fallen, rang panisch nach Luft und umklammerte seine Kehle, bevor er sich unter lautem Gebrüll zu wandeln begann.

„Nicht!", schrie Peigi ihn an.

Die Soldatin hatte blitzschnell das Messer in der Hand. Michael hielt inne, ehe ihm Klauen wuchsen, doch er hatte bereits Bärenaugen, groß und braun, mit schwarzen Sprenkeln in der Iris.

„Heilige Scheiße", keuchte er krächzend, weil ihm die Stimme den Dienst versagte. „Was um alles in der ..." Er hustete, erhob sich halb von seinem Stuhl und hielt sich den Magen. „Scheiße, scheiße, scheiße."

Peigi nahm einen weiteren kleinen Schluck. „*Gularain* kann manchmal ein bisschen stark sein."

„*Dokk alfar* Whisky", übersetzte Crispin ebenfalls mit heiserer Stimme. „Gerüchteweise stellen sie ihn aus alten Stiefeln her. Und mit Kieselsteinen. Und Eisen."

„Das ist völlig übertrieben", erwiderte Stuart ruhig. „Es ist eine Spirituose aus gegärtem Getreide, das man mit der Gerste auf der Erde vergleichen kann, dazu kommt ansonsten nur ein bisschen Zucker. Dann wird er so lange gebrannt, bis er klar ist. Je älter er wird, desto weicher schmeckt er."

„Meinst du wie weiche Batteriesäure?", verlangte Michael zu wissen. Er hustete wieder. „Verdammte Kacke, der brennt sich gerade ein Loch in meinen Magen. Mir hat schon mal jemand ein Messer in den Bauch gerammt, und das hier ist schlimmer."

„Man muss sich erst dran gewöhnen." Peigi ärgerte ihn, indem sie einen weiteren Schluck trank. Ihr fiel auf, dass Crispin seinen Becher von sich geschoben hatte. „Sind wir hier sicher, sodass wir in Ruhe reden können?", fragte sie Stuart.

„Wahrscheinlich sicherer als anderswo.“ Er wandte sich an Cian und stellte ihm eine Frage in ihrer Sprache. Der andere schüttelte noch immer sichtlich amüsiert den Kopf. „Er denkt schon, möchte sich hier aber nicht unbedingt über die tiefsten Geheimnisse unterhalten. Wir machen hier nur Rast, um uns ein wenig zu erholen.“

„Erholen?“, knurrte Michael. „Ich sterbe.“

„Das ist wirklich sehr traurig“, versicherte ihm Peigi übertrieben besorgt. „Soll ich ein kleines Rauchopfer für dich bringen?“

Michael schnaubte nur abfällig, musste dadurch allerdings bloß noch mehr husten. Er hielt sich den Bauch und sah hundsmiserabel aus.

Irgendwie schon befriedigend, fand Peigi, während sie einen weiteren Schluck des starken Gebräus trank. Ein kurzer Moment der Genugtuung.

„PEIGI HAT EINE WICHTIGE FRAGE GESTELLT“, SAGTE Stuart, um seine Unterhaltung mit Cian wieder aufzunehmen. „Können wir uns hier ungestört unterhalten?“

Der Angesprochene gab der Bedienung ein Zeichen, ihnen eine weitere Runde zu bringen. „Die meisten Leute in dieser Bar gehören meinem Clan an oder sind Freunde meines Clans. Sie sind loyal. Außerdem sind sie bemerkenswert laut.“

Die Trommler hatten das Tempo angezogen, ihre Hände flogen förmlich über die Instrumente, als sie versuchten, miteinander Schritt zu halten. Ein älterer Mann mit perlenbesetzten Zöpfen in seinem weißen Haar war auf der Bühne erschienen. Er holte einmal tief Luft und stimmte ein zotiges Lied an, das Reid viele Jahrzehnte nicht mehr gehört hatte.

Es war ein lautes, langes Lied mit sehr vielen Strophen über ein Paar, das alles daransetzt, seinen Freunden und seiner Familie zu entkommen, um ein bisschen Zeit für sich zu haben, was ihnen nie gelingt: Ihr Fuhrwerk hat eine Panne, das Pferd geht durch, Kinder laufen ihnen nach, *hoch alfar* greifen sie an, und so weiter. Jeder Interpret dichtete außerdem nach eigenem Gutdünken Strophen hinzu.

Nach kurzer Zeit sangen und grölten fast alle Anwesenden mit, begleitet von lautem Gelächter. Peigi lauschte voller Neugier und beschloss, dass Reid es ihr später noch einmal vorsingen musste. Auch wenn er dazu eigentlich nicht die Stimme hatte. Vielleicht genügte es ja, wenn er es aufsagte.

Ein Mann und kurz darauf auch Cians Begleiterin standen auf und stimmten mit ein, doch statt zu singen nutzten sie ihre Stimmen wie Musikinstrumente und folgten der Melodie harmonisch. Zwei weitere Frauen und ein Mann erhoben sich zum Tanz.

„Ich verstehe, was du meinst", rief ihm Peigi über den Lärm hinweg zu. „Bezüglich des Tanzens."

Die besten Tänzer, die Reid je in der Menschenwelt gesehen hatte, konnten es nicht mit diesen hier aufnehmen. Mit ihrer Beinarbeit, ihren Pirouetten, ihrer Gelenkigkeit und den akrobatischen Einlagen hatten sie jeden im Raum zu Begeisterungsstürmen hingerissen, und das Publikum hier jubelte ihnen zu.

Cian steckte mit Reid die Köpfe zusammen. „Wie geht es Dimitri?"

„Gut." Stuart nahm einen weiteren *gularain* von der Bedienung entgegen und nippte vorsichtig daran, um ihn nach Kräften zu genießen. Es war der Geschmack der Nostalgie. „Er und seine Gefährtin erwarten bald ihr erstes Junges."

„Als ich ihn kennengelernt habe, war er bis über beide Ohren verliebt. In eine starke Gefährtin."

„Jaycee ist in der Tat sehr stark", pflichtete ihm Reid bei. Ohne solides Kampfsporttraining sollte man sich besser erst gar nicht mit ihr anlegen.

„Genau wie deine Bärin." Cian richtete den Blick auf Peigi. „Seid ihr …?"

„Ich weiß es nicht“, erwiderte Reid rasch. Er war sich seiner Gefühle für Peigi absolut sicher, aber das Leben war weder für einen *dokk alfar* noch für eine clanlose Shifterin leicht.

„Ah. So ist das also.“

„Wie schon gesagt, ich weiß nicht, wie das ist.“ Reid nahm genervt einen weiteren Schluck Whisky. „Können wir über das aktuelle Problem sprechen? Bist du sicher, dass er weg ist?“

„Ja.“ Cian war so umsichtig, ebenfalls unerwähnt zu lassen, worum es sich handelte. „Ich weiß es, die Ältesten meines Clans wissen es, und wenn wir ihn nicht zurückbekommen, werden es auch alle anderen erfahren. Und dann werden wir alle sterben. Die Lage lässt sich so einfach umreißen und ist sehr ernst. Wirst du uns helfen oder nicht?“

KAPITEL ZWÖLF

„Was erwartest du bitte von mir?“, fragte Reid ungeduldig. „Du befehligst Krieger, Armeen, Leute, die *das* können.“ Er drehte ruckartig den Kopf und nickte in Richtung der Tänzer, die ihre Figuren mit solcher Präzision ausführten, dass sie nie gegeneinanderstießen oder sich auch bloß berührten. „Ich bin nur ein einzelner Mann.“

„Du bist ein Eisenmeister.“ Er verwendete die *dokk alfar*-Bezeichnung dafür, *syernghan*.

„Du bist ein *ghandeltraum*.“ Es gefiel Reid, dass er Cian mit diesem Satz überraschte. „Dimitri hat mir erzählt, dass du die Finger in den Fels gegraben hast, um euch aus der Zelle der *hoch alfar* zu befreien.“

„Das ist richtig. Allerdings wissen die *hoch alfar* davon nichts.“

„Die sind ja auch furchtbar dämlich.“ Reid hob seinen Becher und prostete Cian zu. „Also was willst du von mir? Soll ich die *hoch alfar* mit meinen Kräften in Angst und Schrecken versetzen, während du es hinter ihrem Rücken zurückstiehlst?“

Cian zuckte die Achseln. „Mehr oder weniger.“

„Ha. Dimitri hat mir schon erzählt, dass du ein bisschen verrückt bist."

Cian bedachte ihn mit einem nachsichtigen Lächeln. „Ich würde es eher entschlossen nennen. Der Rotwolf hingegen … An seiner geistigen Gesundheit habe ich so manches Mal gezweifelt."

„Er ist ganz schön clever, dieser Dimitri. Bei den Menschen würde man eine Redewendung dafür gebrauchen – listig wie ein Fuchs."

Cian schaute plötzlich sehr ernst. „Ist er ein Geschöpf der Tuil Erdannan?"

Reid sah ihn überrascht an. „Ich habe das nicht wörtlich gemeint. Füchse kommen in der Tierwelt der Menschen recht häufig vor."

Cian klang davon einigermaßen eingeschüchtert. „Diese Menschenwelt muss ein seltsamer Ort sein."

„Wem sagst du das. Ich bin seit fünfzig Jahren dort gestrandet."

„Jetzt bist du hier, mein Freund."

Reid ließ den Blick durch den Raum schweifen, von den Tänzern und Trommlern über den mittlerweile förmlich kreischenden Sänger und seinen Chor bis hin zu den *dokk alfar*, die sich an ihren Getränken festhielten und einfach das Leben genossen.

Eine halbe Ewigkeit hatte Reid alles darangesetzt, in diese Welt zurückzukehren. Er hatte dafür sogar einen Shifter gejagt und dadurch zumindest indirekt für dessen Tod gesorgt.

Um das wiedergutzumachen, fühlte er sich Cassidy, Diego und vor allem Peigi und den Shifterjungen für immer verpflichtet.

Reid war tatsächlich wieder zu Hause. Wenn auch nicht auf dem Territorium seines Clans, aber unter den seinen, in einer Umgebung, die ihm vertraut war.

Trotzdem stellte sich bei ihm keine Erleichterung ein,

sondern er fühlte sich seltsam fehl am Platz, als gehörte er nicht mehr hierhin. Vielleicht war dem ja auch so.

„Ja, ich bin hier." Reid musterte Cian eindringlich. „Wie kann das sein? Bis zum heutigen Tag ist es mir nie zuvor gelungen, ins Feenland zurückzukommen oder mich gar frei darin zu bewegen, ganz gleich, was ich versucht habe. Der Zauber, der mich von hier fernhielt, war sehr mächtig. Wie hast du es geschafft, mich zurückzuholen?"

„Ich?" Cian versuchte nicht einmal, unschuldig zu klingen.

„Was hast du getan? Dich an einen Schamanen verkauft? Wie hast du erreicht, dass meine Verbannung zurückgenommen wurde?"

„Ich habe mich verkauft", bestätigte Cian leise. „Mein Lebensblut. Damit du herkommen und uns alle retten kannst."

Es fiel Ben schwer, den lässigen, coolen Typen zu mimen, als der er sich sonst ausgab, während Angus, Tamsin, Jaycee, Dimitri und Reg, der stellvertretende Anführer der Shiftertown von New Orleans, ihn mit Blicken durchbohrten.

„Was gibt's?", fragte er.

Der rote und der schwarze Wolf, die Leopardin, der Serval und die Füchsin hatten sich vor ihm aufgebaut. Letztere beunruhigte ihn am meisten, weil man nie wissen konnte, was Tamsin als Nächstes tun würde.

Wobei Jaycee möglicherweise sogar noch unheimlicher war, wenn sie ihn derart wutentbrannt mit ihren goldenen Augen anstarrte. Sie konnte blitzschnell zuschlagen, und es war beinahe unmöglich, rechtzeitig auszuweichen.

„Wo sind sie?", verlangte sie zu wissen. „Eric hat schon mit Kendrick telefoniert, der alles andere als glücklich darüber ist, dass wir sie verloren haben. Außerdem … machen wir uns Sorgen." Ihre Stimme bebte.

„Ich habe keine Ahnung, was passiert ist." Ben schluckte

nervös, obwohl er die Wahrheit sagte. „Ich hatte gerade den Fernseher eingeschaltet, um Basketball zu schauen, da teleportiert Reid plötzlich mit Peigi und einem anderen Shifter, den ich noch nie zuvor gesehen habe, hier rein. Dann öffnet sich mit einem Mal die Tür, und schwupps sind sie wieder weg."

Er zeigte auf die glatte und völlig harmlos wirkende Wand im Zimmer. Von einer Tür war rein gar nichts zu erkennen.

„Dann mach sie eben wieder auf." Jaycee trat einen Schritt auf Ben zu. Sie schien kurz davor, die Nerven zu verlieren. „Du hast viel mehr drauf, als du zugibst."

„Genau", stimmte Tamsin ihr zu. „Zum Beispiel die Zaubertricks, die du benutzt, und einmal hast du einen räudigen Felid festgehext, der mich fangen wollte." Sie war voller Bewunderung. „Das war großartig."

„Das war was anderes." Ben wusste, dass er jeden einzelnen Shifter um sich herum ausschalten konnte, wenn er wollte, wenn vielleicht auch nicht alle auf einmal. Doch Magie zu wirken, um mit dem Feenland zu interagieren, war nicht so leicht. „Das alles hängt irgendwie mit den Ley-Linien zusammen, und mit Toren, die mir verschlossen sind, und mit dem Haus. Ich kann nicht einfach eine Tür herbeizaubern, indem ich mal kurz mit der Hand wedle." Er fuchtelte zur Untermalung in der Luft herum.

Er spürte ein warmes Kribbeln in seinen Fingern. Die Wand schimmerte, und die Umrisse einer Tür erschienen.

Alle sechs Anwesenden drehten sich zur Wand und starrten sie an. Die Tür manifestierte sich nicht, es wirkte eher so, als hätte jemand ihre Umrisse mit einem Stift an die Wand gemalt.

Tamsin beugte sich vor, um das Ganze genauer zu betrachten, achtete dabei aber sorgsam darauf, mit nichts in Berührung zu kommen. „Soll das so aussehen?"

„Nein", antworteten Ben, Jaycee, Dimitri und Angus im Chor.

Ben verließ den Kreis der sechs aufgebrachten Shifter und trat an die Wand. „Die Tür hat ziemlich echt gewirkt."

Das Kribbeln in seinen Fingern wurde intensiver, als er sich anschickte, die Umrisse zu berühren, deshalb zog er die Hand schnell wieder zurück. Er war sich weder sicher, was mit ihm geschehen würde, wenn er ein solches Tor durchschritt, noch sonderlich erpicht darauf, es herauszufinden.

„Was bringt uns das alles, wenn wir sie nicht aufkriegen?", fragte Jaycee.

„Du bist immer so ungeduldig", beschwerte sich Dimitri. „Aber du hast nicht ganz unrecht."

„Ich bin immer noch dafür, Lady Aisling zu rufen", erklärte Jaycee.

„Einverstanden." Tamsin war sofort Feuer und Flamme. „Ich würde mich liebend gern noch mal mit ihr unterhalten."

Ben wusste, warum. Lady Aisling hatte ihr bei der letzten Begegnung verraten, dass die Tuil Erdannan die Fuchsshifter erschaffen hatten. Tamsin musste jede Menge Fragen an sie haben.

Die Füchsin fixierte Ben mit ihrem hellwachen Blick. „Erinnerst du dich daran, was Lady Aisling zu uns gesagt hat? Dass wir beide sowohl die Gabe hätten, das Verborgene zu sehen, als auch die, selbst unbemerkt zu bleiben? Bezieht sich der erste Teil möglicherweise auf die Tür – immerhin kannst du sie *sehen* und herausfinden, wohin sie führt. Vielleicht findest du ja sogar auf diese Weise Peigi und Stuart."

„Viel zu viele Unwägbarkeiten", beharrte Ben.

„Wir müssen doch irgendwo anfangen", drängte Jaycee.

„Na schön, lass mich nachdenken."

Ben streckte wieder die Hand aus und zwang sich diesmal, die Umrisse auf der Wand zu berühren. Er spürte enorme Kräfte in den Linien, hatte aber keine Ahnung, wie er sie anzapfen oder was er damit anstellen sollte.

Die anderen beobachteten sein Tun erwartungsvoll.

Offenbar waren sie alle davon überzeugt, dass Ben das Problem im Handumdrehen lösen würde.

Es stimmte schon, Lady Aisling, deren schiere Präsenz ihn vollkommen überwältigt hatte, hatte Tamsin gesagt, sie könne die Dinge „sehen und verstehen“ und dass er über diese Fähigkeit bereits verfüge.

Ben wusste, dass das stimmte, denn er konnte Magie auf große Entfernung spüren. Außerdem konnte er sich vor anderen verbergen. Genau das hätte er in diesem Moment gerne getan, um die beunruhigten Shifter eine Weile lang loszuwerden und darüber nachzudenken, was er tun sollte. Nur kannten sie seine Tricks mittlerweile und hätten ihn schnell gefunden.

Ben wusste, dass ihm der Weg ins Feenland weiter versperrt war, aber vielleicht konnte er andere dorthin schicken? Oder besser noch, Reid und Peigi von dort zurückholen? Er mochte sie, und die beiden brauchten einander.

Wenn die Feen sie getötet hatten …

Ben holte scharf Luft.

„Na schön, bitte Lady Aisling her, Jaycee. Wir werden jedoch so oder so reingehen, ob sie nun kommt oder nicht. Tamsin, ich brauche wahrscheinlich deine Hilfe.“

Der Beschützerinstinkt von Angus' Wolf sprang an, und er knurrte. „Wobei?“

„Wir müssen aus der gemalten eine echte Tür machen. Dann suchen wir Reid und Peigi und bringen sie beide nach Hause. Einverstanden?“

Tamsin sah Ben bestürzt und auch ein bisschen verängstigt an. Im letzten Herbst war sie in einen magischen *Zustand* geraten – besser konnte er es nicht beschreiben – und hatte Metall in seine Bestandteile zerlegt. Es hatte sich herausgestellt, dass sie Dinge vermochte, die selbst Eisenmeistern verwehrt blieben. Tamsin war zugleich außer sich vor Staunen und zutiefst erschrocken gewesen. Bis heute hatte sie nicht so recht verarbeitet, was damals geschehen war.

Hinter ihm zog Jaycee einen glitzernden Stein aus ihrer Tasche. Dimitri baute sich schützend neben ihr auf, während sie ihn in die Höhe hielt und sagte: „Lady Aisling? Darf ich Euch behelligen?"

Tamsin legte ihre Hand neben Bens auf die Wand. „Ich spüre *etwas*. Du auch?"

„Jap." Ben holte scharf Luft. „Aber selbst wenn sie aufgeht, kann ich nicht hindurch, also bist dann du an der Reihe. Genau wie Angus, der mir buchstäblich im Nacken sitzt. Könntest du bitte ein bisschen Abstand halten?", knurrte er über seine Schulter den schwarzen Wolf an, der ein finsteres Gesicht machte und sich nicht vom Fleck bewegte.

Einzig Reg bedrängte Ben nicht, doch das lag nicht daran, dass es ihm egal wäre. Der Goblin spürte, der Serval wartete nur darauf, dass er versuchte, sich abzusetzen. Dann würde er sich auf ihn stürzen.

Ben warf dem großen schwarzen Mann einen Blick von der Seite zu, und Reg grinste ihn an. *Ich behalte dich im Auge …*

Neben Ben keuchte Tamsin auf. „Ich glaube …"

Sie vollendete ihren Satz nicht, weil sich die Tür wie aus heiterem Himmel doch noch manifestierte. Der Rahmen war mit Rosenblüten und Ranken verziert.

Die Füchsin zog blitzschnell die Hand zurück. „Ich habe keine Ahnung, wie ich das gemacht habe."

Ben glaubte es zu wissen. Er hatte gespürt, wie sich die Moleküle der Wand unter seinen Händen neu formiert hatten. Tamsin hatte etwas ganz Ähnliches bereits zuvor vollbracht, als sie mit Lady Aislings Hilfe hatte Metall zu Staub zerfallen lassen. Nun war es ihr gelungen, sich der uralten Kräfte in ihrem Blut ganz allein zu bemächtigen.

Diese Gabe konnte noch ganz schön interessant werden.

Mit einem Mal flog die Tür auf, wodurch Tamsin und Ben, genau wie Angus, der dem Goblin nach wie vor im Nacken saß, erschrocken einen Satz nach hinten machten. Zuerst war dahinter nur Dunkelheit zu erkennen, aber wenige Sekunden später trat eine hochgewachsene Frau mit strahlend rotem Haar, das sie zu Zöpfen geflochten und hochgesteckt hatte, auf die Türschwelle. Sie trug eine graue Hose, die in ihren Stiefeln steckte, ein weißes Hemd und einen Umhang mit Kapuze. Auf ihrer Nase klebte ein bisschen Erde, was nicht weiter verwunderlich war, denn Lady Aisling liebte die Arbeit in ihren Gärten.

„Ah, Tamsin“, begrüßte sie sie. „Und Jaycee. Es ist schön, euch zu sehen. Habt ihr eure Kinder schon bekommen? Ach, richtig, bei euch heißen sie ja Junge.“

„Bisher nicht.“ Jaycee trat ihr entgegen. „Dafür ist noch nicht genug Zeit vergangen.“

„Ach, nicht?“ Lady Aisling blieb auf der Türschwelle stehen, und hinter ihr schien endlos schwarze Leere zu herrschen. Lady Aisling war eine derart strahlende Erscheinung, dass sie sogar die unheimliche Atmosphäre der vollkommenen Dunkelheit hinter ihr überstrahlte. „Ach, na ja, manchmal verliere ich die Zeit völlig aus dem Sinn. Braucht ihr etwas? Oder war euch lediglich nach einem Gespräch unter Frauen? Wenn ja, können wir währenddessen einen Einkaufsbummel machen? In Mailand vielleicht? Ich brauche dringend ein Paar neue Schuhe.“

Ben ergriff das Wort, ehe einer der anderen antworten konnte. „Wir haben ein paar Freunde ans Feenland verloren. Die würden wir gerne zurückhaben.“

„Verstehe.“ Lady Aisling fixierte Ben mit ihren rabenschwarzen Augen. Er bekam kaum Luft und fühlte sich, als sei ein Feuer durch ihn gebrandet. „Warum gehst du sie dann nicht holen?“ Sie stellte sich seitlich zur Tür und bedeutete ihm mit einer ausladenden Geste, hindurchzutreten.

„Das kann ich nicht“, erwiderte Ben, und ihm wurde die Brust eng. „Verbannt. Verzaubert. Kein Goblin darf das Feenland je wieder betreten.“

„Wer hat das verfügt?“, verlangte Lady Aisling mit hochgezogenen Augenbrauen zu wissen. „Die *hoch alfar*? Als würden mich deren Kapriolen interessieren.“ Sie deutete noch einmal auf die Dunkelheit hinter ihr. „Komm schon rein, Ghallareknoiksnlealous.“

„Äh.“ Ben spähte in die Dunkelheit, aus der ihm eiskalter Wind entgegenwehte. „Obwohl ich vielleicht explodiere und zu Staub zerfalle, wenn ich über diese Schwelle trete?“

Lady Aisling legte ungeduldig die Stirn in Falten. „Du versuchst es ja nicht einmal. Deine Freunde können dich nicht begleiten. Sie werden es nicht überstehen, wenn sie durch das Portal schreiten. Auf der anderen Seite laufen viel zu viele *hoch alfar* herum, die Shifter versklaven wollen oder sie einfach gleich töten. Ich musste mich letztes Mal ernsthaft einmischen, erinnerst du dich? Nur du kannst den verdammten *hoch alfar* entkommen. Bitte entschuldige meine Ausdrucksweise.“

Ben schluckte schwer. „Ich?“

„Ja, du. Hast du denn nicht zugehört?“

„Mmm.“ Ben verschränkte die Arme vor der Brust, weil ihm mittlerweile ziemlich kalt war. „Da wäre ich mir nicht so sicher.“

Die Shifter hatten ihn wieder umringt. „Ben“, riefen sie gleichzeitig.

Tamsin klopfte ihm auf die Schulter. „Wenn Lady Aisling sagt, dass du das schaffst, dann schaffst du das auch.“

„Genau“, pflichtete ihr Jaycee bei. „Sie wird dich beschützen.“

Lady Aisling legte ein weiteres Mal die Stirn in Falten. „Nun ja, so habe ich das nicht gesagt.“

Ben hörte ihr kaum noch zu. Ihre Worte verhallten in der immer kühler werdenden Luft, die ihn langsam einhüllte und an ihm zerrte. Er hielt den Atem an, schloss die Augen und dachte sich: *Ach, was soll’s. Irgendwann muss jeder dran glauben. Richtig?* Und damit sprang er durch die Türöffnung.

Peigi hatte nicht verstanden, was die beiden Feen besprochen hatten, doch Stuart verstummte abrupt, und jegliche Freude, die ihm der Besuch in der Bar im Reich der *dokk alfar* beschert hatte, war wie weggeblasen.

„Was ist los?“, fragte sie ihn im Flüsterton.

Stuart schüttelte den Kopf. Er sagte etwas zu Cian, der daraufhin ebenfalls den Kopf schüttelte.

„Stuart.“

Endlich drehte er zu ihr um. „Du hast recht, wir müssen uns über alles unterhalten. In Ruhe.“

Peigi schielte quer über den Tisch. „Mit den beiden?“

Es war erschreckend, wie schnell Michael darauf reagierte. „Was gibt es da zu flüstern? Ich kenn dich gut genug, um zu wissen, wenn du was ausheckst, Frau.“

Das war nicht von der Hand zu weisen, schließlich hatte Peigi fünfundzwanzig Jahre lang mit dem Vollidioten zusammengelebt, und er kannte ihre Körpersprache bis ins kleinste Detail. Allerdings galt das umgekehrt genauso.

„Ich versuche mir ein Urteil darüber zu bilden, ob du uns noch von Nutzen sein kannst oder eher eine Belastung darstellst“, antwortete Peigi ruhig.

Es kostete sie große Überwindung, diesen Satz laut auszusprechen, doch es gelang ihr sogar, ihm dabei in die Augen zu sehen. Auch das hatte ihr Nell beigebracht – man durfte vor Alphas durchaus Angst haben, wenn sie versuchten, einen einzuschüchtern, nur das zuzugeben stand völlig außer Frage.

Michael war sofort beleidigt. „Natürlich kann ich von Nutzen sein. Immer wenn ihr jemanden braucht, der diese Feenmistkerle ordentlich vermöbelt.“

„Ja“, stimmte ihm Crispin zu. „Das gilt selbstverständlich auch für mich.“ Sein höhnisches Grinsen machte deutlich, dass eher das Gegenteil der Fall war.

„Außerdem muss ohnehin jemand den Typen im Zaum halten.“ Michael zeigte mit dem Daumen auf Crispin. „Und dafür sorgen, dass er überlebt, damit ich ihn zu Hause in Stücke reißen kann.“

Stuart warf Peigi einen schnellen Blick zu, aber sie reagierte gelassen auf diese Ansage. Sie hatte ganz genau gewusst, welche Knöpfe sie bei Michael drücken musste, um ihn auf ihre Seite zu ziehen. Deshalb hatte sie an seine Eitelkeit appelliert und angedeutet, dass er wertlos sei, ein nutzloses Anhängsel. Dabei wollte Michael doch immer im Mittelpunkt stehen.

„Dann trinkt aus.“ Stuart leerte seinen zweiten Becher *gularain*, ohne auch nur mit der Wimper zu zucken. Michael schaute ihm griesgrämig dabei zu und schenkte seinem eigenen Getränk keinerlei Beachtung mehr.

Crispin trank genüsslich den letzten Schluck, ehe sich Cian erhob und sie aus der Bar führte.

Obwohl es bereits dämmerte, schien der Trubel auf dem Platz nicht abzunehmen. Während sie weiterliefen, erhellten mehr und mehr Lichter den abendlichen Himmel. Gelächter drang aus anderen Tavernen, auch dort waren Trommeln und Gesang zu hören. Die Verkäufer machten ihre Läden der Reihe nach dicht, nur in denen, die Essen und Trinken verkauften, florierte das Geschäft nach wie vor.

Stuart bestand darauf, dass Michael und Crispin direkt hinter Cian gingen, was sie bereitwillig taten. Michael mochte seine Position an der Spitze des Trupps, wo er sowohl Cian als auch Crispin überwachen konnte. Stuart und Peigi bildeten den Schluss und behielten die beiden männlichen Shifter im Auge.

Stuart sagte den ganzen Weg über kein Wort, was Peigi gut verstand. Er war sehr lange weg gewesen, außerdem konnten sie nicht sicher sein, dass niemand die Sprache der Menschen verstand. Sie hatte das Gefühl, als drückte ihr ein riesiger Felsblock auf die Brust, und sie fragte sich die ganze Zeit, was Cian wohl zu Stuart gesagt hatte, um ihn davon zu überzeugen, im Feenland zu bleiben, zumindest für eine Weile.

Nachdem sie den Platz verlassen hatten, führte ihr Weg durch mehrere Straßen, in denen geschäftiges Treiben herrschte. Die Läden und Warenhäuser waren allesamt in hellen Farbtönen gehalten, manche besaßen Markisen mit breiten, bunten Streifen.

Die Passanten starrten die Shifter an, doch wie die Gäste in der Bar fielen auch sie nicht augenblicklich in Ohnmacht, bloß weil sie ihnen begegneten. Peigi schloss daraus, dass Shifter an diesem Ort zwar selten, aber nicht völlig unbekannt waren. Was wiederum bedeutete, dass die *dokk alfar* schon lange genug mit Shiftern verkehrten, um zu wissen, dass sie ihnen nur gefährlich wurden, wenn sie sich bedroht fühlten. Zugegeben, mit Ausnahme von Michael, der gerne aggressiv wirkte, und Crispin, der auf den Befehl einer Hochelfe hin angegriffen hatte.

Cians Anwesenheit schien auszureichen, um die Passanten zu beruhigen. Die *dokk alfar* nahmen sie zur Kenntnis und gingen dann weiter ihrer Wege.

Stuart hingegen zog zahlreiche unverhohlen neugierige Blicke auf sich. *Ich habe den Auftrag, einen dokk alfar zu finden, der die seltsamste Kleidung trägt, die ich mir vorstellen kann,* hatte Cians Kriegerin, die in der Taverne geblieben war, zu ihm gesagt. Es stimmte schon, Stuart fiel in seiner Jeans und dem Sweatshirt und mit seinen kurzen Haaren unter den ansonsten in Leder und Pelz gekleideten *dokk alfar* auf.

Cian führte sie mehrere Straßen mit drei- und vierstöckigen Häusern entlang und bog mehrmals ab, ehe er vor einem Gebäude stehen blieb, das sich im Wesentlichen nicht von den anderen unterschied. Es war blau gestrichen und bildete dadurch einen starken Kontrast zu seinem orangefarbenen Nachbarn.

Cian öffnete die Eingangstür, ohne sie vorher aufschließen zu müssen. Peigi, die ihn dabei aufmerksam beobachtete, stellte fest, dass es nicht mal ein Schloss gab. Sie wollte sich gerade umschauen und überprüfen, ob das auch bei den umliegenden Haustüren der Fall war, doch Stuart bedeutete ihr mit einer knappen Geste, einzutreten.

Michael wollte ganz den männlichen Shifter raushängen lassen und den Ort absichern, ehe Peigi reinging. Er drängte sich an Cian vorbei, der daraufhin nur die Brauen hob.

„Halt dich zurück", wies Stuart den Bären an. „Dieses Haus ist auf vielerlei Arten gesichert. Niemand betritt unerlaubt Cians Revier."

Michael machte drei Schritte in den Flur, dann blieb er stehen und rümpfte die Nase. „Stimmt, hier stinkt es ordentlich nach Feenmagie."

„Ich wäre lieber vorsichtig", riet ihm Stuart. „Er wird sich deine abfälligen Bemerkungen über uns Feen nicht ewig tatenlos gefallen lassen."

Michael musterte Cian argwöhnisch. „Ich dachte, er spricht kein Englisch."

„Tut er auch nicht. Aber ich werde für ihn übersetzen."

Michael funkelte ihn an. „Du bist ein Mistkerl."

„Ja", erwiderte Stuart beherrscht. „Da hast du völlig recht."

Crispin kam mit einem fiesen Grinsen, das eindeutig Michael galt, durch die Tür. Peigi fand, dass er durchaus eine gewisse Ähnlichkeit mit Dylan Morrissey hatte, solange er nicht so verächtlich die Augen zusammenkniff wie in diesem Moment. Dylan hatte es nicht nötig, andere zu verspotten und sich durch seine Mimik über sie zu erheben. Wenn er einen Raum betrat, war stets sofort allen klar, dass er es mit jedem aufnehmen konnte.

Stuart geleitete Peigi den Flur entlang, und sie folgten Cian tiefer in sein Domizil. Die schmale Front beherbergte nur einen Raum, doch das Gebäude erstreckte sich weit auf das Grundstück, ähnlich wie die Häuser an den Grachten in Amsterdam, die Peigi auf Fotos gesehen hatte. Der Flur mündete in einer Treppe, dahinter öffnete sich ein bepflanzter Innenhof mit einem Brunnen. Peigi konnte auf der gegenüberliegenden Seite vage einen weiteren Flur ausmachen, von dem offenbar noch mehr Zimmer abgingen.

„Schön", ließ sie sich vernehmen und atmete erleichtert aus, als sie den Hof erreichten. Das Plätschern des Brunnens hatte eine beruhigende Wirkung. „Ich würde unser Haus liebend gern genauso umbauen."

„Gute Idee", pflichtete Stuart ihr bei. „Lass uns Eric um Erlaubnis fragen." Peigi bemerkte das neckende Funkeln in seinen Augen und lächelte.

Michael beobachtete die Szene mit gefletschten Zähnen.

Crispin ignorierte das Zwischenspiel und legte stattdessen den Kopf in den Nacken, um die drei Stockwerke hohen Wände zu betrachten, die den Hof begrenzten und den Blick in den Himmel erlaubten. Die oberen Etagen säumten verzierte Balkone mit schmiedeeisernem Geländer. „Ich dachte, Dunkle Feen leben in Höhlen."

„Manche schon", bestätigte Stuart. „Sehr schönen und äußerst luxuriösen Höhlen. Die *dokk alfar* sind ein uraltes Volk, unsere Städte sind legendär. Die *hoch alfar* hingegen sind nichts als barbarische Neuankömmlinge."

„Klar", spottete Crispin. „Deshalb versohlen sie euch *dokk alfar* auch regelmäßig den Hintern."

Einen Herzschlag später stand Stuart vor dem Felid und drückte ihn gegen den Brunnen. Das Wasser spritzte auf Crispins nackte Beine, und er zuckte zurück. „Ich habe euch gewarnt", drohte Stuart. „Halt die Klappe, sonst verpasse ich dir einen Maulkorb."

Michael lachte. „Den würde ich ihm gern anlegen."

Crispin hob die Hände, sodass die Ärmel seines Mantels herunterrutschten. „Ganz ruhig!" Er sah Michael feindselig an. „Sobald wir hier rauskommen, bist du ein toter Bär."

„Ja, ja, schon klar", höhnte Michael. „Ist doch immer dasselbe."

Peigi wartete, bis Stuart Crispin losließ, der rasch seinen

Umhang wieder zurechtrückte, ehe sie die Unterhaltung fortsetzte.

„Du hast mir mal erzählt, die *dokk alfar* hätten es nicht nötig, glitzernde Schlösser zu bauen oder Einhörner zu jagen und all diesen Mist. Das waren deine Worte." Sie sah sich voller Bewunderung um. „Du hast mir nie gesagt, dass ihr in so schönen Häusern lebt."

„Zweckmäßige Häuser", korrigierte Stuart. „Der Innenhof sorgt für Belüftung und kühlt im Sommer die Räume. Der Brunnen speist sich aus Regenwasser, das aufbereitet wird, damit man es trinken kann. Aber du hast durchaus recht, die Häuser der *dokk alfar* können sehr schön sein. Nur glitzern sie nicht."

„Es scheint dir ganz schön wichtig zu sein, dass es keinen Glitzer gibt."

Stuart sah sie todernst, allerdings mit einem Funkeln in den Augen an. „Verdammt wichtig."

Peigi wollte ihn küssen. Sie hatte das überwältigende Bedürfnis, ganz dicht vor ihn zu treten, den Kopf zu heben, ihm über die Unterlippe zu lecken und ihn mit allem, was sie hatte, zu küssen. Wen kümmerte schon, dass Michael, Crispin oder Cian zuschauen würden, der ungeduldig darauf wartete, mit Stuart über den Ernst der Lage sprechen zu können.

Sie berührte zärtlich Stuarts Brust und sah Begehren in seinen dunklen Augen aufflammen. Er legte seine Hand auf ihre, hob sie an seine Lippen und knabberte an ihren Fingerspitzen.

Peigi stockte der Atem. In diesem Moment gab es für sie nur noch Stuart, den Mann, der sie aus der Verzweiflung befreit und wieder Freude in ihr Leben gebracht hatte. Sie spürte seinen heißen Atem auf seiner Haut, und das Haus, alle, die sich darin aufhielten, ja, das gesamte Feenland verblassten zur Bedeutungslosigkeit.

Stuart schaute ihr eine ganze Weile tief in die Augen, und auch seine zeugten von dem unerfüllten Verlangen, das Peigi plagte. Schließlich schenkte er ihr ein seltenes Lächeln und ließ sie los.

„Cian", rief er. Den nächsten Satz sagte er in der Sprache der *dokk alfar,* aber Peigi verstand ihn trotzdem. Es war eine Redewendung, die in etwa bedeutete: *Bringen wir es hinter uns, dann können wir weiter* gularain *trinken.*

KAPITEL DREIZEHN

Cian Tadhg Cailean an Mac Diarmud musste mit dem arbeiten, was er hatte: einem Eisenmeister, dem man anmerkte, dass er lieber woanders wäre, seiner Bärenshifter-Gefährtin und zwei mürrischen Shiftern, die sie unterwegs aufgelesen hatten.

Die Shifterin namens Peigi hielt sich stets in Reids Nähe, und zwar nicht, weil sie Angst vor Cian oder den anderen Shiftern hatte, sondern weil sie Reid vor allem und jedem beschützen wollte. Cian hatte so etwas schon einmal beobachtet. Die Leopardshifterin, die auf der Suche nach seinem Zellengenossen Dimitri gewesen war, hatte das gleiche Verhalten an den Tag gelegt.

Cian verdankte sein Leben einzig Dimitri und dessen Gefährtin, die ihn mithilfe ein paar anderer Shifter und einer Tuil Erdannan, die eher zufällig dabei gewesen zu sein schien, gerettet hatten. Ihm war durchaus bewusst, dass er ohne Dimitris Bereitschaft, sich für einen ihm bis dahin völlig unbekannten *dokk alfar* mit einer Burg voller *hoch alfar* anzulegen, nie mehr das Licht der Freiheit erblickt hätte. Dimitri war zweifellos sehr mutig.

Ihm zuliebe war Cian nett zu Peigi. Was die beiden anderen Shifter betraf …

„Wir müssen sie voneinander trennen“, teilte er Reid mit. „Deiner Gefährtin vertraust du, doch die anderen dürfen nicht erfahren, was passiert ist.“

Reid nickte knapp. Trotz der seltsamen Kleidung und des kurzen Haars hatte der Mann eine Ausstrahlung, die nicht nur von den enormen magischen Kräften herrührte, die Cian in ihm spürte, sondern auch der Weisheit geschuldet war, wie man sie durch großes Leid erwarb. Mit Leid kannte Cian sich bestens aus.

Reid wandte sich an die Shifter und redete in der seltsamen Sprache der Menschen mit ihnen. Cian erinnerte sich daran, dass Dimitri ebenfalls solche unverständlichen Worte von sich gegeben und Lieder gesungen hatte.

Der Bärenshifter Michael knurrte erbost. Cian hatte sich bereits im Geiste eine Notiz gemacht, ihn besonders im Auge zu behalten. Der Felid-Shifter mit der spöttischen Miene, der eindeutig schwächer war als die beiden anderen, verdrehte bloß die Augen.

Ein Streit entbrannte, und Michael fletschte die Zähne, wollte sich mit geballten Fäusten auf Reid stürzen. Peigi stellte sich ihm rasch in den Weg und starrte den Bären mit loderndem Zorn in den Augen nieder. Ihre Reaktion war so heftig, dass Cian davon überzeugt war, dass die beiden eine Vorgeschichte hatten.

Reid schob Peigi ruhig zur Seite und sah sich im Innenhof um. Cian zuckte innerlich zusammen, als der Blick des Eisenmeisters am Balkongeländer im obersten Stockwerk hängen blieb. Cians Großvater hatte es einst beim besten Kunstschmied seiner Zeit in Auftrag gegeben.

Ehe Cian Einspruch erheben konnte, schmolz das Geländer und ergoss sich in kleinen Eisentropfen ins Erdgeschoss. Die völlig überrumpelten Shifter verfolgten entgeistert, wie sich das Metall zu Bändern formte, die auf die beiden Männer zuflogen.

Sie versuchten, ihnen zu entkommen, doch es war zu spät. Die Eisenbänder wickelten sich um die Oberkörper der Shifter, hoben sie an und ketteten sie zusammen an die nächstgelegene Wand. Peigi beobachtete das Geschehen mit gebannter und zugleich zufriedener Miene.

Reid sagte noch ein paar Worte zu den wutentbrannten Shiftern, dann signalisierte er Cian, dass er bereit für das Gespräch war.

Der führte sie in seine Bibliothek, denn das war der beste Ort für die bevorstehende Unterhaltung, schon allein deswegen, weil er dort Dokumente und Schriftrollen aufbewahrte, die ihm bei seiner Überzeugungsarbeit nützlich werden konnten.

Peigi schaute sich interessiert in der Bibliothek um. Der Raum war zwei Stockwerke hoch und mit Regalen gesäumt, die vor lauter Schriftrollen, Karten, gebundenen Manuskripten, Büchern, losen Pergamenten und sämtlichen anderen Dingen, die Cian als lesenswert erachtet hatte, förmlich überquollen. Die Fenster gestatteten den Blick auf den hinter dem Haus gelegenen Garten. Der war in einem derart dicht besiedelten Gebiet eine echte Seltenheit, aber Cians Familie hatte hier schon gewohnt, bevor es die Stadt überhaupt gegeben hatte.

„Ich habe ihnen versprochen, dass sie auf die Toilette dürfen, wenn sie sich benehmen", verkündete Reid, als Cian die Tür schloss. Seine Augen funkelten belustigt. „Wir sollten trotzdem auf der Hut sein. Shifter verfügen über ein hervorragendes Gehör."

„Das wird ihnen in diesen Mauern nicht helfen." Cian berührte den Türrahmen, um die Schutzzauber darin zu aktivieren. Das Haus war so alt und hatte so vielen Generationen von Mac Diarmuds als Domizil gedient, dass es genau zu wissen schien, was er wollte. Die Zauber entfalteten innerhalb weniger Sekunden ihre Wirkung, und Cian tätschelte die Wand voller Zuneigung.

Reid wechselte ein paar Worte mit Peigi. Was sie hörte, schien sie zu bestürzen, und sie sah rasch zu Cian.

„Ich habe ihr erzählt, dass du dein Blut geopfert hast, um mich herzuholen", sagte Reid. „Jetzt erklär mir genauer, worum es geht."

„Es ist ganz einfach. Ich brauche dich." Cian drehte sich um, rollte eine Karte auf dem Tisch aus und beschwerte die Ecken mit runden Glaskörpern. „Du bist der einzige Eisenmeister, von dem ich je gehört habe, und du warst in die Welt der Menschen verbannt. Ein mächtiger Zauber hielt dich von hier fern, aber ich wusste, dass du ihn schon einmal gebrochen und an der Seite einiger *dokk alfar* gekämpft hattest. Ich habe sie aufgesucht, und sie haben mir erzählt, dass für deinen Weltenwechsel ein Blutopfer nötig gewesen war." Er bemühte sich, ein Zittern zu unterdrücken, und zuckte die Achseln. Seit der Prozedur war ihm nicht mehr warm geworden, auch wenn er mittlerweile wieder bei Kräften war. „Also habe ich mithilfe meines mächtigsten Zauberwirkers mein eigenes Blut geopfert. Die Magie, die dich von hier ferngehalten hat, wurde geschwächt, und ich konnte dich in unsere Welt ziehen. Ich entschuldige mich dafür, dich ausgerechnet vor einer Jagdgesellschaft der *hoch alfar* abgesetzt zu haben. Das war nicht meine Absicht, ich hatte jedoch keine Kontrolle darüber."

Reid stand einfach nur da und starrte ihn an. Nach einer Weile hielt Peigi die Stille nicht mehr aus und stellte ihm eine Frage, woraufhin Reid endlich den Blick von Cian löste und dessen Worte für Peigi übersetzte.

Er erzählte ihr jedes Detail, das erkannte der *dokk alfar* an ihrer finsteren Miene, die zweifellos ihm galt.

Wenn du einen Shifter gegen dich aufbringst, hatte ihn einer seiner Freunde gewarnt, *vergewissere dich, dass es kein Bär ist.*

Cian fügte im Geiste hinzu: *Vor allem keine Bärin, die befürchtet, du könntest ihren Gefährten in Gefahr bringen.*

„Sie bewundert deinen Mut“, teilte Reid ihm mit, „wenn auch nicht deine Methoden. Aber jetzt sind wir hier.“ Er trat an den Tisch und studierte die Karte. „Wo auch immer das ist.“

Cian zeigte auf die Zeichnung einer kleinen Ansammlung von Gebäuden in der Nähe der nördlichsten Bergkette. Sie lag weitab vom Schuss in einer offenbar unwirtlichen Gegend, in die sich kein *hoch alfar* freiwillig gewagt hätte, zumal sie für gewöhnlich auch noch von einer magischen Barriere geschützt war. Dass sie ausgerechnet dort auf die Jagdgesellschaft gestoßen waren, zeugte davon, dass die Schutzzauber bereits nachließen.

„Die Stadt hier heißt Harnsvall. Sie ist der Ort, der dem Versteck des *Karmøyern* am nächsten liegt.“ Er deutete mit dem Finger auf die Bergkette, die sich etwa zwanzig Meilen von den Stadtmauern entfernt erstreckte.

Reid stützte sich mit beiden Händen auf den Tisch und studierte die Karte eingehend. Er wandte sich Peigi zu und wiederholte in der Sprache der Menschen alles, was Cian ihm gerade berichtet hatte. Die Bärin stützte sich ebenfalls auf die Tischplatte, und so standen sie in vertrauter Zweisamkeit nebeneinander. Es war offensichtlich, dass sie keiner Worte bedurften, um sich untereinander zu verständigen.

„Kannst du dir erklären, wie ein *hoch alfar* es stehlen konnte?“, fragte Reid.

„Nein.“ Cians Erbitterung über den Diebstahl wühlte ihn innerlich auf, aber er riss sich zusammen. Es brachte rein gar nichts, jetzt die Nerven zu verlieren und sich verzweifelt die Haare zu raufen. „Er stand unter dem Schutz mächtiger Zauber und besteht gänzlich aus Eisen. Ein *hoch alfar* dürfte es nicht einmal in seine Nähe schaffen. Deshalb habe ich ihre gezähmten Kampfbestien im Verdacht.“

Reid presste die Lippen aufeinander und nickte. Sein Blick wanderte zum westlichen Teil der Karte, der ihn magisch anzuziehen schien. Cian wurde klar, dass das Reids Heimat sein musste. Die Ältesten hatten ihm erzählt, dass Reid aus Berlheim stammte, was westlich von ihnen lag, zwischen den Bergen und dem Meer.

„Es klingt zwar zunächst plausibel, dass Shifter den *Karmɘyern* gestohlen haben, doch ganz so einfach ist es nicht", fuhr Cian fort. „Shifter sind zwar selbst magische Kreaturen, wenden aber sonst keine Magie an. Sie könnten den *Karmɘyern* an sich gebracht haben, ohne eine Eisenvergiftung davonzutragen, dafür müssten sie jedoch zuerst die Zauber brechen, die ihn schützen. Manche davon dienen der Tarnung."

Reid gab die Information erneut an Peigi weiter. Sie zog nachdenklich die Augenbrauen zusammen und wandte sich schließlich an Cian, um ihm eine Frage zu stellen.

„Sie möchte wissen, ob der *Karmɘyern* alles ist, was die *hoch alfar* von unserem Land fernhält", übersetzte Reid. „Oder ob wir beispielsweise Wachen an der Grenze postiert haben, die uns über ihre Bewegungen informieren. Und wenn nicht, warum nicht?"

Cian richtete seine Antwort mit Reids Hilfe, der weiter für ihn übersetzte, direkt an Peigi. „Da sprichst du etwas an, das uns seit Jahrhunderten beschäftigt. Tatsächlich entzünden sich daran regelmäßig Konflikte. Es gibt Wachen, befestigte Wachposten, Tore, Brücken, geschützte Barrieren und so weiter, aber die *hoch alfar* setzen Giftpfeile ein. Wenn sie unbedingt in unser Land eindringen wollen, schaffen sie das auch. Es sind nicht viele, und sie kommen nicht besonders weit, plündern dafür unterwegs jedoch alles, was ihnen gefällt, und verschwinden dann wieder. Der *Karmɘyern* hat sie bis jetzt immerhin davon abgehalten, mit einer großen Streitmacht bei uns einzufallen oder allzu lange auf unserem Territorium zu verweilen."

Peigis nächste Frage war sehr kurz. „Könnt ihr keinen neuen herstellen?"

Cian lachte laut auf und fühlte sich dadurch ein kleines bisschen besser. „Du solltest unbedingt zur nächsten Versammlung des Kronrats mitkommen. Manchmal sehen unsere Anführer den Wald vor lauter Bäumen nicht."

„Die Frage ist durchaus berechtigt", pflichtete Reid ihr bei. „Ihr müsst nur Eisen schmelzen und ein paar Zauber wirken, dann sind Peigi und ich im Handumdrehen wieder zu Hause."

Das Zuhause, von dem er sprach, war die Welt der Menschen und Shifter, bemerkte Cian, nicht etwa Berlheim im Feenland. Interessant.

„So einfach ist es nicht." Cian tippte gedankenversunken auf die Karte. „Der Legende nach wurde das Original nicht von einer *dokk alfar,* sondern von einer Tuil Erdannan geschaffen. Die Entstehungsgeschichte ist allerdings bloß mündlich überliefert."

Peigi wurde hellhörig. „Eine Tuil Erdannan?" Sie sah Reid an und redete wie ein Wasserfall auf ihn ein.

„Sie möchte wissen, von welcher Tuil Erdannan", übersetzte Reid.

„Einer toten." Cian zuckte die Achseln. „Das ist Jahrhunderte her. Selbst Tuil Erdannan leben nicht ewig."

„Wie wäre es, wenn wir eine andere Tuil Erdannan bitten, einen neuen für euch anzufertigen?", ließ Peigi Reid fragen. „Höflich", fügte er selbst hinzu.

Cian lachte bitter. „Weil es leichter ist, durch ein Blutopfer einen Eisenmeister herzuschaffen und anschließend mit ihm einen Raubzug ins Reich der *hoch alfar* zu unternehmen, um das Original zurückzuholen. Glaub mir."

„Eine unserer Freundinnen kennt eine Tuil Erdannan", sagte Reid. „Peigi meinte, mich daran erinnern zu müssen, als könnte ich sie je vergessen. Lady Aisling. Sie kann uns vielleicht helfen."

Cian erinnerte sich an seine wilde Flucht aus der Bergfeste der *hoch alfar,* die ihn gefangen genommen hatten. Die Verletzungen, die ihm dieses Abenteuer beschert hatte, schmerzten noch immer. Damals war wie aus dem Nichts eine Tuil Erdannan erschienen, hatte alles in Brand gesetzt, den

Anführer der *hoch alfar* für sein Verhalten getadelt, seine Freunde ausgeschaltet und war kurz darauf einfach wieder verschwunden.

Beim Gedanken daran gefror ihm das Blut in den Adern. „Du meinst Aisling Mac Aodha, die Tochter von Lucas Eoghan Mac Aodha."

„Lady Aisling, ja", bestätigte Reid. „Wäre es nicht einen Versuch wert, sie zu fragen?"

„Nein." Cian rieb sich die Arme. „Zudem ist es nicht angeraten, ihren vollen Namen so leichtfertig auszusprechen. Die Tuil Erdannan legen großen Wert darauf, respektvoll behandelt zu werden."

„Obwohl sie hunderte Meilen weit weg ist?"

Cian sah zur Decke und überprüfte die vier Ecken, schließlich konnten sich ungebetene Gäste überall verstecken, trotz seiner vielen Vorsichtsmaßnahmen und Schutzzauber. Eine Tuil Erdannan hätte sie gar nicht bemerkt. „Das spielt keine Rolle. Wir sprechen hier von den mächtigsten Wesen der Schöpfung. Die sollte man immer mit der gebotenen Höflichkeit behandeln."

Peigi mischte sich wieder ein und klang diesmal sehr beharrlich.

„Sie sagt, sie kann gerne mit Lady Aisling Kontakt aufnehmen, wenn wir uns nicht trauen." Ein Lächeln machte sich auf Reids Gesicht breit. „Sie ist völlig furchtlos."

Cian war nicht sicher, ob Reid damit Peigi oder Lady Aisling meinte, befand aber, dass das Adjektiv zu beiden ganz gut passte.

„Selbst wenn Peigi mit Aisling Mac Aodha spricht, ist das keine Garantie dafür, dass sie sich bereit erklärt, uns zu helfen. Ihr Volk interessiert sich im Grunde nicht für die *dokk alfar*, die *hoch alfar* oder deren Zwistigkeiten. Sie hat uns einzig und allein der Gefährtin des Rotwolfs zuliebe zur Flucht aus Simeons Festung verholfen. Hinzu kommt, dass wir in der Schuld einer lebenden Tuil Erdannan stünden –

jahrhundertelang, wenn sie es wünscht. Und wenn sie je einen Gefallen von uns einfordert … könnte es hässlich werden."

Reid nickte verständnisvoll. „Die Tuil Erdannan, die den ersten *Karmsyern* erschaffen hat, ist tot und kann deshalb keine Forderungen mehr stellen."

„Genau." Cian atmete geräuschvoll aus. „Ich würde dich nicht um Hilfe bitten, wenn die Lage nicht so aussichtslos wäre. Die Bergung des *Karmsyern* ist ein schwieriges und gefährliches Unterfangen, das ist mir bewusst. Deshalb bin ich dabei auf die Hilfe eines Eisenmeisters angewiesen, weil ihr die größten Überlebenschancen habt. Und du bist der einzige, den ich kenne."

Reids Miene verfinsterte sich. „Das liegt daran, dass die *hoch alfar* meine gesamte Familie und den Großteil meines Clans ausgelöscht haben. Sie wollten verhindern, dass unser Volk auch in künftigen Generationen auf die Fertigkeiten eines Eisenmeisters zurückgreifen kann."

„Dann lass sie uns rächen." Cian ballte seine Hände auf dem Tisch zu Fäusten. Er sah den lange gehegten Zorn in Reid aufflammen. Cian hatte sich über ihn kundig gemacht und Schreckliches erfahren. „Wir werden die Diebe des *Karmsyern* finden, ihn zurückholen und die *hoch alfar* für diese Tat bestrafen. Dem Gespann aus einem *syernghan* und einem *ghandeltraum* haben sie nichts entgegenzusetzen."

Bei der weiß glühenden Wut in Reids Augen, die großes Unheil für jeden *hoch alfar* verhieß, der ihm über den Weg lief, glaubte Cian einen Moment lang, ihn überzeugt zu haben. Dann allerdings wandte Reid sich ab und schaute wieder Peigi an, die die Karte betrachtete.

Cian konnte erkennen, wie Reids unbändige Rachegelüste, die seit seiner Verbannung jeden seiner wachen Momente begleitet haben mussten, einfach verpufften. Dieser Shifterfrau war es gelungen, den Hass, der Reid von innen zu verzehren gedroht hatte, zu vertreiben oder ihn zumindest derart abzuschwächen, dass er nicht mehr Besitz von ihm ergreifen konnte.

Sie hatte seinem Leben neuen Sinn gegeben.

Es war schön, die beiden zu beobachten – es knisterte fast spürbar zwischen ihnen –, und zugleich frustrierend. Cian war auf die Unterstützung eines Eisenmeisters angewiesen, und Reid war weit und breit der einzige.

„Ich möchte mich mit Peigi unterhalten", sagte Reid und deutete zum Fenster. „Ist es in Ordnung, wenn wir im Garten spazieren gehen?"

Peigi musterte Cian mit gerecktem Kinn. Wieder spürte er ihren starken Beschützerinstinkt Reid gegenüber, aus dem heraus sie im Notfall ganze Gebäude einreißen würde, um ihn zu retten.

Cian vermutete, dass sie versuchen würde, Reid die Sache auszureden. Möglicherweise aber auch nicht. Sie war nicht auf den Kopf gefallen und wusste sicherlich ganz genau, was ihm die Rückkehr ins Feenland bedeutete. Reid bekam die vielleicht einmalige Gelegenheit, seinem gesamten Volk zu helfen, selbst wenn damit ein hohes Risiko einherging.

Der Eisenmeister musste seine Entscheidung aus freien Stücken fällen. Cian brauchte ihn, doch er würde anderen niemals seinen Willen aufzwingen. Zumindest hatte er das bis jetzt nicht getan.

„Natürlich." Cian machte eine einladende Geste in Richtung des Grüns jenseits der Fenster. „Nehmt euch so viel Zeit, wie ihr braucht."

STUART FÜHRTE PEIGI AUS DER LICHTDURCHFLUTETEN Bibliothek in den Innenhof, von wo aus sie Cians Wegbeschreibung in den Garten folgten. Er hatte die Hand um ihren Ellbogen gelegt, und die Berührung seiner warmen Finger beruhigte sie.

„He“, rief Crispin, als sie näher kamen. Er zog ein derart mürrisches Gesicht, dass er noch streitsüchtiger wirkte als Michael. Der Bär hingegen sah eher aus, als hätte er sich in sein Schicksal gefügt, was nur bedeuten konnte, dass er einen Plan schmiedete. „Wenn du mich schon anketten musst, kannst du mich dann wenigstens von diesem dreckigen Bären losmachen? Er stinkt, und außerdem ist er doof.“

„Frag mich mal, wie toll es ist, an einen Verräter gefesselt zu sein“, knurrte Michael. „Ich male mir die ganze Zeit aus, wie ich dich am besten in Stücke reiße.“

„Verstehst du, was ich meine?“, fragte Crispin verdrossen. „Haben Gefangene nicht auch Rechte?“

„Wir sind im Feenland“, informierte Stuart ihn. „Hier gelten andere Regeln. Aber na schön.“ Er streckte die geballte Faust vor sich aus und öffnete die Hand.

Das Eisen fiel von den Gefangenen ab, doch als sich die beiden Shifter auf dem Boden angekommen gerade sichtlich entspannten, drehte Stuart die Hand und formte zwei starke neue Bänder. Eins von ihnen wickelte sich in rasender Geschwindigkeit um Michael.

Crispins Gesicht verzog sich gerade zu einem hämischen Grinsen, als sich das zweite Band um ihn schlang. Der Felid hob vom Boden ab und schwebte bis zum Balkon im zweiten Stock, wo sich das Eisen um das Geländer schlang und damit verschmolz.

Er trat wie wild um sich und brüllte. Michael lachte schallend, verstummte allerdings abrupt, als Stuart den Kopf drehte, um ihn anzusehen.

Sie mussten beide lernen, dass man sich besser nicht mit Stuart anlegte, dachte Peigi, während sie weitergingen.

„Ich hatte vergessen, wie viel Spaß das macht“, sagte Stuart, als er das Gartentor öffnete. „Es hat mir gefehlt.“

Seine Worte versetzten Peigi einen Stich ins Herz, was sie jedoch vor ihm verbarg. „Hast du oft Leute an Wänden aufgehängt, als du noch hier gelebt hast?“

„Wenn es nötig war, schon. Aber es ist lange her, dass ich Eisen meinen Willen aufzwingen konnte. Das Gefühl ist …“ Er spreizte die Finger. „Es ist schwer zu beschreiben.“

„Wie das Verwandeln.“ Peigi folgte ihm in den prächtigen, wunderbar duftenden Garten. „Wenn ich es nicht tue, fehlt mir etwas, das ein wesentlicher Teil von mir ist.“

„Ganz genau.“

„In der Welt der Menschen kannst du teleportieren. Fühlt sich das auch so an?“

„So ähnlich, aber irgendwie seltsam. Als würde ich entzweigerissen und wieder zusammengesetzt. Es ist ein bisschen unheimlich. Wenn ich Eisen allein mit der Kraft meines Willens forme …“, Stuart holte tief Luft, „fühle ich mich mächtig.“

Peigi antwortete nicht. Sie versuchte sich vorzustellen, wie es wäre, sich nicht mehr verwandeln zu können. In Anbetracht des höchstwahrscheinlich gleich folgenden Streits behielt sie diesen Gedanken mal im Kopf.

Der Garten war nicht besonders weitläufig, aber wunderschön. Kletterpflanzen hatten die Mauern erobert, und ihre Ranken waren voller blauer, roter und gelber Blüten. Peigi kannte sich nicht gut genug mit Pflanzen aus, um sie mit den Gewächsen der Menschenwelt vergleichen zu können, auf jeden Fall hatten sie jede Menge Blätter.

Gepflasterte Pfade führten unter den Bäumen hindurch, um Hecken herum und zwischen Blumenbeeten entlang, die wie bunte Teppiche aussahen. Die Luft war kühl, doch nicht beißend. Peigi vermutete, dass es Frühling oder Frühsommer sein musste, zumindest in diesem Teil des Feenreiches.

Stuart lief stumm neben ihr her. Die einzigen Geräusche stammten von den Vögeln, die diese kleine Oase inmitten der Stadt genossen, und den Brunnen, die in den Ecken des Gartens vor sich hin plätscherten.

„Hier sieht es gar nicht so aus wie in der furchterregenden Feenhölle, von der man mir in meiner Kindheit immer erzählt hat“, meinte Peigi, nachdem sie einander einige Zeit angeschwiegen hatten. „Eigentlich ist es sogar ganz hübsch.“

„Es gibt äußert furchterregende Gebiete“, erwiderte Reid. „Die meisten davon liegen im Territorium der *hoch alfar*. Die *dokk alfar* sind weitaus zivilisierter. Wir haben ruhig und friedlich vor uns hin gelebt, bis die *hoch alfar* beschlossen, sich unser Land unter den Nagel zu reißen. Sie hätten uns längst ausgerottet, wenn wir uns nicht so heftig zur Wehr gesetzt hätten. Die *dokk alfar* sind zwar grundsätzlich nicht schwächer, aber wir wurden völlig überrumpelt und waren nicht darauf gefasst, um unser Leben kämpfen zu müssen.“ Er seufzte. „Vielleicht wird das sehr bald wieder nötig sein.“

„Es sei denn, du hilfst ihnen, dieses *Karmsyern*-Ding zurückzubekommen.“

„Falls das überhaupt möglich ist. Es ist durchaus denkbar, dass die *hoch alfar* ihn mittlerweile zerstört haben. Sollte ihnen das nicht gelungen sein, haben sie ihn eventuell auch sehr weit fortgeschafft. Am Ende gar in die Welt der Menschen. Es wäre nur logisch, dass sie etwas, das aus Eisen und Magie besteht, so schnell wie möglich wieder loswerden wollten.“

„Er hat sie bisher davon abgehalten, in das Land der *dokk alfar* einzufallen, richtig?“, fragte Peigi, die sich bemühte, die Zusammenhänge zu verstehen. „Ich habe mitbekommen, dass du und Cian vermutet, dass Shifter ihn gestohlen haben. Mir ist aber nicht klar, wie die Hochelfen seine Nähe überhaupt ertragen können.“

„Gute Frage. Sie müssen sich ihrer Schergen nicht nur bedient haben, um ihn zu stehlen, sondern auch um ihn zu verstecken oder loszuwerden.“

Peigi lachte. „Schergen.“

Stuart war über diesen Ausdruck ebenfalls amüsiert. „So nennen die *hoch alfar* sie jedenfalls – und alle anderen, die nicht zu ihrem Volk gehören. Wir bezeichnen die *hoch alfar* als Arschlöcher.“

„Wenn ihr die höfliche Ausdrucksweise wählt.“

„Ganz genau."

Peigi trat dichter zu ihm. „Hast du mich hergebracht, um mir mitzuteilen, dass du für immer bei Cian bleiben willst?"

„Nein." Er schaute ihr in die Augen. „Ich wollte dir sagen, dass ich keine Ahnung habe, was ich tun soll. Der Versuch, den *Karmsyern* zurückzuholen, ist ein hoffnungsloses Unterfangen."

„Cian scheint das anders zu sehen."

„Weil er ausgesprochen mächtig ist. Wenn Dimitri nicht maßlos übertrieben hat, ist er zudem ein verdammt guter Krieger. Dimitri zufolge wurde Cian eingekerkert, gefoltert und gezwungen, bis auf den Tod gegen Dimitri zu kämpfen, und trotzdem hat er sich gegen die *hoch alfar* aufgelehnt. Er muss sich fragen, warum ich nicht längst eine Rüstung angelegt habe und losgezogen bin, um den *hoch alfar* meinerseits ordentlich in den Hintern zu treten und mit dem *Karmsyern* zurückzukehren."

Peigi fragte sanft: „Warum hast du das bisher nicht getan?"

„Ich habe meine Gründe."

Stuart drehte sich zu ihr um und nahm ihre Hände. Seine waren rau und trugen die Narben der vielen Kämpfe, die er in dieser Welt und bei den Menschen hatte austragen müssen.

Sie wollte von ihm hören: *Weil ich dich gefunden habe. Weil nichts auf der Welt mich jemals von dir fortreißen könnte.*

Der Gedanke war schrecklich selbstsüchtig. Stuart hatte so viel für sie getan, da konnte sie unmöglich erwarten, dass er alles hinter sich ließ, woran er glaubte, alles, was er liebte, um in einem kleinen Haus in einer Shiftertown zu leben und von dem Gehalt zu leben, das Diego ihm zahlte. Im Feenland war er ein Anführer, ein wegen seiner Ehre und Stärke angesehener und geachteter Mann. Die *hoch alfar* hatten ihm dieses Leben gestohlen, aber vielleicht konnte Peigi ihm helfen, es zurückzubekommen.

Jahre zuvor, als er sich an dem Zauber versucht hatte, der ihn zurück ins Feenland bringen sollte, hatte sie das schon einmal versucht. Damals hatte er alles unternommen, um sie davon abzuhalten …

Peigi nahm im Augenwinkel eine Bewegung wahr, die sie erstarren ließ.

Am Rand der Allee, die den Pfad säumte, stand ein alter Baum. Er war kurz und dick, hatte eine verschrumpelte Rinde und trug nur wenige Blätter. Die Bewegung, die Peigi wahrgenommen hatte, war das Wiegen der Äste aller anderen Bäume gewesen, als der Wind durch sie hindurchgestrichen war. Der kleinere Baum hingegen war völlig starr geblieben.

Peigi ließ Stuart abrupt los. Mit immer schneller werdenden Schritten marschierte sie den Pfad entlang auf den stämmigen Baum zu, der sich mit einem Mal umdrehte und versuchte wegzulaufen.

KAPITEL VIERZEHN

Reid starrte mit offenem Mund dem kleinen stämmigen Baum hinterher, der von Peigi verfolgt über den Rasen sprintete.

Er war für seine breite Statur wirklich schnell. Peigi zog sich im Laufen das T-Shirt aus und öffnete den Reißverschluss ihrer Jeans, ehe sie all ihre Kleidung und ihre Schuhe einfach von sich schleuderte und Bärengestalt annahm.

Das dauerte einen Moment, wodurch der Baum ein bisschen an Boden gewann, bis die Bärin auf allen vieren hinter ihm her galoppierte.

Der fliehende Baum hatte keine Chance. Reid joggte auf dem Pfad hinter ihnen her, sammelte Peigis Kleidung ein und beobachtete, wie sie ihre Beute überwältigte.

Seine Freundin machte einen rennenden Baum dingfest, und das in Bärengestalt. Wenn ihm das irgendjemand in seiner Vergangenheit mal vorausgesagt hätte, hätte Reid ihn ausgelacht und ihn gefragt, was er geraucht hätte.

Er verließ den Pfad und lief zu der Stelle, an der Peigi just in dem Augenblick die Zähne in einen Ast schlagen wollte, als der Baum zusammenschrumpelte und plötzlich aussah wie

Ben, inklusive Tattoos, Klamotten und ausgelatschten Sneakers.

„Verdammt!“, schrie er. „Peigi, hör auf! Ich bin es!“

Die Bärin hob die Schnauze und nahm ihre Zwischengestalt an, wobei sie nur noch größer, entschlossener und wütender wurde. „Ich weiß, dass du es bist. Aber *warum* bist du es? Was machst du hier, und weshalb bist du vor mir weggerannt?“

Ben hustete und drückte Peigis großen, pelzigen Körper von sich weg. „Welche Frage soll ich zuerst beantworten?“

„Wie bist du hergekommen?“, schaltete sich Reid ein.

„Noch eine Frage. Also schön, fangen wir damit an, warum ich ich bin. Vor sehr langer Zeit …“

„Hör auf mit dem Mist.“ Peigi wählte den Tonfall, den Donny immer zu hören bekam, wenn sie ihm das Geständnis abringen wollte, dass er wieder irgendwo gewesen war, wo er nicht hätte sein dürfen. Allerdings sagte sie nie „Mist“ oder verwendete gar stärkere Kraftausdrücke, wenn die Jungen zugegen waren. „Warum bist du weggerannt?“

Ben setzte sich auf und klopfte sich das Gras vom Oberteil. „Weil ihr gerade einen besonderen Moment miteinander hattet. Ich wollte nicht stören. Ich bin übrigens hier, um euch zu retten.“

„Wie bitte?“ Peigi funkelte ihn ungehalten an. „So einfach ist das nicht.“

„Das erzählst du ausgerechnet mir? Ich bin nach tausend Jahren das erste Mal im Feenland.“ Ben betrachtete Cians Haus, das zwischen den Bäumen sichtbar war, und die anderen Gebäude jenseits der Gartenmauer. „Meine Güte, wie sich hier alles verändert hat.“

„Ben!“, knurrte Peigi.

„In letzter Zeit meinen Leute ständig meinen Namen sagen zu müssen. Zumindest die Abkürzung davon, was ja auch zählt. Sie fallen in Scharen in das Haus ein, in dem ich einfach nur gemütlich zu Mittag essen will, und plötzlich gibt es dort Portale, eine Tuil Erdannan und magische Talismane."

„Eine Tuil Erdannan?", hakte Reid sofort nach. „Welche? Lady Aisling? Wo ist sie?"

„Nicht hier. Sie hat mich zappelnd und schreiend – und das meine ich wörtlich, und zwar so richtig – durch ein Portal gezerrt, mich vor einer Stadt abgesetzt, mir einen Talisman aufgedrückt und mir erklärt, wo Cian lebt. Ich hielt es für das Beste, erst mal im Garten zu bleiben und mit der Umgebung zu verschmelzen, weil es sowieso nur eine Frage der Zeit war, bis ihr hier auftaucht. Ich hatte recht."

Reid verspürte tatsächlich so was wie Erleichterung. „Ich bin froh, dass du da bist. Ein weiteres mächtiges Wesen ist genau das, was uns gefehlt hat." Mit Ben an ihrer Seite würden sie die Mission vermutlich schneller erfolgreich hinter sich bringen. Ben war ein Meister darin, sich ungesehen fortzubewegen, Eisen bereitete ihm keine Probleme, und …

Reid konnte den Gedanken nicht mehr zu Ende führen. Ben zog etwas aus seiner Tasche, das metallisch aufblitzte, dann erfüllte strahlend blaues Licht die Umgebung.

„Bei der Göttin, ich hasse das, was jetzt kommt", stöhnte Ben, ehe sich die Gebäude, die Bäume und der Himmel wie Wasserfarben im Regen auflösten.

Alles um sie herum war grau, das Feenland mit einem Mal verschwunden, und im nächsten Moment fand sich Reid auf hartem, rauen Stein wieder. Peigi landete in ihrer Zwischengestalt auf ihm, bevor Ben ihren Haufen komplettierte.

Es war dunkel, stickig und kalt, und Stuart hörte ein dumpfes Pochen wie von einem Stiefel, der gegen eine Tür trat.

„Haltet euch verdammt noch mal von meinem Keller fern." Der Lupid, der Peigi und Graham nach Stuarts

Verschwinden den Zugang zur Ley-Linie unter der Shiftertown ermöglicht hatte, wartete ungeduldig auf der anderen Seite der Tür, die er in einem Kraftakt geöffnet hatte. „Graham muss mich dafür entschädigen."

„Keine Sorge", beruhigte ihn Ben. „Wir haben nicht vor, noch mal wiederzukommen."

Der Goblin sah furchtbar aus. Er war kreidebleich und hatte dunkle Ringe unter den Augen. Stuart robbte unter ihm und Peigi hervor und half ihnen beim Aufstehen, wobei er sehr angespannt wirkte.

Peigi hatte zittrige Knie, und ihr war speiübel, als sie ihre Sachen wieder anzog, die Stuart noch in den Händen gehalten hatte. Ben hatte völlig recht: Man musste sich erst daran gewöhnen, mithilfe von Ley-Linien den Ort zu wechseln.

Kurt hielt die Tür auf und signalisierte mit seiner Körperhaltung unmissverständlich, dass sie auf der Stelle verschwinden sollten. Er warf Stuart einen bösen Blick zu und ärgerte sich wahrscheinlich besonders darüber, ausgerechnet „diesen unheimlichen Feenmistkerl" in seinem Keller vorzufinden.

„Danke für deine Gastfreundschaft", antwortete Stuart, ohne auf Kurts Gehabe einzugehen. „Ich bin sicher, Graham wird sich gerne erkenntlich zeigen."

In den Augen des Lupids flackerte es. Man musste schon ordentlich Eier in der Hose haben, um von Graham etwas einzufordern, und sei es nur seine Zeit. „Verschwindet einfach."

Ben bedankte sich bei Kurt, ehe er Stuart und Peigi aus dem Keller die Treppe hochscheuchte. Er lief absichtlich hinter ihnen, um sie zu schützen, erkannte Peigi. Nur für den Fall, dass sich Kurt kurzfristig umentschied und die Bärin und beide Wesen aus dem Feenland ein für alle Mal daran hindern wollte, seinen Keller jemals wieder zu betreten.

Nachdem sie hastig das Haus verlassen hatten, nicht ohne

vorher an Kurts neugieriger Gefährtin und seinen staunenden Jungen vorbeizugehen, stand Peigi zitternd im Freien. Ihre Jacke hatte sie in New Orleans und im Feenland warm gehalten, aber gegen die abendliche Kälte der Wüste kam sie nicht an.

„Bevor hier jetzt irgendwer irgendwen anschreit, lasst uns erst mal nach Hause ins Warme“, meinte sie. „Lasst uns einen Kaffee trinken und was essen. Ich verhungere gleich.“

„Ja, jetzt wo du's erwähnst, ich könnte auch einen Bissen vertragen“, erwiderte Ben. „Abendessen wär 'ne feine Sache.“

„Nur, wenn du hilfst, es zuzubereiten“, verlangte Peigi. „Ich stelle mich nicht in die Küche, während du dich ausruhst.“

„Habe ich das behauptet?“ Ben mimte den Unschuldigen. „Das würde mir nicht im Traum einfallen, Pegs.“

Stuart sprach kein Wort. Peigi konnte nicht mit Bestimmtheit sagen, ob er froh war, wieder in der Welt der Menschen und der Shiftertown von Las Vegas zu sein, oder es bedauerte. Er ging stumm neben ihr her und behielt die Umgebung, einschließlich der gaffenden Shifter, im Auge. Er wurde immer angestarrt, wenn er unterwegs war, genau wie Peigi. Zusammen waren sie eine echte Attraktion.

Als ihr Haus in Sicht kam, wurde Peigi schneller, und mit jedem Schritt wuchs ihre Vorfreude. Sie hatte die Jungen, die auf sie warteten, zwar nicht zur Welt gebracht, doch das interessierte ihr Herz nicht.

Als sie den Rasen vor dem Haus erreichte, rannte sie direkt zur Haustür. Der ohrenbetäubende Lärm der Jungen führte sie in den hinteren Teil des Hauses zum Esszimmer, wo vier von ihnen gerade mit einem Brettspiel beschäftigt waren. Die beiden Jüngsten sausten wie wild durch die Gegend und wichen dabei mehr oder weniger geschickt den Möbeln aus.

Mitten im Esszimmer brüllte Shane plötzlich: „Würdet ihr beiden endlich mal aufhören rumzurennen? Wir essen bald zu Abend, also räumt euer Zeug ins Wohnzimmer.“

„Wann kommt Nell?“, wollte Donny wissen.

„Ja, wann?“, fragte auch Noelle. „Wir wollen Nell. Wir wollen Nell.“

Die anderen Jungen am Tisch stimmten in den Sprechchor mit ein und trommelten mit den Fäusten auf das Holz. „Wir wollen Nell!“

Shane hielt sich verzweifelt die Ohren zu, und Peigi kam lachend ins Zimmer. „Könnt ihr fürs Erste mit mir vorliebnehmen?“

Die Jungen kreischten. Sie sprangen wie von der Tarantel gestochen auf, rasten zu Peigi und warfen sich auf sie. Binnen weniger Sekunden hingen sechs Junge an ihr, die alle versuchten, höher an ihr emporzuklettern als die anderen.

Shane seufzte erleichtert auf und ließ die Arme sinken. „Der Göttin sei Dank.“

Stuart betrat direkt nach Peigi das Haus. „Ich habe dich schon gegen richtig harte Kerle kämpfen sehen, Shane. Aber mit ein paar Jungen wirst du nicht fertig?“

„Stuart!“ Wieder kreischten die Jungen vor Begeisterung. Noelle, Donny und Kevin stiegen von Peigi runter und stürmten zu ihm, um ihn zu umarmen. Die anderen drei blieben wie Kletten an ihr kleben, küssten und drückten sie und lächelten Stuart glücklich an.

„Es wird auch wirklich Zeit, dass ihr heimkommt“, platzte Noelle heraus. „Wo wart ihr denn?“

„Wir haben ein echtes Abenteuer erlebt“, antwortete Peigi und wuschelte Hannah durchs Haar. „Keine Sorge, ihr werdet alles darüber erfahren. Shane, du hast etwas von Abendessen gesagt?“

„Mom bringt es her. Zumindest Teile davon.“ Er ging sichtlich erleichtert zurück in die Küche. Ben, der sich während der stürmischen Begrüßung im Hintergrund gehalten hatte, gesellte sich zu ihm. „Ich stimme ihnen zu“, fuhr Shane fort. „Es wurde wirklich Zeit, dass ihr heimkommt.“

„Wie lange waren wir weg?“, fragte Stuart. Er klang eher neugierig als beunruhigt.

„Fünf Tage“, erwiderte Shane. „Fünf endlos lange Tage.“

„Fünf?“ Peigi zählte nur zwei. Höchstens drei. Am ersten waren sie mit dem Flugzeug nach Texas geflogen und nachts weiter nach New Orleans gefahren. Den darauffolgenden Tag hatten sie im Spukhaus verbracht und waren abends tanzen gewesen. Im Feenland konnte nicht mehr als ein halber Tag verstrichen sein.

„Zeitdifferenz“, erklärte Stuart. Er setzte Donny ab, nahm aber seine Hand und ging mit ihm in die Küche. Die anderen Jungen ließen von ihm ab und machten sich überraschenderweise daran, das Spiel auf dem Tisch wegzuräumen.

„Zeitdifferenz?“, fragte Peigi.

Ben übernahm die Antwort. „Im Feenland vergeht die Zeit anders.“

„Oh.“ Peigi wurde flau im Magen. Sie hätten Wochen oder gar Monate dort sein können, ohne es zu merken. Ihr wurde schwindelig.

Stuart gab ihr mit einem Blick zu verstehen, dass er das später genauer erläutern würde, dann bot er Shane Hilfe bei der Zubereitung des Abendessens an.

Peigi umarmte die drei Jungen, die sich noch immer an ihr festklammerten, bevor sie sie absetzte. Sie wichen ihr nicht von der Seite, deshalb half sie ihnen kurzerhand, das Brettspiel auf dem Tisch zusammenzuräumen, das aus unzähligen farbigen Kleinteilen zu bestehen schien.

„An das erinnere ich mich gar nicht“, sagte sie.

„Nell hat es uns geschenkt“, klärte Patrick sie auf. „Ich und Lucinda können es am besten. Wir gewinnen immer.“

Noelle nickte gutmütig. „Stimmt. Patrick und Lucinda sind sehr klug.“

Dass sie die Talente der anderen lobend hervorhob und deswegen nicht neidisch war, zeugte deutlich von ihrer zukünftigen Rolle als Alpha.

Bei Nells Ankunft kreischten und brüllten die Jungen allesamt wieder los, genau wie Nell selbst, die Stuart wortreich dafür rügte, Peigi so lange aufgehalten zu haben, und Ben, weil er sie nicht schnell genug zurückgebracht hatte. Jaycee hatte sie angerufen und ihr alles erzählt.

Shane tat einfach so, als würde er seine Mutter gar nicht hören, weil die Burger-Bratlinge, die er gerade zubereitete, so laut in der Pfanne brutzelten. Aber vielleicht nahm er es auch wirklich gar nicht wahr.

Inmitten des Chaos zog sich Peigi zurück, um zu duschen. Später stellte sie fest, dass Stuart das zeitgleich im anderen Badezimmer getan hatte. Sie verzehrte in Rekordzeit ihr Abendessen und blieb dann bei den Jungen am Tisch sitzen, um dafür zu sorgen, dass alle genug abbekamen. Außerdem genoss sie es, die Rasselbande um sich zu haben.

Im Verlauf des Essens bemerkte Peigi, dass Ben sich davongeschlichen hatte. Das war nicht verwunderlich. Er brannte ganz sicher nicht darauf, sich ihren und Stuarts Fragen zu stellen. Möglicherweise würde sie ihn später in seiner Baumgestalt am Rande ihres Gartens finden.

Shane und Nell verabschiedeten sich, nachdem sie beim Abräumen und beim abendlichen Runterkommen der Jungen geholfen hatten, was nie leicht war. Irgendwann schalteten allerdings endlich alle mehrere Gänge zurück, und die Aufregung über Peigis und Stuarts Rückkehr forderte ihren Tribut. Die Kleinen waren richtig müde.

„Du gehst doch nicht schon bald wieder weg, oder?“, fragte Donny, als Peigi seine Bettdecke glatt strich und ihm einen Gutenachtkuss gab. Sie spürte, dass die beiden anderen Jungen aufmerksam zuhörten. „Ich frage nur, weil sich die Jüngeren Sorgen deswegen machen.“

Er redete mit der Abgeklärtheit eines Achtjährigen, der bestens auf sich allein aufpassen konnte.

Peigi strich ihm zärtlich übers Haar, dann begab sie sich zu

Patrick im Bett daneben und küsste ihn auf die Wange. „Ich gehe hier nicht mehr weg. Gaaanz lange nicht."

Sie meinte es ernst. Peigi hatte in diesem Haus ihren Frieden gefunden, nur hier fühlte sie sich sicher. Das würde sie unter keinen Umständen aufs Spiel setzen.

„Bleibt Stuart auch hier?", fragte Kevin von seinem Bett am anderen Ende des Raums aus. „Er muss Pfannkuchen für uns machen und uns Fußballspielen beibringen."

Peigi konnte sie nicht belügen, doch sie brauchten Gewissheit, dass alles gut werden würde. „Ich rede mit ihm. Er möchte auch nicht wieder gehen, das weiß ich ziemlich genau." Sie war sich relativ sicher, dass das der Wahrheit entsprach.

Es dauerte eine ganze Weile, ehe Peigi das Licht ausschalten und sie allein lassen konnte, um als Nächstes den Mädchen gute Nacht zu sagen und dieselben Fragen noch einmal zu beantworten.

Irgendwann löschte sie auch in diesem Zimmer das Licht, schloss die Tür und schlich sich über den Flur bis zur Küche. Sie schnappte sich ihre dickere Jacke und verließ das Haus durch die Hintertür. Auf dem freien Platz hinter dem Haus blieb sie stehen und atmete erschöpft aus.

„Es ist schön, wieder hier zu sein." Stuart trat aus den Schatten der Veranda. Er ging zu Peigi und zog sie von hinten an sich.

Sie schmiegte sich an ihn und genoss es, seine starken Arme zu spüren, in denen sie sich sicher fühlen konnte. Sie legte den Kopf an seine Schulter und lehnte sich vertrauensvoll an seinen harten Körper. Es war eine klare, trockene Nacht, in der die Sterne hell am Himmel funkelten.

„Ich wusste nicht, was ich ihnen sagen soll, als sie mich gefragt haben, ob du bleibst", erzählte sie ihm.

Stuart schwieg eine halbe Ewigkeit, dann seufzte er tief, und Peigi spürte seinen Atem an ihrem Ohr. „Ich habe mich noch nicht entschieden."

Peigi glaubte, dass ihm unterbewusst bereits klar war, was er tun musste. „Cian hat dich beunruhigt."

Stuart löste sich von ihr und drehte sie sanft zu sich um, damit sie sich in die Augen sehen konnten. „Cian hat recht. Wenn sie den *Karməyern* nicht wiederbekommen, wird es einen langen, blutigen Krieg geben. Mir gefiel deine Idee, einfach einen neuen zu beschaffen, aber wir können nicht darauf bauen, dass es uns tatsächlich gelingt, Lady Aisling davon zu überzeugen, uns zu helfen. Außerdem wären dann auch die Zauber von damals verloren."

„Das wissen wir erst, wenn wir sie gefragt haben."

Stuart lächelte leicht. „Ich mag, wie du denkst."

„Wenn man sich in einem Drecksloch um zwanzig Junge kümmert, wird man erfinderisch." Peigi betrachtete den Halbmond über ihren Köpfen. „Dir ist schon klar, dass wir Crispin und Miguel in ihren Fesseln bei Cian zurückgelassen haben?"

„Ja." Stuart grinste. „Das tut mir wirklich furchtbar leid."

„Ich nehme doch an, dass er Mittel und Wege finden wird, sie loszumachen."

„Schon möglich. Vielleicht lässt er sie aber auch zur Zierde hängen."

Peigi prustete los, und all die Jahre der Angst und des Zorns entluden sich in einem heftigen Lachanfall. „Wenn ich während meiner Gefangenschaft bei Michael gewusst hätte, dass er dank dir eines Tages als Dekorationsgegenstand mit eiserner Aufhängung im Haus einer dunklen Fee endet ..." Peigis Lachen wurde abrupt zu einem Schluchzen. „Dann hätte ich nicht so furchtbare Angst vor ihm gehabt. Und wäre nicht so wütend gewesen. Nicht auf ihn, sondern auf mich. Na ja, vielleicht auch auf ihn. Doch ich habe mich so lange innerlich dafür mit Vorwürfen überhäuft, dass ich damals bei ihm geblieben bin."

Stuart strich ihr über die Arme bis hin zu den Schultern. Ihn zu spüren war tröstlich, weckte in Peigi aber gleichzeitig Verlangen.

„Du sprichst nie darüber“, sagte er ruhig. „Musst du auch nicht.“

„Weil ich mich geschämt habe.“ Peigi kam ihm noch ein Stückchen näher. „Ich habe ihm geglaubt. Ich dachte, er hätte mich wirklich vor einem tristen Leben bewahrt. Niemand wollte mich um sich haben, außer Michael. Er hat mir das Gefühl gegeben, dazuzugehören, und das war schön.“

„Das ist verständlich. Allerdings überrascht es mich, dass niemand dich um sich haben wollte. Was waren das denn für Idioten?“

„Mein Clan, genau genommen mein erweiterter Clan. Ich war ein verwaistes Junges, das herumgereicht wurde, jeden Tag war jemand anderes dran. Sie haben sich um mich gekümmert, sich aber nicht wirklich für mich interessiert. Ich stand nicht besonders weit oben in der Hierarchie, das war mir bewusst. Außerdem suchen sich Shifter niemals Gefährten innerhalb ihres Clans, ich war also auch in dieser Hinsicht uninteressant. Als ich mit Michael, der sich damals Michelangelo nannte, von zu Hause weggerannt bin, waren sie erleichtert.“

„Das tut mir sehr leid.“ Stuart legte wieder die Arme um Peigi, er war ihr Anker in der Dunkelheit. „Michelangelo?“

„Er wollte damit wohl klarmachen, wie grandios er war. Ich hielt es für romantisch, dass er seinen Namen immer an die Umgebung und den Anlass anpasste. Ich war so dämlich.“

„Nein.“ Reid zog sie an sich und hauchte ihr einen Kuss auf die Stirn. „Du warst jung und hast dich danach gesehnt, gebraucht zu werden. Michael ist ein Alpha-Shifter. Ich habe miterlebt, wie Eric und Graham andere Leute einzig mit einem Blick dazu gebracht haben, das zu denken, was sie wollten. Du warst verletzlich, und Michael hat das ausgenutzt.“

„Du warst das auch.“ Peigi hob den Kopf und versank in der endlosen Tiefe seiner Augen. „Du warst allein und verletzlich, als du in die Shiftertown gekommen bist. Nur dass du dich nicht so leicht von Eric steuern lässt.“

Er zuckte kaum merklich die Achseln. „Das liegt daran, dass ich schon viel erlebt habe. Ich helfe Eric zum Dank dafür, dass er mich hat bleiben lassen, und Diego, weil er mir eine zweite Chance gegeben hat."

„So ging es mir auch mit Michael. Er hat mir ein Zuhause geboten und es mir ermöglicht, meine Familie zu verlassen, die nichts mit mir anzufangen wusste."

Stuart strich ihr über die Wange. „Bei mir ist das trotzdem etwas anderes. Eric respektiert mich und meine Fähigkeiten, ich kann hier ich selbst sein. Michael hat in dir immer bloß sein kleines Groupie gesehen."

„Da hast du recht." Peigi seufzte. „Aber selbst als ich das begriffen hatte, habe ich ihn nicht zurückgewiesen oder versucht, ernsthaft von ihm loszukommen. Er hat mich erst fallenlassen, als ich ihm keine Junge schenken konnte."

Das hatte furchtbar wehgetan, sie schwer getroffen und aus ihrer Starre gerissen. Sie hatte endlich begriffen, dass Michael sie nur manipuliert und benutzt hatte.

„Ich habe darüber nachgedacht zu fliehen", fuhr sie fort und schmiegte sich an ihn. „Doch ich hätte nicht gewusst, wohin. Er hatte uns alle an einen derart abgelegenen Ort verfrachtet, dass es schwer gewesen wäre, von dort in die Zivilisation zurückzukehren."

„Das ist nicht der Grund, warum du bei ihm geblieben bist", widersprach ihr Stuart sanft. „Du hättest es im Zweifelsfall sicherlich bis zur nächsten Stadt geschafft."

„Schon möglich. Aber zu diesem Zeitpunkt waren die Shifter schon in Shiftertowns gesperrt worden. Mir war klar, dass es keinen Sinn hatte, meinen Clan zu suchen."

„Auch das ist nicht der Grund." Stuarts Stimme war wie warmer Balsam in der kühlen Nacht.

Peigi nickte an seiner Brust. „Ich wollte die anderen Frauen und die Jungen nicht im Stich lassen. Wenigstens sie konnte ich vor Michael und seinen Shiftern beschützen."

„Deshalb bist du so stark." Stuart umfasste ihr Gesicht und

hob es vorsichtig an, bis sie ihm in die Augen sah. „Stärker als alle anderen, die ich kenne."

Peigi hätte an dieser Stelle widersprechen müssen, wollte jedoch nicht mehr darüber reden. Nicht wenn Stuart sie in den Armen hielt und seine Lippen nur wenige Millimeter von ihren entfernt waren.

Sie streckte sich und küsste ihn auf den Mund.

KAPITEL FÜNFZEHN

Peigis Lippen waren warm, und sie schmiegte sich an ihn. Stuart zog sie enger an sich und genoss das Gefühl ihres weichen Körpers, während er ihren Mund erkundete. Er ließ seine Hand über ihre Taille bis zu ihrer Hüfte wandern, konnte sein Verlangen nicht länger vor ihr verbergen.

Aber das wollte er auch gar nicht mehr. Er wollte diese wunderschöne Frau. Er wollte bei ihr liegen, ihre Lippen auf seiner Haut spüren, unter dem Nachthimmel eins mit ihr werden.

Seine Sehnsucht nach ihr war in den Tagen, Wochen, Monaten, die er mittlerweile in ihrem Haus lebte, ständig gewachsen. Anfangs war er nur ab und zu vorbeigekommen, um nach dem Rechten zu sehen, dann hatte er gelegentlich bei ihr übernachtet, um Nell und ihrem Haushalt etwas Platz zum Atmen zu verschaffen. Schließlich war er zu der Auffassung gelangt, dass Peigi Schutz vor den neuen Lupiden in der Shiftertown brauchte und er deshalb grundsätzlich die Nächte bei ihr verbringen sollte.

Mittlerweile konnte sich Stuart nicht mehr vorstellen, irgendwo anders zu leben.

Er hob den Kopf und unterbrach den Kuss, obwohl er keinesfalls genug von ihr hatte. Noch lange nicht.

Peigi schaute ihn an, und das Mondlicht spiegelte sich in ihren Augen wider. Sie öffnete den Mund, als wolle sie etwas sagen, küsste sie ihn jedoch stattdessen erneut.

Dieses Mal war es intensiver, drängender, und Stuart ließ sich darauf ein.

Er sehnte sich danach, diese Frau für immer an seiner Seite zu haben, sie nie mehr gehen zu lassen.

Sein Körper reagierte auf dieselbe Weise. Er wollte Peigi nicht länger aus der Ferne bewundern, sondern sie in seinen Armen halten und sie lieben. Er würde alles tun, um bei ihr zu bleiben, zum Teufel mit Cian, den *dokk alfar* und den *hoch alfar,* die Stuart nichts als Ärger bereiteten …

„Peigi?" Ein dünnes Stimmchen drang durch die Dunkelheit.

Es war Donny, der voller Angst nach ihr rief. *Wo bist du? Bitte verlass mich nicht.*

Stuart wurde abrupt in die Realität zurückgerissen, spürte die kühle Luft, die ihn umgab. *Ich weiß genau, was du meinst, Kleiner.*

Peigi löste sich von ihm und drehte sich zum Haus um. „Es ist alles in Ordnung, Süßer", rief sie zurück. „Wir sind hier."

„Oh." Donny klang unverkennbar erleichtert. Er räusperte sich und versuchte, ganz cool zu wirken, doch Stuart hörte das Zittern in seiner Stimme. „Kevin und Patrick haben sich Sorgen gemacht, weil sie dich und Stuart nicht mehr gehört haben. Ich hab gesagt, ich schau mal nach euch."

„Wir wollten euch keine Angst einjagen." Peigi ging zu ihm, strahlte dabei Ruhe aus. „Wir waren nur ein bisschen spazieren. Ganz in der Nähe. Wir haben bloß ein bisschen Luft geschnappt."

„Nein, habt ihr nicht. Ihr habt euch geküsst." Donny klang äußerst zufrieden. „Ich hab's gesehen. Heißt das, ihr seid jetzt Gefährten?"

Peigi zögerte, und Stuart wusste, dass sie gerade darüber nachdachte, wie sie Donny von der Idee abbringen und sich herausreden konnte.

Also beantwortete er die Frage kurzerhand selbst. „Ja", sagte er. „Sind wir."

Peigi fuhr herum. „Ganz so funktioniert das nicht." Ihre Stimme zitterte wie die von Donny wenige Augenblicke zuvor, und auch sie versuchte, es sich nicht anmerken zu lassen.

„Ich weiß. Dafür habe ich lange genug unter Shiftern gelebt und war bei so mancher Gefährtenzeremonie anwesend." Stuart wusste, dass das, was er als Nächstes tun würde, richtig war, und verspürte ein tiefes Glücksgefühl.

„Peigi aus der Shiftertown von Las Vegas, unter der Muttergöttin und vor einem Zeugen mache ich dir einen Gefährtenantrag."

Er hatte immer noch nicht ganz verstanden, was das bedeutete, dachte Peigi am nächsten Morgen, während sie Stuart zu der von Eric einberufenen Besprechung begleitete.

Stuart hatte den Gefährtenantrag auf dem Weg zurück ins Haus und danach weder zurückgenommen noch darüber gesprochen oder ihn auch nur erwähnt. Er hatte den aufgeregten Donny wieder ins Bett gesteckt und ihm und den anderen Jungen versichert, dass er für sie da sei. Danach hatte er Peigi angelächelt, sich in sein Schlafzimmer zurückgezogen und die Tür hinter sich geschlossen.

Am Morgen waren sie vollauf mit dem Frühstück für die Jungen beschäftigt gewesen, genau wie damit, Shane anzurufen, damit er ein weiteres Mal zum Babysitten kam. Selbstverständlich hatte Donny den anderen von Stuarts Gefährtenantrag erzählt, und jetzt waren sie alle völlig aus dem Häuschen und wollten unbedingt wissen, wann die Zeremonie unter der Sonne und dem Mond stattfinden würde, und noch vieles mehr.

Stuart und Peigi hatten sich in Ausflüchte gerettet. Immerhin hatte Peigi den Antrag bisher nicht angenommen. Wie sollte sie auch, ohne zumindest kurz die Gelegenheit gehabt zu haben, mit Stuart darüber zu reden?

Auch auf dem Weg zu Eric bot sich dazu keine Gelegenheit, weil sich ihnen nach kürzester Zeit Nell anschloss, die, wie sie ihnen mitteilte, nicht zulassen würde, dass Eric Peigi befragte, ohne dass sie dabei war.

Als sie es sich in Erics Wohnzimmer gemütlich gemacht hatten, erzählte Stuart die ganze Geschichte, angefangen mit dem Flug nach Texas bis hin zu Bens Rettungsmission, bei der sie mittels der Ley-Linie wieder in Kurts Keller gelandet waren. Ben war bisher noch nicht wieder aufgetaucht, und so langsam machte sich Peigi Sorgen um ihn.

Eric und seine Gefährtin Iona, Cassidy, Diego und natürlich Nell lauschten den Ausführungen gebannt. Bei diesem Treffen richtete Eric seine Fragen an Stuart, aber Peigi wusste es trotzdem zu schätzen, dass Nell sie begleitet hatte, um im Notfall als Puffer zu dienen. Peigi pflichtete Stuart an einigen Stellen bei und erläuterte hier und da etwas ausführlicher, wie sich alles ereignet hatte, da seine Antworten manchmal sehr knapp ausfielen.

„Wir haben es also mit folgender Situation zu tun“, erklärte Eric, als Stuart und Peigi fertig waren. „Die *dokk alfar* laufen Gefahr, von den *hoch alfar* überfallen zu werden. Die *hoch alfar* sind klar im Vorteil, weil sie sich eines Mittelsmannes bedient haben – ihr vermutet, dass es sich um einen Shifter handelt, seid euch da allerdings nicht ganz sicher –, um den magischen Talisman zu stehlen. Cian hofft, dass er ihn ausfindig machen und zurückholen kann, glaubt dabei aber auf deine Hilfe angewiesen zu sein.“

„Das fasst es gut zusammen“, bestätigte Stuart.

Eric hatte es sich in zerschlissenen Jeans und einem

Sweatshirt auf dem Sofa bequem gemacht, setzte sich jetzt im Schneidersitz hin und zog die nackten Füße unter sich. Äußerlich hätte man ihn kaum für den Anführer gehalten, er sah eher wie jemand aus, der als Nächstes mit einem Bier in der Hand vor dem Fernseher wegnicken würde.

„Mit anderen Worten, die *dokk alfar* möchten einen meiner besten Tracker auf eine überaus gefährliche Mission ins Feenland schicken", schloss er. „Darüber muss ich nachdenken."

„Er ist auch einer meiner besten Angestellten." Diego verschränkte die Arme vor dem Logo von DX Security, das über der Tasche seines schwarzen Hemds prangte.

Stuart nickte ihnen beiden stumm zu, als könne er ihre Zurückhaltung nachvollziehen.

Peigi verlor die Geduld mit den Männern und ihrem Gehabe. „Es ist Stuarts Entscheidung. Ihr könnt ihn nicht dazu zwingen, hierzubleiben und für euch zu arbeiten."

Eric nahm ihren Einwand leicht überrascht zur Kenntnis. „Ich habe nie gesagt, dass ich das tun würde. Reid ist ein freier Mann. Ich mache mir nur ein Bild von der Situation."

Seine Gefährtin Iona, eine wunderschöne Frau mit schwarzem Haar und blauen Augen, saß auf der Armlehne des Sofas. „Eric verschafft sich gern erst mal ein Bild."

Cassidy nickte lachend, und Nell verdrehte die Augen.

„Ich bin nur von Kritikerinnen umgeben." Eric grinste Iona liebevoll an.

„Es gibt noch etwas Weiteres zu berücksichtigen", warf Stuart ein. „Natürlich mache ich mir große Sorgen, was mit den *dokk alfar* geschieht, wenn der *Karmøyern* nicht zurückgeholt wird. Doch bei mir hat sich einiges verändert. Früher hätte ich die Gelegenheit, mich einem Heer der *hoch alfar* in den Weg zu stellen, sofort beim Schopf gepackt, aber jetzt habe ich viel mehr zu verlieren. Ihr sollt alle wissen, dass ich Peigi einen Gefährtenantrag gestellt habe."

Er sprach den letzten Satz ganz beiläufig aus, als interessierte sich seine Zuhörerschaft ohnehin nicht für sein Privatleben, doch deren Reaktionen zeugten vom Gegenteil.

Eric ließ nicht länger den faulen Leoparden raushängen, sondern sprang förmlich vom Sofa. Nell jauchzte mit funkelnden Augen, wirbelte zu Peigi herum und schloss sie stürmisch in die Arme. Cassidy und Iona kamen ebenfalls aufgeregt zu ihr.

„Das wurde aber auch Zeit", meinte Cassidy zu Stuart, während sie auf die Gelegenheit wartete, Peigi zu umarmen.

Eric hielt schon mit offenen Armen auf Stuart zu, bereit, ihm auf Shifterart zu gratulieren, als Diego beschwichtigend die Hände hob. „Wartet mal eine Sekunde. Hast du den Antrag denn angenommen, Peigi?"

Die anwesenden Shifter erstarrten in ihrem Freudentaumel. Nell ließ von Peigi ab und musterte sie eingehend. „Hast du?"

Aller Augen ruhten erwartungsvoll auf Peigi. Selbst Diego, der genau die richtige Frage gestellt hatte, schien auf eine Antwort zu brennen. Es war offensichtlich, welche sie sich alle wünschten.

Noch wenige Jahre zuvor wäre Peigi panisch geworden und hätte ihnen sofort versichert, dass sie selbstverständlich Ja gesagt hätte, ob das nun gestimmt hätte oder nicht, allein um sie alle zufriedenzustellen. Doch sie hatte in der Zwischenzeit viel gelernt und nicht mehr so viel Angst vor Ablehnung. Zumindest redete sie sich das ein, während sie einen tiefen, beruhigenden Atemzug nahm und sich innerlich darauf gefasst machte, ihnen die Wahrheit zu sagen. *Ihre* Wahrheit, was *sie* wollte, nicht was die Gruppe von ihr erwartete.

Stuart trat neben sie und erklärte, ehe sie was erwidern konnte: „Wir hatten bisher keine Gelegenheit, das abschließend zu besprechen."

Peigi sah ihn dankbar an. „Ist schon in Ordnung. Ich habe ihm noch keine Antwort gegeben", teilte sie den anderen Shiftern und Diego mit. „Stuart hat recht, es gibt noch viel zu klären, und dazu hatten wir bisher keine Gelegenheit."

Nell musterte sie einen Moment, ohne ihre Enttäuschung zu verbergen, dann schüttelte sie den Kopf. „Tut mir leid, Süße. Wir waren bloß so begeistert. Wir wollen alle nur das Beste für dich."

Iona fügte hinzu: „Ich weiß besser als viele andere, was es bedeutet, unverhofft einen Gefährtenantrag zu bekommen." Sie warf Eric einen vielsagenden Blick zu, und der studierte kurz angestrengt die Decke. „Du kannst ihn natürlich ablehnen, das ist dein gutes Recht."

Sie alle verstummten, drei Leoparden – davon einer ein Panther –, ein Bär und ein Mensch sahen sie einfach nur an. Stuart war der Einzige, der von ihrer Antwort nicht völlig vor den Kopf gestoßen war und fest damit zu rechnen schien, dass sie seinen Antrag hier und jetzt ablehnen würde.

„Das weiß ich", erwiderte Peigi gefasst. „Wie schon gesagt, wir haben noch nicht ausführlich darüber gesprochen. Das ist eine Angelegenheit zwischen Stuart und mir."

Peigi waren die Leute im Raum, die sie so freundlich in ihrer Mitte aufgenommen hatten, im Laufe der Zeit ans Herz gewachsen. Nun hatte sie sie offenbar damit überrascht, dass sie den Mut aufbrachte, sie wissen zu lassen, dass sie das alles nichts anging.

Vor einem Jahr hätte sie den Druck nicht ausgehalten und wäre aus Erics Haus gestürmt, um allein zu sein. Sie hasste es, sich in die Ecke gedrängt oder zu etwas gezwungen zu fühlen, so sehr, dass sie körperlich darauf reagierte.

Auch jetzt zuckte es ihr in den Füßen, und sie wollte am liebsten wegrennen, doch ihre feste Überzeugung und Stuarts Nähe ermöglichten es ihr, Eric und Nell, die beide in der Rangordnung weit über ihr standen, ruhig in die Augen zu sehen.

Iona musterte sie verständnisvoll. Sie war Halbshifterin und hatte die folgenschwere Entscheidung getroffen, für Eric ihr einigermaßen normales Leben unter anderen Menschen aufzugeben, um in die Shiftertown zu ziehen. Sie wusste, was es hieß, eine Außenseiterin zu sein.

Bei Peigi lagen die Dinge etwas anders, denn Stuart war zwar kein Shifter, aber auch ein Außenseiter, egal wo er sich befand. Selbst Cian hatte ihn für jemanden gehalten, der im Reich der *dokk alfar* keinen rechten Platz mehr zu haben schien.

Nell trat zu Peigi und umarmte sie vorsichtig, was in ihrem Fall bedeutete, dass sie sie nicht völlig zerquetschte. „Lass dir alle Zeit der Welt, Süße. Ich muss zugeben, die Tatsache, dass du nicht sofort abgelehnt hast, macht mir Hoffnung. Du hast ein bisschen Glück verdient."

Eric grinste Nell an. „Das sagt die Richtige. Wie war das noch mal mit dir und Cormac? Ich erinnere mich noch gut an deine Kratzbürstigkeit und dein Gebrumme, bis du seinen Gefährtenantrag endlich angenommen hast. Nicht dass das jemanden von uns groß beunruhigt hätte oder so."

„Ich hatte alle Hände voll damit zu tun, meinen Sohn zu retten ", verteidigte sich Nell in etwa so brummig, wie Eric sie beschrieben hatte. „Selbst ich kann mich nicht um alles auf einmal kümmern."

Peigi wusste es zu schätzen, wie geschickt Eric die Aufmerksamkeit von ihr zu Nell gelenkt hatte, der es nichts ausmachte, wenn man sich auf ihre Kosten amüsierte.

Peigi konnte sich nicht vorstellen, jemals wieder ohne Stuart zu sein, und das warme Gefühl in ihrem Herzen bei seinem Gefährtenantrag hatte ihren Verdacht hinsichtlich ihrer Verbundenheit mit ihm bestätigt.

Trotzdem würde sie Stuart in Ruhe erklären müssen, was ein Gefährtenversprechen wirklich bedeutete, neben dem Offensichtlichen. Der Paarungswahn regte sich bereits in ihr, was eher ungünstig war, wenn man sich eigentlich auf eine Mission konzentrieren wollte.

„Falls Stuart beschließt, ins Feenland zurückzukehren und

sein Volk zu unterstützen", unterbrach sie das Geplänkel zwischen Nell und Eric, „wie soll er dann dorthin gelangen? Ben hat uns irgendwie da rausgezerrt, macht sich jetzt allerdings ganz schön rar, und ans Telefon geht er ebenfalls nicht. Hinein sind wir nur dank des Spukhauses über die Ley-Linie in New Orleans gekommen. Ich glaube, es wollte, dass wir dort landen, und hat versucht zu helfen."

Diego schauderte theatralisch. „Ich kenne das Haus, aber es jagt mir immer noch ein Schauer über den Rücken."

„Es ist sehr mächtig." Aus Erics Worten klang Respekt. „Ich schätze, die Ley-Linie verleiht ihm große magische Kraft."

„Ich habe nicht gesagt, dass ich zurückgehe", verkündete Stuart, und es wurde sehr still im Raum. „Ich bin hier, weil ich deine Meinung dazu hören wollte, Eric, und die aller Anwesenden. Ich wüsste auch gerne, was Graham darüber denkt. Cian kenne ich kaum. Natürlich hat er Dimitri geholfen, und er kommt mir durchaus ehrenwert vor, doch reicht das, um ihm zu vertrauen? Oder hat er möglicherweise irgendwelche Hintergedanken? Schickt er mich vielleicht in eine tödliche Falle, damit er und seine Leute verschont bleiben?"

Eric hob bei der Erwähnung von Graham die Brauen, nickte dann aber. „Graham ist der misstrauischste Shifter auf dem Planeten. Deshalb stellt er Fragen, die mir nicht mal im Traum eingefallen wären. Das macht ihn zu einem guten Mit-Anführer."

Peigi spürte die Spannung, die bei diesem Thema aufkam, obwohl Eric ganz locker wirkte. Es fiel Shiftern nicht leicht, ihren Machtanspruch zu teilen. Ihr Geheimrezept war, dass sie einander so oft wie möglich aus dem Weg gingen.

„Erzähl mir von Crispin", sagte Eric unvermittelt. „Peigi, du meintest, er sähe aus wie ein Morrissey?"

„Er hat gewisse Ähnlichkeit mit ihnen", antwortete Peigi, erleichtert über den Themenwechsel. „Besonders mit Dylan, und er ist ebenfalls ein Löwe mit schwarzer Mähne. Doch vom Wesen scheint er komplett anders zu sein, soweit ich das nach den wenigen Begegnungen mit den Morrisseys beurteilen kann."

„Er hat euch nicht seinen vollen Namen genannt?", fragte Eric.

„Er hat nur sehr wenig über sich gesprochen", erklärte Peigi. „Er wollte uns nicht verraten, welchem Clan er angehört oder warum er sich den *hoch alfar* angeschlossen hat."

„Er schien andererseits auch nicht besonders erpicht darauf, uns wieder loszuwerden und zu seinem Feenprinzen zurückzukehren", fügte Stuart hinzu. „Ich bin mir nicht sicher, ob er einfach aufgegeben hatte oder diesbezüglich Pläne geschmiedet hat."

„Er kann mir nicht besonders dominant vor", ergänzte Peigi. „Aber auch nicht besonders unterwürfig. Als gäbe er sich große Mühe, möglichst wenig aufzufallen."

„Spannend." Eric nahm Blickkontakt mit Diego auf, der ihm zunickte.

„Ich schau mal, was ich über ihn herausfinde", sagte er. „Kannst du ihn mir genau beschreiben, Reid? Möglicherweise heißt er gar nicht tatsächlich so." Er runzelte die Stirn. „Mal ehrlich, wenn ich mir einen falschen Namen zulegen müsste, würde ich einen klangvolleren wählen."

„Wie Michelangelo?", fragte Peigi. Als die anderen sie verständnislos anstarrten, fügte sie hinzu: „So hat sich Miguel früher genannt. Heute heißt er Michael."

„Wir haben ihn im Auge behalten", erwiderte Diego. „Wir haben mitbekommen, dass er Texas verlassen hat, doch danach ist er untergetaucht. Meine Leute konnten ihn in St. Louis verorten, haben dort dann aber seine Spur verloren. Es tut mir leid, Peigi. Ich war nicht darüber informiert, dass er sich in New Orleans aufhielt, sonst hätte ich dich gewarnt."

„Nicht deine Schuld." Peigi tat das Thema mit einem Achselzucken ab, als wäre es keine große Sache. „Wir sind ja Hals über Kopf aufgebrochen. Michael hat mir verraten, dass er nur dort war, weil er mir gefolgt ist."

„Trotzdem ist es mein Job, Drecksäcke wie ihn im Auge zu behalten und im Zweifelsfall dingfest zu machen." Diegos finstere Miene passte zu dem entschlossenen und einfallsreichen Cop, der er einst gewesen war, genau wie zu dem entschlossenen und einfallsreichen Sicherheitsexperten, der er jetzt war. „Tut mir leid."

„Mit ein bisschen Glück wird er ewig im Feenland festsitzen, der Gnade eines *dokk alfars* ausgeliefert, der keine sonderlich hohe Meinung von ihm hat", meinte Stuart. „Ich hatte von Cian nicht den Eindruck, dass er sich von Typen wie Michael einwickeln lassen würde. Oder Crispin. Ich halte es für wahrscheinlich, dass er die beiden einer langen, intensiven Befragung unterzieht, bevor er sich überlegt, was er mit ihnen anstellt."

„Wodurch ein *dokk alfar* an Shiftergeheimnisse kommt", stellte Eric fest. „Einem *dokk alfar,* dem du nicht traust."

„Ich habe nicht gesagt, dass ich ihm nicht traue", widersprach Stuart. „Ich kenne ihn nur nicht gut genug, um das einschätzen zu können. Er wird mir ebenfalls nicht trauen, bis er mehr über mich herausgefunden hat und weiß, wem meine Loyalität gehört."

„Alles wichtige Punkte", antwortete Eric. „Genau wie meiner."

„Noch mal zu diesem Crispin", mischte sich Diego ein. „Ich weiß, wie wir herausfinden können, ob er zum Clan der Morrisseys gehört."

„Ach?" Eric hob interessiert die Brauen.

„Wir fragen einfach einen von ihnen."

Eric grinste ihn kurz an. „Ich liebe dich wie einen Bruder, Diego. Wo du es gerade erwähnst ... Dylan hat mich heute Morgen angerufen. Er ist auf dem Weg hierher und will mit euch beiden sprechen." Er zeigte auf Peigi und Stuart. „Ist das für euch in Ordnung?"

KAPITEL SECHZEHN

Reid machte die Erwähnung des Namens Dylan nicht so viel Angst wie dem Rest der Gruppe. Er hatte inoffiziell eine Weile mit Dylan zusammengearbeitet und konnte mit ihm umgehen. Ja, Dylan war mächtig, aber auch weise, und unter der harten Schale verbarg sich echte Herzensgüte.

„Lass mich wissen, wenn er auftaucht", bat Reid Eric. „Was dagegen, wenn ich mal kurz mit Graham rede? Ich habe es ihm versprochen."

Eric nickte. „Wenn du es nicht tust, wird er mir ohnehin in den Ohren liegen, ich soll dich zu ihm schicken. Ich habe ihn gebeten, an diesem Treffen teilzunehmen, doch er hat es nicht geschafft. Junge."

Alle wirkten amüsiert. Graham war nur glücklich, wenn er sein Umfeld dominieren konnte … mit Ausnahme der Jungen in seinem Leben. Sie tanzten ihm ziemlich auf der Nase herum.

Reid kannte dieses Gefühl. Donnys Angst letzte Nacht, er und Peigi könnten ihn und die anderen im Stich lassen, hatte ihn hart getroffen. Soldaten, Polizisten, Feuerwehrleute – jeder, der im Einsatz für andere regelmäßig sein Leben für andere riskierte, machte das durch, das wusste er. Sich zu entscheiden, ob man der Welt helfen wollte oder ob man lieber dafür sorgen sollte, dass das eigene Kind in Sicherheit, wohlbehütet und glücklich aufwachsen konnte, war das Schwierigste überhaupt.

Eric zog Peigi an sich. Es war die Umarmung eines Shifter-Oberhaupts, das einer der seinen Sicherheit gab, sie wissen lassen wollte, dass er für sie da war, welche Entscheidung auch immer sie traf.

Reid sah, wie sich Peigi unter Erics Berührung entspannte. Nach ihrer Befreiung hatte sie dringend jemanden wie Eric gebraucht, der versprochen hatte, sie bedingungslos zu beschützen, und zu diesem Wort gestanden hatte. Eigentlich wäre das die Aufgabe von Michael als ihrem damaligen Anführer gewesen, allerdings hatte der auf ganzer Linie versagt.

Eric führte selbstlos, während Michael nur hatte herrschen wollen. Eric hatte schon oft für andere Opfer gebracht – Michael opferte andere für sich. Das war der Unterschied zwischen einem guten und einem schlechten Anführer, wie Stuart gelernt hatte, und deshalb hätte er Eric jederzeit bedenkenlos sein Leben anvertraut.

Nachdem sich Eric zurückgezogen hatte, bestanden Nell und die anderen Frauen darauf, Peigi zu umarmen.

Diego zwinkerte Reid zu. „Ich werde dich nicht umarmen“, verkündete er. „Aber du musst nicht zur Arbeit kommen, bis du das hier geklärt hast. Dein Schreibtisch läuft nicht weg.“

„Und Xavier freut sich, meine Fälle übernehmen zu dürfen?“, fragte Reid.

„Xavier braucht mehr zu tun.“ Diego sprach mit der Strenge eines älteren Bruders. „Das tut ihm gut.“

„Ich bin mir sicher, da ist er ganz deiner Meinung“, antwortete Reid ganz ernst. „Sag ihm, ich bin so schnell wie möglich zurück. Ich mag meinen Job.“

Das hatte ihn zunächst überrascht, doch er hatte entdeckt, dass er ein guter Polizist war und gern ermittelte. Einen Verbrecher aufzuspüren und ihm das Handwerk zu legen empfand er als befriedigend. Es machte sein einsames Exil erträglicher.

Diego, der die Firma DX Security gegründet hatte, nachdem er aus der Polizei ausgeschieden war, um Cassidy zur Gefährtin nehmen zu können, hatte es Reid ermöglicht, weiter gegen Übeltäter vorzugehen, wofür Reid ihm ewig dankbar sein würde. Die bösen Jungs hatten gelernt, Reid, Xav und Diego zu fürchten, und der Name „DX Security" sorgte selbst bei dem hartgesottensten Drogenhändler für weiche Knie.

Schließlich verließen Reid und Peigi das Haus, wobei alle Shifter immer noch hofften, Peigi würde seinen Gefährtenantrag akzeptieren. Sie hatten aufgehört, es laut auszusprechen, aber Reid spürte es, denn sie konnten ihre Aufregung kaum zügeln, als sie sich verabschiedeten.

„Bereit, Graham gegenüberzutreten?", fragte Reid Peigi, während sie der langen Straße in Richtung des Lupidviertels folgten.

„Klar. Seine Meinung interessiert mich auch." Peigis Hand hing steif an ihrer Seite, ganz dicht neben Reids, allerdings ohne sie zu berühren. „Würdest du mir eine Frage ehrlich beantworten?", wandte sie sich an ihn. „Wenn die Jungen und ich nicht wären, würdest du dann durch ein Tor rennen, um Cian zu finden und dich den *hoch alfar* zu stellen?"

Reid schluckte, denn er kannte die Antwort. „Ja."

„Dachte ich mir."

Stuart ergriff ihre Hand. Peigi blieb stehen und drehte sich zögernd zu ihm um.

Sie standen am Gartenzaun eines weiteren Shifterhauses. Reid wusste, dass die Bewohner sie durch das Fenster beobachteten – Diskretion war in der Shiftertown unbekannt –, aber das hier war zu wichtig.

„Lass es dir erklären." Reid stellte sich so dicht vor sie, dass sich ihre Fußspitzen beinahe berührten, und sprach ganz leise. „Wenn es dich und die Jungen nicht gäbe oder ihr mich nicht um euch haben wolltet, hätte ich nichts zu verlieren."

In Peigis dunkelblauen Augen rangen widerstreitende Gefühle miteinander. „Ich will dich nicht aufhalten."

„Tust du nicht." Reid zog ihre miteinander verschränkten Hände an seine Lippen und küsste ihre Finger. „Du hast mir etwas gegeben, wofür es sich zu leben lohnt – dich. Das will ich nicht wieder verlieren. Ich weiß, du glaubst, ich würde in der Shiftertown bleiben und dir und den Jungen helfen, weil ich nichts Besseres zu tun habe, aber das stimmt nicht."

Peigi errötete. „Das habe ich tatsächlich gedacht", räumte sie flüsternd ein. „Ich habe fest damit gerechnet, dass du begeistert und ohne Zögern zugreifen würdest, wenn sich dir die Gelegenheit bietet, nach Hause zurückzukehren."

„Von Begeisterung kann keine Rede sein." Stuart küsste wieder ihre Finger, dann beugte er sich zu ihr und hauchte ihr einen Kuss auf die Lippen. Er malte sich aus, wie die Shifter – eine Felid-Familie – in ihrem Wohnzimmer begeistert zusahen und vielleicht einen Eimer Popcorn kreisen ließen. „Ich finde es schlimm, dass jeder geglaubt hat, ich wollte gehen, dass ich dich verlassen würde, als bedeutetest du mir nichts."

„Hast du mir deshalb den Gefährtenantrag gemacht?" In Peigis Frage schwang große Unsicherheit mit.

Stuart spürte, dass seine Lippen sich zu einem Lächeln verzogen. „Nein. Das habe ich gemacht, weil du verdammt heiß bist."

Peigi lachte nicht, wie er gehofft hatte, sondern schien weiterhin besorgt. „Darüber reißt man keine Witze. Weißt du, was ein Gefährtenantrag mit einer Shifterin anstellt?"

„Er sorgt dafür, dass ihre Freunde eine Party für sie schmeißen? Mit jeder Menge Umarmungen."

„Nein, er löst den Paarungswahn aus." Peigis Atem streifte seine Lippen. „Du hast den Paarungswahn der Shifter noch nie erlebt."

„Ich habe Shifterpaare gesehen, die kaum die Finger voneinander lassen konnten. Meinst du das?"

„Kennen *dokk alfar* Paarungswahn?"

Stuart trat näher. „Wenn du tiefes, alles verzehrendes Verlangen meinst, dann ja. So etwas empfinde ich jetzt gerade."

Peigis Augen verdunkelten sich. „Vertrau mir, das ist nichts gegen den Paarungswahn." Sie stellte sich auf Zehenspitzen und leckte über sein Ohrläppchen. „Ich bin sehr stark."

Hitze durchflutete Reids Körper, und sein Herz hämmerte. „Ich auch."

„Oje."

Reid hob ruckartig den Kopf und sah sich um, weil er annahm, jemand nähere sich ihnen, doch Peigis Blick blieb auf ihn gerichtet.

„Was oje?", fragte er.

„Wir werden Shane oder Nell noch einmal bitten müssen, vorübergehend bei uns einzuziehen. Denn wenn der Wahn erst einmal zuschlägt, werden wir für eine Weile nichts anderes tun."

Reid knurrte kehlig, der Laut klang dem eines Shifters zum Verwechseln ähnlich. „Ich freue mich schon darauf." Er war versucht, sofort anzufangen, aber er wusste, wenn Graham sie erwartete, würde er auftauchen und ihn aus dem Haus zerren, selbst wenn er mit Peigi im Bett lag und sich im Griff des Paarungswahns befand.

„Ich freue mich auch darauf."

Peigis Flüstern fachte die Leidenschaft noch stärker an, die bereits in Reid loderte. Er küsste sie, diesmal fordernder, seine Finger glitten in ihr Haar, doch statt die Spannung zu lindern, erhöhte der Kuss sie nur.

Als er sich von ihr löste, sah Peigi ihn mit einem angedeuteten Lächeln auf den Lippen an. Reid wusste, dass es die schrecklichste Erfahrung seines Lebens sein würde, wenn Peigi ihm einen Korb gab. Selbst dass die *hoch alfar* ihn in der Menschenwelt ausgesetzt und aus seiner Heimat verbannt hatten, wäre im Vergleich dazu bedeutungslos.

Peigi ließ seine Hand los und ging weiter, und ihre Rückansicht war unfassbar verlockend. Reid winkte den Shiftern zu, die, wie er genau wusste, hinter dem Vorhang standen, und folgte ihr rasch.

Graham war zu Hause, wie Eric richtig vermutet hatte, und kümmerte sich um seine Jungen. Im speziellen Fall ging es um Kyle und Matt, die versuchten, auf dem Dach eine Skateboardbahn anzulegen. Sie hatten bereits ein paar Rampen gebaut, erzählte Misty Peigi und Stuart bei deren Eintreffen, die Dougal, Grahams Neffe und Stellvertreter, schnell wieder abgebaut hatte, doch Kyle und Matt bauten ebenso schnell neue, wie Dougal sie abriss.

Graham stand auf dem Dach und brüllte herum, aber Misty kochte in der Küche in aller Ruhe Tee. Ihr Junges Hamish saß auf einem Kinderstuhl, trommelte mit den kleinen Fäusten auf sein Tablett und drohte, das Fläschchen darauf umzuwerfen. Insgesamt veranstaltete er ebenso viel Lärm wie Graham auf dem Dach. Hamish hatte einen dichten schwarzen Haarschopf und durchdringende wolfsgraue Augen.

„Möchtet ihr Tee?“, wandte sich Misty fröhlich an Peigi und Stuart, nachdem sie sie hereingebeten hatte. „Ich habe gehört, Stuart hat dir einen Gefährtenantrag gemacht.“

Peigi blieb stehen und schaute sie überrascht an. „Woher weißt du das?“

„Nell hat mich angerufen, kaum dass ihr von Eric weg wart.“ Mistys Lächeln wurde breiter. „Sie hat mir auch aufgetragen, es nicht an die große Glocke zu hängen, da du noch nicht geantwortet hast, doch ich dachte, ich warne euch besser. Ich wette, in spätestens einer Stunde weiß die gesamte Shiftertown Bescheid.“

Diese Aussicht schien Stuart nicht besonders zu stören. „Mir egal.“ Er streichelte die Rückseite von Peigis Arm, was ihr einen wohligen Schauer über die Haut sandte. „Glaubst du, Graham ist in Plauderlaune?"

„Ich glaube, er ist eher in der Stimmung, die Jungen im Keller anzuketten. Nicht dass sie das irgendwie aufhalten würde." Auf ein lautes Scheppern vom Kinderstuhl hin drehte Misty sich um und rettete das Fläschchen, das der sechs Monate alte Hamish aufs Tablett geknallt hatte, und stellte es wieder aufrecht hin. Tablett und Fläschchen waren aus stabilem Material, um der Kraft eines Shifterbabys standhalten zu können. „Aber ihr könnt es gerne versuchen. Allerdings werdet ihr aufs Dach rauf müssen. Graham kommt erst runter, wenn auch die Jungen runter sind."

„Damit habe ich kein Problem." Stuart küsste Peigi auf die Wange. „Bin gleich wieder da."

Mit einem leisen Knall verschwand er. Peigi, die daran gewöhnt war, blinzelte nicht einmal, als der typische anschließende Windstoß sie traf. Hamish starrte mit weit aufgerissenen Augen die Stelle an, an der Stuart eben noch gestanden hatte, dann quietschte er vor Lachen und trommelte wieder begeistert auf sein Tablett.

„Er will eine Zugabe." Misty ging zu Hamish und gab ihm einen mütterlichen Kuss auf den Kopf. „Zurück zu dem Gefährtenantrag", sagte sie dann zu Peigi. „Bist du bereit dafür? Bei Eric haben alle versucht, dich dazu zu drängen, oder?"

„Ja", seufzte Peigi, die die allgemein an sie gestellten Erwartungen als Belastung empfand.

„Weil sie wollen, dass du glücklich bist." Misty trat zur Arbeitsplatte, goss Peigi eine Tasse von dem dampfend heißen Tee ein und reichte sie ihr. „Denn dann können sie aufhören, sich Sorgen um dich zu machen. Problem gelöst – für sie."

Peigi nahm die warme Tasse und atmete den Rosenduft ein, der daraus emporstieg. „Cassidy und Diego haben mich gerettet. Eric hat mir wie allen geretteten Frauen in der Folge einen zeitweiligen Gefährtenantrag gemacht, damit die Shifter sich nicht alle auf mich stürzten, weil ich leichte Beute war. Nell hat mich zum Ehrenmitglied ihres Clans erklärt, um mich weiter beschützen zu können. Ich verdanke ihnen alles."

„Akzeptiere keinen Gefährtenantrag, weil du dich Eric und seiner Familie verpflichtet fühlst", mahnte Misty streng. „Oder Nell und ihrer. Das wäre weder Stuart noch dir selbst gegenüber fair."

„Stuart." Peigi wiederholte sehnsüchtig seinen Namen. „Ist es ihm gegenüber überhaupt fair, wenn ich Ja sage?"

Misty sah sie weise an. „Du meinst, ihn an deine Seite zu binden, obwohl sein Volk ihn um Hilfe bittet?"

„Ja." Peigi nippte an dem Tee, stellte aber fest, dass sie zu nervös war, um mit zartem Porzellan zu hantieren, und stellte die Tasse auf den Küchentresen. „Wie kann ich ihn bei mir behalten, wenn vielleicht Hunderte von *dokk alfar* sterben, wenn er nicht geht? Gleichzeitig weiß ich, dass Stuart in Lebensgefahr ist, wenn er sich in diesem Kampf stürzt. Ich meine, Hochelfen mit Giftpfeilen? Gegen Stuart und ein paar Leute, die Cian zusammentrommelt?" Peigi war klar, dass Misty vielleicht nicht die ganze Geschichte kannte und nicht wusste, wovon sie redete, doch ihre Angst ließ die Worte einfach aus ihr herausströmen. „Das wäre ein Gemetzel. Stuart hat Tricks mit Eisen drauf, aber trotzdem kann er nicht allein eine gesamte Feenarmee besiegen. Außerdem arbeiten Shifter für die Feen, die kein Problem mit Eisen haben und denen es nicht das Geringste ausmacht, *dokk alfar* zu töten."

Peigi stand mitten im Zimmer, die Arme verschränkt, und Tränen liefen ihr über die Wangen.

Misty trat zu ihr. Die kleinere Frau hob die Arme, schlang sie um Peigi und zog sie an sich. Misty roch selbst auch ein bisschen nach Rosenblättern, und ihre Nähe war tröstlich.

„Ich kenne das", versicherte sie. „Graham bringt sich ständig in schreckliche Situationen, und ich kann nur warten und mir Sorgen machen. Du hingegen bist eine krasse Bärin. Du kannst dafür sorgen, dass Stuart überlebt."

„Aber was, wenn wir beide sterben?“, fragte Peigi. „Was wird dann aus den Jungen?“

Misty löste sich von ihr und legte ihr die Hände auf die Arme. „In dieser Shiftertown? Wenn Nell und Cormac, Iona und Eric oder Cassidy und Diego sie nicht aufnehmen, dann würde Graham es tun, das weiß ich. Er brummt und grummelt viel, doch er mag Junge. Je mehr, desto besser.“

In diesem Moment klirrten bei Grahams Brüllen die Fensterscheiben. „Matt! Ich habe Nein gesagt! Leg das weg!“

Die beiden Frauen sahen einander an und brachen in Gelächter aus. Hamish schlug auf das Tablett und stieß gurgelnde Babylaute aus, denn er genoss die Anwesenheit seiner Mutter und die Stimme seines Vaters, die von hoch droben auf dem Dach erdröhnte.

Das Dach von Grahams zweistöckigem Haus war wie in dieser älteren Wohngegend in der Wüste üblich weitgehend flach. In unregelmäßigen Abständen ragten eine große Klimaanlage und verschiedene Abluftventilatoren und Rohre in die Höhe.

Die beiden Wolfsjungen hatten aus Sperrholz und Kisten, unterschiedlich langen Plastikrohren sowie einem breiten Plastikteil, das früher eine Rutsche auf einem Spielplatz gewesen war, eine Reihe von Rampen gebaut. Dougal, der drahtige junge Wolf, der Grahams Stellvertreter war, und Graham selbst hatten es aufgegeben, den Hindernisparcours zerlegen zu wollen und beschränkten sich jetzt darauf, ihn sicher zu machen. Dass Matt auf alles Mögliche mit einem Hammer einschlug, trug noch zum allgemeinen Lärm bei.

„Onkel Stuart!“, riefen die kleinen Jungs unisono, als Reid plötzlich auf dem Dach auftauchte.

„Hi, Onkel Stuart!“ Kyle kam auf ihn zu gerannt, während Matt weiter mit seinem Hammer auf ein Plastikrohr einschlug, bis es zersplitterte. „Diesmal haben nicht wir dich gerettet“, rief Kyle. „Sondern Onkel Ben.“

„In der Tat“, bestätigte Reid. Die Aussicht vom Dach war gut, denn das Haus war höher als alle umstehenden. Von hier aus konnte Graham die gesamte Shiftertown überblicken. „Apropos, hast du Ben gesehen?“, fragte Reid Graham.

„Nein“, knurrte der Lupid.

Matt hob den Kopf. „Aber ich. Gerade eben war er noch hier.“

„Was?“, verlangte Graham zu wissen. „Wann war das?“

„Als du mit Dougal gestritten hast. Er hat mir erklärt, wie man das baut.“ Matt deutete mit seinem Hammer auf eine komplexe Konstruktion aus vier niedrigen Rampen, die an eine breite Kiste geschraubt waren.

„Ach ja?“, vergewisserte sich Graham. „Wie ist er denn hier rauf und wieder runtergekommen, ohne dass ich das bemerkt habe?“

Matt und Kyle sahen einander an und runzelten irritiert die Stirn. Sie gingen zum Rand des Daches und musterten die lange Leiter, die an der Hauswand lehnte, als erwarteten sie, dass Ben noch daran hing. „Vielleicht kann er fliegen“, meinte Matt. „Oder teleportieren wie Onkel Stuart.“

Graham richtete seinen finsteren Blick auf ihn. „Da steht eine voll funktionsfähige Leiter. Warum hast du nicht die benutzt, statt uns zu Tode zu erschrecken?“

„Ich habe mich nicht erschreckt“, prahlte Kyle.

Die Leiter wirkte nicht sehr stabil und war unten ganz schmal. Ein Shifter hätte sie ohne Zögern benutzt, doch Reid erschauerte.

„Nein, danke“, sagte er mit Nachdruck. „Ich wollte schließlich ohne gebrochene Knochen hier oben ankommen.“

Graham betrachtete ihn weiter finster. Er machte Reid wegen des Teleportierens immer Vorwürfe – es war eine Art Begrüßungsritual.

„Eric hat mich angerufen und mir von dem Mist erzählt,

den du am Hacken hast", verkündete Graham. „Wie war es, wieder daheim zu sein?"

„Seltsam. Ich hatte bisher keine Zeit, richtig darüber nachzudenken." Widerstreitende Gefühle rangen in Reid miteinander, aber er drängte sie zurück. „Ich bin hier, weil ich deinen Rat brauche." Er berichtete detailliert von seinem Gespräch mit Cian. „Ich würde gerne deine Meinung hören", schloss er schließlich.

„Hm. Ich schätze, ich fühle mich geschmeichelt." Graham verstummte und schlug mit dem Hammer einen stabilen Nagel neben einen krummen von Matt. „Soll ich ehrlich sein? Ich würde diesem Cian so lange Ohrfeigen verpassen, bis er mir nichts mehr verschweigt. Dann würde ich den Dieb dieses Dings finden, ihm alle Gliedmaßen ausreißen, es ihm wieder abnehmen und nach Hause gehen." Seine Augen funkelten amüsiert. „Das wolltest du jetzt nicht hören, oder?"

„Tatsächlich hat mir das sehr geholfen. Erfrischend direkt."

„Tja, so bin ich. Direkt. Eric kann etwas zu Tode durchdenken. Oder es endlos auf Besprechungen erörtern."

„Manchmal hat sich ein Problem von selbst erledigt, bis er mit all seinen Besprechungen fertig ist", ergänzte Reid.

„Wohl wahr. Eric ist ein gerissener Drecksack. Aber was ist? Soll ich mitkommen und ein paar Feen in den Hintern treten? Wenn nötig auch ein paar Shiftern?"

„Ich behalte dich im Hinterkopf", sagte Reid. „Noch habe ich nicht entschieden zurückzugehen, wenn ich es denn überhaupt kann."

Graham nickte und warf einen Blick zu Kyle und Matt. Dougal versuchte verzweifelt, den beiden zu erklären, dass ein Stück Schnur nicht stabil genug war, um schwere Holzstücke zu verbinden.

„Das verstehe ich", versicherte Graham. „Eine Gefährtin und Junge ändern alles." Er sah Reid an, und jede Sanftheit war aus seiner Miene verschwunden. „Wenn Peigi den Gefährtenantrag bisher nicht akzeptiert hat, dann weil sie Angst hat, du könntest verschwinden und sie verzweifelt und allein zurücklassen. Nicht weil du eine schräge, durchgeknallte dunkle Scheißfee bist."

„Danke", erwiderte Reid. „Von dir ist das fast ein Kompliment."

Graham lachte schnaubend. „Du bist echt gar nicht so übel."

„Lass gut sein", bat ihn Reid trocken. „Langsam wird's peinlich."

„Schon gut, schon gut, ich halte die Klappe. Eric hat erwähnt, Dylan kommt her, um dich zu verhören. Brauchst du moralische Unterstützung?"

Reid schüttelte den Kopf. „Nein, danke. Ich habe keine Angst vor Dylan."

Graham riss die Augen auf. „Immer wenn ich denke, ich hätte dich endlich durchschaut, sagst du so etwas Dummes. Wir haben alle Angst vor Dylan. Ich mag und respektiere den Mann, aber verdammt, er macht sogar mir Angst."

Stuart zuckte die Achseln. „Vielleicht schüchtert er mich nicht ein, weil ich kein Shifter bin."

„Nein, das ist nur, weil du ignorant und nicht mit gesundem Shifterverstand gesegnet bist. Ich lass dich auf keinen Fall allein mit ihm reden, denn wenn er dir dumm kommt und ich dich nicht beschützt habe, reißen mir Peigi und Misty den Hintern auf."

„Ich bin gerührt", bemerkte Reid trocken.

„Du bist höchstens ein bisschen bekloppt." Graham tippte sich an die Schläfe. „Tu mir einen Gefallen, klettere die Leiter runter."

Reid warf einen Blick darauf und schauderte erneut. *„Das* macht mir Angst. Bis gleich, Graham."

Er stellte sich den Boden vor Grahams rückwärtiger Veranda vor und wünschte sich, dort zu sein. Reid grinste, als er Grahams „Verfluchte Scheiße" hörte, während er verschwand und am gewünschten Ort wieder auftauchte.

Stuart versuchte, Peigi die Idee auszureden, ihn zu Dylan zu begleiten. Sie stritten lauthals darüber, doch Peigi war entschlossen, sich durchzusetzen.

„Noch bin ich nicht deine Gefährtin", knurrte sie und blieb mitten auf der Straße stehen, die von Grahams Haus zu ihrem führte. „Ich muss dir nicht gehorchen." Wolken waren aufgezogen, und ein kalter Regen fiel. Ein paar Tropfen landeten in Peigis Augen. „Nicht einmal als deine Gefährtin werde ich dir gehorchen müssen, wenn ich glaube, dass du falschliegst. Gefährten befehlen nicht, sie machen Vorschläge."

„Da habe ich aber etwas anderes gehört", sagte Stuart und verschränkte die Arme.

„Nur, weil du mit männlichen Shiftern geredet hast. Glaubst du, Nell gehorcht Cormac?"

Punkt für sie. Stuart funkelte sie an, doch sie wusste, dass seine Verärgerung seiner Sorge erwuchs. Er stand dicht vor ihr, genau wie zuvor, als sie einander geküsst hatten – sogar vor demselben Haus, wie Peigi auffiel. Die Shifter darin bekamen heute ganz umsonst ein wirklich gutes Unterhaltungsprogramm geliefert.

„Wenn ich deine Gefährtin bin", fuhr Peigi fort, „dann bedeutet das, ich beschütze auch dich. Das ist keine Einbahnstraße. Nein, ich bin auf gar keinen Fall damit einverstanden, dass du dich allein mit Dylan triffst."

„Ich werde ja nicht allein sein. Dylan bringt Tracker mit, und Graham hat angeboten, zur Unterstützung mitzukommen. Eric wird entweder selbst zugegen sein oder Brody oder Shane schicken."

„Ein Grund mehr", beharrte Peigi. „Das sind alles Shifter, und du bist keiner. Ich weiß, dass Eric und Graham ständig erzählen, wie viel du für sie getan hast, aber letztlich bist du immer noch eine Kreatur des Feenreichs. Wenn es hart auf hart kommt, retten Shifter zuerst mal ihre Artgenossen. *Ich* werde *dich* retten."

„Und was ist mit dir?", verlangte Stuart zu wissen. „Sie sehen dich weiter hauptsächlich als das Opfer, das sie aus dieser alten Fabrik gerettet haben. Sie sind stolz darauf, wie du dich seither entwickelt hast, aber du bist noch immer nicht eine von ihnen. Wenn Dylan beschlossen hätte, dass du in seiner Shiftertown leben sollst, wärst du jetzt dort, egal, was Eric gesagt hätte. Dylan könnte jeden Tag deine Verlegung verlangen, und Eric und sogar Graham würden ihre Stellvertreter vorbeischicken, um dir beim Packen zu helfen."

Peigi hatte bereits tief Luft geholt, um weitere Argumente vorzubringen, doch sie wusste, dass Stuart recht hatte. Die Shifter waren sehr nett zu ihr gewesen, aber wenn Dylan etwas wollte, spurten sie.

„Hast du mir deshalb den Gefährtenantrag gemacht?", fragte sie mit zitternder Stimme.

Stuart blickte sie mit seinen nachtschwarzen Augen an, in denen so viele Geheimnisse lagen. „Ich glaube, ich habe dir den Grund schon genannt. Aber ja, das ist ein weiterer."

„Um mich vor Dylan zu beschützen." Peigis Herz hämmerte.

„Um dich vor *allen* Shiftern zu beschützen." Stuarts Hände wärmten ihre Arme, sein Körper schirmte sie vor dem Regen ab. „Vor der ganzen beschissenen Welt."

KAPITEL SIEBZEHN

Peigi starrte Stuart mit rasendem Herzen an. Wut loderte in seinen Augen, aber auch Entschlossenheit und vor allem Verlangen. Ungezügelt wie ihr eigenes. Dieses Verlangen trug er schon sehr lange mit sich herum, genau wie Peigi, verborgen, bis alle Schranken gefallen waren.

„Weil ich leichte Beute bin." Sie konnte kaum sprechen.

„Nein, nicht mehr", entgegnete Stuart heftig. „Nach den Regeln der Shifter muss jeder von ihnen, der etwas von dir will – und sei es nur, sich eine Tasse Zucker leihen –, an mir vorbei. Auch Eric. Auch Nell. Selbst Dylan."

Peigi schluckte und nickte dann. Sie zitterte vor Kälte, aber auch aufgrund seiner Worte. Dann erkannte sie triumphierend die Schwachstelle in seiner Argumentation.

„Nach den Regeln der Shifter beschützen wir uns beide gegenseitig", erklärte sie. „Deshalb komme ich mit zu Dylan."

Stuart zuckte zusammen, als sei er sicher gewesen, die Diskussion für sich entschieden zu haben. Er blinzelte ein paarmal und schaute weiterhin finster drein.

„Du bist gerissen", stellte er fest.

Peigi lächelte. „Wieso überrascht dich das?"

„Außerdem ist es sexy, wie du meine eigenen Argumente gegen mich verwendest."

„Ach ja?" Peigi streifte mit ihren Lippen seine. „Das war beabsichtigt."

Noch heißer als zuvor flammte der Paarungswahn in ihr auf, und sie wusste nicht, wie lange sie sich würde beherrschen können. Peigi legte die Arme um Reid, schmiegte sich an ihn und vertiefte den Kuss, beschloss, den Shiftern am Fenster eine Show zu liefern.

SPÄTER AM ABEND TRAF DYLAN SICH MIT IHNEN AN EINEM neutralen Ort in der Shiftertown von Las Vegas – auf einer schlichten Zementplattform mitten auf der Gemeinfläche zwischen Erics Haus und Grahams Straße.

Besucher der Shiftertown fragten manchmal, ob die Zementplatte ein heiliger Ort sei, vielleicht für Rituale zu Ehren der Göttin, doch dem war nicht so. Hier veranstalteten die Shifter ihre Grillfeste, und hier wurde bei gemeinsamen Festlichkeiten die improvisierte Bar aufgebaut.

Reid beglückwünschte Dylan im Stillen zu seinem weisen Beschluss, das Treffen dort abzuhalten. Wäre Dylan zu Eric gegangen, wären Graham und seine Lupide sauer gewesen. Wäre er zu Graham gegangen, hätten Erics Shifter befürchtet, Graham werde sich bald gegen diesen wenden.

Der Grillplatz war eine diplomatische Meisterleistung. Auch wenn es regnete, und die Shifter herumstanden und nass wurden. Keiner von ihnen, nicht einmal Reid, besaß einen Schirm.

Dylan traf in Begleitung zweier Männer ein: Der eine war ein muskulöser Riese mit orange-schwarz gestreiftem Haar, der andere hatte dunkles Haar und blaue Augen, und über seiner linken Schulter ragte das Heft eines Wächterschwerts auf. Er sah Dylan sehr ähnlich, nicht nur wegen seiner Haare und der Augenfarbe, sondern auch aufgrund seiner Gesichtsform und der entspannten Haltung.

Natürlich kannte Reid Tiger, und der Wächter war Dylans Sohn Sean.

Dylan nickte Stuart und der hinter ihm stehenden Peigi zum Gruß zu, die die Diskussion für sich entschieden hatte und nun hier war.

Graham kam zusammen mit Dougal aus einer anderen Richtung als Eric und Diego. Reid genoss es üblicherweise, Graham und Eric umeinander herumtanzen zu sehen, aber heute wollte er die Sache einfach bloß hinter sich bringen.

Stuart machte sich nicht die Mühe, Dylan zu begrüßen oder auf die anderen zu warten. Er wusste aus Erfahrung, dass Shifter lange herumstehen und Belanglosigkeiten austauschen konnten, ehe sie zur Sache kamen.

„Was soll ich für dich tun?“, wandte er sich also ohne weitere Vorrede an Dylan.

Dylan war nicht leicht zu überraschen und verzog bei Reids Worten keine Miene.

Sean lachte auf, und sein Atem war als Wolke in der kalten Luft sichtbar. „Er hat dich durchschaut, Dad. Du hättest nicht Marlo angeheuert und wärst hergeflogen, wenn du nicht etwas vorhättest.“

„Danke, Sean.“ Dylan ließ Reid nicht aus den Augen. „Ich glaube, jeder weiß, warum ich hier bin.“ Sein Blick wanderte zu Peigi, und er nickte ihr ernst zu. „Wie geht es dir, Peigi?“

Die Frage war aus ehrlichem Interesse gestellt, nicht aus bloßer Höflichkeit. Dylan erkundigte sich immer nach Peigi und den Jungen, weil ihm ihr Wohlergehen tatsächlich am Herzen lag. Dylan war ein harter Knochen und ein Kontrollfreak, doch er kümmerte sich um alle Shifter, auch wenn diesen das vielleicht nicht klar war.

„Gut“, antwortete Peigi. „Wirklich.“

„Du weißt, dass du seinen Gefährtenantrag nicht annehmen musst. Es ist deine freie Entscheidung.“

„Das hat sich aber schnell herumgesprochen, was?" Peigi trat neben Reid, ihr Arm berührte seinen, und sie hielt Dylans Blick tapfer stand.

Dylan zuckte die Achseln. „Wir sind Shifter. Gefährtenanträge machen uns glücklich, denn dann steht uns eine Zeremonie unter der Sonne und dem Mond ins Haus. Eric hat sofort meinen Sohn Liam angerufen und der wiederum mich …"

„Liam hat Kontakt zu Shiftern im ganzen Land", warf Sean ein. „Bowman in North Carolina, Eoin in Montana, Zander …"

„Zander?" Graham trat knurrend näher. „Dieses wandelnde Fellknäuel? Der kann kein Geheimnis für sich behalten." Er sah zu Tiger, der sich schweigend im Hintergrund gehalten hatte. „Und wie geht es dir, du Irrer?"

Tiger dachte einen Moment über die Frage nach. „Gut. Ein Gefährtenversprechen ist kein Geheimnis. Ganz im Gegenteil."

„Auch wieder wahr." Graham nickte Dylan und Sean zu, dann trat er zurück, als Eric und Diego eintrafen.

Technisch betrachtet war dies ein Treffen zwischen Reid und Dylan, aber die anderen hatten darauf bestanden, quasi als neutrale Beobachter daran teilzunehmen. Reid fragte sich, ob sie Angst davor hatten, was Dylan Reid antun könnte oder umgekehrt.

Tigers Blick ruhte auf Peigi. „Gratuliere. Meine Gefährtin lässt ausrichten: ‚Das wurde ja auch langsam Zeit'."

„Ich habe noch nicht Ja gesagt", warf Peigi ein.

Tiger musterte sie schweigend von Kopf bis Fuß. Als Dylan zu sprechen begann, formte Tiger mit den Lippen lautlos das Wort „Doch".

Peigi errötete, aber Reid musste sich auf Dylan konzentrieren, ehe er darüber nachdenken konnte, wie genau Tiger das gemeint hatte.

„Ich möchte, dass du ins Feenland zurückkehrst", verkündete Dylan. „Mit dieser Bitte hast du wahrscheinlich schon gerechnet. Es ist wichtig."

Reid runzelte die Stirn. „Warum? Um Cian und den *dokk alfar* zu helfen? Oder als Späher für dich und deinen geplanten Krieg?"

„Beides", erwiderte Dylan, ohne zu zögern. „Du kannst leichter als die meisten anderen herausfinden, welche *hoch alfar* wo und wie zum Krieg rüsten. Wenn die *dokk alfar* über einen magischen Talisman verfügen, der sie aufhalten kann, umso besser."

Reid regte sich nicht. „Wenn du meinst, ich sollte den *Karmøyern* dir statt Cian bringen, wenn ich ihn finde, redest du mit dem Falschen."

„Das meine ich keineswegs. Der *Karmøyern* muss in Cians Besitz zurückkehren, damit dieser damit die *dokk alfar* beschützen kann. Etwas so Wichtiges würde ich niemals stehlen." Dylan schob sich die Hände in die Jackentaschen. „Doch ich werde vielleicht darum bitten, ihn mir für eine Weile ausleihen zu dürfen."

„Das könnte ich Cian vorschlagen", antwortete Reid. „Vielleicht ist er dafür sogar offen. Möglicherweise aber auch nicht."

„Hm", mischte sich Graham ein. „Ich wette, er sagt dir, du sollst dich verpissen. Warum sollte diese Dunkle Fee daran interessiert sein, ein paar Shifter zu beschützen, besonders wenn es bedeutet, dass seine eigenen Leute derweil möglicherweise niedergemäht werden?"

„Deshalb werde ich ihn auch fragen", entgegnete Reid. „Statt mir den *Karmøyern* einfach zu nehmen."

War Dylan enttäuscht? Seine ausdruckslose Miene verriet nichts. Dylan bekam gerne seinen Willen. Üblicherweise war das sogar im allgemeinen Interesse. Er konnte allerdings auch Leute plattwalzen, um seine Pläne umzusetzen. Dylan war vernünftig genug, um einzusehen, dass er manchmal Kompromisse suchen musste, aber ab und zu schlug er auch alle Bedenken in den Wind und handelte vollkommen skrupellos.

„Ich schlage ein Bündnis mit den *dokk alfar* vor", verkündete Dylan.

„Ich weiß." Reid weigerte sich nachzugeben. „Und ich werde ihn fragen. Mehr kann ich nicht für dich tun."

Sie starrten einander schweigend an. Dylan war es gewohnt, dass Shifter den Blick vor ihm niederschlugen, doch Reid war kein Shifter. Auch im Gefüge seines eigenen Clans war Reid nicht unterwürfig. Er hatte nicht ganz an dessen Spitze gestanden, aber doch fast. Er hatte gelernt, niemals einem Anführer nachzugeben, ohne vorher lange darüber nachzudenken, was dieser wirklich im Schilde führte.

Dylans Blick wanderte zu Peigi. Wenn er von ihr erwartete, dass sie einknickte, dann kannte er sie schlecht. Diese Frau konnte Donny und Noelle überzeugen, ihre Zimmer aufzuräumen und abzuwaschen, und das war eine echte Meisterleistung.

„Ich will nicht, dass wir von den *hoch alfar* überrannt werden", sagte Peigi zu Dylan. „Aber ich werde auch nicht die Sicherheit der *dokk alfar* aufs Spiel setzen. Ob wir den *Karmsyern* ausleihen können, sollen sie entscheiden – nachdem wir ihn gefunden und geborgen haben."

„Das sehe ich genauso ...", begann Dylan, doch Peigi war noch nicht fertig.

„Es ist nicht fair, von Stuart zu erwarten, dass er sie einschüchtert. Stuart ist dir gegenüber loyal, aber freiwillig, weil er dich mag und dir dankbar ist, genau wie Eric und den anderen. Doch das bedeutet nicht, dass er die *dokk alfar* opfern wird, um den Shiftern einen Vorteil zu verschaffen."

„Nein." Stuarts Antwort klang sehr entschieden. „Das werde ich ganz sicher nicht."

Dylan betrachtete sie schweigend. Der Regen prasselte hernieder und rann Stuart aus seinem tropfnassen Haar in die Augen. Die Shifter schienen es gar nicht zu bemerken, doch sie würden ihn auch einfach abschütteln. Bären, Wölfe und Tiger liebten Regen.

„Wie ich vorhin schon sagte", begann Dylan erneut, „das sehe ich genauso. Ich würde es begrüßen, wenn uns Cian das verdammte Ding überließe, aber nein, ich bitte dich nicht, dein eigenes Volk auf die Schlachtbank zu führen. Wenn ich ihn nicht bekomme, dann eben nicht." Er seufzte. „Trotzdem muss ich es versuchen."

„Es wird nicht reichen", meldete sich Tiger, der hinter Dylan stand.

Stuart zuckte ein wenig zusammen und war sehr froh, dass es Dylan genauso ging.

„Was meinst du, Tiger?", fragte Peigi.

„Der *Karmsyern* wird nicht ausreichen, um die *hoch alfar* aufzuhalten." Tiger sprach gelassen und ohne Wut. „Sie könnten sein Geheimnis entdeckt oder gelernt haben, ihm zu trotzen. Die *hoch alfar* wollen die Shifter um jeden Preis besiegen. Die *dokk alfar* stehen ihnen dabei im Weg, deshalb wollen sie sie vernichten."

Tiger schloss den Mund, als sei er abgestellt worden. Er stand nun wieder leicht ungeduldig da und wartete, bis das Treffen vorbei war, damit er zu seiner Gefährtin und seinen Jungen zurückkehren konnte.

Graham fuhr sich mit der Hand durch das kurze, regennasse Haar. „Wenn der Große etwas sagt, hat er üblicherweise recht."

„Ich weiß", bestätigte Dylan. „Trotzdem könnte uns der *Karmsyern* einen Vorteil verschaffen. Finde ihn, und bitte Cian, ihn uns zu leihen. Mehr will ich gar nicht."

„Das könnte Stuarts Tod bedeuten", protestierte Peigi.

Der Blick, mit dem Dylan sie bedachte, war überraschend verständnisvoll. „Deshalb bitte ich ihn auch nur, Pegs. Es ist seine Entscheidung."

Stuart hatte das deutliche Gefühl, wenn er sich weigerte, diese Aufgabe zu übernehmen, würde Dylan jemand anderen schicken, um den *Karmsyern* zurückzuholen. Vielleicht einen Shifter, der ihn sich einfach nehmen würde, ohne vorher mit Cian darüber zu sprechen.

„Ich überlege es mir", sagte er, obwohl er bereits wusste, dass er gehen würde, weil er nicht riskieren konnte, dass Dylan sich auf die Suche nach einem Ersatz machte. Er wollte bloß vorher noch mit Peigi reden.

„Ich habe eine Frage an dich, Dylan", ließ die sich gerade vernehmen. Sie hatte während des gesamten Treffens dicht neben Reid gestanden, und nur ihre Körperwärme verhinderte, dass er vor Kälte zitterte. „Gibt es in deinem Clan einen Shifter namens Crispin?"

Dylan blinzelte, wirkte fast etwas verlegen. „Crispin", seufzte er resigniert. „Was hat er denn jetzt wieder angestellt?"

„Er hat sich den *hoch alfar* angeschlossen", erwiderte Stuart. „Einem Feenprinzen, um genau zu sein."

Sean hob den Blick zum Himmel. „Die Göttin sei mit ihm. Ich meine, wenn Dad ihn in die Finger bekommt."

„Ich wusste, dass er ins Feenreich verschwunden ist, um sich als Kampfbestie zu verdingen", räumte Dylan ein. „Crispin ist ein entfernter Verwandter von mir und hatte schon immer jede Menge blöder Ideen. Eigentlich hätte ich vermutet, dass er tot ist. Aber ich hatte keine Ahnung, dass er so weit gegangen ist, sich einem Feenprinzen anzudienen." Seine Lippen kräuselten sich verächtlich.

„Im Moment ist er Cians Gefangener", sagte Peigi. „Stuart hat ihn in Eisen geschlagen." Sie lächelte breit. „Es war großartig."

Sean grinste. „Ah, Peigi, du bist genauso blutrünstig wie wir anderen."

„Nur bei Drecksäcken", schränkte Peigi ein.

Eric lachte. „Das merke ich mir."

„Falls du beschließt, ins Feenreich zurückzukehren", durchbrach Dylans Stimme die allgemeine Heiterkeit, „würdest du mir Crispin zurückbringen? Ich würde es auch den *dokk alfar* oder den *hoch alfar* überlassen, ihm den Garaus zu machen, wenn er sie irgendwann ausreichend genervt hat, lieber allerdings würde ich mich selbst um ihn kümmern. Er gehört zur Familie."

„Du meinst, du willst, dass ihn ein Wächter ins Sommerland schickt", sagte Sean, plötzlich wieder ernst. Sein Schwert schimmerte selbst im Regen. „Seine Seele dem Raub preiszugeben wäre grausam, selbst wenn er ein Vollidiot ist."

Dylan schob die Hände tiefer in seine Taschen und antwortete Sean nicht. „Ich warte auf deine Entscheidung, Reid. Aber langsam wird mir kalt. Würde es gegen alle möglichen Protokolle verstoßen, wenn ich einen von euch bitte, mich auf ein Bier einzuladen?"

SCHWEIGEND LIEF PEIGI DICHT NEBEN STUART NACH HAUSE. Sie kochte innerlich wegen Dylans Forderungen und seiner Annahme, Stuart werde ins Feenreich zurückkehren. Stuart selbst blieb stoisch und seine Miene ausdruckslos.

Sie öffneten die Haustür und traten aus dem Regen. Alle sechs Jungen befanden sich dem Alter nach aufgereiht mit Nell und Shane im Wohnzimmer. Die Linie war von der Höhe her nicht kontinuierlich, weil die Bärenjungen bereits größer und massiger waren als die Wölfe, aber sie bildeten eine geeinte Front.

„Die Kinder haben euch etwas zu sagen", verkündete Nell mit geheimnisvollem Blick. „Wir müssen gehen. Tschüss."

Shane platzte beinahe vor Lachen, als er beide Daumen hob und dann Nell durch die Haustür folgte, die Peigi und Stuart offen gelassen hatten.

Die Jungen riefen im Chor: „Tschüss, Tante Nell! Tschüss, Onkel Shane!"

Shane schlug die Tür hinter sich zu und war fort. Peigi

hörte Nell und Shane lachen, während die beiden am Fenster zur Straße vorbeigingen.

Statt an den Jungen vorbeizueilen, um sich weiter mit seinen eigenen Problemen zu befassen, zog Stuart seine Jacke aus, hängte sie an die Garderobe, schüttelte sich den Regen aus dem Haar und wandte sich den Kleinen zu.

„Was gibt's, Leute?"

Peigi hängte ihre Jacke neben Stuarts. Der Regen hatte ihr weniger ausgemacht, doch es fühlte sich gut an, endlich wieder im Warmen und Trockenen zu sein.

„Wir haben etwas zu besprechen", meinte Donny mit ernstem Gesicht. Er stieß Noelle an. „Sag's ihnen."

Noelle trat vor, einen Zettel in der Hand. Donny wich einen Schritt zurück, als sei er froh, das, was jetzt kam, ihr überlassen zu können.

„Wir haben eine Krisensitzung abgehalten", verkündete Noelle. „Dabei haben wir eine Liste mit Gründen erstellt, warum Peigi Stuarts Gefährtenantrag akzeptieren muss. Außerdem haben wir einen Plan gemacht, damit wir alle Zeit mit euch verbringen können, ihr aber dennoch genug Zeit für eure Jungen habt, wenn sie auf die Welt kommen, und natürlich auch füreinander, damit sich der Gefährtenbund bilden kann."

KAPITEL ACHTZEHN

Liebe für ihre Jungen erfüllte Peigi. Noelle, die das braunblonde Haar ihrer Grizzlygestalt hatte, blickte sie aus ihren dunklen Augen ruhig an, während sich die anderen Jungen langsam hinter ihrer Sprecherin versammelten.

„Das ist sehr aufmerksam von euch. Hat Nell euch dabei geholfen?" Peigi stellte sich vor, wie Nell feixend den Teil mit dem Gefährtenbund angeregt hatte.

„Sie hat uns bei den Formulierungen geholfen, als ich alles aufgeschrieben habe", sagte Noelle. „Doch das Ergebnis der Besprechung kommt von uns."

Die anderen Jungen nickten ernst. Kevin, der hinter allen anderen stand, fügte hinzu: „Wir wollen, dass ihr Junge kriegt, aber uns nicht vergesst."

„Süßer." Peigi kniete sich vor sie auf den Teppich, um auf Augenhöhe mit ihnen sprechen zu können. „Ich könnte euch im Leben nicht vergessen. Ihr seid meine Jungen."

Noelle hielt den Zettel vor sich wie einen Schild. „Tante Nell sagt, wir sollen nicht davon ausgehen, dass du den Gefährtenantrag akzeptierst. Aber wir haben etwas, das du unterschreiben kannst, für den Fall, dass du es tust, und etwas für den Fall, dass du es nicht tust."

Stuart blieb stehen, doch seine Stimme klang ganz sanft. „Darf ich mal sehen? Ich bin neugierig, was passiert, wenn wir keine Gefährtenzeremonie feiern."

Noelle reichte ihm den Zettel. „Eigentlich ändert sich nichts, aber den Zeitplan für die Beschäftigung mit jedem einzelnen Jungen sollten wir imple... implem..." Sie gab es auf, das Wort aussprechen zu wollen. „Den sollten wir haben. Wir sind zu sechst, das heißt, jeder kriegt einen Wochentag, und einen Tag habt ihr für euch, Peigi und du."

Stuart ließ sich neben Peigi auf dem Boden nieder, sein Bein berührte ihr Knie. „Das habt ihr euch ja gut überlegt. Sehr lobenswert."

„Wir wollen das Beste für uns alle", versicherte Noelle, bevor sie mit hinter dem Rücken gefalteten Händen neben Donny trat.

Stuart studierte den Zettel, den Noelle in Schönschrift beschrieben hatte, drehte ihn dann um und las die Rückseite, ehe er ihn an Peigi weiterreichte. „Nun, ich habe kein Problem damit, dieses Dokument zu unterzeichnen. Pegs?"

Peigi las mit zitternden Fingern: *Während Peigi und Stuart Paarzeit haben, um den Gefährtenbund zu bilden, werden Tante Nell oder Onkel Shane die sechs aktuellen und alle zukünftigen Jungen zu Pizza und Eiscreme einladen.*

„Klingt fair", brachte sie heraus.

Donny und Noelle klatschten ab, und die vier Kleineren umarmten einander. Peigi begriff, dass sie sich Sorgen gemacht hatten, Stuart und sie könnten sauer auf sie sein. Noelle musste lange gebraucht haben, um sie von diesem Plan zu überzeugen.

„Ich habe früher in einer Familie gelebt", sagte Stuart.

Die Jungen hörten auf zu jubeln und schauten ihn mit großen Augen an. Auch Peigi war überrascht. Stuart sprach selten über die Familie, die er verloren hatte. Er hatte ihr bisher lediglich erzählt, dass fast alle gestorben waren, bevor er in diese Welt verbannt worden war.

„Wir haben uns nicht immer gut verstanden. Wir sind uns

wegen allem möglichen in die Haare geraten, und nicht nur mit Worten. Meine Brüder und ich .... konnten uns heftiger streiten als jeder andere, den ich kannte. Mit Schwertern und so. Aber letzten Endes … waren wir eine Familie. Wir wussten, dass wir uns, wenn es hart auf hart kommt, immer aufeinander verlassen konnten. Das haben wir auch, bis zum bitteren Ende." Stuarts Stimme klang rau, und er räusperte sich. „Was ich damit sagen will: Ihr seid jetzt meine Familie – ihr sechs und Peigi –, ob sie den Gefährtenantrag nun annimmt oder nicht. Ich könnte mir keine bessere wünschen. Mir ist klar, dass ihr euch Sorgen macht, wir könnten einander ohne so etwas", er berührte den Zettel in Peigis Hand, „verlieren, doch das wird nicht geschehen. Wir bleiben zusammen. Für immer."

Peigi verspürte einen schmerzhaften Stich im Herzen. „Für immer", stimmte sie zu. „Wir alle."

In dieser Shiftertown zu wohnen und mit Stuart an ihrer Seite diese Jungen vor der Welt zu beschützen hatte Peigis Leben neuen Sinn gegeben. Als sie hergezogen war, hatte sie zwar gewusst, dass sie hier in Sicherheit war, aber keine Ahnung mehr gehabt, wie man lebte.

Die Tatsache, dass keiner ihrer Befreier mit den mutterlosen Jungen etwas anzufangen gewusst hatte, hatte sie wütend gemacht, und aus dieser Wut war Mitleid geworden und dann Liebe.

Diese Jungen und der Mann, der neben ihr saß, hatten ihr das Leben gerettet.

Peigi holte tief Luft, legte den Zettel weg und umfasste Stuarts Hand mit ihrer.

„Stuart Reid, unter dem Licht des Mondes – wo auch immer er hinter all diesen Regenwolken gerade steckt – und vor Zeugen nehme ich deinen Gefährtenantrag an."

Für einen Augenblick herrschte Stille. Die Jungen saßen mit offenen Mündern da. Stuart starrte sie verblüfft an, und endlich konnte sie durch seine dunklen Augen bis in seine Seele sehen.

Dort las sie Überraschung, Angst und so tiefen Schmerz, dass sie ihn nicht nachvollziehen konnte – er überstieg alle Vorstellungen. Da war auch eine Sehnsucht nach Glück, zusammen mit Stuarts Erkenntnis, dass er es möglicherweise gefunden hatte, und großer Furcht davor, es wieder zu verlieren.

Dann brach mit einem Mal die Hölle los. Sechs Junge stürzten sich auf Peigi und rissen sie zu Boden. Es folgten Umarmungen und Küsse, sie wurde überschüttet mit Liebe. Danach stürmten die Jungen von ihr zu dem lachenden Stuart – er ging zu Boden wie ein Löwenvater, der mit seinen Jungen spielte.

Schließlich sprangen sie auf, und Patrick und Hannah vollführten einen ungelenken Tanz, bei dem viel mit den Fingern zum Himmel gezeigt wurde. Noelle jubelte mit hochgerissenen Armen, Donny sprang wild herum, Kevin machte es ihm nach, und die stille Lucinda drehte sich mit wehendem Pferdeschwanz um sich selbst.

Stuart warf sich auf Peigi und küsste sie lange, heiß und drängend.

Am nächsten Morgen fühlte sich Peigi beim Aufwachen ganz leicht und empfand den Drang, aus voller Kehle zu singen. Sie kannte keine modernen Lieder, also griff sie auf welche aus ihrer Kindheit zurück. Das würde die Neugier der Jungen wecken.

Sie war allein in ihrem Zimmer, war allein ins Bett gegangen. Sie und Stuart hatten sich auf dem Boden leidenschaftlich geküsst, dann aber war ihnen eingefallen, dass sie für die Jungen das Abendessen machen mussten. Sechs Kinder im Haus waren ein wirksamer Dämpfer für den Paarungswahn.

Peigi duschte, zog sich an, kämmte sich das Haar – und sang dabei die ganze Zeit.

Das Glücksgefühl, das sie erfüllte, überraschte sie, und in ihrem Hinterkopf fragte eine leise Stimme, was da nicht stimmte und wann die nächste Hiobsbotschaft eintreffen würde.

Doch als sie aus ihrem Schlafzimmer trat, um in der Küche die nächste Mahlzeit zuzubereiten, wurde ihr klar, dass sie keine Angst mehr hatte.

Wie benommen blieb sie mitten auf dem Flur stehen. Sie suchte in sich nach den Empfindungen, mit denen sie so viele Jahre lang gelebt hatte. Nach den täglichen Ängsten: Würde Miguel sie aufspüren? Würde sie stark genug sein, die Jungen vor ihm oder anderen Shiftern zu beschützen? Oder vor der Shifterbehörde? Würde Stuart schreiend davonrennen, wenn die Jungen ihn ein weiteres Mal baten zu teleportieren?

Sie hatte befürchtet, dass sie Stuart weniger bedeutete als er ihr. Hatte Angst gehabt, er würde nur um der Jungen willen bei ihr bleiben, aus der natürlichen Fürsorge des Retters für die Geretteten heraus. Oder weil er nirgends anders hinkonnte.

Als sie gestern Abend all ihren Mut zusammengenommen und seinen Gefährtenantrag akzeptiert, die Bande der Unsicherheit abgeworfen und sich ins Unbekannte gestürzt hatte, hatte sie den letzten Knoten durchschlagen, der sie noch an ihre Angst gefesselt hatte.

Sie liebte Stuart Reid, und das durfte ruhig die ganze Welt wissen.

Peigi tänzelte bis zum Ende des Ganges. Ehe sie die Küche betreten konnte, kam Stuart ihr entgegen.

Sie lächelte. „Morgen."

Er legte die Arme um sie, sie tat dasselbe bei ihm, und sie begrüßten einander mit einem langen, innigen Kuss.

Peigi nahm ein wenig Kaffee und Reids ganz eigenen Geschmack wahr, seine Güte. Er hielt sie in seinen starken Armen und beschützte sie vor der Welt. Aber er fesselte sie nicht an sich. Das war der Unterschied.

Verlangen breitete sich wie ein Feuerstrom von Peigis Herzen in ihren ganzen Körper aus. Eines Tages, in sehr naher Zukunft, würde sie dem Paarungswahn freien Lauf lassen und all dem nachgeben, was sie so lange in sich begraben hatte. Vielleicht würde Stuart dann wirklich schreiend davonlaufen.

Sie stellte es sich vor und lachte.

„Dir auch einen guten Morgen“, antwortete Stuart schließlich, die Hände auf ihrem Rücken.

Peigi reckte sich ihm für einen weiteren Kuss entgegen. Es war so schön, verliebt zu sein.

„Sie knutschen schon wieder!“, rief Donny aus etwa einem halben Meter Entfernung.

Peigi zuckte erschreckt zusammen, doch Stuart beendete den Kuss und lächelte. „Das wirst du ab jetzt häufig sehen, Junge“, informierte er Donny. „Wir sind Gefährten.“

„Juhu!“, jubelte Noelle. „Das Frühstück ist fast fertig, Peigi. Stuart hat schon alles vorbereitet. Ach, und Ben ist in der Küche.“

Jetzt reagierte Stuart überrascht. Er und Peigi lösten sich voneinander und begaben sich hastig nach nebenan.

Ben saß am Tisch und wollte sich gerade über einen dampfenden Stapel Pfannkuchen hermachen. „Ihr wart beschäftigt, da dachte ich, ich nehme mir schon mal was.“

Trotz seines beiläufigen Tonfalls schien es ihm nicht gut zu gehen. Die Hand, in der er die Gabel hielt, zitterte.

Peigi holte eine Tasse aus dem Schrank und goss Kaffee hinein, den Stuart gekocht hatte. Sie stellte Ben die Tasse hin und setzte sich zu ihm. „Wo warst du? Du bist ohne ein Wort einfach verschwunden.“

Ben erschauerte. „Frag nicht.“

„Du musst nicht darüber reden, wenn du nicht willst“, sagte Peigi. „Ich wollte nur sichergehen, dass bei dir alles in Ordnung ist.“

Hinter ihr scheuchte Stuart die Jungen zur Anrichte,

damit sie das Essen auftrugen. Er wartete, bis alle Jungen saßen, dann nahm auch er Platz.

„Hast du ein Problem mit Dylan?“, fragte Stuart.

„Dylan habe ich in letzter Zeit gar nicht gesehen.“ Ben schauderte erneut. „Der Göttin sei Dank. Nein, ich habe, seit Lady Aisling meinen Fluch gebrochen hat, die Ley-Linien erforscht. Oder meinen Fluch *möglicherweise* gebrochen hat. Man sollte ja immer aufpassen, was man sich wünscht. Ich habe nach anderen Goblins gesucht, allerdings keine gefunden. Dieses Hin und Her bringt meinen Stoffwechsel völlig durcheinander.“ Er schaufelte sich mehrere Gabeln Pfannkuchen in den Mund und spülte sie mit Kaffee hinunter. „Im ganzen Feenland gibt es einfach keinen vernünftigen Kaffee. Danke, Peigi.“

„Den hat Stuart gekocht. Ich habe dir nur eingegossen.“ Peigi widmete sich ihren eigenen Pfannkuchen, tat Sirup und Butter auf ihren Teller und griff zur Gabel. „Wenn die Benutzung der Ley-Linien dich so erschöpft, solltest du vielleicht mal eine Pause einlegen.“

„Gute Idee.“ Ben aß noch ein paar Bissen. „Aber solange die Feen weiter die Shifter bedrohen, kann ich keine Pause machen. Ich muss die Dreck…“, er bemerkte, dass ihn sechs Junge interessiert musterten, und räusperte sich, „die Schurken doch im Auge behalten. Solange ich aufpasse, werden sie nicht durchbrechen, keine Sorge.“

„Peigi und Reid werden ihnen in den Hintern treten“, sagte Noelle vertrauensvoll. „Genau wie Nell und Cormac, Eric, Graham und alle anderen.“

„Ganz bestimmt“, bestätigte Stuart mit ruhiger Gewissheit.

Ben aß weiter – viel. Er hatte nicht gelogen, als er behauptet hatte, sein Stoffwechsel wäre durcheinander, aber Peigi merkte, dass ein Teil seiner Verhärmtheit seiner Trauer geschuldet war. Er musste gehofft haben, einige Angehörige seines Volkes hätten die Verfolgung durch die *hoch alfar* in grauer Vorzeit überlebt, doch das schien nicht der Fall zu sein.

Impulsiv tätschelte Peigi ihm die tätowierte Hand, die auf dem Tisch lag. Ben lächelte sie matt an, wie um ihr zu signalisieren *Ich komme schon klar*. Seine Resignation brach ihr das Herz.

Er holte tief Luft, und ein Teil seiner Unerschütterlichkeit kehrte zurück. „Es gibt also einen Gefährtenantrag?"

„Korrekt, und sie hat Ja gesagt", berichtete Noelle zufrieden. „Wir müssen nur noch die Zeremonie unter der Sonne und dem Mond abhalten. In zwei Wochen ist Vollmond. Ich habe nachgeschaut."

„Dürfen wir bei der Mondzeremonie die ganze Nacht aufbleiben?", fragte Donny sofort. „Das ist doch ein Ausnahmefall, oder?"

„Darüber können wir reden", erwiderte Peigi.

Donny beschloss, das als Erlaubnis aufzufassen. Sie sah, dass er sich bereits Argumente zurechtlegte, für den Fall, dass sie es sich doch noch anders überlegte.

Das Frühstück endete in fröhlicher Stimmung. Peigi wusste, sie hätte eigentlich nicht so glücklich sein sollen, da sie noch so viele Sorgen hatten, doch sie konnte einfach nicht anders. Sie hatte schon früher Gefährtenanträge akzeptiert – Michaels und dann Erics Pro-forma-Antrag –, aber das waren reine Zweckversprechen gewesen. Diesmal schien ihr ganzer Körper zu tanzen, und Freude erfüllte ihr Herz.

Es war *richtig*.

Peigi ging davon aus, Stuart würde mit Ben über Dylan und seine Bitten – die eher kaum verhohlene Forderungen waren – reden wollen, aber Stuart sagte kein Wort. Er half nach dem Frühstück beim Abräumen des Tisches, fragte Ben, was er von den Tuil Erdannan hielt, und irgendwann driftete das Gespräch dann zu Fußball ab – oder Kicken, wie Ben und Stuart es nannten.

Peigi ließ die beiden am Küchentisch sitzen.

Sie erledigte alltägliche Dinge, sorgte etwa dafür, dass die Jungen sauber und angezogen waren und ihre schmutzige

Wäsche vom Vortag im Wäschekorb landete – Aktivitäten, die ihr an diesem Tag leichtfielen. Sie ertappte sich dabei, dass sie wieder vor sich hinsummte, was die Jungen ansteckte, die anfingen mitzusingen oder zu -brüllen.

„Wie viele Junge werdet ihr haben, Stuart und du?", fragte Noelle nach dem Mittagessen. Sie hatte einen Notizblock und einen Stift in der Hand und schien mitschreiben zu wollen. Ein kleines Menschenmädchen hätte auf einem Tablet herumgetippt, aber bestimmte Technologien waren Shiftern nach wie vor verboten.

„So weit sind wir noch nicht", antwortete Peigi errötend. „Wir haben ja nicht mal mit dem ersten angefangen."

Noelles Blick, mit dem sie Peigi musterte, verriet, dass sie in keiner Weise verlegen war. Shifterjunge wussten alles über Sex und wozu er da war, hatten allerdings keinerlei Interesse daran, bis der Übergang einsetzte, also ungefähr mit Mitte zwanzig. Dann waren sie für eine Weile völlig triebgesteuert.

„Wenn die ersten Jungen kommen, werden wir ein größeres Haus brauchen", stellte Noelle fest. „Darüber müssen wir mit Eric reden. Vielleicht bauen wir auch einfach an." Sie betrachtete prüfend die Wand des Wohnzimmers.

„Jetzt mal ganz langsam", sagte Peigi atemlos. Dasselbe hatte sie in Cians Haus gedacht. Vielleicht würde Eric ihnen einen Garten und ein weiteres Stockwerk genehmigen, überlegte sie mit leicht nervöser Vorfreude.

„Jedenfalls sollte Stuart ab jetzt bei dir schlafen, dann können wir sein Zimmer als Kinderzimmer nutzen."

Ben beugte sich aus der Küche herüber, die Kaffeetasse in der Hand. „Du meinst, er schläft immer noch im Gästezimmer? Ernsthaft?"

Während Peigis Ohren immer heißer wurden, nickte Noelle. „Sie haben noch keine Nacht zusammen verbracht." Enttäuscht schüttelte sie den Kopf. „Wenn sich das nicht ändert, wird das mit den Jungen ewig dauern."

Ben sah, dass Peigi vor Verlegenheit rot wurde, während

die anderen Jungen höchst interessiert lauschten und Stuart tat, als habe er nichts gehört, während er in der Küche mit dem Geschirr klapperte. Er griff hinter sich und stellte seine Kaffeetasse auf den Küchentisch. „Ich habe eine Idee, Kinder. Wie wäre es mit einer Runde Eis für alle?"

Sofort war Peigis und Stuarts Privatleben vergessen, und die Jungen begannen zu betteln.

„Dürfen wir, Peigi? Dürfen wir bitte?"

„Ich denke, es spricht nichts dagegen. Aber zieht eure Jacken an …" Peigis mahnende Worte gingen in lautem Jubelgeschrei unter.

Noelle vergaß ihre Rolle als Organisatorin der Familie, ließ ihren Notizblock fallen und rannte los, um ihre Jacke zu holen. Ben scheuchte alle ins Foyer, während Stuart aus der Küche kam, um ihnen beim Anziehen zu helfen.

Ben und Peigi klatschten ab. „Ihr beide habt einiges zu besprechen", sagte er. Dann nahm er seine Lederjacke von der Garderobe und folgte den Jungen nach draußen, wobei er ihnen nachrief, sie sollten gefälligst auf ihn warten.

Die Tür schlug zu, und die Stimmen der Jungen entfernten sich und verklangen, als Ben sie in den SUV verlud, den Eric Peigi geschenkt hatte. Der Motor sprang an, und der SUV fuhr los.

„Ich habe Ben gar nicht den Schlüssel gegeben", bemerkte Stuart nachdenklich. Er lehnte sich an den Türrahmen, wo eben noch der Goblin gestanden hatte.

„Ich auch nicht."

„Gut zu wissen, dass er einen hervorragenden Autodieb abgäbe."

„Vielleicht ist er einer." Peigi versuchte zu lächeln, und in Stuarts Augenwinkeln bildeten sich Lachfältchen.

Sie sahen einander an, und es war, als erhebe sich die Stille wie eine Barriere zwischen ihnen.

Peigi schluckte. „Die erwarten, dass wir …" Sie verstummte, konnte es nicht aussprechen. Sie war voller Hoffnung, wollte Stuart, war aber auch unsicher. Der Wahn der Shifter war stark, und Stuart war kein …

Ehe sie den Gedanken zu Ende bringen konnte, stieß Stuart sich von Türrahmen ab. „Warum eigentlich nicht?"

Er richtete den Blick seiner dunklen Augen auf sie und näherte sich ihr entschlossen. Noch bevor er sie erreichte, hatte er schon sein Sweatshirt abgestreift und aufs Sofa geworfen. Seine bronzefarbene Haut darunter spannte sich über seinen harten Muskeln.

Peigi stieß ein kehliges Geräusch aus und schlüpfte aus ihrem Shirt. Gleich darauf folgte ihr BH, unmittelbar bevor Stuart sie an sich zog und ihr mit einem stürmischen Kuss den Atem nahm.

KAPITEL NEUNZEHN

Diese Frau zu berühren, zu kosten ... Stuart hatte so lange darauf gewartet – zu lange.

Er strich ihr über die Arme, spürte ihre Wärme, ihre Weichheit. Peigi war stark, ihr Körper straff, aber gleichzeitig geschmeidig und sehr weiblich.

Reid zog sie an sich und eroberte sie mit einem Kuss, in dem sein ganzes Begehren lag. Sie erwiderte ihn voll verzweifelter Leidenschaft.

Der Flur war kurz, die Zimmer, die von ihm abgingen, waren klein. Peigis lag am Ende, das winzigste im ganzen Haus. Sie hatte es sich mit der Erklärung ausgesucht, nicht viel Platz zu brauchen. Stuart schob sie dorthin, ohne den Kuss zu unterbrechen. Sie hatte den Paarungswahn erwähnt, als hätte Stuart keine Ahnung davon, doch er verstand genug. Der Wahn der *dokk alfar* war dem der Shifter mehr als ebenbürtig.

Peigi lachte, als Stuart sie im Flur drehte, damit er ihre Tür öffnen konnte. Er wirbelte mit ihr ins Zimmer, hielt sie an sich gepresst, bis sie gegen das Bett stießen.

Mit dem Fuß schob er die Tür wieder zu. Obwohl das Haus leer war, wollte er Privatsphäre für sich und Peigi, falls die Jungen unvermutet nach Hause kamen.

Sie hielten schwer atmend inne, musterten einander im fahlen Licht. Die Jalousie war oben, und Regen prasselte gegen das Fenster. Dahinter hing Nebel wie ein Vorhang, der die Welt verhüllte.

„Stuart“, flüsterte Peigi.

Kein Protest, kein Zögern. Sie sagte seinen Namen, als genieße sie es, sprach die Silben mit Genuss aus.

Stuart konnte nicht antworten, ihm fehlten die Worte. Er küsste sie wieder, schmeckte die Süße ihrer Lippen, während er sie weiter in den Armen hielt und ihre Brüste sich gegen seine nackte Haut pressten.

Er wollte sie mit sich aufs Bett ziehen, aber sie hatten noch zu viel an. Stuart ließ Peigi lange genug los, um seinen Gürtel zu öffnen. Er knöpfte sich in Rekordzeit die Hose auf und zog den Reißverschluss herunter, ließ erst seine Jeans fallen, dann die Unterhose. Als er aus dem kleinen Stoffberg trat, sah er, dass Peigi ihn genau beobachtete, ein Lächeln auf den Lippen, ein Glitzern in den Augen.

Göttin, war sie schön!

Sie studierte ihn ohne jede Verlegenheit – sie hatte noch nie Probleme gehabt, seinen Körper zu betrachten. Stuart wurde glühend heiß, als ihr Blick auf seine Erektion fiel. Sein Verlangen nach ihr war offensichtlich.

Als Peigi ihre Jeans öffnete und abstreifte, stockte ihm dem Atem. Ihre Hüften hatten einen verführerischen Schwung, umschlossen von einem Slip, der gleichzeitig praktisch und feminin war.

Sie schob die Finger unter den Bund und zog das Höschen, ohne zu zögern, nach unten.

Stuart wäre am liebsten gestorben. Er hatte Peigi schon nackt gesehen, wenn sie sich verwandelt hatte, doch sie war immer sehr schnell zur Bärin geworden, nachdem sie ihre Kleidung abgelegt hatte.

Jetzt stand sie nackt in ihrem Schlafzimmer und lud ihn ein, sie anzuschauen. Ihre Brüste waren rund und voll, die

Brustwarzen dunkel. Ihre Taille war schmal, ihre Figur schlank, doch verführerisch.

Als Stuart sprach, klang seine Stimme leise und seltsam. „Ich sehe, du bist von der Göttin berührt. Sie hat dir Schönheit geschenkt."

Peigi errötete. „Du bist selbst auch gar nicht schlecht."

„Für einen ‚abgefuckten, seltsamen Dunkelelfdreckskerl'?"

„*Ich* habe dich nie so genannt. Du bist der schönste Mann, den ich je gesehen habe. Speziesunabhängig." Peigi lächelte ihn an, ihre Augen strahlten, und plötzlich fühlte sich Stuart, als könne er Bäume ausreißen.

Er vergaß alles, was er hatte sagen wollen, alle Erklärungen, die er hätte abgeben können, und die Sonette, die er hätte rezitieren wollen. Nichts von alldem spielte eine Rolle. Stuart ging zu Peigi und legte ihr die Hände auf die Hüften.

Er küsste sie, Worte waren überflüssig. Sie erwiderte seinen Kuss, ihre Sehnsucht ebenso groß wie seine.

Stuart konnte nicht mehr länger warten. Er wollte sie überall berühren, sie erkunden, sie schmecken.

Er ließ sich mit ihr aufs Bett sinken, die schmale Matratze gab unter ihrem Gewicht nach. Peigi erwiderte Stuarts Blick fest, während er sich auf sie legte, und las die Dringlichkeit in ihren Augen. Sie teilte die Lippen und hob sich ihm entgegen, während sie gleichzeitig die Arme um ihn schlang. Ihr Körper schmiegte sich einladend an seinen, und sie stieß einen leisen Laut des Begehrens aus, der ihn fast umbrachte.

Stuart berührte ihre Oberschenkel, die sie bereitwillig für ihn öffnete, und glitt mit einem Stöhnen in sie.

PEIGI HATTE IMMER GEGLAUBT, HINGABE BEDEUTETE zugleich den Verlust von Freiheit, Eingesperrtsein und Angst. Doch nun entdeckte sie, dass Hingabe etwas ganz anderes bedeuten konnte.

Sie hatte nicht erwartet, dass Stuart sie umfangen, trösten oder in eine Decke hüllen würde. Hingabe bedeutete in diesem Fall nicht, sich jemandem zu unterwerfen, der stärker war als sie selbst, und zu hoffen, dass er gütig sein würde – sie bedeutete, vor der Liebe zu kapitulieren. Vor dem Bedürfnis, die Welt für diese Person besser zu machen, dafür zu sorgen, dass dieser Mann alles hatte, auch wenn ihr so vieles fehlte.

Stuart küsste ihre Kehle, ihre Brüste, sein Atem strich heiß über ihrer Haut. Ihn in sich zu haben machte sie komplett, der letzte Rest von Unsicherheit war wie weggeblasen.

Es brachte sie dazu, in Ekstase aufzuschreien – und warum auch nicht? Stuart berührte ihre intimsten Stellen, und es fühlte sich erstaunlich an. Nein, „erstaunlich" reichte nicht. Es war wundervoll, herrlich und einfach verdammt fantastisch.

In Stuarts nachtblauen Augen lag dieser Schimmer von Magie, den er ständig zu verbergen versuchte. Sie sah das mächtige Wesen in ihm, das sich unter Kontrolle hielt, um anderen nicht zu schaden.

Die Shifter verstanden nicht, was sie mit Stuart in ihrer Mitte aufgenommen hatten. Peigi hingegen schon. Sie hatte es immer gewusst.

Stuarts Macht umgab sie, breitete sich kribbelnd in ihr aus, berührte die latente Magie, die allen Shiftern innewohnte. Eine Welle der Wildheit durchströmte sie, die den Regen, den grauen Nebel, die Kälte des Wintertages auslöschte. Sie und Stuart waren eins, und sie wünschte sich, es würde niemals enden …

Aber dann breitete sich Hitze von dort aus, wo sie verbunden waren, drohte, sie zu verbrennen, trieb sie unausweichlich ihrem Höhepunkt entgegen. Peigi kam, und Stuart, der sie im Arm hielt, stieß einen Schrei aus, der durch den Raum hallte.

Mein, Liebe, Gefährte. Die Worte wirbelten durch Peigis Kopf, und vielleicht sprach sie sie auch aus.

Stuart stützte sich mit den Fäusten auf die Matratze. Er

bewegte sich in ihr, seine Stöße heftig und erregend, als hätte er sein ganzes Leben auf diesen Augenblick, diese Liebe gewartet.

Er fiel in ihre Schreie ein, als sie gemeinsam den Höhepunkt erreichten und endlich, endlich einen Zufluchtsort fanden. Ineinander verschlungen wurden sie gemeinsam von diesem Gefühl mitgerissen, keuchten, lachten. Tränen liefen Peigi über die Wangen und schimmerten auch in Stuarts schönen Augen.

„Ben ist lange mit ihnen unterwegs", murmelte Peigi viel später.

Es war unterdessen fast Abend. Das graue Licht des Tages war erloschen, und der Nebel drückte grauweiß gegen die Fenster.

Reid, dessen gesamter Körper träge und befriedigt war, malte mit dem Zeigefinger Muster auf Peigis nackten Arm. Befriedigt, ja, aber er wusste, er hatte noch Kraft für viel mehr. Dies war nur eine kurze Ruhepause.

„Wenn unsere Familie wächst, werden wir einen Ort finden müssen, wo wir allein sein können", sagte er. Seine Stimme klang rau. „Noelle hat recht – das ist ein kleines Haus."

Stuart hatte keinen Laut herausbringen können, solange er Peigi geliebt hatte, bis ihn die Leidenschaft übermannt und er seinen Höhepunkt hinausgeschrien hatte. Sein Schrei war erst verklungen, als er heiser gewesen war.

„*Falls* die Familie wächst", schränkte Peigi ein.

Sie klang so wehmütig, dass sich Stuart auf einen Ellbogen stützte, um sie ansehen zu können.

„Fürchtest du, du könntest vielleicht keine Jungen bekommen?", fragte er sanft.

Peigi schluckte schwer. „Ich war fünfundzwanzig Jahre mit Michael zusammen und war nie …"

Reid berührte zärtlich ihr Gesicht. „Du warst außerdem gestresst, auf der Flucht, eingesperrt, verängstigt …"

„Die anderen Frauen auch. Sie haben problemlos Junge empfangen und geboren. Deshalb haben wir ja unsere sechs."

Reid gefiel es, dass sie „unsere" sagte. „Darf ich dich etwas sehr Persönliches fragen?", bat er zögernd. „Hast du mit Michael den Paarungswahn erlebt?"

Peigi errötete. „Zuerst dachte ich das. Ich war jung, hatte den Übergang gerade hinter mir. Mir war klar, dass Michael nicht der ideale Mann war, doch ich fand die Alternative, ohne ihn zu sein, schlimmer. Ich hätte in einer Shiftertown festgesessen, wahrscheinlich zusammen mit Angehörigen meines Clans, die mich nicht gewollt hatten. Heute sind Shiftertowns ganz erträglich, aber damals waren sie das ganz und gar nicht."

„Ich weiß." Beim Bau der Shiftertowns hatte Stuart noch nicht zu der neu gegründeten Abteilung gehört, die sich um Angelegenheiten der Wandler kümmerte, doch er hatte sich manchmal um Beschwerden von Anrainern kümmern müssen und dabei selbst gesehen, in welcher räumlichen Enge und welchem Elend die Shifter damals leben mussten. „Du hattest recht, dort nicht hausen zu wollen."

„Ich habe mir eingeredet, ich müsste bei diesem starken Shifter bleiben, der sich um mich kümmert. Als ich dann allerdings keine Jungen bekommen habe, hat er sich anderen Frauen zugewandt. Ich war dominant genug, dass er sie nicht über mich stellen konnte, doch er ließ mich wissen, dass ich ihn enttäuscht hatte. Zwar bin ich seine primäre Gefährtin geblieben, aber es wurde ziemlich übel."

Reid küsste ihr eine Träne aus dem erhitzten Gesicht. „Es war nicht meine Absicht, solche Erinnerungen zu wecken. Tut mir leid."

„Nein, ich muss mich daran erinnern. Ich muss mir klarmachen, wie viel besser mein Leben hier in diesem Haus, mitten in einer Shiftertown, mit sechs Jungen und einem *dokk alfar*-Liebhaber ist."

Stuart funkelte sie spöttisch an. „Moment mal, du hast einen *dokk alfar*-Liebhaber? Wie heißt der Kerl? Ich bringe ihn um."

Peigi lachte zitternd. „Er ist ein totaler Mistkerl. Ich weiß nicht, ob du ihn mögen würdest."

„Wahrscheinlich nicht." Stuart lächelte sie an. „Eine Frage habe ich noch. Hatte eine von Michaels anderen Frauen Junge? Keins von unseren ist sein Kind – das habe ich schon immer gewusst." Die Väter ihrer Jungen waren Michaels Tracker, von denen einige inzwischen tot waren. Die, die noch lebten, hatten sich nicht die Mühe gemacht herauszufinden, was aus ihren Jungen geworden war.

„Die Frauen dort hatten alle mehrere Gefährten", antwortete Peigi. „Michaels Idee, weil es immer mehr männliche als weibliche Shifter gibt. Größerer Genpool, hat er gesagt. Aber jetzt, wo du fragst – ich bin nicht sicher, ob Michael je eigene Junge gezeugt hat."

„Hattest du … äh … auch andere Gefährten?"

„Nein." Peigi schüttelte nachdrücklich Kopf. „Das wollte ich nicht, und Michael hat mich für unfruchtbar gehalten und deshalb nicht darauf bestanden. Ich glaube, er wollte außerdem das Alphaweibchen nicht teilen."

Reid strich ihr mit dem Daumen über die Unterlippe. „Ich glaube, es war Michael, der unfruchtbar war. Wahrscheinlich hat er seinen Trackern dieselben Frauen zugeschanzt, mit den er geschlafen hatte, um die Tatsache zu tarnen, dass er keine kleinen Shifter zeugen konnte."

Peigi keuchte nicht auf, fasste sich nicht schockiert an die Stirn. Sie nickte nur langsam. „Darüber habe ich auch schon nachgedacht. Er hat immer sorgsam darauf geachtet, keine Schwäche zu zeigen. Michael hat dafür gesorgt, dass er stets die Kontrolle hatte."

„Fazit: Es könnte durchaus sein, dass du Junge bekommen kannst."

Tränen traten in Peigis Augen. „Ich wünsche mir so sehr, dass das wahr ist. Und gleichzeitig habe ich Angst, darauf zu hoffen."

„Das verstehe ich, glaub mir." Stuart strich ihr eine Locke aus dem Gesicht. „All die Jahre habe ich versucht, nach Hause zurückzukehren, und eine Hoffnung nach der anderen ist zerbrochen … Hoffnung kann grausam sein."

„Dann will ich nicht hoffen." Peigi seufzte. „Einverstanden?"

„Ist mir recht." Reid stützte sich wieder auf den Ellbogen, um Peigis schönes Gesicht und ihren Busen betrachten zu können. „Wir haben sechs wunderbare Junge, um die wir uns kümmern können. Wenn noch welche dazukommen, stört mich das auch nicht. Weißt du, wir können es ja einfach versuchen. Unablässig, draußen und drinnen, überall, zu jeder Tages- und Nachtzeit. Weiter tun, was dafür erforderlich ist. Vergiss das mit dem Hoffen – lass uns daran arbeiten."

Als er ausgeredet hatte, lächelte Peigi. „Ich glaube, damit bin ich einverstanden."

„Gut. Wie wäre es, wenn wir sofort damit anfangen?"

Lachend zog Peigi ihn an sich, und in ihren Augen loderte Verlangen auf. Stuart drängte seine Sorgen und seinen wiedererwachten Zorn auf Michael beiseite und verlor sich erneut in Peigis Wärme.

PEIGI FUHR AUS DEM SCHLAF HOCH. ES WAR STOCKDUNKEL und kalt im Zimmer.

Stuart schlief neben ihr, ein Bein schaute unter der Decke hervor.

Während Peigi nach und nach weiter wach wurde, setzte sie sich panisch auf. Wo waren die Jungen?

Sie hörte sie, sechs Stimmen, die ihre Begeisterung über den Ausflug kundtaten. Bens tiefe Stimme antwortete ihnen, und Peigi entspannte sich erleichtert.

Peigi sollte aufstehen, sich anziehen, rausgehen, bei ihnen sein, sich bei Ben bedanken und ihn heimschicken. Stuart konnte ja noch ein Weilchen schlafen, während Peigi die Jungen bettfertig machte. Sie würde sie ins Bett bringen, ihnen einen Gutenachtkuss gegeben und der Göttin danken, dass sie bei ihr lebten.

Wind wehte am Fenster entlang und verwirbelte den Nebel. Ein Ast eines Baumes vor dem Fenster klopfte gegen die Scheibe, und das kratzende Geräusch vertrieb die letzte Müdigkeit.

Wieder wirbelte der Nebel, und klar umrissene Bereiche verzogen sich, bis es aussah, als spähte ein Gesicht zum Fenster herein – zwei Augenhöhlen und ein weit geöffneter Mund.

Die Bärin in Peigi knurrte. Sie sprang aus dem Bett und nahm dabei ihre Hybridgestalt ein. Das Gesicht wich zurück, dehnte sich schrecklich, riss den maulartigen Mund noch weiter auf.

Er sog sie Richtung Fenster. Sie musste träumen – das Gesicht war eine optische Täuschung, geschaffen aus einer Kombination aus Wind, Licht und ihrem halb wachen Zustand.

Doch sie spürte die Kälte, dagegen konnte auch das Fell, das aus ihrer Haut spross, wenig ausrichten. Bens Stimme verklang, genau wie die der Jungen, als habe sich zwischen dem Schlafzimmer und dem Rest des Hauses ein schallschluckender Vorhang herabgesenkt.

Hinter ihr schreckte Stuart aus dem Schlaf hoch. Er starrte die sich ausbreitende Schwärze vor dem Fenster an, ehe er sich rückwärts aus dem Bett erhob. Als hätte ihn jemand von der Matratze gepflückt, wurde er in die Luft gezerrt und segelte auf das Fenster zu, das sich in dichteren Nebel aufzulösen begann.

Im letzten Moment schnappte sich Stuart seine Jeans vom Fußende des Bettes. Dann wurde Peigi von den Beinen gerissen und seitwärts in den dichten Nebel geschleudert, der dort waberte, wo eben noch das Fenster gewesen war. Als er an ihr vorbeirauschte, fasste sie nach Stuarts Hand und klammerte sich daran fest.

Kälte und Dunkelheit stürmten auf sie ein. Peigi spürte nur Stuarts Griff, ein Rettungsanker in der eiskalten Finsternis, und dann gar nichts mehr.

KAPITEL ZWANZIG

Sie landete weiter im Dunkeln auf einem rauen Untergrund. Ihre Augen brannten. Dies war kein Traum. Eisige Kälte umwirbelte sie, viel kälter als eine Januarnacht in Las Vegas.

Wo zum Teufel war sie? Sie holte tief Luft, nahm aber zu viele verwirrende Gerüche wahr: Holzrauch, Tiere, Schnee, der scharfe Gestank brennenden Mülls und … Shifter.

Ehe ihr klar war, welche Shifter und wo, prallte Stuart, dessen Hand ihr entglitten war, gegen sie. Seine Anwesenheit erfüllte sie mit Erleichterung, doch sie blieb aufmerksam und angespannt.

„Was zur Hölle …?“, flüsterte sie. „Wo sind wir?“

„Im Feenland, vermute ich.“ Stuart rappelte sich mühsam auf. Eilig schlüpfte er in die Jeans, die er im letzten Moment noch zu fassen bekommen hatte. Er war barfuß, und auf seinem nackten Oberkörper bildete sich eine Gänsehaut. „Keine Ahnung, wo genau.“

Es roch stärker nach Shifter, und dann hörte Peigi sie. Ihr Knurren und Brüllen wurden immer lauter, vereinte sich zu einer regelrechten Kakofonie. Angreifende Shifter. Instinktiv trat Peigi vor Stuart und nahm Verteidigungshaltung ein.

Sie preschten aus dem Nebel hervor, der sich verzogen hatte und den Blick auf dunkle Baumstämme freigab.

Lupide, Bären, Felide – sie griffen nicht wahllos an, sondern in koordinierten Kolonnen, so aufgeteilt, dass die Shifter einander maximalen Schutz bieten konnten. Mit Entschlossenheit und einer Wildheit, die Feinde unwillkürlich mit Furcht erfüllen musste, stürmten sie durch den Nebel.

All der Aufwand für sie und Stuart?

Kaum hatte sich dieser Gedanke in ihrem Kopf geformt, packte Stuart sie auch schon und riss sie zu Boden. Bolzen flogen über ihre Köpfe hinweg, abgeschossen von einer Reihe Krieger in Leder und Metall.

Eisen und Stahl, kein Silber, erkannte Peigi sofort. Das waren *dokk alfar*.

Einer der *dokk alfar* rief etwas, und eine zweite Reihe von Armbrustschützen feuerte. Shifter stürzten schreiend zu Boden. Andere wichen aus, sprinteten los, um neben die Schützen oder hinter sie zu gelangen.

Peigi brüllte auf und landete als Bärin auf allen vieren. Shifter, die *dokk alfar* angriffen? Im Auftrag der Feen oder von sich aus? Und warum?

Stuarts Stimme drang an ihr Ohr. „Wir müssen hier weg."

Ach was! Peigi stieß Stuart mit der Schulter an, der sofort begriff, was sie von ihm wollte, und sich auf ihren Rücken schwang.

Peigi wählte einen Weg, der direkt vom Geschehen wegführte, und rannte los. Stuart klammerte sich mit gesenktem Kopf an ihren Rücken. Er hielt sich mit Leichtigkeit fest, als wäre es für ihn keine große Sache, eine fliehende Bärin zu reiten.

Peigi lief weiter, bis der Kampfeslärm verklang, dann wurde sie langsamer. Als Stuart von ihrem Rücken rutschte, nahm sie ihre Hybridgestalt an. Ihr Herz hämmerte, und sie atmete schwer.

„Was zum Teufel geht da vor sich?", keuchte sie.

„Sehr gute Frage. Wir müssen Cian finden."

Peigi blickte sich hektisch um. „Wie sind wir überhaupt hierher gelangt? Hat uns ein Tor abgeholt?"

Stuart fuhr sich durch das kurze, vom Nebel feuchte Haar. „Ich denke, das haben wir Cian zu verdanken. Er hat mich schon einmal halb ins Feenreich gezogen. Vielleicht kann er es inzwischen richtig."

„Das will ich nicht hoffen. Um seinetwillen." Peigi knurrte, ihr Blut pulsierte noch in ihren Adern. Vergiss zur Sicherheit in den Schatten verstecken – sie wollte jetzt jede Menge Schädel einschlagen. „Wie finden wir ihn? Für mich sieht hier alles gleich aus."

Wie bei ihrem ersten Ausflug ins Feenland wirkten die Bäume, die sie umgaben und nach wenigen Schritten im Nebel verschwanden, identisch auf sie. Egal, wo sie hinschaute, sie fand keine Orientierungspunkte.

„Wir ziehen uns hinter die Linien der *dokk alfar* zurück", meinte Stuart. „Selbst wenn dies nicht Cians Leute sind, liegen die Lande der *dokk alfar* gewiss in dieser Richtung."

„Was ist, wenn das unsere Shifter sind?", fragte sie. „Die, die Dylan geschickt hat, meine ich. Warum wollen die *dokk alfar* ihren Tod?"

„Aus Versehen von einem Armbrustbolzen getroffen werden wir diese Frage nicht beantworten."

Da hatte er recht. „Na schön", lenkte Peigi ein. „Wir suchen Cian und knallen ihn gegen eine Wand, bis er uns alles erklärt."

Stuart lachte, ein unerwartetes Geräusch in der feuchten Luft. „Meine Gefährtin ist echt krass drauf. Legt euch besser nicht mit ihr an!"

„Das kannst du laut sagen." Peigi lächelte Stuart an, was angesichts ihres nur halb menschlichen Gesichts vermutlich ziemlich grotesk aussah. „Möchtest du wieder reiten?"

„Es würde schneller gehen", erwiderte Stuart. „Außerdem ist dein Fell schön weich."

„Schleimer." Peigi ließ sich auf alle viere fallen und vollendete ihre Verwandlung zur Bärin. Stuart stieg auf ihren Rücken, und sie setzten sich in Bewegung.

Hinter ihnen tobte die Schlacht weiter. Shifter kreischten und brüllten, und *dokk alfar* schrien, als Shifter, die durch ihre Reihen gebrochen waren, sie niederrannten.

Peigi versuchte, nicht zu genau hinzuhören, denn es brach ihr das Herz. Die Shifter hatten so lange und unter so großen Verlusten darum gekämpft, sich von den Feen zu befreien, und jetzt warfen sie das alles weg, indem sie die *dokk alfar* in der Welt angriffen, aus der sie selbst vor so langer Zeit geflohen waren. Sie fragte sich, was wohl der Grund dafür sein mochte.

Sie konnte sich unauffällig fortbewegen, das hatte sie als Michaels Gefangene gelernt. Peigi trabte flink zwischen den Bäumen entlang, ließ sich von Geräuschen und Gerüchen leiten. Im Nebelwald fühlte sie sich ziemlich eingeengt. Sie war die weite Wüste Nevadas gewöhnt, wo man, sobald man auf einer kleinen Bodenanhöhe stand, fast hundert Kilometer weit sehen konnte.

Vor ihnen bemerkte sie eine Quelle gebündelter Sinnesreize, die auf ein Lager schließen ließen: Der Geruch von Pferden, Kochfeuern und bratendem Fleisch mischte sich mit den Geräuschen von Personen, die hin und her liefen und einander Dinge zuriefen, von Männern, die Nachrichten aus der Schlacht brachten, und anderen, die sich bereit machten, sich ins Getümmel zu stürzen.

Peigi blieb stehen, richtete sich auf die Hinterbeine auf, und Stuart glitt von ihrem Rücken, während sie Menschengestalt annahm.

„Wenn ich in Bären- oder Hybridgestalt näher herangehe, schießt vielleicht jemand auf mich", erklärte sie.

Sobald sie ihre Bärengestalt aufgegeben hatte, traf die Kälte sie wie ein Schlag, und Peigi erschauerte. Sie hatte keine Zeit gehabt, nach Kleidung zu greifen, und sich verwandelt, sobald das Portal sie eingesogen hatte.

„Bleib hier." Stuart legte ihr die Hände auf die Schultern, küsste sie rasch auf den Mund und verschwand zwischen den Bäumen.

Peigi nahm wieder ihre Hybridgestalt an, um warm zu bleiben, doch Stuart war sofort wieder da und warf ihr etwas zu.

Sie wandelte sich wieder zurück, während sie das Bündel ausschüttelte – Beinlinge und ein langes Lederhemd. Stuart hatte sich selbst auch ein Wams und Stiefel für sie beide besorgt. Letztere passten Peigi nicht wirklich, aber sie würden immerhin den direkten Kontakt ihrer bloßen Füße mit dem feuchten Boden verhindern.

„Wer wird uns denn anbrüllen, weil wir ihre Klamotten gestohlen haben?"

„Wahrscheinlich niemand", sagte Stuart, während er sich das Wams über den Kopf zog. „Diese Kleidung ist für *dokk alfar* in etwa so gewöhnlich wie Jeans und T-Shirts für uns. Ich bezweifle, dass jemand sie vermissen wird. Ich habe sie aus dem Wäschereizelt gestohlen."

Peigi band sich mit eisigen Fingern das Hemd zu. Das Leder auf der nackten Haut fühlte sich seltsam an. „Ist Cian dort?"

„Ich habe ihn bisher nicht gesehen, doch ich gedenke, mich nach ihm zu erkundigen."

Er hielt ihr eine Hand hin. Peigi nahm sie, und gemeinsam gingen sie auf das Lager zu wie ein *dokk alfar* und seine Dame auf einem Spaziergang … tief im Wald in der Nähe eines Schlachtfeldes. Ja, klar.

Die *dokk alfar*, die geschäftig durchs Lager eilten, schienen sich über die beiden Neuankömmlinge, die ähnlich gekleidet waren wie sie selbst, nicht weiter zu wundern. Sie warfen erst Stuart einen Blick zu und betrachteten dann erstaunt die große Frau neben ihm, widmeten sich dann aber schnell wieder ihren jeweiligen Tätigkeiten.

„Tolle Sicherheitsvorkehrungen", murmelte Peigi.

„Mhm", stimmte Stuart zu. „Deshalb konnte ich uns auch

so einfach Kleidung besorgen. Suchen wir uns jemanden, der hier was zu sagen hat."

Nicht alle waren nachlässig. Ein Mann mit einem Schwert am Gürtel fuhr herum, entdeckte sie und stand blitzschnell vor ihnen. Er knurrte etwas in Stuarts Richtung, und der antwortete. Stuarts Stimme klang hart. Er weigerte sich offenbar, unter dem misstrauischen Blick der Wache einzuknicken.

Der Mann musterte sie argwöhnisch, nickte dann aber Stuart zu. Er bedeutete den beiden, ihm zu folgen, und ging auf die Zelte zu, wobei er einen weiteren Soldaten als Nachhut hinzubeorderte.

Das Zelt, zu dem er sie führte, war nicht größer oder prächtiger als die anderen. Peigi fragte sich, ob es ein Arrestzelt war, bis sie Cian davorstehen sah, der aufmerksam einem *dokk alfar* mit Abschürfungen und Schnitten im Gesicht lauschte. Cian wartete, bis der Mann ausgeredet hatte, dann gab er ein paar Befehle. Der *dokk alfar* salutierte und verschwand rennend wieder zwischen den Bäumen.

Cian drehte sich ohne jede Überraschung zu Stuart und Peigi um, als habe er mit ihnen gerechnet. Michael trat aus dem Zelt und nahm hinter Cian Aufstellung.

„Wer hat dich denn von der Leine gelassen?", verlangte Stuart zu wissen.

„Er." Michael deutete selbstgefällig mit dem Daumen auf Cian. „Er wollte meine Hilfe im Kampf gegen die Shifter. Ich weiß, wie man das macht."

„Du sprichst die Sprache der *dokk alfar*? Interessant."

„Muss ich nicht. Übersetzer."

Diesmal deutete er mit dem Daumen auf einen Shifter, der auf einen Stuhl gefesselt ein Stück entfernt saß. Crispin. Er trug jetzt Kleidung – Beinlinge und ein Wams in dem Stil, den Stuart als typisch für die *dokk alfar* bezeichnet hatte.

„Den brauche ich dann, wenn du mit ihm fertig bist", sagte Peigi. Sie war sich nicht sicher, ob Dylan Crispin wegen seines Verrats an den Shiftern töten würde, aber was Crispin über die

Hochelfen wusste, musste für Dylan eigentlich unschätzbar wertvoll sein. Das war ihr völlig klar – und außerdem wollte Dylan nicht, dass ein Mitglied seines Clans allein im Feenland starb.

Michael sah sie überrascht an. „Von mir aus."

Cian fiel ihm ins Wort, wandte sich an Stuart. Er sprach voller Autorität, in seinem Tonfall lag nichts Entschuldigendes. Warum auch immer er diesen Angriff auf Shifter gestartet hatte, er stand zu seiner Entscheidung.

Stuart lauschte ihm mit finsterer Miene und fasste dann für Peigi zusammen: „Die *hoch alfar* haben sich an den Grenzen seines Hoheitsgebietes versammelt. Sie verfügen über eine kleine Armee von Shiftern, die von ihren Bogenschützen unterstützt werden. Deren Anführer ist unser Feenprinz, den wir bei der Jagd in den Wäldern getroffen haben. Zumindest offiziell. Cian glaubt, ein General nutze das Geld und den Einfluss des Prinzen, um diesen Angriff voranzutreiben."

Peigi beobachtete, wie ein *dokk alfar* eine Holzkiste neben ihnen abstellte, den Deckel abnahm und Männern, die sich dafür anstellten, Armbrustbolzen mit Eisenspitzen aushändigte. „Warum greifen sie Cian an?"

Stuart zuckte die Achseln. „*Hoch alfar* und *dokk alfar* haben noch nie einen Grund gebraucht, um sich gegenseitig an die Kehle zu gehen. Die bloße Existenz der jeweils anderen ist völlig ausreichend. Jetzt, wo der *Karmsyern* verschwunden ist, sind die Grenzen durchlässig – weiter bewacht und patrouilliert, aber letztlich ungeschützt. Dieser Angriff hat die Grenzwachen am Ufer des Flusses dort hinten ausgeschaltet." Stuart deutete vage zwischen die Bäume. „Deshalb ist es da so neblig. Am Fluss ist es ein bisschen wärmer, und wir stehen mitten in einer Wolke. Cian hat auf den Angriff mit einer eilig zusammengerufenen Armee reagiert. Für ihn ist seit unserem Verschwinden etwa eine Woche vergangen."

Peigi musste diese Information erst einmal verdauen. „Hofft er, den Angriff abwehren zu können?" Sie schlang die

Arme um sich, doch ihr wurde einfach nicht wärmer. „Da draußen sterben Shifter. Selbst wenn sie sich entschlossen haben, sich den *hoch alfar* anzuschließen, es sind und bleiben Shifter."

Michael knurrte. „Verräter, meinst du. Wie kaputt muss man sein, um sich als Shifter mit Feen einzulassen?"

„Du hast dich doch auch mit den *dokk alfar* eingelassen", erinnerte ihn Stuart.

„Unter Zwang. Aber ja, ich helfe Cian gerne, diese Scheißshifter auszuschalten. Es ist ihre eigene Schuld, wenn man sie in Bettvorleger verwandelt."

Peigi wusste, dass viele Shifter dieser Auffassung waren. Sie dachte an Graham, der nie mit seiner Meinung hinter dem Berg hielt, dass die Shifter, die sie verrieten, die letzten Drecksäcke waren, die keine Gnade verdient hatten. Andererseits bemühte sich Graham, sie zu retten und sie in die Menschenwelt zurückzuholen, damit er ihnen zur Strafe persönlich eine Kopfnuss verpassen konnte. Michael hingegen war bereit, sie abschlachten zu lassen.

Stuart sagte etwas zu Cian. Der sah Peigi an und lachte heiser.

„Was?", verlangte Peigi zu wissen.

„Ich habe ihm erzählt, dass du bereit warst, den Anführer dieser Aktion hier gegen die nächste Wand zu knallen. Er hat gemeint, er könne dir daraus keinen Vorwurf machen."

„Gut." Peigi funkelte Cian an. „Was nun? Warum sind wir überhaupt hier?"

Stuart blickte sich im Lager um, wo die Armbrustschützen gerade aufbrachen, um die Front zu verstärken. Wie schon bei ihrem letzten Besuch im Feenland wirkte Stuart stärker, härter, wenn er in Kontakt mit der Magie dieser Welt trat. „Er sagt, ein Eisenmeister könne das Blatt wenden."

„Mit anderen Worten, er will, dass du ihm den Hintern rettest?" Peigi schaute Cian weiter finster an, der durchaus amüsiert wirkte.

„Er arbeitet mit dem, was er hat“, stellte Stuart fest. „Cian behauptet, er hätte uns nicht persönlich hergeholt. Er weiß, dass es in der Nähe eine Ley-Linie gibt, und wollte gerade seinem Zauberwirker befehlen, mich mit ihrer Hilfe zu beschwören, als die *hoch alfar* früher als erwartet angegriffen haben. Er vermutet, einer seiner Untergebenen müsse ihn gehört haben, und der Zauberwirker habe uns hergeholt. Cian weiß nicht, wie die Ley-Linie in Richtung deines Hauses verschoben worden ist. Er weiß nur, was auf dieser Seite passiert ist.“

„Verstehe.“ Sie musste über vieles nachdenken. Was hatte Cian Michael versprochen, als er ihn rekrutiert hatte? Cian hatte offensichtlich beschlossen, Crispin könne ihm noch nützlich sein, und jetzt hatte er Peigi, eine weitere Shifterin, auf seiner Seite. Er arbeitete wirklich mit allem, was er kriegen konnte.

Peigi würde keine anderen Shifter töten. Diese rote Linie würde sie nicht überschreiten … Nun, es sei denn, sie versuchten, Stuart oder sie selbst umzubringen, und sie konnte das nicht anders verhindern.

Aber sie würde auch nicht ihr Leben für Shifter geben, die bereit waren, sich den Feen zu unterwerfen und damit im Grunde wieder zu Kampfbestien zu werden. Sie hatte es satt, sich für Shifter aufzuopfern, die die, die ihnen helfen wollten, bloß ausnutzten.

Bei dem Gedanken schaute sie zu Michael hinüber. Was führte er im Schilde?

Michael erwiderte ihren Blick wie früher, als er noch der Anführer der ihn verehrenden Parias gewesen war.

Dann wandelte sich seine Miene von Selbstzufriedenheit zu Überraschung, dann zu Entsetzen und schließlich zu Empörung. Er wirbelte zu Stuart herum. „Du hast ihr einen Gefährtenantrag gemacht.“ Sein Knurren hallte durch die Nebel.

Stuart musterte ihn gelassen. „Ja.“

„Ein Gefährtenantrag, den ich angenommen habe“, stellte

Peigi klar, ehe Michael lostoben konnte. „Wie gesagt, ich habe uns als getrennt betrachtet. Nach den Gesetzen der Shifter reicht das, um mir zu ermöglichen, einen anderen Antrag anzunehmen – vor allem da wir beide nie eine Zeremonie unter der Sonne und dem Mond hatten. Also reg dich ab."

„Du warst schon immer ein freches Weibsstück", knurrte Michael.

Peigi hob das Kinn. „Bei dir hört sich das an, als wäre das was Schlechtes."

Michael knurrte weiter, dann kehrte sein Lächeln plötzlich zurück, allerdings auf eine Weise, die Peigi ganz und gar nicht gefiel.

„Ich kenne die Gesetze der Shifter auch." Er durchbohrte Stuart mit seinem Blick. „Du hast ihr einen Gefährtenantrag gemacht, *dokk alfar*. Na schön … Hiermit fordere ich dich heraus."

KAPITEL EINUNDZWANZIG

Stuart sah, wie Crispin sich ruckartig aufsetzte. Selbst Cian, der die englischen Worte nicht verstanden hatte, spannte alle Muskeln an.

Stuart wusste, was Michaels Worte bedeuteten. Wenn ein Shifter einer Shifterin einen Gefährtenantrag machte, konnte jeder andere männliche Wandler ihn herausfordern, wobei die Frau den Sieger nicht unbedingt akzeptieren musste.

Das war archaisch, tödlich und in den Augen der Shifter vollkommen vernünftig. In den schlechten Zeiten früher hatten sich die stärksten Männchen mit den stärksten Weibchen gepaart, um den Jungen die bestmöglichen Überlebenschancen zu ermöglichen. Diese schlechten alten Zeiten waren – mehr oder weniger – vorbei, doch die Tradition hatte sich gehalten.

„Nein", sagte Peigi rasch.

„Nicht deine Entscheidung", erwiderte Michael. „Auch wenn du ein freches Weibsstück bist."

„Aber es ist meine Entscheidung, dir die Eier abzuschneiden." Peigi sprang vor, Krallen schossen aus ihren Fingern, doch Stuart bekam sie an den Armen zu fassen und hielt sie zurück. Allerdings stellte er mit einer gewissen Befriedigung fest, dass Michael einen Schritt zurückgewichen war.

„Schon gut", erklärte er. „Ich nehme die Herausforderung an."

Peigi wandte sich mit weit aufgerissenen Augen zu ihm um. Er wusste, sie glaubte, er hätte den Verstand verloren, und hatte Angst, Michael könne ihn zu einem handlichen Stapel *dokk alfar*-Knochen verarbeiten.

Crispin übersetzte rasch für Cian, der missbilligend die Stirn runzelte. „Für solchen Unsinn haben wir jetzt keine Zeit."

Stuart antwortete nicht. Er wusste, er musste sich mit Michael auseinandersetzen, sonst würde der Mann Peigi niemals in Ruhe lassen. Ihn zu töten würde viele Probleme lösen, aber Cian hatte recht: Michaels Wissen über Shifter und die möglichen Verhaltensweisen der Rebellen konnten sich noch als wertvoll erweisen.

„Gut." Michael nickte Stuart mit einem gewissen Respekt zu. „Nach den Shifter-Regeln darf der Geforderte Zeit und Ort wählen."

„Ich weiß." Stuart trat einen Schritt von Peigi weg. „Ich wähle … jetzt."

Er wirbelte herum und schnappte sich die eiserne Brechstange, mit der der *dokk alfar* die Kiste mit den Armbrustbolzen geöffnet hatte. Er war zurück, ehe sich der Luftzug seiner ersten Bewegung gelegt hatte, und das Brecheisen veränderte sich bereits in seinen Händen.

Michael verwandelte sich in seinen Grizzly, doch noch während er zum Bären wurde, warf Stuart das Eisen nach ihm.

Das Brecheisen wickelte sich um Michael, riss ihn hoch und schleuderte ihn etwa fünfzehn Meter nach hinten. Er flog an den Zelten vorbei und krachte auf halber Höhe des Stammes hart gegen einen hochaufragenden Baum. Sofort löste sich das Eisen und kehrte in Stuarts offene Hand zurück.

Michael schien einen Moment reglos in der Luft zu hängen und brüllte panisch, dann fiel er zappelnd zu Boden. Er kam krachend auf der Erde auf und jaulte schmerzerfüllt. Einen Moment lag er als stöhnender Fellhaufen da, dann rappelte er sich auf und hinkte zurück Richtung Stuart.

Stuart traf ihn auf halber Strecke, das Eisenstück in seinen Händen formte sich zu einem spitzen Rapier. Er marschierte auf Michael zu und hielt es ihm so gegen die Bärenkehle, dass an der Spitze ein Blutstropfen sichtbar wurde.

Mit knackenden Knochen nahm Michael seine Hybridgestalt an. Er ragte über Stuart auf – ein riesiger Grizzly-Mensch, aber Stuart presste die Spitze seiner Waffe weiter gegen Michaels Hals.

„Unfair", keuchte Michael.

„Du kämpfst auf deine Weise, ich auf meine. Ergibst du dich?"

Michael knurrte ihn an. „Nein."

„Ich hatte gehofft, dass du das sagen würdest."

Brüllend stürzte sich Michael mit Zähnen und Klauen auf ihn. Stuart wich seiner herabfahrenden Pranke aus und beschrieb mit seinem eisernen Rapier einen eleganten Bogen. Michael gelang es mit knapper Not auszuweichen, sodass es ihm nicht den Bauch aufschlitzte, und auch das nur, weil Stuart im letzten Augenblick zurückzog.

Michael richtete sich auf die Hinterbeine auf und sammelte all seine Kraft. Stuart griff wieder an, die Klinge sauste durch die Luft. Michael wurde erneut getroffen, hob aber die Bärenpranken, bereit, Stuart zu zermalmen.

Peigi stürmte los. Bei ihrer Verwandlung fiel ihre Kleidung von ihr ab, dann rammte sie Michael, und die beiden gingen in einer Staubwolke zu Boden.

Ehe Michael sich wieder aufrichten konnte, stürzte sich Peigi zornbrüllend auf ihn. Ihre Pranken trafen ihn im Gesicht, in den Bauch und wieder in seinem dummen Gesicht.

All die Angst und jeder Schmerz, den er ihr zugefügt hatte, jede Verletzung und jedes Entsetzen der Jungen und Frauen in ihrer Obhut kamen in ihr hoch. Sie ohrfeigte ihn, traf ihn immer wieder mit ihren Krallen, drosch auf ihn ein.

Peigi spürte Hände in ihrem Fell, die versuchten, sie wegzuzerren. Sie erkannte Stuarts Berührung und dann Cians sehnige Finger.

Die beiden wollten nicht, dass sie Michael tötete. Sie brauchten ihn noch. Doch das war Peigi egal.

Michael wimmerte. Blut floss aus seinen Wunden, strömte ihm aus Mund und Nase, und das Fell an seinem Bauch war rotverklebt. Er öffnete das Maul und stieß ein klägliches Brüllen aus.

Peigi blinzelte, und die Bärin in ihr erkannte, was gerade geschehen war. Sie hatte ihn besiegt, ihn dominiert. In der Welt der Shifter bedeutete das einen Hierarchiewechsel. Jetzt stand Peigi über ihm, und Michael rutschte in der Rangordnung tiefer.

Crispin, der aus dem Zelt heraus fasziniert zugesehen und wahrscheinlich alles gehört hatte, erkannte das auch. „Er ist unterworfen", rief er mit neuem Respekt, fast Furcht in der Stimme.

Peigi erhob sich auf die Hinterbeine und brüllte ihren Triumph in die Welt hinaus. Ihre Stimme drang durch den Nebel und verkündete, dass eine Shifterin einen Gegner bezwungen hatte. Es war egal, dass der Gegner ihr früherer Gefährte war. Der Shifterinstinkt sorgte dafür, dass sich alles neu ordnete.

Peigi fiel zurück auf alle viere, schnupperte mit einem abschätzigen Schnauben an Michael, wandte sich dann ab und entfernte sich.

Stuart starrte ihr nach, aber Peigi ging immer weiter. Wenn

sie ihr würdevolles Tempo nicht beibehielt, würde sie stehen bleiben, sich verwandeln und einmal rings ums Lager Rad schlagen.

Für euch, Donny, Noelle, Hannah, Lucinda, Patrick und Kevin. Für die Frauen und Jungen, die mit mir gelitten haben. Für euch alle.

Peigi gestattete sich ein kleines Seitwärtstänzeln, während sie zurück zu ihren Klamotten schlenderte. Michael war nicht mehr furchterregend, überlegen, voller Grausamkeit.

Er war ein schlaffer Haufen Bärenfell, und das würde sich nie wieder ändern. *Besser, als ihn zu töten*, dachte Peigi und kostete ihren Triumph aus. *Viel, viel besser.*

STUART SCHAUTE PEIGI NACH UND SPÜRTE AM GANZEN Körper, dass sich in ihr etwas verändert hatte. Er wusste es, weil er bei sich selbst eine Veränderung wahrnahm.

Michael blieb keuchend am Boden liegen. Am Leben, aber verwundet, erschöpft und besiegt.

Tja, Finger weg von meiner Lady.

Stuart würde noch herausfinden müssen, was genau es bedeutete, dass Peigi Michael besiegt hatte, doch im Moment standen sie mitten in einem Heerlager, und keine Meile entfernt kämpften Shifter und *hoch alfar* gegen Cians Leute.

Stuart wischte Michaels Blut von seinem Eisenstück und kehrte zu dem verwirrten Cian zurück. „Was hast du vor?"

Cian hob die Brauen. „Seid ihr beiden jetzt fertig damit, ihm eine Lektion zu erteilen?"

„Er hat sie gebraucht", antwortete Stuart. Mit einem Achselzucken, das Erics würdig gewesen wäre, sah er Cian an. „Das ist so ein Shifterding."

„Es hat auf keinen Fall den Falschen getroffen. Ich dachte nur, ihr würdet das auf später verschieben."

„So können wir ihn leichter kontrollieren. Deine Pläne?"

Cian schüttelte den Kopf und wandte sich wieder dem

eigentlichen Thema zu. „Werden gerade umgesetzt. Meine Männer locken die *hoch alfar* und ihre Kampfbestien in einen Hinterhalt am Fluss, wo wir sie besiegen werden. Leider nur zeitweilig. Meine Späher melden mir, dass sich immer mehr *hoch alfar* sammeln."

Stuart warf das Rapier hoch, sodass es sich in der Luft drehte, und fing es wieder auf. „Wir müssen bloß diesen verdammten Eisenbrocken zurückkriegen."

„Das wäre ideal", erwiderte Cian trocken. „Hast du eine Idee, wie wir das anstellen sollen?"

„Tatsächlich habe ich sogar mehrere."

Stuart drehte sich um, ging zu Michael und stieß ihn mit dem Fuß an. „Steh auf. So schlimm hat sie dich nicht verletzt – und ich auch nicht. Shifter heilen schnell, und wir haben dir keinen bleibenden Schaden zugefügt."

„Du verstehst das nicht." Michael nahm wieder Menschengestalt an, in der sein Körper mit Kratzern und blauen Flecken übersät war. „Das kannst du auch gar nicht. Du bist kein Shifter."

„Ich verstehe, dass sie dir verdientermaßen in den Hintern getreten hat." Stuart musterte ihn mit unergründlichem Gesichtsausdruck. „Aber wir können es uns nicht leisten, dass du hier mit Jammermiene herumläufst. Die Shifter, die die *hoch alfar* begleiten, werden sterben, wenn sie diese Schlacht verlieren, und das will ich nicht. Dylan genauso wenig. Viele von ihnen haben Familie in der einen oder anderen Shiftertown. Du musst dafür sorgen, dass sie am Leben bleiben."

Michael riss den Kopf hoch und zog die Augenbrauen zusammen. „Ich soll einem Haufen verräterischer Shifter helfen, die zu den *hoch alfar* übergelaufen sind? Wenn sie unbedingt Kampfbestien sein wollen, dann können sie auch als solche zugrunde gehen."

Stuart wirbelte erneut sein Rapier herum. Shifter hatten keine Angst vor Eisen, doch die Klinge war scharf, und Michael zuckte zusammen.

„Das habe ich nicht gesagt. Ich will, dass du diese Shifter gefangen nimmst und verhinderst, dass die *hoch alfar* sie töten, um den Schaden zu begrenzen. Wir schaffen die Shifter nach Hause, und dann übernimmt Dylan."

Michael horchte auf. „*Das* kann ich nachvollziehen." Er erhob sich, und ein Teil seiner alten Arroganz trat wieder in seinen Blick. „Gut, ich werde diese Drecksäcke gefangen nehmen. Nur, werden Cian und die *dokk alfar* sie nicht einfach umbringen?"

„Nein, weil sie keine Vollidioten sind. Aber du musst dich darum kümmern, dass wir sie Dylan lebend übergeben können. Sie haben mit Sicherheit Informationen, die wir brauchen."

„Stimmt." Michael ließ die Schultern kreisen, als versuche er, seine Niederlage abzuschütteln. „Bitte versprich mir, dass ich sie befragen darf. Ich bin ein Meister des Verhörs."

Er meinte, dass er gut darin war, so lange auf Leute einzuprügeln, bis sie ausspuckten, was er hören wollte. Stuart hatte früher schon mit solchen Polizisten zusammengearbeitet.

„Halte sie einfach am Leben." Stuart wandte sich ab, sowohl um zu demonstrieren, dass das Gespräch beendet war, als auch, dass er keine Angst davor hatte, Michael den Rücken zu kehren. Shifter konnten schnell zuschlagen, doch Stuart war schon immer schneller gewesen.

Er begab sich zu dem Zelt, in dem Crispin wartete, und betrat es.

Crispin hatte die Vorzüge seines Shiftergehörs genutzt und war den Vorgängen draußen gefolgt. Sein Gesicht schimmerte leicht grünlich, von dem wilden Löwen mit der schwarzen Mähne hatte er nichts mehr an sich. Er musste aus einer Seitenlinie des Morrissey-Clans stammen und weit unten in der Hierarchie stehen. Dylan hatte das nicht ausdrücklich gesagt, es aber angedeutet. Crispin hatte vermutlich beschlossen, sich den *hoch alfar* anzuschließen, weil er wusste, dass das seine einzige Möglichkeit war, zu mehr Macht zu kommen.

„Ich habe gehört, dass du von Dylan gesprochen hast“, erklärte er, ehe Stuart das Wort ergreifen konnte. „Dass du die Shifter zu ihm bringen willst.“ Er erschauerte. „Du hast keine Ahnung, wie grausam das ist.“

„Doch, davon habe ich eine ziemlich genaue Vorstellung“, widersprach Stuart. „Ich habe eine Weile mit Dylan zusammengearbeitet. Lass mich raten, du möchtest, dass ich dir das erspare.“

„Du verstehst das nicht.“ Crispin schluckte. „Er ist mein Clanoberhaupt. Für ihn werde ich nicht ein rebellischer Shifter unter vielen sein. Er wird das persönlich nehmen.“

„Ach was! Aber lass uns darüber später reden. Im Augenblick möchte ich, dass du mir sagst, wo der *Karməyern* ist.“

Crispin fragte verblüfft: „Der was?“

Stuart beugte sich vor, allerdings nicht so weit, dass Crispin nach ihm schlagen oder beißen konnte, falls er plötzlich beschloss, sich zu verwandeln und anzugreifen. Crispin war mit massiven Ketten umwickelt, doch selbst gefesselte Shifter konnten gefährlich sein.

„Na, was wohl. Der lustige Eisentalisman, der verhindert, dass die *hoch alfar* die Welt überrennen. Du weißt genau, wo der ist, oder?“

KAPITEL ZWEIUNDZWANZIG

Crispin wurde aschfahl und riss vor Angst die Augen auf. „Wie kommst du denn auf die Idee?“

Stuart wog das von ihm geschaffene Rapier in seiner Hand. Es war nicht perfekt – dazu hatte er nicht genug Zeit gehabt. Er zwang das Eisen, sich ein wenig zu verändern, um die kleinen Makel auszugleichen. Crispin sah zu, wie das Eisen wogte, und schluckte.

„Du hast dich mit einem Feenprinzen verbündet“, sagte Stuart. „Er ist verwandt mit Walther le Madhug, der Kaiser werden möchte. Interessante Wahl – eine, die dir eine Menge Macht bringen kann, wenn du es richtig anstellst. Hast du den *Karmøyern* für sie gestohlen?“

„Nein!“ Die schnell hervorgestoßene Antwort klang ehrlich. „Ja, du hast recht – der Prinz hat ihn. Er will Walthers Lieblingsspeichellecker sein. Aber ich hatte damit nichts zu tun. Er hat Shifter geschickt, die ich nicht kannte, und die haben ihn gestohlen. Ich schätze, er hat mir nicht vertraut.“ Crispin klang indigniert.

„Blöd, wenn der Herr, für den man sein eigenes Volk verraten hat, einem in den Rücken fällt.“ Stuart verschränkte die Arme, die Spitze seines Rapiers zeigte nach unten. „Wo bewahrt er ihn auf?"

Crispin holte tief Luft. Stuart sah, dass er sich überlegte, wie viel er ihm verraten wollte. Der Mann war gerissen. „Ich kann es dir zeigen."

Stuart hörte Peigi hinter sich ins Zelt kommen, spürte ihre Anwesenheit. Sie trat neben ihn, trug wieder die eng anliegenden Beinlinge und das Wams, das ihren hochgewachsenen Körper so vorteilhaft betonte.

„Er würde alles sagen, um diese Ketten loszuwerden", warnte sie Stuart.

„Ist mir klar." Stuart rückte näher an sie heran, genoss ihre Wärme. „Aber helfen kann er uns auch gefesselt."

Crispin wirkte enttäuscht. „Du willst doch dein Eisending zurück, oder?"

Er führt etwas im Schilde – das war unverkennbar. Stuart war lange genug Soldat, Polizist und Sicherheitsfachmann gewesen, um zu merken, wenn jemand ein falsches Spiel spielte.

Crispin verfolgte eigene Pläne, und für den Feenprinzen zu arbeiten war nur ein Teil davon gewesen. Im Moment schien er aber wohl das Gefühl zu haben, es sei in seinem Interesse, sich mit Stuart gut zu stellen und die Feen zu verraten. Wahrscheinlich hatte er recht.

„Du wirst mich hinbringen ...", begann Stuart.

„Stuart, du willst dich von ihm freiwillig in eine Falle führen lassen?" Peigi funkelte ihn an. „Das lasse ich nicht zu."

„Ich auch nicht." Stuart wandte sich wieder an Crispin. „Du hast ja gesehen, wozu ich in der Lage bin. Ein falscher Schritt, und diese Ketten bringen dich um."

Crispin schluckte. „Ich weiß."

Peigi schaute finster drein. „Das nützt auch nichts, wenn er dafür sorgt, dass eine Fee dich zuerst tötet."

„Ich habe das Gefühl, Crispin ist bei seinem Feenprinzen

nicht mehr so beliebt, selbst wenn er mich gefesselt und aufgeschlitzt zu ihm schleppen würde. Feenprinzen haben keine Toleranz für Fehler. Er hat inzwischen bestimmt schon eine neue Kampfbestie."

„Ja, ich wusste, worauf ich mich bei ihm eingelassen habe", gab Crispin zu. „Es war schön, eine Weile lang sein wichtigster Shifter zu sein." Er seufzte niedergeschlagen. „Ich gehe mit euch, denn mir ist klar, das ist jetzt meine beste Chance. Wenn wir aus dem Feenland rauskommen, werdet ihr Dylan gegenüber bestätigen, dass ich euch geholfen habe."

„Wir werden ihn darüber in Kenntnis setzen", sagte Stuart. Im Moment hätte ihm Crispin alles versprochen, um seinen Hintern zu retten.

„Es gibt allerdings ein Problem." Crispin bewegte die gefesselten Arme, sodass die Ketten klirrten. „Damit wird es schwer sein, in eine Feenburg einzudringen. Feen können Eisen riechen."

Stuart sah ihn ausdruckslos an. „Wir finden schon einen Weg. Ich werde dich weder von diesen Ketten befreien noch aus den Augen lassen. Kapiert?"

„Ja." Crispin wandte den Blick ab. „Ich habe gerade mein eigenes Todesurteil unterzeichnet, aber okay."

„Wir sollten es rein und raus schaffen, ohne dass es jemand merkt", meinte Stuart. „Selbst wenn du klirrst und stinkst."

Crispin zuckte die Achseln. „Wir werden uns sehr bedeckt halten müssen, wenn wir allerdings bloß zu zweit sind …"

„Zu dritt." Peigi starrte sie herausfordernd an. „Ich lasse meinen Gefährten nicht allein in eine Feenfestung rennen, nur begleitet von einem verräterischen Shifter. Jemand muss aufpassen, solange ihr nach dem *Karməyern* sucht."

Ihre Entschlossenheit war wundervoll. Sie hatte mit Widerspruch von Stuart gerechnet, hatte erwartet, dass er sie bitten würde, im Lager zu bleiben, wo sie zumindest einigermaßen sicher war, und auf seine Rückkehr zu warten.

Vergiss es. Peigi war einfallsreich, stark und mächtiger, als sie wusste. Stuart wäre ein kompletter Idiot gewesen, hätte er sie bei dieser Aktion nicht an seiner Seite gewollt.

„Ich mache das auf keinen Fall ohne dich“, sagte er. „In der dunkelsten Stunde sollen wir uns trennen? Wohl kaum. Wir sind ein großartiges Team.“

Er wollte Peigi in Sicherheit wissen, ja, aber sie war zur Kämpferin geboren. Das war Stuart klar. Sie wegzuschließen, ihr zu verbieten, das zu tun, was sie am besten konnte, hätte sie umgebracht. Unter Michaels Knute war sie langsam eingegangen, und dieser Vollidiot hatte keine Ahnung gehabt.

Stuart würde alles tun, um diese Frau genau das sein zu lassen, was sie sein musste.

„Super.“ Peigi strahlte ihn an, wie es Donny immer bei ihr tat. „Dann wollen wir mal den Eisenbrocken bergen.“

CIANS SCHLACHT TOBTE WEITER, WÄHREND PEIGI, STUART und Crispin sich durch die Wälder davonschlichen, nur mit dem Notwendigsten ausgerüstet. Peigis Geruchssinn verriet ihr, dass sie sich vom Fluss entfernten, während sie das Schlachtfeld hinter sich ließen, denn der Wald wurde trockener und weniger sumpfig.

Stuart ging voran mit Crispin an einer Kette, und Peigi bildete die Nachhut. Unterwegs lichtete sich der Nebel, und sie spürte, dass der Pfad bergan führte, wenn auch nur leicht.

Sie waren auf dem Weg zu einem Bergkamm, wie Crispin sie unterrichtete. Bald mussten sie richtig klettern und benutzten Baumwurzeln als Treppenstufen, als der Hügel steiler wurde.

Je höher sie kamen, desto trockener wurde die Luft, doch die Bäume und das Unterholz standen so dicht, dass Peigi nur wenig weiter sah als im Nebel. Es wurde auch deutlich kälter, ihre Kleider hielten die frostigen Temperaturen kaum noch ab.

Nach einer Weile verkündete Stuart leise, dass sie das Gebiet der *dokk alfar* verlassen hatten, wobei Peigi keine Ahnung hatte, woher er das wusste. Die Landschaft hatte sich nicht auffallend verändert, und die Sichtverhältnisse waren miserabel.

„Dies ist das Grenzland", erklärte Stuart. „Ein seit Jahrhunderten umkämpftes Gebiet. Hier ist es gefährlich."

„Wie hält denn der *Karmsyern* die *hoch alfar* fern?", fragte Peigi, hauptsächlich um Konversation zu machen. „Hat er eine Reichweite?"

„Er besteht aus magischem Eisen, das die Schutzbarrieren verstärkt. Er verbreitet gewissermaßen die Auswirkungen des Metalls durch die Gesteine der Erde und die Luft. *Hoch alfar* vertragen bloß ein gewisses Maß an Kontakt mit Eisen, dann werden sie krank oder sterben. Es wirkt sich auf ihren Stoffwechsel aus wie eine Schwermetallvergiftung, nur schneller."

„Dann klingt eine magische Eisenbarriere wie eine gute Idee", sagte Peigi, die vom Klettern etwas außer Atem war.

„Der *Karmsyern* wurde vor rund tausend Jahren geschaffen", erzählte Stuart. „Lange bevor die Shifter das Feenland für immer verließen. Komisch, dass er gestohlen wurde, unmittelbar nachdem die ersten Shifter freiwillig zurückgekommen waren." Er warf Crispin einen misstrauischen Blick zu.

„Schau mich nicht so an", beschwerte Crispin sich. „Ich habe das Ding nicht angefasst."

„Ich frage mich, ob die Pläne der Feen, die Shifter wieder zu versklaven, irgendwie damit zu tun haben. Sie wollten die Hilfe der Wandler, um den *Karmsyern* loszuwerden. Um die *dokk alfar* zu überrennen, auszurotten und das gesamte Feenland zu übernehmen."

„Hat nicht Dylan davon geredet, sie wollten auch die Menschenwelt erobern?", erinnerte ihn Peigi. „Shifter einsetzen, um gegen die Menschen zu kämpfen und dann alles Eisen loszuwerden?"

„Das halte ich für ziemlich ehrgeizig. Ich glaube, die Feen

begreifen gar nicht, wie groß die menschliche Bevölkerung ist und wie viel Eisen es in deren Welt gibt." Stuart blieb stehen und rang nach Atem, die Hände in die Hüften gestützt. „Die Frage lautet: War der Diebstahl des *Karməyern* Teil des Gesamtplans, die Herrschaft im Feenland an sich zu reißen, oder haben einfach ein paar *hoch alfar* eine sich bietende Gelegenheit genutzt? Oder verdanken wir den Diebstahl Walthers Machtstreben?"

„Ich sag's noch mal: Schau mich nicht so an." Crispin setzte sich hin, um sich etwas auszuruhen. „Der Feenprinz hat mir eine bequeme Suite und alles, was ich sonst begehrte, zur Verfügung gestellt, mich allerdings nicht in seine Pläne eingeweiht – so er denn welche hatte. Leicht zu begeistern, aber nicht der Hellste."

„Warum wolltest du dann für ihn arbeiten?", fragte Peigi.

„Hast du nicht zugehört? Bequeme Suite, alles, was ich sonst noch begehrte, Dienerschaft. Besser als zu Hause, wo ich ganz unten in der Rangordnung meines Clans stand."

„Das war bei mir fast mein ganzes Leben lang so", sagte Peigi gelassen. „Trotzdem wäre ich nie auf die Idee gekommen, zu den Feen überzulaufen. Dann hätte ich auch viel verpasst." Sie warf Stuart einen Blick zu.

Crispin erhob sich wieder und klopfte sich die Beinlinge ab. „Tja, wir alle treffen unsere Entscheidungen."

Er klang nicht bedauernd oder als würde er sich selbst geißeln. Nicht einmal Selbstmitleid lag in seiner Stimme. Er stellte einfach die Tatsachen fest und marschierte dann weiter hügelaufwärts.

Die Festung lag ein ganzes Stück vom Schlachtfeld entfernt – etwa dreißig Meilen, behauptete Crispin, wenn er sich nicht irrte. Sie marschierten den gesamten restlichen Tag, schliefen in der Nacht abwechselnd, um Crispin niemals unbewacht zu lassen, und brachen früh am nächsten Morgen wieder auf.

Stuart vermisste das Teleportieren. Als er diese Fähigkeit nach seiner Verbannung in die Menschenwelt entdeckt und sich erst einmal daran gewöhnt hatte, hatte er um seine Kräfte als Eisenmeister getrauert, die er dafür verloren hatte.

Jetzt hätte er gerne getauscht. Die Teleportation hatte ihm so manchen Weg erspart. Außerdem erleichterte sie die Aufgabe ungemein, Junge, die in der ganzen Shiftertown herumrannten, einzufangen, ehe sie aus Versehen ins Revier eines mürrischen Felids oder eines reizbaren Lupids eindrangen.

Eisenmeister zu sein hatte ihn nie mit so viel Freude erfüllt, wie in der Küche zu stehen, Hackfleisch anzubraten und Peigi zuzuschauen, wie sie in einem mit Freude und Fröhlichkeit erfüllten Haus mit den Jungen lachte. Das war überhaupt nicht vergleichbar.

Er musste für Cian den *Karmэyern* beschaffen und dann herausfinden, wie zur Hölle Peigi und er nach Hause gelangen konnten. Stuart war aus einem tief befriedigten Schlaf neben Peigis warmem Körper gerissen worden und sehnte sich mit jeder Faser seines Herzens danach, genau dorthin zurückzukehren.

Auch die Aktivitäten, die erforderlich gewesen waren, um diesen tief befriedigten Schlaf zu erreichen, wären jetzt nicht zu verachten gewesen. Er erinnerte sich daran, wie es gewesen war, in Peigi zu sein, in ihr schönes Gesicht zu blicken, während sie sich ihm entgegenbog. Das Gefühl, von ihr umschlossen, von ihr gehalten zu werden, hatte ihn nicht verlassen, obgleich er zurück in einer kalten Welt war und einen Berg erklimmen musste.

Sie komplettierte ihn, erfüllte sein Herz mit Wärme und erregte ihn wie keine Frau zuvor. Stuart würde Peigi immer lieben, und er hatte nicht vor, diesen Tatbestand zu leugnen.

Die Burg, auf die sie zumarschierten, erhob sich auf einer Felsnadel hoch über dem Fluss. Sie hatten eine weite Schleife dieses Flusses umrundet, die jenseits ihres Sichtbereiches irgendwann an dem Schlachtfeld vorbeiführte, unweit von Cians Lager.

Wie die meisten Befestigungen in den Grenzlanden wies auch diese keine für Stuart sofort sichtbaren Türen auf, nur winzige Ventilationsschlitze oben in der Mauer. Auf den Dachzinnen konnten sich die Bogenschützen der *hoch alfar* verbergen und ihre berüchtigten Giftpfeile auf nahende Feinde abschießen.

„Wie kommen wir da rein?“ Peigi sah zu der Feste hoch, ihr dunkles Haar wehte im Wind. „Geheime Treppen? Lange, schmale Tunnel?“

„Ich dachte, ich marschiere einfach rein“, antwortete Crispin. Er rieb sich das stopplige Gesicht, seine blauen Augen waren vor Erschöpfung gerötet. „Die *hoch alfar* sollen ruhig glauben, ich sei euch entkommen und hätte es endlich hierher zurückgeschafft. Das wäre ohne die hier natürlich einfacher.“ Er schüttelte die Ketten um seine Körpermitte.

„Darüber haben wir doch schon gesprochen“, sagte Stuart. „Nein.“

„Siehst du, deshalb mögen die Leute euch nicht“, brummte Crispin. „*Dokk alfar* sind gemein. Weißt du, wie schwierig es ist zu pissen, wenn man in Ketten liegt?“

„Du schaffst das schon.“ Stuart betrachtete die Festung mit zusammengekniffenen Augen. „Allerdings stimme ich dir zu, dass es leichter wäre, einfach hineinzumarschieren, als Geheimgänge zu suchen oder gegen Wachen zu kämpfen. Aber wir machen das auf meine Art.“

Stuart reichte Peigi sein Rapier und wandte sich zu Crispin um, der unsicher einen Schritt zurücktrat.

Der Eisenmeister brauchte weder scharfe Gesten noch laute Worte, um das Metall zu bearbeiten. Es machte Spaß und erschreckte seine Feinde zu Tode, war jedoch nicht nötig.

Er legte die Fingerspitzen aneinander und befahl dem Eisen in den Ketten, sich auszudehnen. Auf seinen Befehl hin verschmolzen die Kettenglieder miteinander, wurden dünner und verwandelten sich in Seile.

Zunächst grinste Crispin, als wolle er sich jeden Augenblick verwandeln und aus seinen schrumpfenden Fesseln schlüpfen. Dann erlosch sein Grinsen, und sein Gesichtsausdruck wurde fast panisch, als die Kette noch dünner wurde, bis sie eine fast unsichtbare Schnur war, die durch seine Bekleidung schnitt und eng anlag. Die Schnüre wirkten zart, umschlossen Crispin aber auch weiterhin so fest wie die Ketten.

„Heilige Scheiße", flüsterte er.

„Ein falscher Schritt", warnte Stuart. „Wie gesagt, ich kann dich ganz einfach in feine Scheiben schneiden. Ist das klar?"

„Ja", krächzte Crispin.

„Was soll ich tun?" Peigi hatte den Verwandlungsprozess fasziniert beobachtet und keine Angst gezeigt. Sie hatte von Stuart nichts zu befürchten.

„Hast du etwas dagegen, das letzte Stück in Bärengestalt zurückzulegen?", fragte Stuart. „Crispin kann so tun, als wärst du eine neue Rekrutin, und ich will, dass du im Zweifelsfall kampfbereit bist."

Peigi nickte und war bereits dabei, ihr Wams aufzuschnüren. „Was ist mit dir?"

Stuart grinste. So viel Spaß hatte er schon lange nicht mehr gehabt. „Ich werde euer Gefangener sein. Ein erbärmlicher *dokk alfar*, den ihr für Crispins Herrn gefangen habt."

Peigi musterte ihn skeptisch. „Okay, wenn du glaubst, du kannst das durchziehen. Aber dann brauche ich ein Seil."

Wortlos zog Stuart eines aus seinem Rucksack. Das Lächeln, das ihm Peigi zuwarf, entschädigte ihn für jegliche Mühsal des Weges.

Zwanzig Minuten später folgte Peigi in Braunbärengestalt Crispin, der seine Angst überraschend gut verbarg. Stuart lag verschnürt auf ihrem Rücken.

Die Fesseln waren lose, und Stuart hatte sein Rapier unauffällig unter sich liegen. Peigi spürte es hart, aber beruhigend an ihrem Rückgrat. Wenn sie sich verteidigen mussten, konnte Stuart sich leicht von seinen Fesseln befreien und mit der Waffe von ihrem Rücken springen.

Die Straße, die hinauf zur Feste führte, war nicht so beschwerlich und steil, wie Peigi befürchtet hatte. Crispin erklärte, dies sei die Route für Bauern und Lieferanten, die das Nötigste heranschafften. Es ging über eine hölzerne Brücke über eine tiefe Schlucht– die Brücke ließ sich leicht demontieren und in den Abgrund werfen, wodurch die Burg dann von Angreifern abgeschnitten war.

Peigi spähte übers Geländer, während sie sie überquerten. Nebel stieg von dem Fluss auf, der unter ihr dahinrauschte, der Aufwind war kalt. Sie fröstelte und richtete den Blick schnell wieder auf das feste Gestein am Ende der Brücke.

Wie Crispin vermutet hatte, hatten sie keine Probleme, in die Burg zu gelangen. Die Wachen erkannten ihn und machten große Augen, als sie Peigi mit Stuart auf dem Rücken sahen. Sie wichen vor den beiden zurück, ihre Scheu vor Peigi war offensichtlich. Hoffentlich würden sie weit genug zur Seite treten, um Crispins Eisenfesseln oder Stuarts Rapier nicht zu spüren.

Sie musterten den *dokk alfar,* der offenbar bewusstlos auf Peigis Rücken lag, eingehend. Eine Wache knurrte etwas, eine andere lachte.

Crispin stimmte mit ein und deutete auf Peigi. Die Wachen wichen noch weiter zurück, und Crispin ging in die Burg. In den Augen der Männer war keinerlei Respekt, als sie Crispin passieren ließen, aber zumindest hielten sie ihn und Peigi nicht auf.

„Wenn ich Zeit hätte, würde ich sie dafür aufschlitzen", flüsterte ihr Stuart ins Ohr.

Er übersetzte ihr den Scherz der Soldaten nicht, woraus Peigi schloss, dass es sich um etwas überaus Abschätziges über eine Shifterin gehandelt hatte, die einen *dokk alfar* trug.

Crispin hatte genau den richtigen Eingang gewählt. Er war kaum genutzt, doch in der Ferne hörte Peigi Stimmen und Lärm, die auf eine Küche hindeuteten. Das Hämmern aus einem anderen Korridor und ein wenig Rauch verrieten, dass dort die Schmiede lag. Die *hoch alfar* waren, wie sie gehört hatte, Experten in der Bearbeitung von Silber und Bronze.

Sie folgte Crispin immer höher eine schmale Treppe hinauf. Ihre Bärengestalt war fast zu massig, um durch das enge, gewundene Stiegenhaus zu passen. Aber sie hatte sich daran gewöhnt, sich in kleine Räume zu zwängen, als sie bei Michael eingesperrt gewesen war, und sie tat es auch jetzt noch häufiger, wenn sie zum Beispiel Kevin suchen musste, nachdem der wieder einmal beschlossen hatte, dass Verstecken ein Riesenspaß war.

„Warum sind hier nicht mehr Wachen?", flüsterte Stuart Crispin zu. „Die müssen doch damit rechnen, dass jemand versuchen wird, ihn zurückzustehlen."

„Keine Ahnung", antwortete Crispin. „Vor meinem Aufbruch waren es mehr."

Besorgniserregend. Es konnte sein, dass die *hoch alfar* den *Karmsyern* bereits losgeworden waren. Vielleicht hatten sie ihn in die Schlucht geworfen oder weit, weit weggeschafft. Wenn der Talisman so stark war, wie Stuart gesagt hatte, hätte er jeden *hoch alfar* in dieser Burg krank machen müssen, aber die Wachen schienen völlig gesund.

Hier stimmte etwas nicht, und die Bärin in ihr spürte es.

Nach Peigis Zählung erreichten sie nach hundertzwanzig Stufen problemlos den obersten Teil des Bergfrieds. Durch Risse in der Decke über ihnen schimmerte der graue Nachmittagshimmel. Hier oben war es kälter, und es ging ein eisiger Wind.

Crispin führte sie einen kurzen, dunklen Korridor entlang und blieb vor einer Tür aus schlichten, von bronzenen Bolzen zusammengehaltenen Holzbohlen stehen. Der Türgriff und das Schloss waren ebenfalls aus Bronze. Crispin versuchte, die Klinke zu drücken, doch wenig überraschend bewegte sich die Tür nicht.

„Kannst du sie öffnen?“, fragte Crispin Stuart. „Du weißt schon, mit …“ Er wedelte mit den Fingern.

Stuart schob die Seile beiseite und glitt von Peigis Rücken, das eiserne Rapier in der Hand. „Eisenmeister, nicht Bronzemeister.“

Peigi nahm ihre Hybridgestalt an. „Ich kann es kaputt schlagen“, bot sie an.

Crispin verzog das Gesicht. „Ich hatte gehofft, wir könnten rein und raus gelangen, ohne Lärm zu machen und Aufmerksamkeit zu erregen. Du weißt, dass wir uns in einer Burg voller *hoch alfar* mit scharfen Waffen befinden, oder?“

„Ja, klar.“ Peigi beugte sich vor, um das Schloss genauer zu betrachten, und fuhr ihre Bärenklauen wieder ein. Die Bronze fühlte sich unter ihren menschlichen Fingern kühl an, aber der Schließmechanismus war simpel. „Na gut, dann knacke ich es.“

„Du kannst Schlösser knacken?“, fragte Crispin überrascht.

„Klar. Hat Nell mir beigebracht. Ich brauche nur Dietriche.“

Stuart reichte ihr zwei. Peigi sah ihn überrascht an, bis ihr klar wurde, dass er sie aus einem Stück seines Eisenrapiers geschaffen hatte.

„Kein Wunder, dass die *hoch alfar* Angst vor dir haben.“ Lächelnd nahm sie die Metallstifte entgegen und hätte Stuart am liebsten geküsst, beschloss allerdings, sich das für später aufzuheben.

Das Schloss war neu und sauber, was bedeutete, dass

jemand das, was sich dahinter befand, schützen wollte. Andererseits war ein sauberes Schloss auch viel leichter zu knacken. Peigi steckte den ersten Dietrich in den Schlitz und spielte mit dem Mechanismus, wie Nell es ihr gezeigt hatte. Nell hatte das Schlösserknacken gelernt, als sie ihre Söhne zahllose Male aus Zimmern hatte holen müssen, in denen sie sich als Welpen eingeschlossen hatten. Shane und Brody waren laut Nell fürchterliche Blagen gewesen.

Kurz darauf gab das Schloss ein zufriedenstellendes Klicken von sich, und die Tür öffnete sich knarrend.

Weder Stuart noch Crispin stürmten hinein, stattdessen hielten sie sich zurück und prüften alles sorgfältig. Sie rechneten mit Fallen – Giftpfeilen oder wenigstens einer Wache mit einem Schwert – wie in jedem guten Schatzsucherfilm, den Peigi mit den Jungen gesehen hatte.

Doch nichts geschah. Stuart spähte in den Raum und atmete hörbar aus. „Kommt."

Peigi bedeutete Crispin, Stuart nach drinnen zu folgen, während sie wieder die Nachhut bildete. Der Raum, den sie betraten, war dunkel. Das einzige Licht fiel durch die Ritzen eines abgenutzten Fensterladens gegenüber der Tür. Peigi ging vorsichtig an der Wand entlang zum Fensterladen und öffnete ihn. Zum Vorschein kam ein kleines quadratisches Fenster mit etwa fünfundvierzig Zentimetern Kantenlänge. „Verdammt", sagte Stuart hinter ihr.

Peigi fuhr herum, befürchtete schon, Crispin hätte einen Weg gefunden, ihn anzugreifen, aber der stand neben Stuart und starrte fast genauso bestürzt auf das, was dieser bemerkt hatte.

In der Mitte des Raumes befand sich ein reich mit Schnitzereien verzierter, dickbeiniger Holztisch. Auf seiner breiten Platte schimmerte eine unregelmäßige Metallschicht. Die Kanten waren rissig, das meiste davon war eine Ansammlung von grauer Asche und rotem Rost.

Stuart streckte einen Finger danach aus, und wo er das Metall berührte, zerfiel es zu Staub.

„Der *Karməyern*“, flüsterte Stuart. „Besser gesagt, seine Überreste. Sie haben ihn zerstört.“

KAPITEL DREIUNDZWANZIG

„Wie?“, fragte Peigi, noch immer in ihrer Hybridgestalt, fassungslos.

Stuart kochte vor Wut. Wenn Crispin das gewusst hatte, wenn er sie in die Falle gelockt hatte …

Er fuhr herum, und Crispin riss ängstlich die Arme in die Höhe. „Ich wusste das nicht. Ich schwöre, ich wusste das nicht. Als ich die Burg verlassen habe, war er noch völlig intakt.“

Der *Karmøyern*, der heilige Talisman der *dokk alfar*, das Einzige, was die *hoch alfar* in der Vergangenheit davon abgehalten hatte, ihnen das Leben noch schwerer zu machen, als sie das ohnehin taten, war zerstört. Rostsplitter und ein Haufen Schlacke auf einem Tisch waren alles, was von ihm übrig war.

„Wie?“, fragte Peigi erneut. „Die *hoch alfar* können Eisen nicht berühren geschweige denn verarbeiten, oder? Und jetzt sieht das hier aus, als wäre es ein paar Jahrhunderte den Elementen ausgesetzt gewesen.“

„Eine sehr gute Frage.“

Jetzt verstand Stuart, warum die *hoch alfar* ihn nicht bewachten und warum niemand in der Festung krank oder gar gestorben war. Sie wollten dem Ding immer noch nicht zu nahe kommen, daher befand es sich allein in einem verschlossenen Raum hoch im Bergfried – denn sie hatten nichts mehr von ihm zu befürchten.

„Scheiße." Stuart warf sein Rapier auf dem Boden. Es schlitterte klirrend über den glatten Stein.

„Erinnerst du dich, dass ich vorgeschlagen hatte, ihr solltet euch einen neuen besorgen?", fragte Peigi. „Ich fürchte, jetzt bleibt euch gar nichts anderes mehr übrig."

Stuart hob das Rapier wieder auf, ehe Crispin es in die Finger bekam. „Die Technik ist verloren, genau wie die Zauber. Verdammt, das ist wirklich nicht gut."

Peigi trat neben ihn. „Vielleicht ist es gar nicht so schlimm. Wir kennen Ben und Jaycee und die wiederum eine Tuil Erdannan. Ben hat gesagt, sie hat den Zauber gebrochen, der ihn aus dem Feenland ferngehalten hat, was wahrscheinlich bedeutet, sie mag ihn. Eventuell könnte er sie in eurem Namen um Hilfe bitten. Wenn nötig, können wir auch Jaycee einschalten. Lady Aisling weiß möglicherweise, wie man einen neuen *Karməyern* herstellt, oder kennt jemanden, der das vermag."

„Das wäre ein großes Risiko." Stuart schnaubte frustriert. „Lady Aisling könnte kein Interesse daran haben, und wenn sie einen anderen Tuil Erdannan um Hilfe bittet, könnte dieser beschließen, dass es spaßiger wäre, die *ðokk alfar* zu vernichten."

„Hört auf den Eisenmeister", ertönte eine ihnen unbekannte Stimme aus den Schatten. „Ihr solltet die Tuil Erdannan nicht behelligen. Eure Spielchen langweilen uns nämlich zunehmend."

Crispin keuchte in blankem Entsetzen auf. „Ach du Scheiße."

Peigi knurrte, strahlte Wut aus. Ein Schauer überlief Stuart, als er sich umdrehte, das Rapier bereit, um sich einer Person zu stellen, die Tuil Erdannan war, aber definitiv nicht Lady Aisling.

Der hochgewachsene Mann mit dem verächtlichen Blick hatte das feuerrote Haar der meisten Tuil Erdannan und dunkle Augen, die einem die Seele aussaugen konnten. Stuart spürte den Druck seiner Magie, eine allumfassende Macht, die sie mit einem Fingerschnippen auslöschen konnte.

Peigi baute sich direkt neben Stuart auf, eine geballte Ladung Kraft. „Warst du das?" Sie wies auf den zerstörten *Karmøyern*. Als der Mann ihr ein ernstes Nicken schenkte, verlangte sie zu wissen: „Warum hilfst du den *hoch alfar*? Ich dachte, die Tuil Erdannan mögen sie nicht."

„Sympathie hat damit nichts zu tun." Er trat aus den Schatten, sein dunkelgrauer Mantel hatte die gleiche Farbe wie die Steine. „Genauso wenig wie Hass. Um es in deiner Sprache zu sagen, Shifterbärin: Das interessiert mich alles einen Scheißdreck."

Stuart erkannte, dass der Mann Englisch sprach – entweder hatte er es irgendwo gelernt, oder Magie übersetzte Peigi seine Worte.

„Warum dann?", beharrte Peigi.

Der Tuil Erdannan zuckte die Achseln. „Zum Spaß. Vielleicht. Oder um das Gleichgewicht zu stören oder herzustellen – wer weiß? Oder um Aisling Mac Aodha zu lehren, dass es nicht immer nach ihrem Kopf geht."

Eiseskälte legte sich über den Raum. „Ihr seid ein Feind von Lady Aisling?", fragte Stuart.

„Das könnte man so sagen." Der Mann regte sich nicht, aber Stuart spürte, wie die Kraft des anderen wuchs. Es war wie ein Grollen unter der Erde, bevor ein Vulkan ausbrach. „Ich bin ihr Gemahl."

Er hob die Hand, und eine Welle von Magie schleuderte Stuart, Peigi und Crispin direkt auf das offene Fenster zu.

Die Wand brach nach draußen, Ziegel explodierten und verbreiterten den Durchgang, durch den die drei flogen. Vor dem Fenster ging es senkrecht nach unten, und gemeinsam stürzten sie in den nebelverhangenen Abgrund.

Peigi klammerte sich an Stuart. *Als könnte ich so seinen Sturz aufhalten,* dachte sie hysterisch. Vielleicht wollte sie auch nur mit ihm gemeinsam sterben. Crispin fuchtelte mit Armen und Beinen und fluchte, sein Raubkatzenknurren zerriss die Luft. Stuart schwieg, doch seine Miene zeugte von grimmiger Entschlossenheit.

Er warf etwas, und ihr Sturz wurde ruckartig gebremst. Stuarts Rapier war zu einem eisernen Enterhaken geworden, der sich in einem aus der Burg ragenden Balken verfangen hatte, und die Seile, mit denen sie ihn an Peigi gefesselt und die er geistesgegenwärtig gegriffen hatte, als sie aus dem Fenster geschleudert worden waren, waren ihre Rettungsleine.

Stuart hob die Hand, und die Eisenschnüre um Crispin hakten sich ebenfalls in das Seil ein.

Crispin schrie auf, als auch sein Fall abrupt gestoppt wurde und er am Ende des Seils baumelte. Nach einem Augenblick des Fluchens umfasste er das Seil und nutzte seine Shifterkraft, um sich festzuklammern und an der Wand Halt zu finden.

„Na super." Peigi starrte in den Abgrund, in dem tief unter ihnen das Wasser schäumte. „Und was nun?"

Stuarts Stimme klang gepresst, während er sie alle ausbalancierte. „Jetzt klettern wir."

In der nächsten Stunde lernte Peigi die gewaltige Macht eines Eisenmeisters kennen. Stuart verwandelte nicht nur das Eisen in seinem Rapier und in Crispins Ketten in Kletterhilfen, sondern ließ es auch in die winzigen Wandspalten fließen und sich stärker als jeder eingeschlagene Keil verhaken. Immer nach ein paar Metern des Abstiegs holte er sie heraus und befestigte sie für das nächste Stück neu.

Auch seine Körperkraft war unglaublich. Peigi wurde klar, wie sehr er sich zurückgehalten hatte, als er unter Menschen und Shiftern gelebt und sie im Glauben gelassen hatte, er sei manchmal sogar schwächer als sie. Er stieg mühelos tiefer und hielt die Seile für Peigi und Crispin, während er gleichzeitig dem Eisen seinen Willen aufzwang.

Kein Wunder, dass die *hoch alfar* ihn gefürchtet hatten.

Wären die drei Menschen gewesen, hätten sie diese Kletterpartie auf keinen Fall überstanden. Aber Shifter verfügten über enorme Körperkraft, und die von Stuart übertraf ihre noch. Peigis größte Angst war, dass der Tuil Erdannan seine schreckliche Macht wieder auf sie herabschleudern und das Metall und die Seile zerstören würde, sodass sie in die Schlucht stürzten.

Sie spähte von Zeit zu Zeit besorgt nach oben, doch in dem Loch in der Wand, das der Tuil Erdannan geschaffen hatte, ließ sich niemand blicken. Vielleicht glaubte er, sie würden ohnehin sterben, oder es war ihm einfach egal.

Lady Aislings Gatte. *Hmm.* Jaycee hatte ihn nicht erwähnt, ebenso wenig wie Dimitri oder Ben. Peigi vermutete, dass sie nichts von ihm gewusst hatten. Sie konnte sich nicht vorstellen, dass sie ihnen Lady Aislings gefährlichen Ehemann einfach unterschlagen hätten.

Als sie den Fuß der Burgmauer erreichten, waren sie leider noch nicht in Sicherheit, denn die Feste ragte am Rand eines Abgrunds auf. Der Weg, über den sie gekommen waren, lag auf der anderen Seite – hier befanden sie sich direkt über der Schlucht. Als sie sich hinabzulassen begannen, wurde es etwas leichter, da die Felswände geringfügig mehr Halt boten, aber einfach war es immer noch nicht.

Schließlich ließ Crispin das Seil los und landete sicher im seichten Fluss. Stuart tat es ihm nach, und Peigi nahm Bärengestalt an, als sie ihnen folgte. Das Wasser spritzte auf, und sie schüttelte sich, sehr, sehr glücklich, alle vier Füße wieder auf der Erde zu haben.

In Las Vegas gab es nicht viele gute Bäche, also kämpfte sie nicht gegen den Drang an, sich auszutoben. Bären mochten

Wasser, und sie bildete da keine Ausnahme. Die Jungen hätten so einen Fluss geliebt.

Peigi genoss es besonders, Crispin nass zu spritzen, der sie knurrend anfauchte. *Katzen.*

Stuart hatte das gesamte Eisen zu einem Klumpen geformt. In dem Moment, in dem Crispin sich das Wasser abwischte und wieder zu Atem kam, formte Stuart die Ketten neu und gebot ihnen, sich erneut um den Felid zu wickeln.

„Ach, komm schon.“ Crispin hielt eine der Ketten hoch. „Was muss ich denn noch tun?“

„Ich kann nicht riskieren, dass du zum Bergfried zurückrennst und uns ein Dutzend *hoch alfar*-Wachen hinterherschickst.“ Stuart rollte die Seile auf und legte sie sich über die Schulter. „Ich lasse dich frei, wenn wir zu Hause sind.“

„Na toll.“

„Ich schlage vor, wir verschwinden.“ Stuart warf einen Blick zur Burg, die halb hinter Bäumen verborgen war, die aus den Wänden der Schlucht ragten. „Ehe der Tuil Erdannan beschließt, uns zu folgen oder uns die *hoch alfar* auf den Hals zu hetzen.“

„Es überrascht mich, dass er das noch nicht getan hat“, sagte Peigi, während sie aus der Bären- in ihre Hybridgestalt wechselte.

Stuart bedeutete ihnen, mit ihm ans Ufer zu kommen, und sie folgten ihm. „Tuil Erdannan leben außerhalb unserer Kreise. Für sie ist das, was uns widerfährt, ebenso unwichtig wie für uns das Leben der Insekten unter der Erde.“

„Klar“, meinte Crispin angewidert. „Insekten werden erst wichtig, wenn man einen Termitenbefall hat.“

„Genau das meine ich. Die Tuil Erdannan mischen sich nur ein, wenn sie etwas nervt. Ich könnte wetten, der Typ da oben hat uns bereits wieder vergessen.“

„Die Hoffnung stirbt zuletzt.“ Peigi erschauerte. „Glaubst du, er ist wirklich Lady Aislings Mann?“

„Wer weiß? Wir können uns ja mal bei ihr danach erkundigen, wenn wir sie das nächste Mal sehen."

Peigi fragte sich, warum die beiden sich entfremdet hatten und ob der Mann aus dem Bergfried Lady Aisling verlassen oder sie ihn hinausgeworfen hatte. Sie entschied, dass sie nicht zwischen die Fronten geraten wollte, wenn die beiden sich stritten.

Schweigend machten sie sich auf den langen Weg zurück zu Cians Lager. Der *Karməyern* war zerstört, und die Tuil Erdannan hatten mehr damit zu tun, als sie gedacht hatten. Das war beunruhigend, und die Aussichten waren düster.

Peigi war in Bärengestalt und behielt Crispin im Auge, der bekümmert vor ihr herlief. Er hatte alles riskiert, als er zu den *hoch alfar* übergelaufen war, und alles verloren.

Sie verbrachten eine weitere Nacht im feuchten Wald. Peigi war hungrig, aber Shifter konnten Hunger und Durst eine ganze Zeit lang ignorieren, indem sie bis zum nächsten Mahl von ihren Energiereserven zehrten. Bären waren darin besonders gut, deshalb konnten sie einen Monat lang schlafen und unbeschadet wieder aufwachen.

Auch Stuart verriet keinerlei Zeichen von Erschöpfung, als sei der Marsch durch den Wald ohne Essen und Wasser für ihn ein Spaziergang im Park. Crispin beklagte sich nicht, doch er presste mürrisch die Lippen aufeinander und ließ keinen Zweifel daran, dass er still litt.

In der Nacht schmiegten sich Stuart und Peigi aneinander. Sie fragte sich, was Stuart nun, da der *Karməyern* zerstört war, tun würde. Cian würde den Eisenmeister jetzt mehr denn je brauchen.

Hier war Stuarts wahre Heimat. Peigi liebte ihn und glaubte, dass auch er sie liebte, wenn sie das, was sie in seinen Augen gelesen hatte, nicht völlig falsch gedeutet hatte. Die Entscheidung musste er allerdings ganz allein treffen.

Peigi zog ihn an sich und wärmte ihn mit schmerzendem Herzen, während er Wache hielt.

Am nächsten Nachmittag erreichten sie Cians Lager, in dem Chaos herrschte.

Die Schlacht tobte wieder, erzählte Cian Stuart, nachdem er und Peigi dorthin geeilt waren, wo Cian in der Mitte des Geländes über seine Karte gebeugt stand. Zelte flatterten im Wind, während sie abgebaut wurden, *dokk alfar* beluden hastig Karren und Wagen mit Vorräten, und überall lagen verwundete Soldaten.

Stuart übersetzte für Peigi. Cian berichtete, dass die Dinge schlecht liefen. Er würde zum Rückzug blasen müssen, sonst würden sie bis auf den letzten Mann vernichtet werden.

Stuart hätte von ihrer dreitägigen Wanderung entkräftet sein müssen, aber er straffte die Schultern, und sein Gesicht nahm einen entschlossenen Ausdruck an. Er stellte Cian eine Frage, und der wies auf seine Karte, die auf einem flachen Felsbrocken ausgebreitet war.

Die Karte war wunderschön, aufwendig gezeichnet bis ins letzte Detail, ganz anders als eine topografische Karte oder ein eilig hingekritzelter Schlachtplan. Peigi sah ein Aufflackern von Bewegung darauf und beugte sich vor.

Überrascht sog sie die Luft ein. Es war eine Echtzeit-Darstellung der Schlacht, mit winzigen Figuren, die sich um Bäume und Felsen bewegten, als würde ein GPS-Satellit Bilder auf das Papier werfen.

Stuart stützte die Hände auf die Oberschenkel, während er das Schlachtfeld betrachtete und sich mit Cian in der Sprache der *dokk alfar* abstimmte. Schließlich richtete er sich auf, nickte Cian zu, hob das Eisenschwert, das er neu geformt hatte, und marschierte in den nebelverhangenen Wald.

Peigi eilte ihm in Bärengestalt nach. Stuart wandte sich zu ihr um, als sie durch das Gebüsch brach, aber weder ermahnte er sie, noch forderte er sie auf, zurückzugehen und auf ihn zu warten. Er legte ihr die Hand auf die Schulter, und gemeinsam liefen sie zur Schlacht.

Die Armeen kämpften Mann gegen Mann, als Peigi und

Stuart sie erreichten, schlugen aufeinander ein und hieben einander in blutige Stücke. Männer schrien, brüllten, starben. Überall lagen Shifterleichen, während die überlebenden Wandler in kleinen Gruppen angriffen und die *dokk alfar* bedrängten, die von den *hoch alfar* ablassen mussten, wenn sie nicht von den Shiftern zerrissen werden wollten.

So viel zu der Idee, die Shifter zusammenzutreiben und sie im Auge zu behalten. Peigi sah Michael, der als Grizzlybär brüllte. Sein vernarbtes Gesicht war furchterregend. Er wechselte in seine Hybridgestalt, als er gegen einen Leoparden kämpfte, der geschmeidig und schnell war.

„Bleibt liegen, ihr Vollidioten!", brüllte er. „Blöde Drecksäcke. Hier sind doch keine Wächter."

Die erschlagenen Shifter würden schlicht tot sein, denn kein Wächter konnte ihre Seelen ins Sommerland senden und ihre Körper in Staub verwandeln. Frei umhertreibende Shifterseelen konnten ohne Hoffnung auf Rettung versklavt werden. Es war die größte Angst aller Shifter, außerhalb der Reichweite eines Wächters zu sterben, und Peigi teilte sie.

Niemand entschied dieses Gefecht für sich – sie schlachteten einander einfach gegenseitig ab. Die *hoch alfar* kämpften von wahnsinnigem Hass erfüllt, genau wie die *dokk alfar*. Die Shifter verstärkten den Irrsinn der Situation noch.

„Scheiß drauf", knurrte Stuart.

Er schritt vorwärts. Die Nebel umwaberten ihn, als er den Arm hob und sein Schwert über dem Kopf kreisen ließ wie einen Kampfstab.

Nebel löste sich aus dem Schwert und umgab ihn wie ein Mantel. Peigi blieb zurück, denn sie wollte Stuart nicht im Weg sein, war aber darauf gefasst, ihm jederzeit zu Hilfe zu eilen.

Stuart schleuderte das Schwert in die Luft. Es beschrieb mehrere perfekte Salti, stieg dabei immer weiter empor. Auf dem Höhepunkt seiner Flugbahn rief Stuart ein einziges Wort.

Es hallte zwischen den Bäumen wider, übertönte den

Schlachtenlärm, die Schreie der Menschen und der Bestien. Die Wellen der Macht, die Peigi erfassten, waren ebenso gewaltig wie die, die von dem Tuil Erdannan in der Burg ausgegangen waren.

In plötzlicher Besorgnis hielten die Feensoldaten inne. Die Shifter reagierten langsamer – in Raserei waren die Wandler schwer zu stoppen –, doch schließlich verhielten auch sie, atemlos und erstaunt.

Das Eisenschwert zerbarst. Es zersprang in Tausende Splitter, die mattschwarz im Nebel hingen, dichter als ein Heuschreckenschwarm. Finsternis umhüllte sie wie eine dunkle Wolke.

Peigi hatte diesen Effekt schon einmal gesehen, als sie direkt an einem Tor auf der Ley-Linie außerhalb von Las Vegas gegen die *hoch alfar* gekämpft hatten. Wie damals blickten die *hoch alfar* auch diesmal in kollektivem Entsetzen gen Himmel und ergriffen dann die Flucht.

Die Soldaten der *hoch alfar* brachen durch den Wald und das Unterholz, strauchelten und prallten gegeneinander, versuchten verzweifelt, dem tödlichen Splitterregen zu entgehen.

Die Shifter starrten verdattert den *hoch alfar* nach, deren Angriffswut sich jäh in blinde Furcht verwandelt hatte. Doch auch sie wurden nicht verschont. Eisen machte ihnen zwar nichts aus, aber unzählige Geschosse, die auf sie herabprasselten, würden ihnen trotzdem wehtun.

Die Shifter schrien, brüllten und versuchten zu fliehen. Michael hatte sich unter die Bäume zurückgezogen, als die Eisensplitter herabzuregnen begannen, kam jetzt allerdings wieder hervor, als ihm klar wurde, dass sie nicht auf ihn fielen.

Er scheuchte die Shifter Richtung Fluss, wie es ihm Cian befohlen hatte, und setzte dazu jede Menge Flüche, seine Fäuste und Gebrüll ein. Peigi unterstützte ihn, stürmte auf verwirrte Shifter zu, bis sie sich knurrend und heulend in den

Fluss stürzten. Dort duckten sie sich zusammen und versuchten dem Schlimmsten zu entgehen.

„Sehr schön." Michaels Stimme klang bewundernd. Mit seiner Pfotenhand wollte er Peigi abklatschen, während sie von ihrer Bären- in ihre Hybridgestalt wechselte.

Peigi musterte die Hand einen Moment, die vor ihr in der Luft hing. Sie hätte Michael einen vernichtenden Blick zuwerfen und ihm den Rücken kehren können. Den Dominanzkampf hatte sie gewonnen, daran konnte er nichts mehr ändern.

Sie konnte ihn aber auch zur Kenntnis nehmen und ihren Heilungsprozess weiter fortsetzen, indem sie den Zorn aus ihrem Herzen entließ.

Peigi klatschte ihn ab. Michael zuckte zusammen und grinste dann schief.

Es hätte ihn schon lange mal jemand in einem Dominanzkampf ordentlich rundmachen sollen, dachte sie. *Dann wäre vielleicht ein besserer Kerl aus ihm geworden.*

Die *dokk alfar* erholten sich von ihrer Überraschung angesichts der Magie des Eisenmeisters und nahmen die Verfolgung der fliehenden *hoch alfar* auf. Ihr Triumphgeschrei verklang in der Ferne. Stuart ließ die Hände sinken und kam unbeeindruckt zu Peigi hinüber. Er atmete noch nicht einmal schwer.

„Das wäre erledigt", sagte er.

Sie nahm Menschengestalt an, schlang die Arme um ihn und küsste ihn.

KAPITEL VIERUNDZWANZIG

Peigi bedachte Stuart auf dem Rückweg ins Lager mit einem verführerischen Lächeln. Sein Blut erhitzte sich, während sie wieder in ihre Kleidung schlüpfte. Der Kuss am Flussufer hatte Stuart regelrecht unter Strom gesetzt, und er hätte am liebsten auf den Kampf und den zerstörten *Karmsyern* gepfiffen, sich mit ihr davongeschlichen und mit ihr geschlafen.

Nur der kalte, feuchte Untergrund, die knurrenden Shifter und die wilden Schreie feiernder *dokk alfar* hinderten ihn daran. Er wollte mit Peigi an einen warmen, angenehmen Ort verschwinden, wo niemand sie behelligte.

Cian lauschte Stuarts Schilderungen von der Zerstörung des *Karmsyerns* und dem Auftauchen des Tuil Erdannan mit finsterer Miene. Er stieß ein paar Flüche aus, die Stuart seit seiner Jugend nicht mehr gehört hatte.

„Wir sind am Arsch“, stellte Cian fest.

„Mag sein“, antwortete Stuart. „Wir können bloß hoffen, dass sich Lady Aisling bereit erklärt, einen neuen für die *dokk alfar* herzustellen. Wenn wir ihr erzählen, dass ihr Ehemann in die ganze Angelegenheit verwickelt ist, schlägt sie sich vielleicht auf unsere Seite. Ich habe das Gefühl, dass die beiden nicht das beste Verhältnis haben.“

Cian blieb skeptisch. „Die Tuil Erdannan sind unberechenbar. Wir haben das doch schon ausführlich diskutiert, wir können uns nicht auf sie verlassen."

„Das weiß ich", erwiderte Stuart. „Aber sie findet einige Freunde von uns ganz nett. Darauf werde ich setzen." Er seufzte. „Wir müssen uns damit abfinden, dass es keine Alternative gibt."

Cian knurrte. „Uns bleibt wohl nichts anderes übrig." Es folgte eine Reihe Kraftausdrücke, die menschliche Schimpfworte wie Lobeshymnen klingen ließ. Fluchen konnten die *dokk alfar* ausgesprochen gut.

„Wir könnten auf der Ley-Linie zurückreisen oder unsere Freunde herholen", schlug Stuart vor und wartete.

Cian legte die Stirn in Falten. „Ich habe dir schon gesagt, dass ich mit der Ley-Linie nichts zu schaffen hatte. Ich wüsste nicht, wie ich euch zurückschicken soll."

Seine Antwort beunruhigte Stuart. „Wenn wir die Ley-Linie finden und uns mittels eines Zaubers oder eines Talismans auf ihr bewegen können, reicht das."

Cian schüttelte den Kopf. „Mein Zauberwirker ist verletzt worden und noch nicht wieder bei Bewusstsein. Er wird in der näheren Zukunft mit Sicherheit keine Sprüche wirken. Außerdem sind mir leider gerade die Talismane ausgegangen."

„Äh …" Crispin half, die Wunden der verletzten Shifter zu verbinden, und war gerade auf Knien mit einem Lupid beschäftigt gewesen. Jetzt erhob er sich und kam zu ihnen. Er sprach *dokk alfar,* musste also die gesamte Unterhaltung mitangehört haben. „Ich habe einen Talisman, den ihr nehmen könnt. Mit seiner Hilfe bin ich überhaupt erst hergelangt."

Er steckte die Hand in die Tasche seines Hemdes. Stuart umschloss blitzschnell sein Handgelenk, weil er Crispin durchaus zutraute, eine Waffe zu ziehen, und untersuchte den Tascheninhalt selbst. Seine Finger ertasteten etwas Warmes aus Metall und förderten kurze Zeit später ein kleines Silbermedaillon zutage, das wie ein keltischer Knoten geformt war.

Stuart betrachtete das Schmuckstück auf seiner Handfläche und spürte das Kribbeln von Magie. „Warum willst du ihn freiwillig hergeben? Es fällt mir schwer zu glauben, dass du plötzlich Feuer und Flamme dafür bist, die *dokk alfar* zu retten."

Crispin zuckte die Achseln. „Dieser Tuil-Erdannan-Typ wird den *hoch alfar* brühwarm erzählen, dass ich euch in die Festung geschleust habe, also machen die aus mir nur noch einen Kaminvorleger, wenn ich dort je wieder auftauche. Das ist ein Grund." Er nahm eine geduckte Haltung an. „Außerdem sollte ich ohnehin nach Hause zurückkehren. Damit Dylan sein Urteil über mich fällen kann."

Stuart schloss die Finger um das Medaillon. „Gute Wahl."

Er traute Crispin nicht so richtig über den Weg, schließlich mussten im Kopf eines Shifters, der zu den *hoch alfar* übergelaufen war, seltsame Dinge vor sich gehen, aber einen Versuch war es allemal wert. Cian konnte Crispin im Auge behalten, während Stuart herausfand, ob das Medaillon etwas taugte. Wenn dem nicht so war, würde Stuart … sich etwas anderes ausdenken.

Cian zeigte ihm auf der Karte, wo Stuart und Peigi ungefähr erschienen waren und wo die Ley-Linie entlangführte.

Sie verlief etwa zwei Kilometer vom Camp entfernt. Stuart informierte Peigi über die neuen Entwicklungen, und gemeinsam machten sie sich aus dem überfüllten Lager auf den Weg zur Ley-Linie.

„Das war ganz schön heiß", sagte Peigi.

Stuart sah sie verwirrt an. „Was denn? Wie ich nach dem Weg zur Ley-Linie gefragt habe?"

Peigi kam näher. „Wie du dich allein den *hoch alfar* gestellt hast. Deine Klinge wie ein Schwertmagier hast kreisen lassen."

Stuart grinste sie an, wurde aber gleich wieder ernst. „Cian hatte recht. Er hat tatsächlich einen Eisenmeister gebraucht. Ich hatte ja keine Ahnung, womit wir es zu tun bekommen würden. Und ich hätte nie im Leben damit gerechnet, dass es den *hoch alfar* gelingen würde, den *Karmsyern* zu zerstören."

Es gefiel ihm nicht, dass mit jedem seiner Worte Peigis Anspannung wuchs.

„Was hast du jetzt vor?", fragte sie mit ruhiger Stimme.

„Das weiß ich noch nicht."

Sie meinte, ob Stuart im Feenland bleiben und seine Kräfte in Cians Dienste stellen würde. Als er Jahre zuvor kurz hier gewesen war, um Cassidy und Diego zu retten, hatte er erfahren, dass seine ganze Familie und alle, die ihm nahegestanden hatten, tot waren. Damals hatte er sich damit abgefunden, dass an diesem Ort nichts mehr war, das ihn hielt. Er war gerne in die Shiftertown zurückgekehrt, um bei Peigi zu sein und sich mit ihr um die verwaisten Jungen zu kümmern.

Nun war Peigi seine Gefährtin. Doch wenn er nicht eingriff, würden wahrscheinlich tausende *dokk alfar* sterben. Sie waren versierte Krieger, aber ohne den *Karmsyern* in eine Schlacht zu ziehen, in der sie es zudem mit Shiftern aufnehmen mussten, war hart. Sie brauchten alle Hilfe, die sie bekommen konnten.

Peigi blieb stehen und hielt Stuart zurück. „Ich weiß, dass du eine Wahl treffen musst", sagte sie. „Meine Entscheidung ist mir nicht leichtgefallen, aber mir ist bewusst, dass das hier dein Leben ist, dein Volk, dein Zuhause."

Stuart wurde ganz kalt. Er hatte das Gefühl, als läge ein zentnerschwerer Stein auf seinem Herzen. Sie würde ihm deutlich machen, dass er sie verlassen und bei Cian im Feenland bleiben sollte, um so viele Leben zu retten, wie er konnte. Sie würde wollen, dass er ihr Lebewohl sagte, genau wie den Jungen, die er mittlerweile ins Herz geschlossen hatte. Weil es das Richtige war.

Stuart wollte etwas erwidern, doch Peigi legte ihm die Finger an die Lippen.

„Lass mich ausreden. Ob wir nun hier festsitzen oder zurückkehren oder du den Entschluss fasst zu bleiben, ich für meinen Teil habe beschlossen, dass mein Platz an deiner Seite ist. Ganz gleich, was passiert."

Er hatte plötzlich einen trockenen Mund. „Peigi ..."

„Ganz gleich, was passiert. Wir sind Gefährten. Gefährten beschützen einander. Erinnerst du dich daran, was du zu mir gesagt hast? Dass es töricht wäre, wenn wir uns ausgerechnet in der dunkelsten Stunde trennen würden. Ich bin da komplett deiner Meinung." Peigi kam noch näher und nahm die Finger runter, sodass ihr Atem seine Lippen streifte. „Wir bleiben zusammen. Bis das hier vorbei ist."

Der Stein fiel von Stuarts Herzen. Es fühlte sich plötzlich ganz leicht an, als könne es schweben, so frei wie der Nebel. „Wirklich?" Er schluckte. „Du sagst das nicht einfach nur so?"

„Nein." Peigis Lächeln war wie Sonnenstrahlen an einem tristen, verregneten Tag. „Du wirst mich nicht so leicht wieder los. Aber sobald wir das hier erledigt haben, müssen wir in die Shiftertown zurück, weil wir es den Jungen versprochen haben. Erinnerst du dich?"

„Ich erinnere mich", antwortete Stuart liebevoll. „Als ich sagte, dass ich noch nicht weiß, was ich tun werde, meinte ich damit, ob ich zurückkehre und Cian von Zeit zu Zeit helfe, oder nicht. Ich werde definitiv mit dir mitkommen. So wahr die Göttin mir helfe."

Peigi strahlte über das ganze Gesicht, sie küsste ihn sanft und voller Zärtlichkeit. Stuart erwiderte den Kuss und verlor sich in der Wärme ihres Herzens.

Sie löste sich erst nach einer langen Zeit von ihm. „Ich bin froh, dass wir das geklärt haben, ohne stundenlang darüber diskutieren zu müssen." Peigi straffte die Schultern. „Jetzt lass uns dieses Portal finden."

„Falls Crispin uns mit dem Medaillon keinen Bären aufgebunden hat."

„Wir können versuchen, Ben zu rufen. Er war im Geisterhaus, als wir hineingesaugt wurden", rief sie ihm ins Gedächtnis. „Wenn jemand die Spuren der Magie finden und sie nutzen kann, ist er es."

„Hoffentlich."

Peigi küsste ihn noch einmal. „Dann lass es uns versuchen."

PEIGI SPÜRTE ES IN JEDER FASER IHRES KÖRPERS, ALS SIE die Ley-Linie und damit den dünnen Schleier erreichten, der das Feenland von der Welt der Menschen trennte. Die Luft flimmerte und summte wie von Elektrizität durchzuckt.

Abgesehen davon wirkte dieser Teil des Waldes wie jeder andere. Ohne Cian hätten sie diesen Ort niemals gefunden.

„Wie funktioniert das?", fragte Peigi und fröstelte.

Stuart zog Crispins Medaillon aus der Tasche und ließ es vor sich an der Kette baumeln. „He", sagte er in den Wald hinein. „Öffne dich."

Peigi unterdrückte ein Lachen. „Ausgesprochen mystisch."

Stuart warf ihr einen raschen Blick zu. „Ich bin ein Krieger, kein Magier."

„Wir sind hier nicht in einem Fantasy-Rollenspiel."

„Schön wär's", antwortete Stuart. „Dann würde ich jetzt einfach würfeln oder irgendwo draufklicken."

Peigi hielt sich die Hände wie einen Trichter an den Mund. „Ben! Bist du da? Wir brauchen dich."

Sie warteten. Der Wald blieb stumm. Sie hörten einzig, wie die Tropfen von den Blättern auf den Boden fielen.

„Das Portal muss nicht notwendigerweise in unser Schlafzimmer führen", erklärte Stuart. „Oder in Kurts Keller. Oder auch nur in die Nähe unserer Shiftertown. Die Nischen im Zwischenraum wechseln den Ort. Glaub mir, ich habe jahrelang Informationen darüber gesammelt."

Peigi gefiel ganz und gar nicht, was er da sagte. Was, wenn sie mitten in der Antarktis herauskamen?

„Wir stehen jetzt also einfach hier herum und wedeln mit dem Medaillon?", fragte sie.

Stuart reichte es ihr. „Versuch du es. Mir ist aufgefallen, dass du immer bei mir warst, wenn ich die Welten gewechselt habe. Als wir Diego hinterher sind, warst du da, dabei war es mir zuvor nie gelungen, ein Portal zu öffnen, obwohl ich es viele Male versucht hatte. Als mich Cian das erste Mal zu sich rufen wollte, bin ich im Zwischenraum stecken geblieben. Vielleicht öffnen sich die Portale noch immer nicht richtig, wenn ich es versuche, aber bei dir klappt es."

Peigi war nicht sicher, was sie von dieser Theorie halten sollte, doch was hatte sie schon zu verlieren? Der Silberknoten war noch warm und vibrierte leicht vor Magie, was sie an das Summen erinnerte, das sie vom Portal wahrnahm.

Vielleicht war die richtige Frequenz der Schlüssel. Möglicherweise öffnete sich das Tor, wenn es mit dem Medaillon in Einklang war oder sich beide gegenseitig aufhoben.

Peigi hob den Talisman in die Höhe und schloss die Augen. Ihr Gehör war deutlich besser, wenn sie sich auf die Bärin in ihr und ihre Wahrnehmung konzentrierte.

Donny hatte ein paar Monate zuvor unbedingt lernen wollen, wie man Gitarre spielt. Cormac hatte eine besorgt und Donny beigebracht, wie man sie stimmte.

Wenn Cormac zwei Saiten gleichzeitig zum Klingen brachte, eine mit dem Finger auf dem Bund und eine ohne, um auf beiden dieselbe Note anzustimmen, produzierte die Vibration ein leises *wah wah wah*. Der Missklang wurde umso deutlicher, je unterschiedlicher die beiden Saiten gestimmt waren.

Peigi nahm einen ähnlichen Missklang zwischen dem Portal und dem Medaillon wahr. Nun musste sie nur noch herausfinden, wie man die beiden stimmte. Sie hatte keinen Wirbel, mit dem sie eine Saite hätte fester ziehen oder lockern können, aber genau das musste sie mit dem Tor machen.

„Ben?", rief Peigi. „Schluss mit dem Versteckspiel, wir brauchen deine Unterstützung." Sie dachte daran, wie sie

Stuart aus dem Portal im Keller befreit hatten. „Matt und Kyle könnten vielleicht auch helfen, wenn Misty sie lässt. Die beiden scheinen Portale mühelos passieren zu können. Außerdem brauchen wir einen Wächter. Unglücklicherweise." Ihre Worte verhallten in der feuchten Luft. „Sag den Jungen, dass ich sie liebe. Wenn ihr mich hören könnt, meine Babys ... Ich liebe euch."

Sie musste unweigerlich schluchzen. Stuart legte einen Arm um sie und hielt sie fest.

Der Missklang wurde so stark, dass er Peigi in den Ohren schmerzte, dann vereinten sich die beiden Töne völlig unvermittelt zu einer schönen, klaren Note.

Darüber hinweg ertönten Geräusche – Stimmen, die durcheinanderredeten und dabei immer lauter wurden. Noch deutlicher vernahmen sie eine kräftigere, rauere Stimme, die einigermaßen frustriert klang.

„Wenn ihr mir endlich mal eine ruhige Minute zum Nachdenken geben würdet ...", knurrte Graham. „Matt, Kyle, kommt sofort zurück. Ihr anderen, *setzt euch hin*!"

„Oh." Die Stimme gehörte Ben. „Ich fürchte, dafür ist es zu spät."

Drei Junge stürmten aus dem Nebel, zwei Wölfe und ein kleiner Grizzly. Sie prallten gegen Stuart und Peigi und begannen ihnen wild die Gesichter zu lecken.

KAPITEL FÜNFUNDZWANZIG

„Aufhören!", brüllte Graham. „Ach verdammt, hier wollte ich eigentlich nie wieder her."

Peigi rappelte sich auf, das Grizzlyjunge fest an sich gedrückt. „Noelle, was machst du denn hier?"

Die beiden Wolfsjungen rollten sich von Stuart herunter und verwandelten sich im Aufstehen. „Sie hat gesagt, wir müssten euch retten, *euch retten*", plapperten Matt und Kyle durcheinander. „Musst du gerettet werden, Onkel Stuart?"

„Jetzt ja." Stuart setzte sich auf und klopfte sich nasses Laub vom Wams. „Mich haben gerade zwei Wölfe umgerissen."

Matt wirkte durchaus zufrieden. „Wir reißen gerne Leute um", erklärte Kyle.

Peigi umarmte Noelle, die ihr die kalte, feuchte Schnauze an den Hals presste. „Was ist passiert?", fragte Peigi. „Warum bist du hier?"

Graham starrte sie ungläubig an. „Wie meinst du das? Du hast Ben den Korridor entlang zugebrüllt, er solle dir Matt und Kyle bringen. Er kam in mein Haus gestürmt, hat gerufen, er bräuchte sie, aber Teufel auch, ich kann sie doch nicht allein gehen lassen."

„Das hat er auch lautstark kundgetan.“ Ben trat aus dem Nebel, eine Reisetasche in der Hand. „Ihr habt außerdem gesagt, ihr braucht einen Wächter, also habe ich Neal verständigt. Alles in Ordnung bei euch?“

Peigi blinzelte. „Ihr seid keine fünfzehn Sekunden, nachdem ich das ausgesprochen hatte, hier aufgetaucht. Oh, Moment, das muss an der Zeitverschiebung liegen.“

„Ja, gegen ein Ley-Linien-Lag ist ein Jetlag gar nichts“, gab ihr Ben recht. „Warum braucht ihr einen Wächter? Was ist passiert?“

„Eine ziemlich heftige Schlacht“, antwortete Stuart. „Viele tote Shifter. Wir können sie nicht hierlassen.“

Graham schaute finster in die Runde, aber Peigi sah die Trauer in seinen Augen aufflackern. „Diese dummen …“ Er räusperte sich. „Na schön, kommt. Wir retten euch. Auf geht's.“ Er wandte sich wieder dem leeren Nebel zu, durch den er eben getreten war, und fand dort nichts. „Verdammt.“

„Ben, bevor wir in die Menschenwelt zurückkehren, musst du mit Cian reden.“ Stuart schien sich keine Sorgen darüber zu machen, dass das Portal wieder verschwunden war. „Er braucht einen großen Gefallen.“

Ben wurde argwöhnisch. „Ich kann keine Körperteile spenden. Die Physiologie ist nicht kompatibel.“

„Keine Körperteile“, versprach Peigi. „Der Gefallen wäre, Lady Aisling zu bitten, mit Cian zu reden. Oder Jaycee dazu zu bringen, sie darum zu bitten.“

Ben wurde noch argwöhnischer. „Warum?“

„Der *Karmsyern* ist zerstört“, antwortete Stuart ausdruckslos. „Ich möchte sie fragen, ob sie bereit wäre, einen neuen herzustellen.“

„Ach du …“ Ben blieb der Mund offen stehen. „Zerstört? Seid ihr sicher?“

„Wir haben es mit eigenen Augen gesehen“, versicherte ihm Peigi unglücklich.

„Wie ist das möglich?“ Ben wirkte fassungslos. „Wer zum Teufel ist zu so etwas imstande?“

„Lady Aislings Mann“, entgegnete Peigi. „Zumindest hat er behauptet, der zu sein.“

Ben starrte sie erschüttert an. „Lady Aisling ist verheiratet?“

„Offenbar.“

„Wow.“ Er schlug sich mit der Handfläche an die Stirn. „Das muss ich erst mal verdauen.“

„Kannst du währenddessen mit Cian reden?“, bat Stuart. „Der *Karmsyern* …“

„Ja, ich weiß, was der *Karmsyern* ist.“ Ben fuhr sich mit den Fingern durchs feuchte Haar. „Aber dafür braucht ihr Lady Aisling nicht. Den *Karmsyern* hat keine Tuil Erdannan geschaffen.“

„Woher willst du das wissen?“, fragte Peigi. „Wer dann?“

Bens Gesichtsausdruck spiegelte gleichzeitig Verlegenheit, Kummer und ein klein wenig Stolz wider. „Ich.“

Stuart war nicht oft schockiert, doch er erstarrte und sah den Goblin eindringlich an. „Du?“

Ben nickte. „Das ist einer der Gründe, warum die *hoch alfar* mich loswerden wollten. Ich stand ihren Weltherrschaftsplänen im Weg.“ Er starrte in den Nebel, und seine Empörung kehrte langsam zurück. „All die Arbeit, all die Magie, all diese Leben, und ein Tuil Erdannan schnippt einfach mit den Fingern …“

„Der *Karmsyern* ist vor rund tausend Jahren geschaffen worden“, sagte Stuart verblüfft.

„Damals war ich noch jung.“ Ben breitete die Hände aus. „Arrogant. Ich hätte nie gedacht, dass die *hoch alfar* aus Rache alle Goblins auslöschen würden.“ Er schüttelte den Kopf. „Wenn ich diesen Tuil Erdannan erwische … Lady Aislings Mann, sagt ihr?“

Seine Ehrfurcht und Angst vor den Tuil Erdannan wichen purer Wut. Peigi hatte das Gefühl, wenn er den Typen, der den

Karmøyern zerstört hatte, tatsächlich fand, stand diesem Tuil Erdannan ein böses Erwachen bevor.

Ben war mächtig, hielt damit aber wie Stuart meistens hinter dem Berg. Wenn er das allerdings je aufgab ... Peigi war nicht sicher, ob sie das erleben wollte.

Graham starrte Ben an. „Immer, wenn ich denke, ich hätte dich durchschaut ..."

„Ich kann auf eine lange Geschichte zurückblicken", sagte Ben. „Du weißt schon, stille Wasser und so."

Peigi, die noch immer das Bärenjunge im Arm hatte, berührte Bens breite Schulter. „Du hast alles riskiert, um anderen zu helfen. Das war wunderbar."

„Nun ja." Ben räusperte sich. „Das war nicht der einzige Grund, warum die *hoch alfar* hinter uns her waren. Aber es hat ihnen gezeigt, wie mächtig wir sind."

Stuart hatte sich so weit wieder gefangen, dass er Ben teilnahmsvoll ansehen konnte. „Ich hasse es, dich darum bitten zu müssen, es ein weiteres Mal zu tun, doch wenn du es nicht machst, werden die *hoch alfar* diesmal mein Volk auslöschen. Begonnen haben sie damit bereits."

Ben knurrte halblaut in einer Sprache, die Peigi noch nie gehört hatte. Als Letztes fauchte er das Wort *hoch alfar*. Dann seufzte er resigniert.

„Ich brauche möglichst reines Eisen. Dazu Feengold, wenn ihr welches rumliegen habt, getrockneten Salbei und eine Schmiede. Oh, und Bier. Jede Menge Bier."

BEN HATTE IN DER REISETASCHE KLAMOTTEN FÜR DIE Jungen mitgebracht. Noelle ging mit Peigi hinter einen Baum, um eine Jogginghose und ein Shirt anzuziehen, aber Kyle und Matt widersetzten sich.

„Wir haben kein Problem damit, so im Feenland herumzurennen", verkündete Matt mit seiner ohrenbetäubend lauten Stimme. „Ist ja nicht das erste Mal."

„Nein!", brüllte Graham.

„Bitte?", sagte Peigi.

Als Peigi sich einmischte, hörten Matt und Kyle auf, einander im Kreis herumzujagen, schnappten sich Klamotten aus der Reisetasche und zogen sie an.

„Ich weiß nicht, wie du das immer machst", knurrte Graham.

„Es ist eine magische Fähigkeit." Stuart warf Peigi einen Blick zu, der in ihr das heftige Verlangen weckte, alle *hoch alfar* zu vergessen und mit ihm nach Hause zu laufen.

Als sie das Lager erreichten, führte Stuart Ben zu Cian, und die drei unterhielten sich in der Sprache der *dokk alfar*.

Peigi wollte nicht, dass Noelle Michael sah, und wünschte, Ben und Graham hätten sie daheim gelassen, doch sie war wahrscheinlich Matt und Kyle nachgerannt, ehe jemand sie hatte aufhalten können. Peigi war sich nicht sicher, wie gut sich Noelle noch an Michael erinnerte und wie sehr es sie traumatisieren würde, ihm wieder zu begegnen.

Ehe sie eine Entscheidung fällen konnte, trat Michael aus dem Zelt, in dem er sich um die verwundeten Shifter kümmerte und sie zusammenstauchte. Als er Peigi mit mehreren Jungen sah, blieb er irritiert stehen, aber es war deutlich, dass er nicht wusste, wer Noelle war.

Peigis Wut auf ihn kochte wieder hoch. Er erkannte Noelle, das Junge eines seiner eigenen Tracker, nicht, hatte sie vermutlich nicht einmal zur Kenntnis genommen, als sie noch mit in der alten Fabrik gelebt hatte.

Noelle hingegen musterte ihn einen Moment lang und nickte. „Ich erinnere mich an dich. Sieht aus, als hätte dir jemand ganz schön in den Hintern getreten."

„Das war Peigi", sagte Stuart, der sich umgedreht hatte, um die Begegnung zu beobachten.

„Echt?" Noelle betrachtete Peigi voller Respekt an und riss die Faust hoch. „Weil sie super ist."

Peigi entspannte sich. Noelle würde sich allem, was sie durchgemacht hatte, stellen, und sie würde zurechtkommen.

Michael, der noch immer nicht begriff, was gerade passiert war, kehrte zu den Shiftern zurück.

Peigi ging zusammen mit Noelle ihm und Crispin helfen. Graham schloss sich ihnen an, und als er die vielen verwundeten Shifter sah, gewann das Mitleid die Oberhand über seine Streitlust.

Die am schwersten Verwundeten lagen im Zelt, stöhnten vor Schmerz leise oder starrten einfach vor sich hin. Manche waren zerknirscht, weil sie kapiert hatten, dass sie ihr Leben weggeworfen hatten, als sie sich den *hoch alfar* angeschlossen hatten, doch andere blieben verbohrt. Die Shiftertowns waren das Letzte, behaupteten sie, und die Shifteroberhäupter hätten sie alle verraten und verkauft. Dazu hatte Graham einige sehr laute Worte zu sagen.

Peigi verband Wunden und wischte Blut und Erbrochenes auf, außerdem spendete sie Trost, wo sie konnte. Noelle half, ohne zu zögern, denn sie hatte viel Erfahrung gesammelt, wann immer ihre Geschwister sich verletzt hatten – das blieb bei Shifterjungen nicht aus. Sie wusste, wie man Platzwunden reinigte, Gliedmaßen bandagierte und Patienten Mut zusprach, indem man ihnen versicherte, dass alles gut werden würde und sie sich nicht zu viele Sorgen machen sollten. Sie bezauberte selbst die widerspenstigsten Shifter.

Neal Ingram, der Wächter der Shiftertown von Las Vegas, traf kurze Zeit später ein. Peigi ging ihm entgegen, als er das Lager betrat.

„Wie hast du hergefunden?", fragte sie ihn neugierig.

Neal, ein großer Lupid mit grauen Augen, war üblicherweise sehr schweigsam. Die meisten Wächter lebten zurückgezogen, aber Neal hatte das regelrecht zur Kunstform erhoben.

Jetzt berührte er das Heft des Schwertes, das über seiner

Schulter aufragte. „Es hat die Tore für mich geöffnet. Auch die Schreie der Shifterseelen waren ein gutes Peilsignal. Ich werde ihnen mal helfen."

Unbeirrbar schritt er zum Rand der Lichtung, wo man die toten Shifter gesammelt hatte. Er zog im Gehen sein Schwert, und Peigi hörte ihn ein leises Loblied zu Ehren der Göttin anstimmen.

„Die Göttin sei mit ihnen", flüsterte sie. Dann kehrte sie zu den Shiftern zurück, die noch lebten und sie brauchten.

BEN BESCHLOSS, IM FEENLAND ZU BLEIBEN, ZUMINDEST FÜR eine Weile, und zu versuchen, einen neuen *Karmøyern* für die *døkk alfar* zu erschaffen. Cian versprach Stuart, den Goblin in sein Zuhause mitzunehmen, wo er an einer Schmiede arbeiten konnte, die Cian für ihn bauen lassen wollte.

Stuart war nicht überrascht über Bens Entscheidung und zeigte sich dankbar. „Pass gut auf dich auf", sagte er zu ihm.

Ben verabschiedete sich mit einer Gettofaust. „Du meinst, ich soll mich nicht von einem *hoch alfar* aufspießen lassen? Danke für die Warnung. Richte Jasmine aus, ich komme so schnell wie möglich zurück, um mich um ihr Haus zu kümmern." Er zögerte. „Sie soll das auch dem Haus sagen. Ich möchte nicht, dass es sauer auf mich ist."

Stuart versprach es ihm. Ein wütendes beseeltes Haus wollte er ebenfalls nicht erleben. Er erwiderte die Gettofaust, versicherte Ben, er könne sich jederzeit um Hilfe an ihn wenden, und überließ ihn seiner Arbeit.

Was Stuart überraschte, war, dass auch Michael bleiben wollte.

„Ich bin ein ungezähmter Shifter", erklärte Michael auf seine Nachfrage. „Ich habe vielen deiner Freunde wehgetan oder sie verärgert. Wenn du mich mit zurücknimmst, kriegt mich Dylan in die Finger und bringt mich entweder um oder zwingt mir ein Halsband auf. Auf beides kann ich gut verzichten. Wenn ich hierbleibe, kann ich die Shifter im Auge behalten, die übergelaufen sind. Vielleicht erwische ich sogar ein paar und kann ihnen Vernunft einprügeln. Wer weiß?“

Er zuckte die Achseln und wandte sich dem nächsten verwundeten Shifter zu. Michael war ein guter Sanitäter, das hatte Stuart bereits erkannt. Als ehemaliger Paria-Anführer hatte er das vermutlich früh lernen müssen.

Stuart würde ihm niemals vergeben, was er Peigi und den Frauen, die er zusammen mit ihren Jungen eingesperrt hatte, angetan hatte. Aber hier konnte Michael wenigstens helfen und damit unter Cians Aufsicht einen Teil des von ihm angerichteten Unrechts wiedergutmachen. Außerdem hatte es ihm einen gewissen Dämpfer verpasst, dass er den Dominanzkampf verloren hatte, wie Stuart bereits merkte. Noelle hatte recht gehabt – Peigi war super.

Matt und Kyle wollten ebenfalls im Feenland bleiben, wie sie ihnen mitteilten. Zum einen, um zu sehen, wie es dort war, und zum anderen, um zum Spaß ein paar *hoch alfar* anzugreifen. Graham lehnte das rundweg ab.

Diesmal setzte er einen Tonfall ein, dem Matt und Kyle sofort gehorchten. Niedergeschlagen schlichen sie sich an seine Seite, erholten sich allerdings rasch wieder, während sie mit ihm Richtung Ley-Linien-Tor marschierten. Es ging nach Hause.

Stuart und Peigi folgten dahinter, zwischen ihnen Noelle, die beide an den Händen hielt. Neal, der bedrückt und noch schweigsamer als sonst war, weil er an diesem Tag so viele Shifter ins Sommerland hatte schicken müssen, bildete zusammen mit dem gefesselten, zitternden Crispin das Schlusslicht ihrer kleinen Prozession.

Peigi hatte Crispins Silbermedaillon behalten. Sie hatte versucht, es Ben zu geben, damit er jederzeit in die Menschenwelt zurückkehren konnte, doch er hatte abgewunken und gesagt, er habe seinen eigenen Talisman. Sie hatte sich an das

Licht in seinen Händen erinnert, als er sie aus Cians Garten heimgeholt hatte, und sich gefragt, ob er das Tor vor ihrem Schlafzimmerfenster geöffnet hatte. Als sie sich danach erkundigt hatte, hatte Ben sie angesehen, als hätte er keine Ahnung, wovon sie sprach.

Ja, klar. Der amüsierte Gesichtsausdruck, mit dem er sich abgewandt hatte, hatte ihren Verdacht bestätigt. Er hatte gewusst, dass sie gebraucht wurden und sie irgendwie zurückgeschickt.

Diesmal öffnete Neal das Tor mithilfe des Wächterschwerts. Die Nebel teilten sich, und Peigi trat in ihre Küche, die voller Shifter war. Da waren nicht nur ihre Jungen, sondern auch Nell, Cormac, Shane, Eric und Dylan Morrissey. Die Jubelrufe der Jungen übertönten alle Fragen und Versuche einer Unterhaltung.

Crispin schob sich durch die Menge und trat vor Dylan. Seine Ketten klirrten. Man würde sie aufschneiden müssen, da Stuart diesseits des Tores kein Eisenmeister mehr war.

Dylan musterte Crispin eine Weile mit seinen dunkelblauen Augen. Crispin hielt seinem Blick hoch erhobenen Hauptes stand, obgleich er zitterte.

Dann streckte Dylan abrupt die Arme aus und zog Crispin in einer stürmischen, herzlichen Shifterumarmung an sich.

„Danke", flüsterte Dylan mit feuchten Augen. „Das war sehr tapfer von dir, mein Junge."

Crispin erwiderte die Umarmung nach Kräften, und als Dylan ihn losließ, lächelte auch er mit feuchten Augen. „Kein Problem, Cousin. Gib mir das nächste Mal eine schwerere Aufgabe, okay?"

KAPITEL SECHSUNDZWANZIG

„Er war also von Dylan eingeschleust?“, fragte Peigi, als sie viel später mit Stuart im Mondlicht auf der hinteren Veranda saß. Es war immer noch kalt, aber Peigi genoss die Stille der Nacht – soweit es in einer Shiftertown je still war. „Verdammt, ich bin voll auf ihn reingefallen.“

Stuart, der neben ihr auf einem Gartenstuhl saß, nippte an dem Kaffee, den sie gekocht hatte, nachdem sie den Jungen Abendessen gemacht und sie irgendwann davon überzeugt hatten, ins Bett zu gehen. Es war schwierig gewesen, sie zu beruhigen, doch irgendwann hatten sie endlich genug von Noelles Geschichten von ihrem kurzen Abenteuer gehabt und waren erschöpft eingeschlafen.

„Bevor er heute Abend gegangen ist, hat mir Dylan erzählt, er habe Crispin rübergeschickt, um einen Überblick über die abtrünnigen Shifter zu bekommen“, sagte Stuart. „Wie viele es sind, für wen sie arbeiten, was sie tun – im Grunde sollte er einfach so viele Informationen wie möglich sammeln.“

Peigi hüllte sich enger in die Häkeldecke, die Misty ihr geschenkt hatte. „Crispin hat uns ziemlich gut den unzufriedenen Shifter vorgespielt, der in der Clanhierarchie ganz weit unten steht.“

„Er steht tatsächlich am unteren Ende der Rangordnung des Clans Morrissey. Dylan fand, er sei perfekt für diese Mission geeignet, weil niemand es seltsam finden würde, dass so ein Shifter loszieht, um sich zu beweisen. Man hat ihn ignoriert, ihn verachtet oder ihn bemitleidet."

„Mir hat er leidgetan", bestätigte Peigi. „Wahrscheinlich hat er sich die ganze Zeit insgeheim über mich totgelacht."

„Nein, er war dankbar." Stuart schob eine Hand unter die Häkeldecke und streichelte ihre Finger. „Glaub mir, verdeckte Missionen sind hart."

Seine Miene bekam einen gequälten Zug, als die Erinnerungen an die Jahre, in denen er auf der Suche nach einem Heimweg ins Feenland ständig die Identität gewechselt hatte, ihn überfielen. Doch sein Gesichtsausdruck änderte sich wieder, als er Peigi in die Augen sah und Schmerz und Trauer von ihm abfielen. Wenn er jetzt von seiner Heimat sprach, meinte er dieses Haus, Peigi und die Jungen.

„Deshalb ist er also bei uns geblieben, statt zu versuchen, uns zu entkommen und zu den *hoch alfar* zurückzukehren." Peigi fuhr mit dem Daumen über Stuarts Handrücken. „Ich wünschte, Dylan hätte uns eingeweiht. Dann käme ich mir jetzt nicht so dumm vor."

„Je weniger Leute über eine verdeckte Aktion Bescheid wissen, desto geringer ist die Gefahr, dass sie auffliegt. Das weiß ich aus eigener Erfahrung. Dylan hält sich üblicherweise sehr bedeckt. Er weiht nicht viele Leute ein. In diesem Fall offenbar auch mich nicht."

„Ich glaube, ich verstehe", sagte Peigi. „Aber warum hat Crispin nicht versucht, zu Dylan zurückzukehren, nachdem er den Feenprinzen los war?"

„Um weiter so viele Informationen wie möglich über die aktuelle Situation zu sammeln. Außerdem habe ich ihm ja keine große Wahl gelassen, oder?"

Peigi lachte leise. „Wir haben ihm direkt in die Hände gespielt."

„Er hat mir heute gesagt, er sei gerne bei uns gewesen. Mit den *hoch alfar* abzuhängen würde jeden einsam machen."

Peigi seufzte und legte den Hinterkopf gegen die Stuhllehne. „Ich hoffe, Ben geht es mit den *dokk alfar* nicht genauso."

„Ach, die werden schon miteinander klarkommen. Ben und Cian ähneln einander sehr. Sie würden alles tun, um die verhassten *hoch alfar* aufzuhalten. Ich bin sicher, Cian wird nett zu ihm sein."

„Ich werde mich trotzdem besser fühlen, wenn Ben wieder zu Hause ist." Peigi drehte sich ganz zu Stuart um. „Danke, dass du mit mir zurückgekommen bist."

„Das musste ich", scherzte Stuart. „Ich habe Noelles Vertrag unterschrieben, weißt du noch?"

„Nein, musstest du nicht." Peigi nahm seine Hand. „Und du kannst ins Feenland zurückkehren, der Eisenmeister sein und die Welt retten. Sie brauchen dich dort."

Stuart hielt den Kopf eine Weile gesenkt, und das Mondlicht schimmerte auf seinem schwarzen Haar. Als er sich wieder aufrichtete, war sein Blick ganz ruhig, und sie las keinerlei Unsicherheit mehr darin. „Vielleicht werden Cian und Ben einen anderen Eisenmeister finden. Ich kann schließlich nicht der einzige sein. Wir sind selten, aber nicht einzigartig." Er zog ihrer beider Hände unter der Häkeldecke hervor, führte ihre Finger an die Lippen und küsste sie zärtlich. „Ich habe meine Entscheidung getroffen, Pegs. Schon vor langer Zeit, als ich gesehen habe, wie du dich von Eric unabhängig gemacht hast, nachdem er dich hergebracht hatte, bereit, dich allem zu stellen, was das Leben dir in den Weg legen würde. Damals habe ich mich in dich verliebt, und diese Liebe ist stark geblieben. Ich liebe dich noch immer." Er küsste ein weiteres Mal ihre Finger. „Ich weiß, dass ich dich immer lieben werde."

Peigis spürte den Gefährtenbund, eine Verbindung, die niemals enden würde, tief in ihrem Herzen brennen.

„Ich habe mich in dich verliebt", sagte sie, „als du bereit

warst, auf deine Chance zu verzichten, ins Feenland zurückzukehren, um Cassidy oder anderen Shiftern nicht zu schaden. Du hast dich so sehr nach deinem Zuhause gesehnt – es hat dich fast umgebracht –, doch du hast darauf verzichtet, damit andere leben und glücklich sein konnten."

„Ja." Stuarts Stimme war leise. „Ich bin echt toll."

„Stimmt."

„Was mich allerdings am meisten ergriffen hat und mir regelrecht den Boden unter den Füßen wegzieht, war dein ‚Ich habe mich in dich verliebt.'"

„Tja, das habe ich", bekräftigte Peigi. „Daran hat sich auch nichts geändert."

Stuart beugte sich zu ihr. „Während wir im Feenland waren, ist Zeit vergangen. In ein paar Tagen ist Vollmond, dann wird Eric die Zeremonie unter der Sonne und dem Mond vollziehen."

„Ja." Peigi legte ihm die Hand auf die muskulöse Schulter. „Was willst du damit sagen?"

„Ich will damit sagen, dass ich nicht warten möchte."

Peigis Paarungswahn, den sie während ihres Abenteuers und der anschließenden Versorgung der Jungen unterdrückt hatte, loderte empor. Ehe er seinen Satz beendet hatte, war sie ihm von ihrem Stuhl aus auf den Schoß gerutscht und hatte die Beine um ihn geschlungen.

„Ich auch nicht", hauchte sie und küsste ihn auf die Lippen.

Stuart lächelte unter dem Kuss, der immer intensiver, leidenschaftlicher wurde. Er schob die Hände unter ihr Shirt und an ihrem Rücken empor, zog sie an sich, und sie spürte seine Härte durch die Stoffschichten zwischen ihnen.

Der Kuss war wie eine gleißende Flamme, und seine Hände entzündeten kleine Feuer in ihr. Peigi zog sich ein wenig zurück, blieb allerdings dicht genug bei ihm, um sich weiter an ihm reiben zu können.

„Drinnen ist es wärmer", flüsterte sie.

„Drinnen sind auch mehr Junge", versetzte Stuart.

Ein kalter Wind strich über die Veranda und brachte die Windspiele zum Klingen. Peigi erschauerte. „Ich finde, das Risiko sollten wir eingehen."

„Genug geredet." Stuart erhob sich und hielt Peigi dabei mit seinen starken Armen umklammert.

Sie lachten, als er den Türknauf drehte, ohne Peigi abzusetzen, was er erst in der Küche tat. Dort küssten sie sich erneut, eng aneinandergeschmiegt. Sie schlichen, so leise sie konnten, den Flur entlang ins dunkle Schlafzimmer.

Stuart schloss das Fenster. „Heute Nacht zerrt uns niemand ins Feenland zurück."

„Nein." Peigi nahm Stuarts Gesicht zwischen ihre Hände, als er wieder zu ihr kam. „Aber irgendwann wird es passieren. Sie werden dich brauchen."

„Crispin hat versprochen, die Verbindung zu Ben und Cian zu halten. Aber jetzt in diesem Moment …"

„Jetzt in diesem Moment …"

Jetzt war sie mit Stuart zusammen, dem Mann, der sie aus dem Dämmerschlaf geweckt hatte, in dem sie jahrelang verharrt war, der sie wieder zu leben gelehrt hatte. Die Jungen schnarchten in den angrenzenden Zimmern, und helles Mondlicht fiel durch die Jalousien – die Göttin badete Peigi in ihrem kühlen Glanz.

Sie entkleideten sich gegenseitig wortlos, ehe sie ineinander verschlungen aufs Bett fielen. Der Gefährtenbund legte sich um Peigis Herz, während Stuart sie liebte, ein Band, das sie mit Freude empfing.

Die letzten Fesseln der Angst und der Einsamkeit fielen von ihr ab, und Peigi hieß Stuart, den Gefährten ihres Herzens, liebevoll willkommen.

EPILOG

Stuart hatte keine Ahnung, wie es all die Shifter aus den entlegensten Winkeln des Landes geschafft hatten, rechtzeitig zur Vollmond-Zeremonie zu erscheinen, aber sie waren gekommen.

Bowman und Kenzie aus North Carolina mit Kenzies furchterregendem Onkel und einer weiblichen Fee, die stets in seiner Nähe blieb. Der gesamte Morrissey-Clan aus Austin in Begleitung von Liams Trackern: Spike, Ellison und Ronan mit seiner Gefährtin und seiner Großfamilie. Tiger kam mit seiner Gefährtin Carly, ihrem kleinen Sohn Seth und der wilden jungen Tigerin, die er gerettet hatte. Mason McNaughton und seine Brüder brachten ihre Gefährtinnen mit, darunter Jasmine, die Frau, der das Spukhaus gehörte.

Jaycee und Dimitri reisten mit Kendricks Familie an und hatten unterwegs Angus und Tamsin eingesammelt. Aus Montana war Zander gekommen, der riesige Eisbär und Heiler, mit seiner Gefährtin Rae, deren Wächterschwert auf ihrem Rücken schimmerte.

Natürlich war die gesamte Bevölkerung der Shiftertown von Las Vegas zugegen, um Zeuge zu sein, als Peigi und Reid ein Paar wurden. Die Mitglieder von Erics, Grahams und

Nells Haushalten standen in Grüppchen zusammen, und Diegos Bruder Xavier war wieder einmal in Begleitung von Lindsey erschienen, einer Luchs-Felidin.

Ben war schon am Vormittag über die Ley-Linie getreten und in Kurts Keller aufgetaucht, sehr zum Ärger des Lupids. Ben hatte seine Ruhestörung wettgemacht, indem er Kurt ein Fässchen *dokk alfar*-Bier mitgebracht hatte.

Der Goblin versicherte Stuart, er komme mit dem *Karmdyern* gut voran. Schwierig, aber nicht unmöglich. Cian erweise sich als guter Gastgeber, und zu seiner eigenen Überraschung genieße er den Besuch.

„Aber nicht für immer", sagte er und betrachtete die weite, trockene Wüste, die sich nördlich der Shiftertown erstreckte, den hellen Himmel und die Shifter, die bereits kräftig feierten. „Ich mag diese verrückte Menschenwelt."

Stuart musste ihm recht geben.

Überall liefen Junge herum, für die Peigis und Stuarts Haufen begeistert die Gastgeber spielten. Noelle erzählte immer wieder die Geschichte, wie Peigi und Stuart im Feenland tapfer gekämpft und wie sie, Matt und Kyle geholfen hatten, sie zu retten.

Stuart sah Peigi den ganzen Tag kaum, denn sie wurde von einer Familie zur nächsten weitergereicht, beglückwünscht, umarmt und geküsst. Sie lachte und weinte zugleich, als sie entdeckte, wie viele Shifter aus mehreren Shiftertowns sich hier ihnen zu Ehren versammelt hatten.

Eric hatte am Vormittag die Sonnenzeremonie abgehalten und damit die erste Hälfte des Paarungsrituals abgeschlossen. Direkt danach holten Nell, Cassidy, Iona und Misty Peigi ab, damit sie den Rest des Nachmittags mit den Shifterinnen verbrachte.

Sosehr sich Stuart auch danach sehnte, mit Peigi zusammen zu sein – unter vier Augen, um ganz persönlich zu feiern –, er sah sie erst wieder, als der Vollmond hoch am

Himmel stand und die Shifter sich zum zweiten, wichtigsten Teil der Zeremonie versammelten.

Dylan hatte in der Zwischenzeit die Gelegenheit genutzt, um Stuart ausführlich über die Geschehnisse im Feenland, Ben und den *Karmsyern* zu befragen. Er wollte auch wissen, ob Cian eventuell zu einem Bündnis bereit wäre. Die *hoch alfar* würden früher oder später gegen die Shifter vorgehen, und wenn sie einen Tuil Erdannan auf ihrer Seite hatten, schaute es möglicherweise wirklich schlecht aus.

Stuart war ein großer Freund von Strategiebesprechungen, aber an diesem Tag hatte Peigi Vorrang. Glory, die Gefährtin von Dylan trat zu ihnen, während der sich auf Peigis Veranda mit Stuart unterhielt. Zu Stuarts Überraschung verabschiedete sich Dylan plötzlich und verwies darauf, dass sie später noch genug Zeit hätten, um die Dinge zu besprechen.

Als es langsam dunkel wurde, schien der Mond hell genug, um scharfe Schatten zu werfen. Der Himmel war wolkenlos, die Sterne funkelten am Firmament. Venus leuchtete dicht über dem Horizont.

Peigi trat in einem weißen Kleid, das ihre kurvenreiche Figur betonte und viel Bein zeigte, aus dem Haus. Eine bunte Jacke schützte sie vor der Kälte, und im dunklen Haar trug sie einen Kranz aus Gewächshausrosen aus Mistys Blumenladen.

Stuart wusste nicht, ob die Frauen den ganzen Nachmittag und Abend damit verbracht hatten, Peigi einzukleiden, doch das Ergebnis war jede Mühe wert gewesen. Peigi war in weiten T-Shirts und Jeans schon wunderhübsch, aber in dem figurbetonten Kleid, das ihre ganze Schönheit zur Geltung brachte, war sie umwerfend.

Als sie vor Eric neben ihn trat, war Stuarts Mund so trocken, dass er kein Wort herausbrachte.

Zum Glück musste nur Eric sprechen. Shifter machten keine Ehegelübde oder Trauversprechen – das kam erst nach der Zeremonie, wenn sie sich nach dem anschließenden

Paarungswahn wieder daran erinnern konnten, wie man sprach.

Die Shifter bildeten Kreise um sie herum, die Bevölkerung der Shiftertown und die Gäste einen äußeren, ihre engsten Freunde – Diego und Cassidy, Eric und Iona, Graham und Misty, Nell und ihre Familie und natürlich die Jungen – einen inneren.

Noelle warf immer wieder die Hände in die Luft und tanzte auf der Stelle. Donny versuchte, sie zu beruhigen, was jeweils etwa dreißig Sekunden half, dann fing sie wieder an. Die kleineren Jungen, die es toll fanden, wie sie sich freute, schlossen sich ihr an. Das taten auch Matt und Kyle, die aus voller Kehle schrien.

Schließlich brüllte Graham: „Lasst ihn doch endlich mal zu Wort kommen!", und die Jungen waren für einen Moment so leise, dass Eric vortreten und die Hände heben konnte.

„Ich möchte mich dem Satz anschließen, den ich heute den Tag über am häufigsten gehört habe", verkündete Eric, „und rufe Peigi und Stuart Reid zu: Das wird auch höchste Zeit!"

Gelächter erhob sich unter den Shiftern. Selbst Tiger, der selten Belustigung verriet, lächelte breit.

Stuart räusperte sich. „Klingt, als hätten alle nur darauf gewartet, dass wir das hier tun", flüsterte er Peigi ins Ohr.

Sie fiel in das allgemeine Gelächter ein. „Könnte sein."

Eric hob wieder die Hände, und es wurde still. „Stuart Reid und Peigi, die ihr die liebsten Freunde unserer Shiftertown geworden seid … im Licht der Muttergöttin … erkläre ich euch zu Gefährten."

Die letzten Worte schrie er, und die Shifter brachen in Jubelrufe, Knurren und Heulen aus, wobei diejenigen unter ihnen in Menschengestalt nicht weniger Lärm machten.

Cormac, Graham, Eric und alle, die sich sonst noch anschließen wollten, hoben Stuart und Peigi auf ihre Schultern. Die Jungen tanzten und brüllten, und bald wurden auch

Peigis und Stuarts sechs Junge herumgetragen. Peigi lachte, als sie den kleinen Kevin auffing und ihn an sich drückte.

Danach ging die Party richtig los.

Die Shifter hatten Stuart noch nicht oft umarmt, weil sie ihm als Feenwesen gegenüber immer unsicher gewesen waren, aber das änderte sich an diesem Abend. Wahrscheinlich half der viele Alkohol, doch Stuart wurde von weiblichen wie von männlichen Shiftern ständig in die Arme gezogen, sogar von Graham.

„Du hast dich gut geschlagen", dröhnte er Stuart ins Ohr, während er ihn heftig an sich drückte. „Für einen abgefuckten, seltsamen Dunkelelfdreckskerl."

„Du auch", sagte Stuart und schlug Graham auf den Rücken. „Für einen Lupid-Idioten."

Graham brüllte vor Lachen und ließ Stuart los, um Peigi an sich zu reißen.

Traditionsgemäß tanzte das Paar zusammen mit den Shiftern, bis die Stimmung so ausgelassen wurde, dass sich das Paar unbemerkt davonschleichen konnte, um endlich etwas Zeit für sich zu finden.

Peigi und Stuart landeten in der Küche ihres Hauses. Es brannte kein Licht, draußen ging es in der Shiftertown wahnsinnig laut zu. Musik dröhnte, Shifter tanzten, jagten sich gegenseitig oder gerieten in Paarungswahn und verzogen sich in die Schatten. Nell hatte mit einem wissenden Lächeln in Stuarts Richtung die Aufsicht über die Jungen übernommen.

Die ersten zehn Minuten, die sie allein verbrachten, küssten sie einander nur – lange, leidenschaftliche Küsse, bei denen Stuart mit seinen Händen unter Peigis Jacke glitt und die Rundung ihrer Brüste umfasste.

Peigi reagierte, indem sie ihm die Hose öffnete und die Hand um ihn legte.

Danach war sich Stuart der Details nicht mehr so sicher. Kleidung wurde abgestreift, fiel zu Boden und markierte ihren Weg vom Flur zum Schlafzimmer.

Die Shifterinnen hatten sich auch dort ausgetobt. Überall lagen Rosenblätter, und Girlanden hingen am Bett, an den Wänden – kurz, überall, wo etwas hängen konnte. Symbole des Glücks, erkannte Stuart, und der Fruchtbarkeit. Jeder wollte, dass in dieser Nacht Junge gezeugt wurden.

Peigis Paarungswahn kochte hoch, und Stuarts nicht weniger. Sie waren in Rekordzeit nackt und fielen lachend zusammen aufs Bett.

Stuart glitt stöhnend in sie, und jetzt lachte er nicht mehr. Er blickte die Gefährtin seines Herzens an, in ihre herrlichen Augen, sah ihr zartes Lächeln und gab sich ihr hin. Er drang in sie ein, vereinte sich mit ihr, ihre Atemzüge vermischten sich, ihre Schreie hallten durch die Nacht.

Peigi, meine Gefährtin, mein Herz.

Ich liebe dich.

Ihr Wahn strebte dem Höhepunkt entgegen, in Stuart brannte die intensivste Lust, die er je im Leben empfunden hatte, dann ließen sie sich zusammen fallen, schwitzend, atemlos, wieder lachend.

Liebe.

Für immer.

Gefährten.

PEIGI ERWACHTE BEI EINBRUCH DER DÄMMERUNG, IHRE Glieder verschlungen mit Stuarts und der Decke. Sie rieb sich die Augen, stöhnte und schloss sie wieder.

Jemand küsste sie auf den Mund. „Guten Morgen, Liebste", sagte Stuart sanft.

„Warum klingst du so munter", murmelte Peigi. Wieder öffnete sie mühsam die Augen. „Ich bin total zerschlagen."

„Gut." Stuart ließ seine Augen blitzen. „Ich auch. Wieso bloß?"

„Wilder Sex, vermute ich mal." Peigi grinste und beschloss,

dass diese Zerschlagenheit ein kleiner Preis für eine wunderbare Nacht voller Leidenschaft war. „Willst du Kaffee?"

„Später." Stuart küsste eine ihrer Brüste. „Nachdem ich mich an dir sattgesehen hab."

„Du bist immer so süß zu mir."

Er hob die Brauen. „Wirklich? Der furchterregende, krasse *dokk alfar*, der teleportieren und Eisen vom Himmel regnen lassen kann, ist süß?"

„Ja. Ganz ohne Frage." Peigi zerzauste ihm das Haar. „Ich habe immer gewusst, dass du ein großes Herz hast."

Stuart gab ihr einen Kuss auf einen Mundwinkel. „Nicht so groß wie deines, Liebste. Nicht annähernd."

„Dem widerspreche ich." Peigi erwiderte seinen Kuss und genoss seinen Geschmack.

Als sie ihre Lippen voneinander lösten, schmiegte sich Stuart an sie, den Arm über ihren Bauch gelegt. Die Stille des frühen Morgens erfüllte sie mit einer tiefen Ruhe. Die ersten Sonnenstrahlen fielen durch die halb geschlossenen Jalousien und verrieten ihr, dass der graue Regen aufgehört hatte und sich wieder ein blauer Himmel über der Wüste wölbte.

Draußen war es still, was bedeutete, die Shifter schliefen sich nach den Aktivitäten der letzten Nacht aus. Sie hatten getanzt, getrunken, sich gepaart – der Paarungswahn war ansteckend.

„Stuart", sagte Peigi nach einer langen, angenehmen Stille. „Wegen des Gefährtenbunds …"

„Mmm." Stuart kuschelte sich an sie. „Was ist damit?"

„Ich spüre ihn schon seit einer Weile mit dir." Manche Shifter machten sich Sorgen, ob er zwischen ihnen und ihren Gefährten entstehen würde, aber Peigi hatte daran nie Zweifel gehabt, weil sie immer genau gewusst hatte, was sie für Stuart empfand. „Als ich hierhergezogen bin und du für mich da warst. Ich hätte niemals damit gerechnet, dass so etwas passiert, doch das ist es."

Stuart richtete sich auf die Ellbogen auf und starrte sie an. „Wirklich?“ Er wirkte eher interessiert als überrascht.

„Ja.“ Peigi berührte sein Gesicht. „Was glaubst du, warum ich bereit war, mein Blut zu opfern, damit du ein Tor öffnen konntest?“ Sie berührte ihre Brust. „Ich habe ihn gespürt – den Gefährtenbund. Das Geschenk der Göttin.“

Der Gefährtenbund entstand unabhängig davon, ob Shifter offiziell ein Paar waren oder nicht. Es hatte nichts mit der Paarungszeremonie zu tun – die eine gesellschaftliche Tradition war –, sondern ausschließlich mit Liebesbanden und einer mystischen Verbindung.

„Das freut mich.“ Stuarts Stimme war ganz sanft. Er streichelte mit dem Daumen ihre Schulter. „Denn etwa zur selben Zeit ist auch meiner zu dir entstanden.“

Peigi riss die Augen auf. „Wirklich?“

„Ja. Ein Gefährtenbund mit einer Shifterin. Stell dir mal vor, wie entsetzt ich war.“

„Bist du sicher?“

Stuarts Grinsen ließ seinen Blick ganz warm werden. „Sehr sicher. Auch die *dokk alfar* kennen den Gefährtenbund. Die Shifter haben das von den Feen übernommen. Ich war allein in dieser Welt gestrandet, und dann bist du in mein Leben spaziert. Du hast mich angeschaut, und es hat Zoom gemacht.“ Er presste sich die Faust an sein Herz. „Gefährtenbund. Was glaubst du, warum ich mich immer wieder dafür entschieden habe, bei dir zu bleiben?“

Peigi starrte ihn mit offenem Mund an. „Davon hast du nie ein Wort gesagt.“

„Du ja auch nicht.“

„Ich hatte Angst, du würdest die Flucht ergreifen. So konnte ich wenigstens mit dir zusammen sein. Aber ich glaube, im Grunde unseres Herzens haben wir es beide gewusst.“

„Möglicherweise“, gab er zu und lächelte noch immer.

„Ich liebe dich, Stuart.“

„Ich liebe dich auch, Pegs.“ Stuart betrachtete sie voller

Zärtlichkeit, als er die Arme um sie legte. „Gefährtin meines Herzens."

Es dauerte lange, bis sie ihren ersten Kaffee tranken.

Als Stuart Peigi viel später aus dem Schlafzimmer führte, nachdem beide endlich wieder angezogen waren – was eine Weile gedauert hatte –, war ihr Herz zum Überlaufen voll.

Ihr wunderschöner Gefährte ging mit ihr den Flur entlang, sie lachten unbekümmert, und sie liebte ihn. Sie teilten den Gefährtenbund, und es gab sechs großartige Junge in ihrem Leben, und wenn die Göttin es gut mit ihnen meinte, würden noch mehr kommen.

Peigi rechnete fest damit. Wie Stuart richtig gesagt hatte, konnten sie ja jeden Tag und auf jede nur erdenkliche Weise versuchen, dafür zu sorgen, dass es passierte.

Nach Stuarts Gesichtsausdruck zu urteilen, als er innehielt, um sie – erneut – zu küssen, hatte auch er Frieden gefunden. Sein Leben, das fünfzig Jahre lang praktisch die Hölle auf Erden gewesen war, verlief nun in geordneten Bahnen. Er hatte ein Zuhause gefunden.

Als Stuart und Peigi in die Küche traten, fanden sie sich ihren aufgereihten Jungen gegenüber. Noelle stand etwas weiter vorn als die anderen, einen Zettel in den Händen.

„Das habe ich doch schon unterschrieben", meinte Stuart.

Die Kaffeemaschine blubberte – eines der Jungen muss herausgefunden haben, wie man sie bediente. Vielleicht war auch Nell vorbeigekommen und hatte sie eingeschaltet. Die erste Tasse würde interessant sein.

„Das ist ein anderer Vertrag", sagte Noelle mit ernster Miene. „Wir haben ihn gestern Abend in Nells Haus ausgearbeitet. Sie hat dabei nicht geholfen, wir haben ihn ganz allein formuliert."

„Ganz allein", wiederholte Kevin stolz.

Noelle räusperte sich und las: „Wir, die Jungen von Peigi und Stuart, beantragen, euch nicht mehr Peigi und Stuart nennen zu müssen." Sie hob den Blick von ihrem Zettel und sah nervös hoch. „Wir möchten euch Mom und Dad nennen."

„Oh." Peigi bekam kein Wort heraus, konnte kaum atmen. Auch Stuart schwieg.

„Wir haben alle unterschrieben." Noelle hielt den Zettel hoch, auf dem sechs Unterschriften prangten, manche davon krakeliger und ungelenker als andere. „Wir sind uns einig."

Donny beobachtete die beiden Erwachsenen besorgt. „Okay, Peigi und Stuart? Ich meine, Mom und Dad?"

Peigi sank auf die Knie, und ihre Augen füllten sich mit Tränen. „Natürlich", brachte sie mühsam hervor. „Stuart?"

Seine Hand ruhte auf ihrer Schulter, und er beugte sich zu ihnen herunter. Stuarts Stimme war leise, sanft – der harte Krieger hatte sich in den warmherzigen Mann verwandelt, den Peigi schon immer in ihm gesehen hatte. „Nichts wäre mir lieber."

„Juhu!", schrie Kevin.

Noelle warf den Zettel weg und brach in Tränen aus. Peigi breitete die Arme aus, und Stuart kniete neben ihr nieder, dann umschlangen die beiden die Jungen, die sich auf sie stürzten.

Peigis Herz jubelte, der Gefährtenbund stimmte mit ein, und als sie mit Stuart an ihrer Seite ihre Jungen in den Armen hielt, sie küsste, an sich drückte, lachte und weinte, war ihr Leben komplett.

BÜCHER VON JENNIFER ASHLEY

Die Bücher der „Shifters Unbound“-Serie

Liams Zähmung

(OT: Pride Mates)

Der Bund des Wächters

(OT: Primal Bonds)

Bodyguard: Unter dem Shutz des Bären

(OT: Bodyguard)

Der Kuss der Feenkatze

(OT: Wild Cat)

Die Gefährtin des Jaguars

(OT: Hard Mated)

Die Leidenschaft des Alphas

(OT: Mate Claimed)

Der Gefährte der Bärin

(OT: Perfect Mate)

Die Liebes des Wolfes

(OT: Lone Wolf)

Im Bann des Tigers

(OT: Tiger Magic)

Das Verlangen des Leoparden

(OT: Feral Heat)

Das Versprechen des Wolfes

(OT: Wild Wolf)

Die Verführung der Bärin

(Bear Attraction)

Das Geheimnis der Wölfe

(OT: Mate Bond)

Die Herz des Löwen

(OT: Lion Eyes)

In den Armen des Wolfs

(OT: Bad Wolf)

Die Zärtlichkeit des Wolfes

(OT: Wild Things)

Der Traum des Weißen Tigers

(OT: White Tiger)

Die Küsse der Wächterin

(OT: Guardian's Mate)

Die Sehnsucht des roten Wolfes

(OT: Red Wolf)

Die Geliebte des schwarzen Wolfes

(OT: Midnight Wolf)

Tigers Mission

(OT: Tiger Striped)

Eine Shifter-Weihnachtsgeschichte

(OT: A Shifter Christmas Carol)

Der Traum der Bärin

(OT: Iron Master)

The Last Warrior

Das Schwert der Shifter

(OT "Shifter Made")

Die Bücher der „MacKenzies"-Serie

Kein Lord wie jeder andere

(OT: The Madness of Lord Ian Mackenzie)

Das Werben des Lord MacKenzie

(OT: Lady Isabella's Scandalous Marriage)

Lord Camerons Versuchung

(OT: The Many Sins of Lord Cameron)

Der dunkle Herzog

(OT: The Duke's Perfect Wife)

Die Verführung des Elliot McBride

(OT: The Seduction of Elliot McBride)

Das Schönste Geschenk von Allen

(OT: A Mackenzie Family Christmas: The Perfect Gift)

The Untamed Mackenzie

Das verruchte Spiel des Daniel MacKenzie

(OT: The Wicked Deeds of Daniel Mackenzie)

Scandal and the Duchess

Rules for a Proper Governess

The Stolen Mackenzie Bride

Die Verführungskunst des Alec MacKenzie

(OT: Alec Mackenzie's Art of Seduction)

Die Liebe des Will MacKenzie

(OT: The Devilish Lord Will)

Die skandalösen Küsse des David Fleming

(OT: A Rogue Meets a Scandalous Lady)

Die Bücher der „Riding Hard"-Serie

Adam

Grant

Carter

Tyler

Ross

Kyle

Ray

Die Bücher der Captain-Lacey-Regency-Krimis

von Ashley Gardner

(Jennifer Ashley)

Mord am Hanover Square

Mord im Regiment

Das Geheimnis des Glashauses

Das Rätsel der Sudbury School

Die Halsbandaffäre und andere Geschichten

Der Tote vom Berkeley Square

Die verlorenen Töchter von Covent Garden

Tod in Norfolk

Verschwunden in der Drury Lane

Mord am Grosvenor Square

Die Themse-Morde

The Alexandria Affair

A Mystery at Carleton House

Murder in St. Giles

Death at Brighton Pavilion

ÜBER DEN AUTOR

Die New-York-Times-Bestsellerautorin Jennifer Ashley hat unter den Namen Jennifer Ashley, Allyson James und Ashley Gardner mehr als einhundert Romane und Novellas veröffentlicht. Unter ihren Büchern finden sich Liebesromane, Urban Fantasy und Krimis. Jennifer Ashleys Bücher sind in ein Dutzend verschiedene Sprachen übersetzt worden und haben besonders hervorgehobene Kritiken der Booklist und Publishers Weekly erhalten.

Mehr über die „Shifters Unbound"-Serie erfahren Sie auf www.jenniferashley.com.